DHAMPIR

ECLIPSE

UNE NOUVELLE AUBE SE LÈVE...

DHAMPIR

NOBLES MORTS, TOME I

BARB & J.C. HENDEE

TRADUIT DE L'ANGLAIS (ÉTATS-UNIS) PAR MÉLANIE ROUGER

ECLIPSE

Une publication des Éditions Eclipse

www.eclipse.fr

Directeur de publication : Mathieu Saintout

Cover design by hilden_design, München www.hildendesign.de

Cover Illustration : © Anke Koopmann using images by Markus Gann

Dépôt Légal : octobre 2010

ISBN 13 : 9-782362-700064

Titre original : *Dhampir*

Première publication par ROC, une marque de la New American Library, une division de Penguin Group (USA) Inc.

This edition published by arrangement with NAL Signet, a member of Penguin Group (USA) Inc.

À Jaclyn, notre petite artiste aussi assoiffée
que les deux artistes qui l'ont élevée.

Prologue

Le village semblait désert, si l'on exceptait les minces volutes de fumée qui s'échappaient des cheminées en terre pour dériver et se dissoudre dans la nuit. Toutes les portes étaient barrées, tous les volets étaient fermés, de sorte que seule une légère lueur émanant des bougies ou des lampes filtrait à travers leurs fentes. Il n'y avait personne, dans l'allée centrale boueuse du village, pour voir l'ombre nocturne qui voletait en direction d'une chaumière à l'orée des bois.

Hésitante, la silhouette s'arrêta près de la petite maison. Lentement, elle changea de forme et grandit alors qu'elle décidait de ne plus se cacher. Le néant se changea en des pieds bottés et des bras, auxquels s'ajoutèrent un buste élancé et une tête où perçaient deux points lumineux à la place des yeux. La forme grimpa rapidement à un arbre et bondit sur sa cible.

Elle s'installa sur le toit de chaume et se mit sur le ventre pour ramper tête la première vers un mur. Là, elle s'arrêta et se maintint en équilibre sur une fenêtre aux volets fermés. Elle tendit un doigt et glissa un ongle acéré comme une griffe entre les deux battants.

Elle s'activa sur les volets en se servant de son ongle comme levier, jusqu'à ce que le loquet finisse par lâcher avec un claquement sec. La silhouette se figea, attendit, l'oreille tendue, à l'affût du moindre bruit annonçant une réaction dans la pièce. Comme personne ne se manifestait, elle ouvrit les volets.

À l'intérieur, une femme âgée et de petite taille était étendue sur un lit. Sa longue natte de cheveux argentés reposait à côté de sa tête, sur un oreiller habillé de lin jauni. Elle était recouverte d'une couette ternie en patchwork carmin et turquoise.

De l'autre côté de la fenêtre, la créature abaissa la tête. Sa voix résonna comme un écho dans une vaste plaine lorsqu'elle susurra :

— Puis-je entrer ?

La vieille femme remua légèrement dans son sommeil.

De nouveau, la voix demanda, avec une note de langueur :

— S'il vous plaît, bonne-maman, puis-je entrer ?

La dormeuse gémit et roula, se tournant vers la fenêtre. Sur son front plissé, elle avait une petite cicatrice blanche à demi cachée par les rides de l'âge. Ses yeux restèrent clos et endormis quand elle répondit dans un murmure :

— Oui… oui, entrez.

Le visiteur passa un bras dans l'ouverture et le tendit pour enfoncer ses ongles dans le plafond. Il se glissa le long du bord supérieur de la fenêtre, laissant ses pieds se balancer, puis il se laissa tomber sans bruit sur le sol de la chambre. Il traversa la pièce en direction du lit et tendit rapidement une main pour la refermer sur la bouche de la vieille dame.

Celle-ci se réveilla et ouvrit de grands yeux effrayés, mais cela ne dura qu'un court instant. Elle planta ensuite son regard vide dans les prunelles qui la surplombaient. Le visiteur nocturne relâcha sa prise et baissa la tête vers la gorge de la femme. Dans la chambre, tout devint immobile, le silence se fit et le temps se figea.

Puis la créature tourna brusquement la tête vers la fenêtre ouverte. Une tâche sombre s'étalait sur tout un côté de la gorge de la vieille dame. Le visiteur se pencha derechef sur la femme, mais il interrompit son geste. À la manière d'un hibou, il tourna la tête pour regarder encore une fois vers l'extérieur, et tendit l'oreille.

Dehors, quelqu'un arrivait sur la route du village. Le visiteur se rendit à la fenêtre.

Sur le chemin, une jeune femme, vêtue d'une armure en cuir clouté et de bottes hautes et souples par-dessus des hauts-de-chausses couleur terre, avançait nonchalamment. Dans une main, elle tenait une courte lance et, dans l'autre, un long couteau avec lequel elle aiguisait dangereusement la pointe de sa lance. À son côté, dans son fourreau en cuir usé, pendait un court fauchon, sorte de sabre à une main possédant une large lame. L'obscurité était trop épaisse pour la plupart des yeux, mais le visiteur put voir les cheveux noirs aux discrets reflets rouges qui contrastaient avec la peau lisse de cette femme âgée d'à peine plus de deux décennies. Les gestes de la nouvelle venue ne dévoilaient aucune peur ni aucune inquiétude alors qu'elle se dirigeait vers le village en travaillant sa courte lance.

— Chasseuse, chuchota la créature pour elle-même avec amusement.

Le comique pathétique de ce spectacle fut trop difficile à contenir, et le visiteur rit par en dessous en bondissant par la fenêtre pour escalader le mur de la maisonnette telle une araignée et regagner le toit. La silhouette noire rétrécit et disparut dans la forêt endormie.

I

Le soleil était couché depuis longtemps lorsque Magirie entra à nouveau dans un misérable village stravinien sans vraiment le voir. Tous les paysans, d'où qu'ils soient, vivaient de la même façon. Depuis six ans, la jeune femme commençait à confondre toutes leurs maisons, austères et sans formes, et elle ne prêtait attention à leur nombre que pour se faire une idée de la densité de population. Il n'y avait ici pas plus d'une centaine d'habitants, peut-être même seulement une cinquantaine. Aucun ne se montra à cette heure de la nuit, mais elle entendit le grincement d'une porte ou de volets sur son passage, signe qu'on l'observait en cachette. Le seul autre bruit à la ronde était le frottement de son couteau de chasse sur le bois alors qu'elle affûtait la pointe de sa lance, aussi longue que son bras.

Elle n'avait pas peur du noir. Cela ne lui évoquait aucune des menaces effrayantes qui faisaient trembler ces paysans derrière leurs portes barrées. Magirie vérifia que son fauchon était bien dans son fourreau, s'assurant ainsi qu'elle pourrait le tirer facilement si besoin, puis elle continua d'avancer nonchalamment vers l'autre côté du village. De la bruine se mit à tomber, emmêlant rapidement ses cheveux et masquant le moindre reflet grenat que la lumière aurait pu y révéler. Avec sa peau pâle, les villageois devaient la trouver aussi sinistre que les créatures qu'ils imaginaient et qu'ils attendaient qu'elle élimine.

À quelques pas du village, elle s'arrêta au cimetière pour jeter un coup d'œil aux récents monticules de terre, chacun entouré de petites lanternes, ainsi posées pour tenir à distance les esprits malins et les empêcher de posséder les corps des défunts. Il n'y avait ni pierre tombale ni signe distinctif sur ces toutes nouvelles sépultures : les morts avaient été enterrés à la hâte sans qu'on ait eu le temps d'en façonner. Elle se retourna vers le village et, cette fois, elle examina plus attentivement les bâtiments afin de trouver celui qui ressemblait le plus à une maison commune.

La plupart des villageois avaient dû se rassembler dans un bâtiment commun pour assurer la sécurité du groupe. Magirie chercha autour d'elle un endroit assez grand, mais toutes les maisonnettes se ressemblaient : construites dans du bois triste et vieilli, et surmontées de toits de chaume et de cheminées en terre. Elles étaient lugubres et silencieuses, comme tout ce qui se trouvait sur ces terres abandonnées par l'espoir. Des guirlandes d'ail séché étaient suspendues en travers des rares fenêtres. Les seuls signes de vie étaient les quelques volutes de fumée qui s'élevaient dans le ciel nocturne. Une légère odeur de fer et de charbon embaumait l'air humide : une forge devait brûler sans surveillance non loin de là. Les soirs comme celui-ci, les gens abandonnaient tout dès la tombée de la nuit.

Un mouvement attira le regard de Magirie. Deux silhouettes tremblantes traversèrent la route boueuse en courant. Leurs haillons laissaient entrevoir leur peau crasseuse. D'un air absent, Magirie glissa son couteau dans son fourreau et resserra sa cape autour d'elle. Les silhouettes détalèrent vers le cimetière en essayant d'empêcher les bourrasques de vent et de pluie d'éteindre leurs lanternes.

— Bonjour, lança doucement Magirie.

Les deux personnages sursautèrent et se retournèrent vers la source de la voix. Leurs visages maigres et misérables se tordirent de peur. L'un d'eux recula et l'autre brandit brusquement sa fourche en bois. Magirie resta immobile pour les laisser voir ce qu'elle était, mais elle resserra un peu plus ses doigts autour de sa lance. Son travail consistait en grande partie à comprendre la mentalité de ces gens. Très doucement, sous sa cape, son autre main s'empara du manche de son fauchon, prête à le tirer. Mieux valait se méfier des paysans paniqués.

L'homme à la fourche observait d'un œil incertain, à travers la bruine, son armure en cuir clouté et sa lance. Sur son visage, la peur se mua en espoir.

— Vous êtes la chasseuse ? s'enquit-il.

Elle hocha légèrement la tête.

— Avez-vous eu d'autres morts ?

Les deux hommes poussèrent un long soupir de soulagement et s'approchèrent d'elle en titubant.

— Non… pas d'autres morts, mais le fils du zupan n'en est pas loin. Le deuxième homme hoqueta, puis il fit un signe de la main. Venez vite.

Les paysans pivotèrent et se précipitèrent de nouveau sur le chemin boueux. Magirie les suivit et s'arrêta en même temps qu'eux devant une porte surmontée d'une petite enseigne dont l'inscription n'était plus lisible depuis longtemps. Cette vieille bâtisse devait être leur maison commune, car le village était beaucoup trop retiré pour avoir une auberge à la disposition des voyageurs. Le terme « zupan » désignait le chef du village. Celui-ci devait l'attendre à l'intérieur avec les autres habitants.

Un soupir d'impatience s'échappa de ses lèvres alors qu'elle se demandait à quoi ressemblerait ce zupan : à un bon gros nigaud, si tout allait bien. Ceux qui lui léchaient les bottes, dans l'espoir qu'elle ne demande pas au village jusqu'à son dernier sou, étaient les plus écœurants. Les choses étaient plus faciles lorsqu'ils résistaient jusqu'à ce qu'elle leur fasse comprendre qu'il n'y avait pas d'autre solution envisageable que de payer son prix ou d'attendre la mort. Ceux qui acceptaient sans rien dire étaient les plus dangereux. Quand le travail était terminé, elle devait alors s'attendre à voir un visiteur sortir des ombres, sur le chemin du retour, pour lui reprendre l'argent en échange d'une serpe ou d'un couteau planté dans le dos.

— Ouvrez ! cria l'un des deux hommes qui l'escortaient. Nous amenons la chasseuse.

La porte s'entrouvrit. La lueur rouge orangé du feu se déversa à l'extérieur, en même temps qu'un parfum entêtant d'ail et de sueur. Magirie planta son regard dans les yeux d'une vieille femme rabougrie qui s'accrochait à un foulard taché et avait les traits tirés et le teint cireux comme si elle n'avait pas dormi depuis plusieurs nuits. À la vue de la chasseuse, son expression refléta un profond espoir. Magirie avait vu cela trop souvent.

— Les esprits gardiens soient loués ! murmura la vieille. Nous avions entendu dire que vous viendriez, mais je ne... Sa voix se brisa. Je vous en prie, entrez. Je vais vous apporter quelque chose de chaud à boire.

Magirie pénétra dans la chaleur épaisse de la petite maison commune. Ce qu'elle détestait au plus haut point dans sa vocation, c'était le fait de voyager dans le froid. Huit hommes et trois femmes s'entassaient dans la minuscule pièce. Un petit garçon inconscient gisait sur une table, dans un coin de la pièce. Il y avait toujours au moins une ou deux personnes auprès de lui au cas où il mourrait.

Comme la bande de superstitieux qu'ils étaient, ces paysans croyaient que les esprits malins recherchaient les corps des nouveaux défunts et qu'ils les utilisaient pour chasser et se nourrir du sang des vivants. Les premières trente-six heures étaient censées être les plus propices pour qu'un esprit malveillant prenne possession d'un cadavre. Magirie avait entendu toutes les légendes et tous les contes populaires, et celle-ci n'était que l'une des plus répandues. Certains pensaient que le vampirisme se propageait comme une maladie, ou que ces créatures n'étaient que des gens malintentionnés et condamnés par le destin à endurer une existence immortelle. Les détails variaient, mais le résultat était le même : de longues nuits à trembler, plus de peur que de froid, en attendant qu'un héros vienne les sauver.

Un brun à la barbe grise de plusieurs jours, immense comme un ours, se tenait en bout de table et fixait les yeux clos du garçon. Il lui fallut un long moment pour lever la tête vers Magirie et s'apercevoir de sa présence. Ses vêtements ressemblaient à tous les autres, avec peut-être une ou deux couches de crasse en moins, mais son allure le désignait comme le zupan. Il se fraya un passage à travers la pièce bondée pour venir se planter devant elle.

— Je m'appelle Petrë Évanko, se présenta-t-il d'une voix étonnamment douce avant de désigner la femme qui l'avait accueillie. Ma femme, Anna.

Magirie hocha poliment la tête mais ne se présenta pas. Le mystère faisait partie du jeu.

Le zupan Petrë prit quelques instants pour jauger l'image que la jeune femme avait soigneusement travaillée depuis bien longtemps pour son travail.

Son armure en cuir clouté la désignait comme une guerrière nomade trop active pour porter quelque chose de plus lourd. Sa cape volumineuse semait le doute sur ce qui pouvait y être dissimulé. Ses épais cheveux noirs aux reflets rouges étaient attachés en une simple et longue tresse, pratique et efficace. Autour de son cou, elle portait deux étranges amulettes impossibles à identifier et qu'elle ne laissait visibles que quand elle travaillait dans les villages. Elle était équipée d'une courte lance en bois, à la pointe acérée et au manche recouvert de cuir.

Magirie débarrassa son épaule de sa sacoche, dont le rabat s'ouvrit quand elle atterrit à ses pieds. Le zupan Petrë baissa les yeux sur son contenu varié de bocaux, d'urnes et de bourses, qui étaient remplis d'herbes et de poudres mystérieuses. Tout cela constituait exactement l'équipement que l'on attendait de quelqu'un se battant contre les morts-vivants.

— Enchantée, Zupan Petrë, répondit Magirie. Votre message est parvenu jusqu'à moi il y a deux semaines. Je suis désolée d'avoir mis si longtemps à arriver, mais les chasseurs sont trop peu nombreux pour une trop grande demande.

Le visage de l'homme prit un air reconnaissant.

— Ne vous excusez pas. Venez voir mon fils. Il est mourant.

— Je ne suis pas guérisseuse, précisa rapidement Magirie. Je peux faire partir vos morts-vivants, mais je ne peux pas réparer les dégâts déjà causés.

Anna tendit la main pour la poser sur sa cape.

— Je vous en prie. Regardez-le, au moins. Vous verrez peut-être quelque chose qui nous échappe.

Magirie jeta un coup d'œil vers le garçon, puis elle s'approcha de lui pendant que les autres villageois s'écartaient de son chemin. Elle prenait toujours soin d'expliquer ses limites afin que personne ne puisse l'accuser de faire de fausses promesses. Le garçon était pâle et respirait à peine, mais la stupéfaction gagna Magirie : il n'avait pas de fièvre ni aucune plaie, et pas de signes de blessure ou de maladie.

— Depuis quand est-il dans cet état ?

— Déjà deux jours, marmonna Anna. Comme les autres.

— Étaient-ce tous de jeunes garçons ?

— Non, il y avait également un homme âgé et deux jeunes femmes.

Pas de point commun. Magirie regarda attentivement le garçon endormi et se tourna vers Anna.

— Retirez-lui sa chemise.

Elle attendit tranquillement qu'Anna ait terminé avant d'examiner les bras et le torse du garçon. Ensuite, elle étudia ses articulations. Sa chair était intacte, mais si pâle que sa peau était presque bleue, même dans la lumière ambrée du feu de cheminée. Elle lui souleva la tête et ses yeux se plissèrent légèrement à la vue de deux trous suintants sous son oreille gauche, mais elle conserva un air circonspect.

Elle reporta vite son regard sur le visage du zupan Petrë.

— Avez-vous vu ceci ?

Il fronça ses épais sourcils.

— Bien sûr. N'est-ce pas l'habitude des vampires, de saigner leurs victimes par la gorge ?

Magirie regarda de nouveau la blessure.

— Si, mais...

Ces trous étaient gros, mais peut-être s'agissait-il d'un gros serpent ou d'une autre sorte de reptile. Un venin puissant pouvait expliquer la pâleur de la peau et la faiblesse de la respiration.

— Y a-t-il toujours eu quelqu'un auprès de lui ? demanda Magirie.

Petrë croisa les bras.

— Anna et moi-même. Nous ne l'aurions jamais laissé seul dans cet état.

La jeune femme opina du menton.

— Quelqu'un d'autre ?

— Non, souffla Anna. Pourquoi nous posez-vous ces questions ?

Magirie se contrôla et eut tôt fait d'apaiser leur incertitude.

— Il n'existe pas deux morts-vivants qui tuent de la même manière. Si je connaissais les détails, cela m'aiderait à me préparer.

La vieille femme se détendit visiblement, l'air presque penaud, et son époux hocha la tête en signe d'approbation.

Magirie retourna à son paquetage, resté près de la porte. Deux villageois, qui avaient observé son contenu avec méfiance, se hâtèrent de reculer. Elle déposa sa lance à terre et tira de son sac un gros récipient en cuivre, à mi-chemin entre une urne et une jatte, et son couvercle en cuir. La surface des deux objets était griffonnée de symboles inintelligibles.

— Je vais devoir attraper l'esprit du vampire. Beaucoup de morts-vivants sont des créatures spirituelles.

Tous la dévisageaient d'un œil captivé et, quand elle sut qu'elle avait toute leur attention, elle changea de sujet. Le moment était venu de parler argent.

— Je sais que votre village souffre, zupan, mais mon matériel coûte très cher.

Petrë s'était préparé à cet instant et l'entraîna dans une arrière-salle.

— La semaine dernière, ma famille a frappé à toutes les portes pour recueillir des dons. Nous ne sommes pas riches, mais tout le monde a aidé en donnant quelque chose.

Il ouvrit la porte et, derrière, Magirie découvrit un tas d'objets empilés sur une couverture en toile étalée sur le sol sale. Il y avait deux grosses tranches de porc fumé, quatre pots de fromage blanc, une vingtaine d'œufs, trois peaux de loups et deux petites figurines en argent représentant probablement des divinités n'ayant pas répondu à leurs prières. En fait, c'était une première offre des plus communes.

— Je suis navrée, répondit Magirie. Vous ne comprenez pas : la nourriture est la bienvenue, mais la couverture ne m'est d'aucune utilité et le reste ne couvrira pas mes frais. Il m'arrive souvent de travailler sans faire de bénéfices, mais je ne peux pas travailler à perte. À défaut de monnaie, il me faut au moins des biens que je puisse revendre pour rembourser ce que j'ai dépensé en matériel. Une grande partie de mon arsenal est rare et coûteuse, aussi bien à l'achat qu'à la préparation.

Naïvement choqué, Petrë blêmit. Apparemment, il avait cru son offre plutôt généreuse.

— C'est tout ce que nous avons. J'ai envoyé ma famille mendier. Vous ne pouvez pas nous laisser mourir. Allons-nous maintenant devoir négocier pour nos vies ?

— À votre avis, quel bien cela fera-t-il au prochain village si je pars d'ici en étant incapable de me préparer pour les défendre ? rétorqua-t-elle.

Magirie avait l'habitude de ce genre d'échanges, même si le zupan Petrë semblait plus intelligent que d'autres chefs de villages auxquels elle avait eu affaire par le passé. Elle garda une expression sympathique, mais ferme. Les villageois cachaient presque toujours un petit trésor là où les collecteurs de taxes ne pouvaient le trouver. Il pouvait s'agir d'un héritage de famille, d'une petite pierre précieuse ou d'un bijou en argent récupéré sur le corps d'un mercenaire, mais il y avait toujours quelque chose.

— Vous avez fait tout ce chemin et vous n'allez rien faire ?

Sous ses yeux, la peau de l'homme prit une teinte grisâtre.

Anna tendit la main et la posa sur la chemise de son mari.

— Donne-lui l'argent des semences, Petrë.

Elle parlait d'un ton calme mais d'une voix tremblante de peur.

— Non, répondit-il sèchement.

Anna se tourna vers les autres qui, jusque-là, avaient observé la scène en silence.

— À quoi serviront ces graines si nous sommes tous morts avant le printemps ?

Petrë inspira brusquement.

— Combien de temps vivrons-nous, sans rien à manger l'année prochaine ? Combien de temps survivrons-nous, dans les geôles du seigneur, après avoir été incapables de payer la taxe ?

Magirie ne prit pas part à ces prévisibles querelles. Ils allaient faire un pas en avant, puis un pas en arrière, et ainsi de suite jusqu'à ce que leur angoisse prenne le dessus. Ensuite suivrait l'espoir que, s'ils réussissaient à surmonter cette épreuve, ils trouveraient plus tard une solution pour tenir durant l'année suivante. Elle connaissait trop bien les paysans. Ils étaient tous identiques.

Un court débat s'ensuivit, mais Magirie s'occupa d'inspecter le contenu de sa sacoche sans prêter attention à la conversation, comme si la conclusion en était évidente. Ceux qui souhaitaient garder l'argent des graines et tenter leur chance avec les vampires furent vite en minorité. La discussion s'évanouit si rapidement que Magirie en aurait été étonnée si elle n'en avait pas déjà entendu de semblables aussi souvent.

Tout d'abord, nul ne dit mot. Puis un homme d'âge mûr dégingandé sortit d'un coin de la pièce pour se poster devant le zupan et le regarder droit dans les yeux. Au vu des traces de charbon qui recouvraient son tablier de cuir, il devait certainement s'agir de ce qui s'apparentait le plus à un forgeron dans un village de cette taille.

— Donnez-lui l'argent. Nous n'avons pas le choix.

Petrë sortit de la masure et revint quelques instants plus tard en haletant. Il fusilla Magirie du regard, comme si elle était désormais la source de leur souffrance et non plus celle qu'ils avaient appelée pour les sauver.

— Voici ce que les taxes de cette année nous ont laissé. Il lui jeta le sac, qu'elle attrapa au vol. L'année prochaine, nous n'aurons peut-être pas de récolte.

— Vous pouvez regarder, répondit-elle. Certains villageois reculèrent dans les ombres de la pièce. Je vais prendre le contrôle du mort-vivant. Ne sortez pas de vos maisons et regardez à travers vos volets le bon usage qui est fait de l'argent de vos semences.

La haine disparut des yeux de Petrë et laissa place à la capitulation.

— Oui, nous allons vous regarder éliminer ce monstre.

La pluie s'était un peu calmée. Magirie s'agenouilla au milieu du chemin central, alluma deux torches et les enfonça dans la terre de part et d'autre du sentier. Elle plaça l'urne en cuivre sur le sol mouillé et la fit pivoter plusieurs fois pour s'assurer qu'elle était bien stable et qu'elle ne basculerait pas. À côté, elle déposa un petit maillet en bois.

Anna et deux villageois la regardaient depuis une ouverture étroite dans les volets de la chaumière. D'autres paires d'yeux l'observaient depuis plusieurs masures et maisonnettes du hameau. En revanche, le zupan ne se serait pas contenté d'assister à la scène comme un voyeur. Par conséquent, il se tenait à portée de voix, sur le pas de la porte de la demeure où il avait remis le futur des habitants entre les mains d'une tueuse de morts-vivants.

Magirie prit une bouteille dans son sac, en versa une fine poudre blanche au creux de sa paume et en saupoudra devant elle en frottant ses mains l'une contre l'autre. D'un geste vif, elle jeta la poignée restante en l'air et patienta. Les minuscules particules ne retombèrent pas, et restèrent en suspension comme un nuage vaporeux, produisant ainsi une lueur extraordinaire tout autour d'elles en accrochant la lumière des torches. Les hoquets de stupeur des paysans atteignirent les oreilles de la jeune femme.

Celle-ci sortit une autre bouteille, d'où elle versa une poudre rouge dans sa main qu'elle jeta en l'air de la même manière, dans un geste plus brusque du bras. Cette poussière dansa et contrasta avec les grains blancs, comme des lucioles de sable.

Magirie attendit un moment en silence, les yeux fermés. Quand elle les rouvrit, son regard était perdu dans le vide. Au milieu de la poudre en suspension, sa peau pâle et ses cheveux foncés lui donnaient l'apparence d'un spectre de lumière, inanimé, comme si elle s'était transformée en un monstre semblable à ceux qu'elle chassait. Dès qu'un tourbillon de poussière rouge s'attardait près de sa tête, la lumière étincelante des torches se répercutait sur sa tresse en des reflets grenat. Elle baissa le bras et prit sa lance par son manche recouvert de cuir.

— Le rouge va attirer le monstre, comme du sang, hurla-t-elle. Il ne pourra pas résister.

La jeune femme s'accroupit, laissant tomber sa tresse par-dessus de son épaule, et elle lança un regard vers le sentier d'où elle savait que la créature arriverait.

Entre les maisons, un mouvement furtif attira son attention.

Elle tendit le doigt vers un taudis situé à dix pas de l'allée devant elle.

— Là ! Regardez, il arrive !

De sa main libre, elle ouvrit l'urne de cuivre et prit une nouvelle bouteille de poudre rouge pour en jeter le contenu en l'air autour d'elle.

Sans qu'elle eût pu le prévoir, un objet dur lui percuta le dos, la faisant tomber en avant avec assez de force pour l'étourdir. Derrière elle, Anna cria. Magirie recracha de la boue et roula au sol pour s'écarter de la trajectoire de son attaquant. Elle s'accroupit tant bien que mal en cherchant dans tous les sens ce qui l'avait heurtée. Le chemin était désert.

Elle chercha ainsi du regard le moindre signe d'une présence entre les chaumières pendant un long moment. Le zupan avait reculé contre la porte de la maison commune, les yeux écarquillés, mais il resta à l'extérieur pour assister à la scène.

— Nom de…

La chose la frappa de nouveau dans le dos et la projeta encore à terre. L'eau traversa ses hauts-de-chausses et détrempa son armure alors qu'elle rampait dans la boue, jusqu'à ce que son épaule butte dans l'une des torches plantées dans la terre. Le flambeau se renversa et s'éteignit en grésillant.

Magirie se redressa et chercha son adversaire. Les ombres qui l'entouraient s'intensifièrent, maintenant qu'il n'y avait plus qu'une seule torche allumée.

Elle entendit des volets claquer au milieu des hurlements et des gémissements des villageois pris de panique. Quand elle se retourna, un regard furtif autour d'elle lui apprit que Petrë lui-même était désormais passé de l'autre côté de la porte, prêt à la claquer en cas de besoin. Il s'écria :

— Là, à gauche !

Une masse indistincte apparut à la limite de son champ de vision, et Magirie balança vivement son bras pour l'attraper au passage.

— Fini de jouer, siffla-t-elle tout bas.

Sa main se referma sur de la laine, et elle serra.

Elle déchira quelque chose en concentrant toutes ses forces contre son adversaire, mais ce bout de vêtement résista. Elle perdit l'équilibre et tomba sur le côté quand la créature se retourna alors que la jeune femme refusait de lâcher sa prise. Elles s'écrasèrent au sol, fouillant la boue avec leurs pieds pour reprendre appui. Magirie s'appuya sur un genou pour faire face à son attaquant et prépara sa lance. L'autre leva la tête à la lumière de la torche.

Maigre et crasseux, sa peau était d'un blanc aussi luisant que la première poudre que Magirie avait utilisée. Des cheveux blond argenté pendaient en paquets boueux autour d'un visage fin éclaboussé de terre, aux yeux couleur ambre bridés et aux oreilles légèrement pointues. La cape qu'elle avait réussi à agripper tombait en lambeaux sur ses épaules.

Magirie recula prestement de deux pas sans lâcher le manche en cuir de son pieu, et elle tenta de trouver de meilleurs appuis sans quitter des yeux son adversaire.

Celui-ci chargea derechef, d'un mouvement rapide. Une main griffue rompit la garde de la jeune femme et arracha le nœud de sa tresse. Ils étaient tous les deux trempés par la pluie et la boue, ce qui les rendait glissants et maladroits dans le moindre de leurs gestes. Magirie tomba et roula à terre, volontairement, cette fois, l'entraînant à sa suite. Quand ils eurent fini de dégringoler, elle se positionna au-dessus de lui et abaissa violemment son pieu en le serrant de toutes ses forces.

Du sang gicla de la poitrine de la créature alors que celle-ci se débattait en poussant un hurlement d'agonie. Magirie se mordit accidentellement la langue en essayant de maintenir l'autre au sol avec la lance dans le cœur.

Le monstre s'agita sauvagement et agrippa l'arme. Il arqua le dos, soulevant à moitié Magirie, et un cri rauque sortit du plus profond de sa gorge. Puis son corps se relâcha et il s'effondra en faisant gicler la boue autour de lui.

Magirie maintint sa prise jusqu'à ce que la créature se fige complètement, puis elle rampa rapidement vers l'urne de cuivre. Elle la ramassa, brandit le maillet et l'abattit avec force sur le côté du récipient.

Le coup résonna dans les airs. Magirie se précipita à l'autre bout du corps sans cesser de taper sur l'urne. Debout à l'entrée de la chaumière, le zupan plaqua ses mains sur ses oreilles pour se protéger de ce bruit assourdissant. Quand le dernier écho s'évanouit, Magirie claqua fermement le couvercle sur la jarre de cuivre pour la refermer. Elle resta là, au milieu du village, dont le silence n'était troublé que par son souffle haletant.

Le vieil homme s'élança en avant, peut-être pour voir le monstre de plus près, ou pour proposer de l'aide, mais la jeune femme tendit une main pour le tenir à distance.

— Non, hoqueta-t-elle en se balançant d'avant en arrière sous l'effet de la fatigue. Restez où vous êtes. Même morts, ils peuvent être dangereux.

— Chasseuse... Petrë chercha ses mots, et son visage exprimait un mélange d'émotions. Aviez-vous déjà vu un tel monstre ?

En regardant la silhouette couverte de sang qui gisait dans la boue, Magirie secoua la tête.

— Non, jamais.

Comme le zupan, abasourdi et hébété, la dévisageait, Magirie sortit de son sac une corde et une toile poussiéreuse. Le tissu était moucheté de taches sombres depuis longtemps incrustées dans la fibre. La jeune femme en enveloppa le corps et enroula la corde autour des chevilles du cadavre. Ensuite, elle rangea rapidement son équipement dans son sac, qu'elle jeta sur son épaule. L'urne de cuivre scellée était calée sous son bras.

— Alors, c'est fini ? s'enquit-il.

— Non. Magirie empoigna la corde. Maintenant, il faut que je me débarrasse correctement des restes et que je donne le repos éternel à son esprit. Demain matin, vous serez libres.

— Avez-vous besoin d'aide ?

Petrë Évanko avait eu l'air d'hésiter à poser cette question, mais il ne laissa pas sa peur prendre le dessus.

— Pour cela, je dois être seule, répondit Magirie sans ménagement, faisant de sa réponse un ordre incontestable. L'esprit ne partira pas de son plein gré. Il se battra pour vivre encore, avec plus d'acharnement que ce que vous venez de voir, et s'il y avait un autre corps à proximité, tous mes efforts auraient été vains. Que personne n'entre dans les bois avant le matin, ou je décline toute responsabilité quant à ce qui pourrait se produire. Si tout va bien, nous ne nous reverrons plus.

Petrë acquiesça d'un hochement de tête.

— Vous avez toute notre reconnaissance, chasseuse.

Magirie ne répondit rien et prit la direction de la forêt en traînant le cadavre derrière elle.

La boue s'était infiltrée dans tous les interstices possibles de l'armure et des vêtements de Magirie. Le gravier qui frottait contre sa peau, ajouté à la longue marche vers les bois en tirant le cadavre et son équipement, la mettait dans une humeur irritable. Elle sortit des arbres pour pénétrer dans une petite clairière et regarda en arrière. Il serait dommage de devoir tuer l'un de ces imbéciles de villageois, mais heureusement pour eux, elle ne vit aucun signe de présence et n'entendit rien d'autre que le chuchotement du vent dans les arbres. Elle lâcha ses fardeaux.

Un long grognement sourd sortit des buissons à l'autre bout de la clairière, et Magirie se raidit. Les feuilles frémirent et un énorme chien apparut. Bien qu'il soit grand et qu'il ait la corpulence et la couleur d'un loup, il était d'un gris plus bleuté et d'un blanc plus lumineux. Ses étranges yeux bleus, presque argentés, brillèrent à la vue de la jeune femme. Avec un grondement sourd, l'animal fixa le paquet qui gisait derrière elle.

— Oh, du calme, Chap ! marmonna-t-elle. Depuis le temps, tu devrais me reconnaître quand même.

Le dos de Magirie s'arqua quand elle sentit soudainement deux pieds la frapper par-derrière. Elle écarquilla les yeux de surprise et glissa sur l'herbe trempée de la clairière pour aller heurter le tronc d'un érable. Elle se releva avec peine. De l'autre côté de la clairière, la pâle créature au pieu planté dans le cœur se dégagea brutalement de la couverture tâchée.

— Bon sang, Magirie ! Ça fait mal ! L'être abaissa la main pour saisir le manche du pieu. Tu ne l'avais pas correctement huilé, avoue !

La jeune femme traversa la clairière en courant et lui fit un croche-pied. Le grand personnage s'étala sur le dos avec un grognement et Magirie bondit sur lui, lui clouant les bras au sol à l'aide de ses genoux. Elle referma ses deux mains sur le manche du pieu.

La colère se mit à bouillir en elle comme une fièvre brûlante. Des mèches de cheveux boueux et trempés par la pluie se collèrent à son visage quand elle baissa la tête vers la silhouette blanche qu'elle dominait. Elle tira brusquement le pieu.

— Espèce de demeuré ! aboya-t-elle. Si tu t'en étais tenu au plan et que tu ne m'avais pas envoyée dans la boue, peut-être que le fourreau ne se serait pas coincé à cause du sable.

Là où le pieu se terminait auparavant par une pointe, il n'y avait désormais plus rien. Il s'arrêtait au bord du cuir qui recouvrait le manche. Magirie jeta un rapide coup d'œil à l'embout creux de l'objet, puis elle le jeta sur la racine d'un arbre. Il y eut un bruit sec quand la pointe jaillit du trou et se remit en place.

— Qu'as-tu essayé de faire, là-bas ? Elle le saisit par le devant de sa chemise. Fais attention, Lihsil. Nous devons opérer de la même manière à chaque fois. Pas de changement, pas d'erreur. Quel est ton problème ?

Lihsil laissa retomber sa tête au sol. Il contempla la cime des arbres avec un soupir mélancolique que Magirie trouva beaucoup trop exagéré à son goût.

— C'est toujours la même chose, gémit-il. Je m'ennuie !

— Allez, lève-toi, répliqua-t-elle en se relevant.

Elle lança son pieu par terre au milieu de ses affaires et enfonça le bras dans un buisson pour en sortir un autre sac et une lanterne en étain. Celle-ci était toujours allumée depuis que Lihsil l'avait posée là avant leur représentation au village. Elle l'ouvrit, tourna le bouton pour rallonger la mèche, et la lumière s'intensifia légèrement.

Lihsil se redressa, s'assit, et entreprit d'ouvrir sa chemise déchirée. Sous le tissu, la vraie couleur de sa peau apparut : elle n'était pas d'une blancheur cadavérique, mais d'un brun clair et chaud. Il gratta la poudre blanche étalée sur sa gorge. Il portait en travers du torse une sacoche en cuir perforée de laquelle dégoulinait encore une teinture rouge foncé. Celle-ci était absorbée par une bosse de cire qui avait maintenu le pieu en place sur sa poitrine, donnant l'impression que l'homme s'était fait poignarder. Il se plaignit en dénouant la ficelle qui retenait le tout.

— Tu es censé m'attaquer de face, par là où je peux te voir. Magirie éleva légèrement la voix en repliant la couverture et la corde qu'elle avait utilisées pour traîner Lihsil hors du village. Et où as-tu appris à te cacher comme ça ? Je ne t'ai pas du tout vu arriver.

— Regarde, répondit son compagnon avec un dégoût étonné en essuyant la teinture qu'il avait sur la peau. Ton coup m'a laissé une grosse marque rouge au milieu du torse.

Chap, l'énorme molosse, vint rejoindre Lihsil en trottant. Il renifla son visage couvert de poudre blanche et poussa une plainte mécontente.

— Bien fait pour toi, rétorqua Magirie. Elle fourra la couverture, la corde et l'urne en cuivre dans son sac, puis elle jeta le paquet sur son épaule. Ramasse donc cette lanterne, et allons-nous-en. Je veux passer le coude de la rivière avant de dresser le campement. Nous sommes encore trop près du village pour nous arrêter pour la nuit.

Chap aboya et se mit à trépigner. Lihsil le caressa brièvement.

— Et fais-le taire, ajouta Magirie en regardant le chien.

Lihsil ramassa son sac ainsi que la lanterne et, flanqué de Chap, il emboîta le pas à la jeune femme et traça son propre chemin à travers les broussailles.

Le chemin leur parut court, et Magirie fut soulagée lorsqu'ils arrivèrent au coude de la Vudrask. Ils étaient maintenant assez loin du village pour établir leur campement et faire du feu. La jeune femme tourna le dos à la rive et choisit une clairière dans la forêt, suffisamment cachée par la végétation, à l'abri des regards. Lihsil se dirigea immédiatement vers la rivière, où il se lava en compagnie de Chap pendant que Magirie allumait un petit feu. Quand il revint, il était de nouveau lui-même, bien qu'il ne corresponde pas tout à fait aux critères considérés comme normaux. La jeune femme s'était habituée à son aspect bien avant qu'il ne lui ait appris les origines de sa mère.

En effet, il avait la peau mate, bien différente de la teinte blanche que lui donnait la poudre, au point que Magirie se sentait bien pâle à côté de lui. En revanche, ses cheveux étaient si blonds que, dans le noir, ils paraissaient d'un blanc immaculé. Il avait à peine besoin de les poudrer pour ses apparitions dans les villages. Ils tombaient sur ses épaules en de longues boucles aux reflets jaune pâle. Et puis, il y avait la forme finement allongée de ses oreilles, pas vraiment pointues, et ses yeux bruns ambré, subtilement bridés sous de hauts et fins sourcils de la même couleur que ses cheveux.

Magirie avait plusieurs fois songé que son agile compagnon ressemblait énormément au reflet en négatif de sa propre image. La plupart du temps, Lihsil tirait ses cheveux en arrière sous un foulard, pour les dissimuler ainsi que le haut de ses oreilles. Le peuple de sa mère était si rare dans ces contrées que lui et Magirie craignaient que son métissage n'attire trop l'attention, ce qui ne serait pas bénéfique au vu du rôle qu'il jouait dans leur travail.

Quand il fut confortablement installé auprès du feu, à moitié enroulé dans une couverture, Lihsil fouilla dans son sac et en sortit une outre de vin.

Magirie le dévisagea.

— Je croyais que tu étais fauché.

Il lui sourit.

— J'ai pris quelques affaires indispensables dans la ville que nous avons traversée avant-hier.

— J'espère que tu as payé avec ton propre argent.

— Bien sûr. Lihsil réfléchit un instant. En parlant d'argent, comment nous en sommes-nous tirés, là-bas ?

Magirie ouvrit le petit sac et commença à compter les pièces de monnaie. Elle en donna les deux cinquièmes à Lihsil, se taillant la part du lion. Son compagnon ne protestait jamais, car c'était elle qui avait directement affaire aux villageois. Il rangea son argent dans une bourse attachée à sa ceinture, puis il pencha la tête en arrière pour avaler une grande goulée de vin en étreignant sa gourde.

— Ne te soûle pas, l'avertit Magirie. Il ne reste pas beaucoup de temps avant l'aube, et je ne veux pas que tu dormes jusqu'à midi alors que nous devons partir.

Lihsil se renfrogna et rota.

— Calme-toi. C'est le meilleur moment, quand nous avons l'argent en poche et du temps pour nous reposer.

Il s'éloigna du feu pour aller s'appuyer contre la souche d'un arbre qui s'était effondré, et il ferma les yeux.

Le feu crépitait. Chap était couché à côté de son maître. Magirie s'étendit et autorisa ses épaules à se détendre un peu. En de tels instants, elle ne se souvenait pas combien de nuits étaient passées depuis sa première soirée de ce genre. Si elle prenait vraiment le temps de compter, elle en déduisait qu'ils pouvaient bien jouer cette comédie depuis plusieurs années. Elle massa sa nuque endolorie. Cette vie était meilleure que celle à laquelle elle était d'abord destinée, qui aurait consisté à vieillir rapidement en se tuant à la tâche dans une ferme. Toutefois, les changements de stratégie inattendus de Lihsil et son enjouement de cette nuit avaient un arrière-goût de mauvais augure et inquiétaient la jeune femme par rapport à l'avenir qu'elle s'était soigneusement préparé. Un futur dont elle ne lui avait pas encore parlé. Il lui vint à l'esprit qu'elle était aussi bête et superstitieuse que les paysans qu'elle méprisait, mais son malaise ne disparut pas. Cela venait peut-être simplement de son éducation.

Native de Droévïnka, un pays voisin, Magirie n'avait jamais connu son père mais, tout au long de son enfance, elle avait recueilli des bribes d'informations à son sujet. C'était un noble, un vassal de passage, qui faisait la loi auprès des paysans pour le compte des seigneurs et qui collectait le fermage sur leurs terres, ne restant au même endroit que quelques mois, parfois plusieurs années, mais partant toujours là où le seigneur qu'il servait l'envoyait. Très peu de gens l'avaient vu en dehors de ses collectes en début de soirée, quand la lumière du jour déclinait, heure où tout le monde était toujours présent dans sa maisonnette ou sa chaumière après une journée de travail. Sa mère n'était qu'une simple jeune femme d'un village proche de la maison seigneuriale. Le gentilhomme l'avait choisie comme maîtresse, et elle était restée loin des regards pendant près d'une année entière.

Des rumeurs avaient couru dans le hameau à propos du destin de sa mère, mais le peu de vérité connue était bien trop terre à terre. D'aucuns prétendaient l'avoir aperçue dans les jardins du manoir le soir, pâle et apathique. C'était à la fin de son séjour à la maison seigneuriale que certains avaient remarqué qu'elle attendait un enfant. Elle était décédée en donnant la vie à une petite fille, et le gentilhomme avait été envoyé sur un autre domaine. Ne souhaitant pas s'encombrer d'une enfant illégitime, il avait donné le bébé à la sœur de sa maîtresse et avait disparu. C'était cette tante qui l'avait baptisée Magirie, sur la base du prénom de sa mère, Magélia. Nul villageois n'avait jamais su le nom du père de la petite. Un énorme fossé séparait les différentes classes. Lui avait du pouvoir; eux, non. C'était tout ce qu'ils avaient besoin de savoir.

Tante Bihja avait essayé d'être bonne et de la traiter comme un membre de la famille, mais les autres villageois ne s'étaient pas montrés aussi cléments. Le simple fait que son père soit un noble et qu'il leur ait arraché l'une des rares jolies jeunes filles du hameau, uniquement parce qu'il pouvait se le permettre, était une raison suffisante pour que nombre d'entre eux veuillent punir quelqu'un, n'importe qui. Il n'était plus là, mais il restait Magirie. Et il n'y avait pas seulement du ressentiment, dans tout cela.

Les chuchotements, les regards apeurés et les insultes étaient monnaie courante, lorsqu'elle passait devant ses voisins. Ils ne laissaient jamais leurs enfants s'approcher d'elle. Le seul à avoir essayé, Geshan, un fils de berger, avait récolté de violents coups et l'ordre de rester loin de la fille «engendrée par les ténèbres». Quelque chose, chez son père, les avait effrayés; quelque chose de plus que son droit de vie et de mort sur eux. Dans un premier temps, elle avait cherché à tout savoir, à découvrir ce qui avait pu leur faire si peur et pourquoi ils la fuyaient ainsi.

Tante Bihja lui avait un jour déclaré d'un air compatissant: «Ils ont peur que ton père soit un être surnaturel», mais elle n'en avait jamais dit plus.

Finalement, Magirie avait perdu sa curiosité à propos de ses parents, et elle avait commencé à détester les villageois pour leurs superstitions et leur ignorance. Les années passant, peu d'informations étaient venues s'ajouter à ses connaissances, et l'hostilité à son encontre s'était accrue. À la fin, elle était devenue totalement indifférente à son passé et de plus en plus rancunière envers ceux qui l'entouraient.

Quand elle avait eu seize ans, tante Bihja l'avait prise à part, avait sorti un coffre en bois de sous son lit et le lui avait offert. À l'intérieur, Magirie avait trouvé un paquet enveloppé dans une toile cirée pour résister au climat humide et contenant un fauchon, deux étranges amulettes et une armure en cuir clouté de la taille d'un jeune homme. L'un des talismans était composé d'une topaze sertie dans de l'étain et simplement accroché à un cordon de cuir. L'autre était de forme semi-ovale au fond d'étain et contenait ce qui semblait être un éclat d'os sur lequel étaient gravées des inscriptions incompréhensibles. Contrairement à l'autre, celui-ci pendait à une chaîne passée dans le bord plat de l'amulette, de sorte que la partie ovale tombait vers le bas et que la face en os était toujours tournée vers l'extérieur.

— J'imagine qu'il espérait avoir un garçon, en avait conclu tante Bihja en se référant au mystérieux père de Magirie. Mais tu devrais pouvoir en tirer quelque chose si tu les vends.

Magirie avait soulevé le fauchon. Il était d'une légèreté exceptionnelle malgré sa taille, et sa lame luisait même à la faible lueur de la chandelle de la chambre. Un petit glyphe semblable à une lettre, mais ne correspondant à aucune langue de sa connaissance, avait été gravé sur la garde de l'arme. Son métal brillant aurait pu laisser supposer que tante Bihja l'avait régulièrement poli au cours des années, mais l'épaisse couche de poussière sur la boîte qui l'avait renfermé indiquait que son contenu n'avait pas été déplacé depuis très longtemps. La lame aurait rapporté une jolie somme sur le marché, mais Magirie avait commencé à imaginer les choses différemment dès la nuit suivante. Par une nuit de printemps, elle s'était faufilée hors du village sans jamais regarder en arrière.

Il devait y avoir quelque chose de mieux, en ce monde… mieux que sortir de chez soi chaque matin pour voir des visages emplis de haine et des gens qui faisaient semblant de ne pas la voir. Ni son passé inconnu, ni aucune sorte d'avenir ne l'intéressaient s'ils avaient à voir avec cette bande de minables. Elle supporterait l'isolement, à condition qu'elle soit vraiment seule.

Les années suivantes avaient été difficiles. Elle avait voyagé de ville en ville, fait tous les travaux possibles pour se nourrir et appris tout ce qu'elle voulait savoir : comment se battre, où trouver du gibier à chasser et comment soutirer de l'argent aux naïfs et aux dupes. Il y avait peu de travail pour une jeune femme de passage, et elle avait failli mourir de faim à deux reprises. Toutefois, elle ne serait rentrée chez elle pour rien au monde. Elle ne retournerait jamais dans ce village.

Sa haine pour les superstitions n'avait jamais disparu. Elle avait pris de plus en plus conscience de leur force chez les gens de la campagne et de la ressemblance entre ces personnes d'un endroit à un autre. Au final, il lui avait été facile de choisir précisément les éléments à exploiter. Ce qui prédominait, c'était la peur du noir et de la mort, et de tout ce qui y était lié. L'idée de «la comédie» ne lui était pas venue aussi simplement. Elle s'était développée petit à petit quand la jeune femme avait commencé à comprendre qu'elle pourrait gagner sa vie en jouant sur cette même peur qui avait un jour poussé à sa persécution.

Pour commencer, elle avait travaillé seule, convainquant les paysans que les vampires étaient souvent des créatures spirituelles que l'on pouvait piéger et détruire. Grâce à son spectacle élaboré qui consistait à faire voler de la poudre et à inventer des enchantements et des incantations, elle avait réussi à faire croire aux ignorants villageois qu'elle pouvait réellement emprisonner les morts-vivants dans une urne en cuivre. Elle avait également mis au point le truc de l'outre remplie de teinture, afin de terrifier ses clients avec de soudaines blessures sanguinolentes pendant qu'elle luttait contre des adversaires imaginaires. Dans chacune des régions où elle voyageait, elle avait désigné un endroit dans une ville où laisser des messages. Il s'agissait la plupart du temps d'une taverne très fréquentée où les rumeurs allaient bon train et où le récit de ses exploits pouvait se répandre comme une traînée de poudre. C'était devant un de ces endroits qu'elle avait rencontré Lihsil. Il était très doué dans son domaine. Si doué qu'elle n'aurait normalement pas dû le découvrir.

Un soir, alors qu'elle s'éloignait d'une taverne, elle avait senti comme une démangeaison au creux de ses reins et qui courut le long de son échine jusqu'à sa tête. La nuit avait semblé prendre vie alors que ses sens s'aiguisaient, et elle avait entendu plus qu'elle n'avait senti une main s'enfoncer dans le sac en tissu qui pendait à son épaule. Quand elle s'était retournée pour saisir le poignet du voleur, prête à en découdre avec lui, elle avait lu une surprise totale sur les traits de ce dernier : un visage étrange et bronzé percé de deux yeux brillants couleur ambre sous des sourcils hauts et fins.

Magirie ne se rappelait pas exactement ce qu'ils s'étaient dit pour détendre l'atmosphère. Peut-être s'était-il agi d'une reconnaissance mutuelle de leurs talents respectifs. Le physique inhabituel de Lihsil s'était intégré aux plans que la jeune femme avait en tête. Elle n'avait jamais vu d'elfe avant cela, car ceux-ci étaient connus pour ne pas voyager et pour vivre dans le grand nord. Son sang elfique associé à son côté humain donnait une touche exotique aux traits et au corps de Lihsil. Ils avaient passé la soirée à discuter en vidant des verres de vin, et il en avait profité pour retirer le foulard de sa tête et permettre à Magirie de voir ses oreilles. Le lendemain matin, ils avaient quitté la ville ensemble, avec un étrange chien-loup qui accompagnait Lihsil. Cela remontait à quatre années.

Le feu crépita de nouveau. Chap leva la tête et geignit, le regard plongé dans les ténèbres.

— Arrête, marmonna Lihsil, qui avait déjà vidé la moitié de sa gourde. Il n'y a rien, de ce côté.

Il gratta la nuque du chien, qui se retourna pour lui lécher le visage, à tel point que l'homme finit par devoir repousser le museau de l'animal.

Magirie se redressa et inspecta la forêt du regard. Chap n'avait pas l'habitude de s'agiter pour rien, mais, après tout, ce n'était qu'un chien. Il était plus que probable qu'il ait simplement entendu un écureuil ou un lièvre.

— Je ne vois rien, dit-elle en se retournant vers le feu.

La lumière rouge lui rappelait la petite chaumière faiblement éclairée et les deux trous suintants qui perçaient inexplicablement le cou du fils du zupan Petrë. Elle commençait à avoir des maux de tête et redoutait la discussion qu'elle prévoyait d'avoir avec Lihsil. Depuis un mois, elle ne cessait de la remettre à plus tard, attendant toujours un moment plus opportun, mais après ce dernier travail, elle se demandait combien de temps elle pourrait encore gagner. Elle commençait à se lasser de tout cela et Lihsil était de plus en plus négligent. Les choses devenaient un peu trop imprévisibles.

— Avant que tu n'aies trop bu, il faut que nous parlions, annonça-t-elle tout bas.

— Je ne bois jamais trop, mais toujours juste ce qu'il faut. Il avala une autre gorgée de vin et s'apprêtait à en boire une nouvelle mais le ton de Magirie l'arrêta au milieu de son geste. Il abaissa donc sa gourde. À quel sujet ?

La jeune femme fouilla dans son sac et en sortit un parchemin plié et légèrement chiffonné.

— À chaque fois que nous traversons Bélaski, je dépose de l'argent dans une banque que je préviens au préalable de ma visite par des messages.

Le visage de Lihsil perdit toute expression.

— Des messages ? De quoi parles-tu ?

Elle lui tendit le parchemin.

— Cette lettre vient d'un agent immobilier.

Bouche bée, Lihsil prit le parchemin.

— Tu as économisé de l'argent ?

— Il cherchait un certain type de biens pour moi, sur la côte, et... on dirait qu'il a trouvé. Elle marqua une pause. J'achète une taverne à Miiska, une ville bélaskienne.

Lihsil cligna des yeux comme s'il ne comprenait pas un mot.

— Quoi ?

— Je ne voulais pas t'en parler tant que je n'avais pas trouvé le bon endroit. Je n'ai jamais eu l'intention de jouer ce rôle de chasseuse toute ma vie, et je suis fatiguée.

— Tu as mis de l'argent de côté ? Lihsil secoua la tête. Je n'arrive pas à y croire. Tout ce que je possède se trouve dans ma bourse.

Magirie leva les yeux au ciel.

— C'est parce que tu bois tout ce que tu gagnes, ou que tu le perds aux cartes.

Elle l'entendit alors prendre sa respiration, et les mots déferlèrent.

— Et c'est tout ? hurla-t-il presque en faisant fi de sa réponse. Sans prévenir ! Sans même un « Au fait, Lihsil, j'économise pour une taverne ». Et tu n'y as jamais fait allusion ! Combien as-tu mis... Non, peu importe. Nous sommes ensemble. Je propose que nous fassions encore quatre ou cinq villages avant de parler de retraite.

— J'en ai assez, répondit-elle doucement. Je veux quelque chose qui m'appartienne.

— Et moi ?

— La ville va te plaire, s'empressa-t-elle de répondre. Il nous suffit de prendre la direction de la mer et de tourner vers le sud. C'est à dix lieues de Béla, la capitale, en suivant la côte. Je m'occuperai des boissons. Toi, tu pourras gérer les jeux. Je t'entends parler de tenir une table de faro... à chaque fois que tu perds ta dernière pièce à l'une d'elles.

Lihsil lui adressa un geste de la main pour la faire taire et prit une mine renfrognée.

— Chap pourra monter la garde, reprit-elle alors que le chien levait la tête en entendant son nom. Nous aurons un toit au-dessus de la tête toutes les nuits et nous n'aurons plus à prendre tous ces risques.

— Non ! Je ne suis pas prêt à prendre ma retraite.

— C'est toi qui superviseras les parties de cartes...

— C'est trop tôt.

— ... et tu auras un lit bien chaud, plein de bière et d'hydromel...

— Je ne veux pas en entendre davantage.

— ... et du vin chaud préparé dans notre propre cheminée.

Lihsil se tut. Magirie le vit retourner la question dans sa tête et étudier les différentes possibilités. Il n'était pas idiot, bien au contraire. Finalement, il poussa un grognement exaspéré, à moins que ce ne soit un rot.

— Pouvons-nous en reparler demain matin ? demanda-t-il.

Sans cesser de bouder, il but une grande gorgée de vin.

— Oui, si tu veux.

Sur ce, Lihsil fit de nouveau face au feu. Magirie s'assit, replia le parchemin qu'il avait à peine daigné regarder et le rangea dans son vêtement. Comme elle s'allongeait, Lihsil se redressa brusquement et regarda dans tous les sens comme s'il était perdu, faisant bondir Chap sur ses quatre pattes.

— Comment as-tu pu économiser autant d'argent ? lâcha-t-il d'un air confus.

— Oh ! Tais-toi et couche-toi ! rétorqua Magirie.

Le jeune homme se rallongea en marmonnant.

Le sommeil mit du temps à venir, Magirie était agitée et nerveuse. Lihsil n'accepterait pas aussi facilement ce changement de programme. Elle s'y était attendue, mais, au moins, il était maintenant en train d'y réfléchir. Elle espérait qu'il ne serait pas trop difficile de le convaincre au long du chemin, même si cela allait sans doute prendre un peu de temps. Le mieux serait d'attendre qu'il ait un peu de monnaie en poche. Avec une bourse vide, il résisterait plus et voudrait attendre une nouvelle occasion malhonnête de renflouer sa bourse.

Magirie contempla les petites langues de feu danser devant elle. Elle remarqua que Chap ne s'était pas roulé en boule à côté de Lihsil comme précédemment, mais qu'il était assis un peu en retrait pour surveiller les arbres. Finalement lassée de le regarder fixer le néant, elle ferma les yeux. Elle ne le vit pas changer de place et s'installer au coin du feu, exactement entre elle et Lihsil.

Dans les profondeurs de la forêt, quelque chose bougea. D'un tronc d'arbre à un autre, de buissons en déclivités, la chose se rapprocha du cercle de lumière produit par le feu. Elle s'installa à côté d'un vieux chêne couvert de champignons sortants en écailles sur son tronc, et elle regarda en direction de la clairière, là où deux silhouettes dormaient tranquillement. Entre elles, un chien chatoyait un peu trop, aux yeux du curieux, pour n'être qu'un simple cabot. Pourtant, le spectateur secret n'accorda pas plus d'importance à l'animal mais dirigea ses prunelles semblables à des points lumineux vers la femme étendue sous une couverture en laine.

Sa peau pâle luisait maintenant à la lueur du feu, et des reflets rouge sang coloraient ses cheveux noirs.

— Chasseuse, susurra la chose pour elle-même en ravalant un rire et en chatouillant l'écorce du chêne du bout de ses griffes.

II

Chap était allongé, sa longue tête posée au sol, le museau entre ses pattes. Ses yeux entrouverts clignaient à peine alors qu'il ne quittait pas des yeux les ténèbres qui encerclaient le campement. Au-dessus du murmure des arbres et de l'herbe sous la brise, il percevait le souffle léger de Magirie et les ronflements doux et alcoolisés de Lihsil.

Les flammes étaient basses, en cette heure tardive de la nuit, et une poignée de braises rouges faisait vaciller de temps à autre les langues de feu. Le campement était protégé par de gros arbres qui s'élevaient en un mur noir. Non loin de là, les eaux de la Vudrask, gonflées par les pluies printanières, gargouillaient et clapotaient en éclaboussant les rochers dans leur course régulière et incessante. Magirie roula dans sa couverture en murmurant. Des mèches de cheveux s'étaient détachées de sa natte et s'étaient collées à des traces de boue séchée sur son visage. Chap la dévisagea puis reprit sa surveillance.

Un mouvement furtif attira son regard entre deux arbres, à une dizaine de pas du campement.

Il leva la tête et grogna pour la première fois depuis que ses compagnons s'étaient installés pour dormir. Ses poils gris et bleu argenté se dressèrent sur sa nuque et ses babines se retroussèrent, dévoilant ses crocs. Son râle se mua en grondement. Magirie s'agita dans son sommeil mais ne se réveilla pas.

Les ténèbres s'agitèrent de nouveau.

Ses hanches, ses épaules et ses cuisses se tendirent. Chap baissa la tête, se tut progressivement et avança au ras du sol.

Un visage blanc aux yeux semblables à des pierres scintillantes apparut au-dessus d'un buisson à deux pas de lui. Il observait Magirie.

Chap s'élança en avant en poussant un grognement aigu. En autant de temps qu'il lui fallait pour passer sa langue sur son museau, le mur d'arbres l'engloutit.

MAGIRIE SE RÉVEILLA en sursaut et rejeta sa couverture juste à temps pour voir le corps du chien disparaître dans la forêt. Encore confuse, toujours embrumée par le sommeil, elle tira son fauchon de son fourreau en se demandant quel bruit avait réussi à passer outre son épuisement.

— Lihsil, lève-toi, lança-t-elle rapidement. Chap est parti… à la poursuite de quelque chose.

Le chien aboyait rarement s'il ne se sentait pas menacé. Il n'attaquait jamais si son maître ne lui en donnait pas l'ordre et, depuis que Magirie le connaissait, soit plusieurs années, le molosse n'avait jamais abandonné leur campement.

Une plainte sinistre et chargée de haine s'éleva de la forêt depuis un point proche de la rivière. Ce son ne ressemblait à rien de ce qu'elle pouvait imaginer de la part d'un chien.

— Lihsil… tu as entendu ? Elle se dressa sur ses pieds. Il y a quelque chose par là.

Ses amulettes frôlèrent les épaules de son compagnon quand elle se pencha au-dessus de lui pour lui répéter brusquement : Lève-toi !

Il marmonna et s'éloigna d'elle en roulant. L'outre de vin gisait à côté de lui, vide.

— Espèce d'ivrogne ! lâcha-t-elle, contrariée.

Un autre cri atroce résonna sous les arbres et, cette fois, elle sut qu'il s'agissait de Chap. Elle hésita un instant, se demandant si elle devait laisser Lihsil seul ou non. Puis elle bondit dans la forêt en direction du hurlement.

Quelque chose avait effrayé l'animal à tel point qu'il avait attaqué sans en recevoir l'ordre ni même prendre le temps de réveiller son maître. L'image d'une meute de loups straviniens s'acharnant sur lui encouragea Magirie à accélérer. Elle heurta violemment des branches basses et des broussailles alors que le bruit de la rivière se faisait de plus en plus fort à mesure qu'elle s'en rapprochait.

Ce n'était même pas son chien, mais il s'était interposé entre elle et le danger assez souvent pour que l'idée qu'il soit blessé la touche plus qu'elle ne s'y était attendue. L'étrange grognement plaintif qu'elle avait entendu plus tôt se mélangea dans son esprit avec l'aboiement habituel de Chap, mais plus elle approchait de la rivière, plus le gargouillis de l'eau l'empêchait de situer le lieu où il devait se trouver.

Magirie l'appela en courant :

— Chap, où es-tu ?

Elle n'avait pas pris de torche, mais la lune presque pleine produisait juste assez de lumière pour qu'elle distingue son chemin à travers la forêt. À deux reprises, elle trébucha, se rattrapant de sa main libre sans lâcher son fauchon. Elle était toute courbatue des suites de son faux combat avec Lihsil. Sous l'effet de la contrariété et de l'inquiétude, elle maudit l'excès de zèle du chien. Entre les arbres, elle perçut le scintillement du clair de lune sur les eaux ridées.

— Chap ! appela-t-elle encore en accélérant.

Un éclair blanc passa sur sa gauche, juste à la limite de son champ de vision, et elle s'arrêta. Les aboiements entrecoupés de Chap lui parvinrent du même côté. Magirie courut dans la direction du bruit, mais il retentit de nouveau sur sa droite, du côté de la rivière. La forêt s'ouvrit sur une petite clairière en surplomb de la rive. Ce qu'elle vit lui paralysa les jambes. Même de derrière, elle distinguait les tâches noires qui couvraient le cou et les épaules de Chap. Elle le contourna par la gauche en restant à distance pour ne pas l'effrayer.

Son museau était barbouillé et un liquide en coulait et, bien qu'il fasse trop sombre pour en définir la couleur, elle sut que c'était du sang. Les endroits de son corps où son pelage n'était pas tâché et mouillé étaient hérissés, lui donnant l'air plus gros que d'habitude. Ses babines étaient retroussées, dévoilant ses crocs en un râle vibrant. Magirie tourna doucement la tête vers la proie du chien, prise au piège au bord de la rivière.

La forme humaine était accroupie, les mains posées à plat sur le sol de boue et de gravier, comme si elle pouvait choisir de soudainement se déplacer à quatre pattes. Les lambeaux d'une chemise pendaient sur son torse, là où Chap l'avait déchirée. Des filets de sang coulaient de blessures aux bras et à la poitrine de cet homme couleur de lune. Les cheveux noirs qui tombaient sur ses épaules semblaient ébouriffés. C'était comme s'il avait été sculpté dans du bois clair et qu'on avait ensuite posé sur sa tête des soies de maïs noircies. Cette chevelure filandreuse assombrissait son visage, mais ses yeux brillaient comme s'ils reflétaient une lumière pourtant inexistante. Il leva une main émaciée pour regarder les marques de crocs qui faisaient tout le tour de son poignet. De petits ongles ratatinés, comme des griffes malformées, prolongeaient ses doigts.

— Pas possible… qu'un chien… mais ça brûle. La voix de l'homme était empreinte de surprise. Sale bâtard… siffla-t-il de colère. Pas pu blesser Parko, pas comme ça.

Ses yeux luisants se détournèrent de ses blessures comme si l'homme prenait tout juste conscience de la présence de Magirie. Il inclina la tête d'un côté, de plus en plus bas, jusqu'à ce que son oreille soit presque posée sur son épaule à la manière d'un hibou, sans quitter Magirie du regard. Il écarta ses cheveux de son visage et la jeune femme resserra sa prise sur son fauchon.

Des joues creuses et des yeux enfoncés marquaient son visage en des poches noires qui contrastaient avec sa peau aussi blanche qu'un cadavre. Une maladie ne lui avait laissé que la peau sur les os.

— Chasseuse ? s'interrogea-t-il d'une voix douce et posée après une brusque inspiration. Il inclina davantage la tête sur le côté, puis un rire croassant jaillit de sa gorge. Chasseuse !

Ce mot glaça le sang de Magirie et la peur la gagna. Cet homme la connaissait ou, du moins, savait ce qu'elle était venue faire là, bien qu'elle ne l'ait jamais vu avant.

Il fit un mouvement latéral, bondissant sur ses quatre membres.

— Chap, reste derrière moi, ordonna Magirie, mais pas assez vite.

Le chien imita le geste du personnage blanc, mais celui-ci changea de direction en tournant sur la droite en plein milieu de son saut, avant que Chap ait atterri. Les pattes avant de ce dernier cédèrent sur le gravier quand il essaya de se tordre pour repartir dans l'autre sens. Il perdit l'équilibre et bascula avec fracas sur le bord rocheux de la rivière. Magirie vit l'homme se déplacer sur sa droite puis sur sa gauche, mais elle tourna un court instant les yeux vers Chap quand il tomba. Elle cligna des yeux.

L'homme était dans les airs et descendait sur elle.

La jeune femme l'esquiva et fit une roulade en avant, passant sous l'arc aérien de son attaquant. Ce n'était pas le moment de se demander comment il pouvait se déplacer si vite et si loin en un bond. Elle pivota dos à la rivière juste à temps pour voir l'étranger se retourner dans les airs et lui faire de nouveau face. Ses pieds touchèrent à peine le sol avant qu'il ne se propulse vers elle.

Magirie fit tournoyer son fauchon en un rapide coup cinglant entre elle et son agresseur. C'était une attaque minable, mais elle n'avait pas eu l'intention de toucher sa cible. Tout ce qu'elle voulait, c'était lui faire peur. Elle n'aurait aucun intérêt à tuer un villageois maintenant, après s'être sortie avec succès de l'improvisation de Lihsil.

L'homme blafard se baissa vivement, sauta sur le côté et évita la lame. Elle en profita pour partir de l'autre côté afin de ne plus avoir la rivière dans le dos. Le rire dérangeant de l'homme résonna dans les arbres qui les entouraient.

— Pauvre chasseuse, la plaignit-il ironiquement en levant des doigts aux ongles tâchés tout en se redressant.

Magirie recula d'un pas.

— Je ne veux que le chien. Je ne veux pas vous blesser.

Il rit derechef, les yeux mi-clos de sorte qu'ils brillaient désormais comme des entailles scintillantes au milieu de son visage.

— Bien sûr que non, confirma l'homme d'une voix aussi creuse que ses joues.

Puis il attaqua.

***

C'était toujours le même rêve, mais, cette fois, son sommeil alcoolisé ne parvint pas à le chasser.

Âgé de seulement douze ans, Lihsil était accroupi dans la pièce noire située sous la maison de ses parents et écoutait la leçon faite par son père.

— Ici, dit ce dernier en désignant la base du crâne humain qu'il tenait, on peut glisser une lame fine et droite lorsque le sujet est distrait. Cela provoque une mort instantanée et silencieuse chez la plupart des humanoïdes à crâne large.

Son père tourna l'objet pour lui montrer la cavité où s'encastrait la colonne vertébrale.

— C'est un coup très difficile à réussir. Si tu ne l'exécutes pas correctement il adressa un regard renfrogné à Lihsil, un puissant coup latéral en reculant peut te sauver avant que la cible ne puisse émettre le moindre son. Utilise toujours un stylet ou une lame fine et résistante du même genre pour cette attaque, mais jamais une dague ou un couteau. Une épée large se coincerait à la base du crâne ou serait déviée par les cervicales.

L'homme dévisagea son fils. Une épaisse barbe poivre et sel masquait le bas de son visage mince et anguleux. Il lui tendit le crâne. Le jeune Lihsil regarda l'objet, mais il remarqua surtout les mains longues et fines de son père, si gracieuses dans le moindre de leurs gestes, même les plus vicieux.

— Comprends-tu ? demanda son père.

Lihsil leva les yeux sans lâcher son stylet, trop gros pour la paume d'un jeune garçon. Au matin, quand il sortait de ce rêve récurrent, il se rappelait toujours son hochement de tête silencieux en réponse à sa question ; mais les rêves étaient toujours différents de la réalité. Il s'apprêtait à saisir le crâne, mais il hésita.

— Non, père, répondit le petit Lihsil. Je ne comprends pas.

Une deuxième silhouette sortit de l'ombre, semblant surgir du sol noir au coin de la pièce. Elle était grande, un peu plus que ne l'était son père, et gracieusement élancée, d'un teint brun miel comme celui de Lihsil, bien que sa peau soit plus douce et plus parfaite que celle de toutes les personnes qu'il avait rencontrées. Ses longs cheveux et ses sourcils fins et duveteux brillaient d'un or clair comme les fils d'une toile d'araignée baignée par le soleil. La pointe de ses oreilles dépassait rarement de ses boucles. Ses grands yeux brun ambré étaient bridés et rencontraient l'extrémité de ses sourcils.

— La bonne réponse est « oui », Lihsil, corrigea-t-elle de la voix douce d'une mère aimante qui réprimande son enfant pour sa mauvaise conduite.

Elle baissa calmement les yeux sur lui et il désira de tout son cœur lui faire plaisir, même s'il était malade à l'idée de faire ce qu'elle lui demandait.

— Oui, mère... Oui, père, murmura-t-il. Je comprends.

Lihsil se retourna en gémissant et se réveilla en sursaut, sans vraiment comprendre ce qui avait interrompu son rêve. L'espace d'un instant, il en fut heureux, quelle qu'en soit la cause. Il avait mal à la tête à cause de la fatigue et de l'abus de vin. Il avait bu trop peu pour ne pas repenser à cette nuit, mais juste assez pour réussir à s'endormir. À cause de ses yeux voilés, il lui fallut un moment pour s'apercevoir que le campement était vide autour de lui.

— Magirie ? appela-t-il. Chap ?

Aucune réponse. La peur commença à chasser l'étourdissement dû à la boisson.

Au loin, il entendit une plainte qu'il ne put assimiler ni à un humain ni à un animal. Lihsil se hissa sur ses pieds, fourra deux stylets dans les fourreaux qu'il portait aux poignets et pénétra dans la forêt en titubant, en direction du cri.

MAGIRIE S'ÉCARTA ENCORE, tenant son adversaire à distance grâce à de rapides coups d'épée qui lui permettaient de rester en position défensive. À cause de la fatigue, elle commençait à avoir le souffle court, mais toutes ses feintes et ses manœuvres n'avaient pas découragé son ennemi. Il esquivait et contrait chaque coup, tantôt souriant, tantôt lâchant un bref gloussement tout en sautant et en dansant. Le pied de Magirie frôla une chose proche du sol, un buisson ou une branche basse, et elle comprit qu'il avait fait en sorte qu'elle recule vers les arbres.

La panique lui monta à la gorge. Elle avait tout juste réussi à le tenir à distance, sans jamais le quitter des yeux de peur qu'il ne fasse un autre bond qu'elle ne pourrait arrêter. Si elle devait en plus être attentive à ses moindres pas pour ne pas perdre l'équilibre dans la forêt, elle finirait soit par trébucher, soit par tomber ou, pire, par se déconcentrer et baisser sa garde.

— Chasseuse, chasseuse, chanta l'homme blême en sautant sur la droite de Magirie avant d'atterrir accroupi, les quatre membres joints. Viens chercher ta proie !

La panique se teinta de colère.

Si elle rentrait dans son jeu, la bataille était perdue d'avance, et elle soupçonnait que ce fou de paysan enfiévré en savait plus sur elle qu'il n'aurait dû. Quoi qu'il en soit, elle préférait éviter de le tuer, dans la mesure du possible. Un dément racontant des histoires à propos d'une fausse chasseuse de morts ne serait pas pris au sérieux. Un cadavre tranché par une épée, la nuit suivant son passage, soulèverait de nombreuses questions; peut-être suffisamment pour que les villageois persuadent leur seigneur d'organiser une battue contre elle. Magirie se mit en position, attendant qu'il se déplace et lui laisse une ouverture pour l'assommer avec le plat de son épée.

Un gémissement rauque s'éleva du bord de la rivière et elle se souvint que Chap était tombé violemment. Magirie et son adversaire eurent le même réflexe de jeter un coup d'œil de côté, puis de nouveau face à eux, juste à temps pour constater l'erreur de l'autre. L'homme se jeta en avant, ses doigts crochus prêts à lui ouvrir la gorge. Elle n'eut pas le temps de réfléchir et réagit instinctivement. Son fauchon fendit l'air en un coup vif.

La main griffue manqua sa cible et s'abattit sur son buste. La lame de l'épée frappa l'homme à la clavicule. Les ongles de celui-ci griffèrent l'armure de cuir. L'acier tranchant entailla le tissu en lambeaux et mordit la chair.

Magirie sentit le sol se dérober sous ses pieds lorsqu'elle fut repoussée en arrière. Sa tête et son dos heurtèrent un tronc d'arbre et, étourdie, elle s'écroula sur son flanc. Son cœur se mit à battre à tout rompre alors qu'elle s'attendait à sentir son adversaire lui tomber dessus de tout son poids, mais ce moment n'arriva pas. La jeune femme leva les yeux en essayant de se forcer à voir clair.

L'homme au teint blafard se dressait au-dessus d'elle. De ses yeux écarquillés, il fixait la fine coupure qui lui traversait la poitrine, comme si l'idée qu'une lame puisse le blesser ne lui était jamais passée par la tête avant cela. Son air mielleux disparut à mesure que son visage se tordait en un masque de colère.

— Pas possible… murmura-t-il.

Il n'y avait plus aucune chance de ne pas tuer cet homme. Magirie resserra sa prise sur son fauchon et essaya de le soulever pour se protéger. Avant qu'elle n'ait pu terminer son geste, l'autre était sorti de sa stupeur et se jetait sur elle. Une main squelettique la prit à la gorge, lui clouant le cou à terre. Elle tenta de brandir son arme vers la tête de son ennemi, mais ce dernier saisit son poignet et l'immobilisa aussi.

— Tu ne peux pas me faire ça, râla-t-il. Pas possible !

La vue de Magirie se troubla de nouveau quand la main se resserra autour de sa gorge.

— Tu ne peux pas blesser Parko.

C'était plus un refus qu'autre chose.

Elle commençait à se sentir mal à cause du manque d'air. En même temps que la forêt se mettait à tournoyer, une sensation de froid s'infiltra sous sa peau. Autour de son cou, les doigts semblaient aspirer la chaleur de son corps.

Magirie se défendit de sa main libre, visant la forme floue de la tête de l'homme. Son poing toucha sa cible et le coup se propagea en une onde de choc le long de son bras, jusqu'à lui faire mal à l'épaule. La tête de l'autre bougea à peine. La jeune femme referma sa main sur ce visage trouble et poussa aussi fort que possible.

Sous ses doigts, la chair était aussi rigide que l'os qu'elle recouvrait et une sensation de froid lui parcourut de nouveau le bras.

La terreur gagna Magirie lorsque le visage blanc devint totalement flou, et la jeune femme sentit qu'elle ne tarderait pas à perdre connaissance. Le froid pénétra plus profondément en elle, jusque dans sa poitrine, au point que même sa peur vacilla et fut étouffée par cette sensation. Ensuite, le froid se propagea depuis sa gorge et le poignet de son bras armé cloué au sol.

Une douleur lancinante répondit à ce froid grandissant.

Ce n'était pas une conséquence de la vie quittant son corps, mais cela venait d'un point caché en elle qui ne cessait de s'agiter. Cela déclencha une poussée de fièvre qui alla de ses os jusqu'à ses nerfs, en passant par tous ses muscles, et qui semait des fourmillements brûlants partout où elle s'insinuait. Finalement, la chaleur s'installa dans son estomac et se changea en un nœud d'une douleur de plus en plus forte que même le froid ne pouvait endormir, puis elle qui remonta ensuite jusqu'à sa gorge. Un trou s'ouvrit en elle, attendant d'être comblé.

Cela lui donnait… faim.

Magirie était affamée. Un sentiment, né de sa rage croissante, cherchait un moyen de mettre fin à cette situation. En extrayant la vie de son adversaire, elle ferait taire sa faim.

Elle frappa de nouveau l'homme à la tête et, cette fois, celle-ci bougea juste un peu.

La faim se répandit depuis son estomac en se frayant un chemin à travers ses membres et finit par chasser la fatigue et la peur, consumant le froid que lui transmettait l'homme. Elle essaya de lever son bras armé et sentit son poignet se soulever lentement du sol en repoussant la main de son ennemi qui essayait de la retenir. Depuis ses ténèbres, Magirie entendit un sifflement désespéré sortir des lèvres de l'autre quand il lui lâcha la gorge pour repousser la main qu'elle venait de refermer sur son visage. La jeune femme remplit ses poumons d'une grande goulée d'air.

— Non… non… non ! hurla-t-il. Tu ne fais pas le poids contre Parko.

Occupée à briser la résistance de l'homme, elle ne pouvait ni projeter son épée, ni replacer son autre main sur sa tête. Il se mit à avancer par à-coups avec d'étranges bruits de claquements. Comme Magirie commençait à recouvrer la vue, elle vit la forme floue de sa tête ovale se pencher vers son visage avec un « clic », puis repartir en arrière et encore en avant avec un « clac », luttant contre la pression que la jeune femme y appliquait. C'était le bruit de la mâchoire d'un animal qui se referme en claquant.

Magirie comprit alors ce que son adversaire était en train de faire. Leurs mains étant immobilisées par leur étreinte, il faisait la dernière chose dont il soit encore capable dans une tentative désespérée pour lui faire lâcher prise : il essayait de la mordre.

Elle arqua le dos pour mettre son visage hors de sa portée, puis elle poussa fort sur ses bras. Un grognement mauvais résonna sur sa gauche, et elle fut tout à coup traînée sur une quinzaine de centimètres. L'homme blanchâtre poussa un gémissement de colère quand il dut lâcher les poignets de la jeune femme, et celle-ci perdit sa concentration en essayant de comprendre ce qui venait de se produire.

Sur sa gauche, elle entrevit Chap s'élancer à toute vitesse, frapper l'ennemi et rebondir plus loin. Le corps fut projeté violemment sur la droite et Magirie fut de nouveau entraînée par terre avec lui. La masse indistincte et grondante revint et le chien toucha l'homme au flanc. L'homme et l'animal tombèrent tous les deux à l'écart de la jeune femme et roulèrent sur le sol, se mêlant aux ombres nocturnes des arbres, et leurs râles se confondirent.

Inquiète quant aux chances qu'avait Chap de s'en tirer, Magirie se pressa de se relever et de s'écarter pour ne plus se tenir entre eux. Elle trébucha et se rattrapa au tronc sans branches d'un arbre. La faim étrange qui lui tiraillait le ventre était toujours présente, mais s'était affaiblie. Hébétée, l'esprit vide, elle repartit d'un pas mal assuré vers la bagarre, en essayant de distinguer les opposants.

L'ennemi pivota vers elle, mais il resta hors d'atteinte. Chap se jeta sur sa jambe, et l'homme abattit sa main sur le chien. Ce dernier fut plus rapide et un cri perçant de douleur vrilla les tympans de Magirie quand l'animal mordit le poignet de son adversaire.

À cet instant, l'ouïe, le toucher et la vue de Magirie vacillèrent. Les combattants lui paraissaient très lointains, trop pour qu'elle puisse les atteindre. Sa gorge était toujours un peu serrée et elle avait du mal à respirer.

Le cri de douleur s'était à peine tu quand elle s'empara de son fauchon à l'aide de ses deux mains et qu'elle le fit tournoyer de tous les côtés en s'élançant de tout son corps derrière ses coups. Elle visait haut mais à l'aveuglette, sans être sûre de sa cible mais sachant que l'homme se lèverait certainement pour retirer son bras de la gueule de Chap. Entraînée par son geste, elle perdit l'équilibre et les ombres de la forêt se fondirent les unes dans les autres en tournoyant.

Quand Magirie tomba, sa tête heurta le sol moelleux de la forêt. D'un seul coup, sa faim reflua totalement. Prise de panique, elle chercha de quel côté se trouvait le ciel et lui fit face avant que l'homme ne puisse revenir l'achever, mais il ne reparut pas.

Elle renonça et resta immobile, incapable de s'asseoir, encore moins de se lever. Comme la nuit tournoyante se matérialisait en une douleur sourde dans sa tête, Magirie perçut les sons qui l'entouraient. Il y avait le gargouillis de la rivière qui passait sur son lit de pierres, et le léger chuchotement de la brise dans les branches d'arbres. Elle entendit sa propre respiration saccadée, et le craquement des aiguilles de pin et des feuilles sous son poids lorsqu'elle tenta à nouveau de se relever.

Et rien d'autre. Tous les petits bruits, ceux de la nuit, échappaient à son attention et, au milieu d'eux, il n'y avait que le silence. Quand les ombres commencèrent à se figer de nouveau au-dessus d'elle, que les formes indistinctes se changèrent en branches et en étoiles dans le ciel qui surplombait les arbres, elle roula lourdement sur le flanc.

Deux yeux brillants la toisaient.

L'air resta coincé dans sa gorge jusqu'à ce qu'elle reconnaisse la forme du museau tâché et des oreilles canines. Chap la regardait comme s'il attendait quelque chose.

Au sol, à ses pieds, gisait une forme ramassée composée de peau blanche et de vêtements déchirés. Le chien baissa les yeux sur cette silhouette et ses babines se retroussèrent en un grognement grave qui se termina sur un couinement de malaise. Il baissa la tête en haletant.

Magirie se traîna par terre à quatre pattes. Elle se sentait comme si elle venait de courir une lieue entière sans s'arrêter. En s'approchant du corps de l'homme, elle leva son fauchon, parvenant à peine à le maintenir en l'air et prête à l'abattre. Il ne fit aucun geste.

— Chap, recule, ordonna-t-elle d'une voix cassée et sèche.

Elle tendit le bras pour tapoter l'étranger du bout de son épée, mais il ne bougea toujours pas. Quand elle se rapprocha en rampant, la raison de cette immobilité lui devint évidente.

Là où sa tête aurait dû se trouver, il n'y avait que le moignon de son cou. Magirie s'effondra en arrière et son épée tomba lourdement au sol.

Elle avait vu défiler tellement de villages qu'elle ne se souvenait pas de chacun d'eux. Cependant, elle avait toujours eu l'impression que la mort des villageois était justifiée. Ce hameau n'était pas différent des autres. La peau froide et blafarde de cet homme était un signe évident de maladie, et ce n'était pas la première fois que pères et mères, épouses et maris se rassemblaient pour cette raison autour de leurs morts et priaient pour leur âme perdue. La maladie conduisait souvent à la folie, comme chez ce paysan. Et elle l'avait tué.

Sa faim brûlante avait disparu. Le froid qui s'était infiltré dans sa chair au contact de ce fou s'était dissipé. Au souvenir de ces sensations étranges, elle eut la chair de poule et son estomac se serra, mais ce n'était pas le moment d'y réfléchir. Elle avait tué un villageois, et c'était la pire chose qui pouvait arriver. Elle était affalée, la tête lourde de fatigue et de désespoir, quand une petite lueur pâle attira son attention.

Magirie baissa les yeux et, à son grand étonnement, vit son amulette de topaze par terre. Elle croyait se rappeler l'avoir jetée, mais elle pendait là, sur son armure en cuir. Elle brillait si légèrement qu'elle serait passée inaperçue si la jeune femme ne l'avait pas regardée directement. Elle la contempla jusqu'à ce qu'elle s'éteigne, puis elle se demanda si cette lumière étrange n'avait pas été une illusion, une autre conséquence de la fatigue et du manque d'air.

La jeune femme tourna les yeux vers le chien qui était assis non loin de là et qui avait toujours l'air d'être dans l'expectative. Elle dut forcer les mots à sortir de sa gorge serrée.

— Viens ici, Chap.

L'interpellé parcourut en trottinant la courte distance qui les séparait et vint s'asseoir devant elle. Malgré l'effort que cela représentait, elle leva les mains pour l'examiner. Il ne semblait pas souffrir de blessures graves, mais seulement de plaies superficielles sur les épaules et les flancs. Le sang qui maculait son cou venait d'une petite coupure sans importance. Le soulagement submergea Magirie. Il aurait de douloureuses courbatures le lendemain, mais elle s'était attendue à pire, après un tel combat.

Quand elle se frotta le cou, elle eut l'impression que ses contusions se développaient déjà. Chap bondit brusquement sur elle et sa langue humide surgit pour lui lécher le menton et les joues.

— Arrête, l'interrompit-elle. Garde ça pour ton ivrogne de maître.

Il recula vivement et se mit à faire les cent pas à côté du cadavre. Il poussa un aboiement grave et bref, puis il fila à travers les arbres vers la rivière.

Magirie ne comprenait pas ce qui l'avait de nouveau poussé à partir, mais regarder en direction de l'eau la ramena à son souci présent. L'horizon s'éclairait doucement. L'aube approchait. Il fallait s'occuper de ce corps.

Elle n'avait pas le temps de l'enterrer, et même une tombe cachée pourrait être découverte avant qu'elle ait pu s'éloigner suffisamment de cet endroit. Elle ne savait pas jusqu'où les paysans avaient l'habitude de s'aventurer hors de leurs maisons et de leurs champs pour chercher du bois et ce que la forêt pouvait leur fournir. Elle n'avait pas d'autre choix que la rivière pour emporter le corps loin de là. Magirie entreprit de le traîner par les pieds sur le bord de la rive.

La chemise était trop usée pour servir, donc la jeune femme tressa des herbes sauvages en une solide natte qu'elle utilisa pour lier les jambes du pantalon avant de les remplir de cailloux. Pendant ce temps, elle évita de regarder trop attentivement le corps. Elle se sentait mal dès qu'elle touchait sa peau. Celle-ci était glacée, comme si sa mort remontait à plus loin que le court moment qui venait de s'écouler. Lorsqu'elle eut terminé, elle fit demi-tour vers la forêt pour partir à la recherche de la partie manquante. Une bouffée de nausée la prit à la gorge à la vue de la scène qui se présenta à elle.

Chap était là, la tête du villageois se balançant sous sa mâchoire, les cheveux coincés entre ses crocs. Il vint se poster devant elle, lâcha son fardeau à ses pieds et s'assit en la regardant, en ayant toujours l'air d'attendre quelque chose.

Magirie ne savait pas ce qui la révulsait le plus, de la vue de cette tête coupée, les yeux de celle-ci ouverts à cause du choc dû à son dernier instant, ou du calme avec lequel le chien manipulait ce macabre objet. La nausée disparut et son sang se glaça quand la jeune femme se remémora comment Chap avait tourné autour du cadavre avant de courir vers le bord de la rivière. Elle planta ses yeux dans les prunelles bleu argenté du chien.

Il avait su quoi faire avant même qu'elle n'y ait pensé. Pourtant, ce n'était qu'un animal.

Magirie se pencha en avant pour ramasser la tête sans quitter Chap du regard jusqu'à ce qu'elle soit à genoux auprès du corps. Elle n'avait pas le temps de réfléchir à cette mystérieuse évolution. N'ayant aucun autre moyen à sa disposition, elle se servit des longs cheveux pour attacher la tête au reste du corps, les enroulant plusieurs fois autour de la ceinture du pantalon. Elle tira le cadavre dans la rivière, s'enfonçant dans le courant froid jusqu'aux cuisses, et elle le poussa le plus loin et le plus profondément possible.

Il dansa sur l'eau pendant quelques instants, suivant le courant. Puis il finit par couler sous la surface. Derrière Magirie, un cliquetis métallique retentit et la fit se retourner.

Chap était assis sur la rive, les oreilles dressées et les yeux rivés sur elle. Entre ses pattes, il y avait maintenant le fauchon que la jeune femme avait abandonné au milieu des arbres.

— Arrête ! lança-t-elle brusquement.

Contrariée, elle sortit de l'eau en barbotant et elle saisit son arme. Le fait de se pencher lui fit de nouveau tourner la tête. Elle s'immobilisa alors le temps de reprendre ses esprits.

— Arrête de faire tout ça.

Chap poussa un gémissement rauque et inclina la tête en la dévisageant.

Il y avait toujours une tâche noire sur la lame. Magirie lança un regard au chien et partit à la lisière de la forêt pour essuyer son épée dans l'herbe. Quand elle eut fini, quelqu'un sortit de la clairière et avança en tituba vers le bord de la rivière. Lihsil.

Il regarda d'un côté, puis de l'autre. Lorsqu'il trouva Magirie, il pressa le pas le long de la rive, trébucha deux fois, mais ne tomba pas. Chap courut vers lui et tourna autour de l'homme élancé en remuant la queue.

— J'ai entendu… et tu n'étais plus là, cracha Lihsil entre deux halètements. Que se passe-t-il ? Pourquoi es-tu… ?

Il étudia Magirie, débraillée, de l'herbe et des feuilles dans les cheveux, puis il baissa les yeux vers Chap et vit son pelage tâché de sang. Lihsil écarquilla les yeux. Il fit un rapide examen du chien et, quand il vit qu'il n'avait aucune blessure mortelle, il se retourna vers la jeune femme.

— Que s'est-il passé ? demanda-t-il plus clairement.

Magirie détourna le regard de ses yeux injectés de sang. Le soleil était juste sous l'horizon, et les nuages étaient teintés de rouge. La journée n'avait pas encore vraiment commencé, mais sa vie entière venait de prendre une nouvelle tournure. Si elle avait été l'un de ces paysans superstitieux, elle aurait dit qu'il s'agissait d'un mauvais augure.

— Je n'en peux plus, Lihsil, dit-elle. Tout est fini.

Les sourcils blond platine de son compagnon se froncèrent au-dessus de ses yeux écarquillés, en un mélange de surprise, de confusion et de colère.

— Qu'est-ce qui ne va pas ? s'écria-t-il. Nous allions en discuter.

Magirie porta son regard sur le cours d'eau. Le cadavre avait coulé, mais la rivière pourrait y remédier. Elle songea au corps sans vie emporté sous la surface, incapable de résister à la force du courant.

— Je pars pour Miiska, décida-t-elle. Tu m'accompagnes ?

DANS LA PETITE ville côtière de Miiska bien que l'aube ne soit pas encore levée, sur les quais, un entrepôt fourmillait de gens affairés. L'immense plateforme principale, entourée de murs de planches inachevés, était couverte de tonneaux de bière, de bottes de foin et de laine du côté des importations, et de poissons séchés et quelques objets d'art du côté des exportations. Des cageots, des barils et des paniers tressés entraient et sortaient sous la direction de dockers. Même avec les portes ouvertes, le hangar était imprégné d'une odeur mélangée de cordes huilées, de bois et de métal usés, de transpiration du bétail et des ouvriers, et de tout ce qui était passé sur le littoral depuis deux jours. Un misérable petit garçon à la tignasse brun foncé, vêtu d'une chemise verte trop grande et décolorée, ne cessait de balayer le plancher dès que quelqu'un passait, essayant de maîtriser l'accumulation constante de poussière et de terre. Les ouvriers s'activaient à préparer la cargaison d'une barge qui devait partir à l'aube. Malgré cette effervescence, peu de personnes parlaient.

À droite de la porte des docks, assez grande pour laisser passer un chariot, un homme de grande taille surveillait les travaux avec un détachement attentif. Il ne donnait aucun ordre et vérifiait rarement quoi que ce soit, comme s'il savait que tout serait effectué correctement. Sa taille intimidante et sa prestance donnaient l'impression qu'il regardait tous les autres de haut, même si ceux-ci n'étaient pas plus petits que lui. Ses longs bras musclés étaient croisés sur sa poitrine dans une épaisse tunique verte, mais son attitude arrogante laissait supposer qu'il n'avait pas acquis ses muscles en soulevant lui-même des cageots. Ses cheveux coupés ras de la même couleur que des barbes de maïs noircies semblaient encore plus foncés à côté de son visage pâle. Ses yeux d'un bleu cristallin, presque transparent, observaient tout en même temps.

— Non, Jaqua, lança une voix derrière lui. J'ai commandé vingt tonneaux de vin et trente-deux de bière. Vous avez mélangé les chiffres.

Son regard glissa vers le fond de l'immense pièce. Une femme aux cheveux châtains qui ne mesurait que les deux tiers de sa taille réprimandait le responsable des dockers.

— Mademoiselle Tisha, je suis sûr que... commença Jaqua.

— Je sais ce que j'ai commandé, coupa-t-elle calmement. Nous ne pouvons pas vendre tout ce vin sur le champ. Renvoyez douze tonneaux. Et si le capitaine de la barge essaie de nous faire payer des frais de transport, dites-lui que nous trouverons quelqu'un d'autre avec qui traiter.

Le grand superviseur quitta son poste près de la porte et s'approcha de la dispute.

— Y a-t-il un problème ? demanda-t-il d'une voix égale.

— Non, monsieur.

Le docker, Jaqua, recula. Son visage perdit toute expression, mais ses ongles blanchirent alors qu'il serrait son carnet entre ses deux mains.

D'un sourire, Tisha dévoila ses petites dents blanches. Elle leva les yeux vers son grand partenaire sans aucune trace d'inquiétude.

— Non, Rashed. Juste une erreur dans la commande de vin. On va s'en occuper.

Rashed hocha la tête mais ne bougea pas, et Jaqua déguerpit pour corriger sa bêtise.

— Il s'est trompé dans plusieurs commandes, récemment, reprit Tisha. Il goûte peut-être lui-même le vin un peu trop souvent.

Rashed ne fut pas en mesure de lui rendre son sourire, mais cela ne sembla pas la préoccuper. Rares étaient ceux qui la trouvaient belle, mais il y avait un certain éclat sur son visage de poupée qui poussait tous les hommes qui la croisaient à envisager le mariage en un battement de cœur. Rashed savait que cette apparence ne faisait que masquer joliment la réalité, mais sa vue le ravissait tout autant que n'importe qui... et peut-être même plus. Sa seule compagnie l'enchantait aussi.

— Si vous n'aimez pas Jaqua, répondit-il, remplacez-le.

— Oh ! Ne soyez pas si dur. Je ne veux pas qu'on le remplace. Je veux juste...

Elle s'interrompit au milieu de sa phrase en le dévisageant.

Rashed avait le regard rivé sur le mur nord de l'entrepôt et il porta la main à sa gorge. Il sentit un engourdissement glacé envahir son corps. Cela faisait plusieurs années qu'il n'avait pas ressenti la douleur, et son retour le stupéfia. Ses pensées se voilèrent et s'évanouirent avant de se former de nouveau complètement dans son esprit.

Il s'approcha du mur et se retourna pour s'adosser en se retenant à une poutre. La ligne froide qui traversait sa gorge poursuivit sa route jusqu'à sa nuque.

Tisha le prit d'abord délicatement par le bras, puis ses doigts fins glissèrent.

— Rashed... qu'est-ce qui ne va pas ?

— Tisha, parvint-il à murmurer.

Les mains enfantines de la femme agrippèrent fermement la tunique de son compagnon pendant qu'elle le dévisageait. Quand il commença à s'effondrer, il la sentit le redresser et le hisser sur ses pieds. Elle était aussi forte... plus forte même que n'importe quel homme de ce hangar, bien que personne d'autre que lui ne le sache. Elle passa un bras autour de sa taille pour le soutenir et s'empressa de le faire sortir par une porte latérale, loin des regards suspicieux. Dehors, il s'efforça de l'aider en se tenant debout. Il la sentit poser ses mains sur son visage, et il plongea les yeux dans ses prunelles pleines d'inquiétude.

— Que se passe-t-il ? demanda-t-elle. Qu'est-ce qui ne va pas ?

Une vague de chagrin le traversa puis se changea en colère. Un visage blanc aux yeux enfoncés et aux joues creuses se mit à luire dans les ténèbres de son âme. Puis il s'éteignit et disparut. Le regard de Rashed se porta loin au-delà des toits, vers la forêt et l'horizon, dans la direction du nord-est.

— Parko est mort, annonça-t-il dans un chuchotement sifflant.

Il était dans un tel état de choc qu'il ne parvenait pas à parler à voix haute, et trop en colère pour s'exprimer clairement.

Confuse, Tisha fronça les sourcils.

— Mais comment le savez-vous ?

Il secoua légèrement la tête.

— Peut-être parce qu'il a un jour été mon frère.

— Vous n'avez jamais ressenti un tel lien avec lui, même avant qu'il ne s'engage sur la Voie Sauvage.

Rashed baissa les yeux vers elle. Sa colère prit le dessus sur tous ses autres sentiments.

— Je l'ai ressenti. On lui a coupé la tête et… de l'humidité… un cours d'eau.

Figée, elle le dévisagea et, à travers ses mains, il sentit un frisson parcourir son corps frêle. Elle retira vivement ses paumes de son visage, comme si elle était dégoûtée par ce qu'il venait de décrire, et elle appuya son front contre son torse.

— Non. Oh, Rashed ! Je suis désolée.

Il leva de nouveau les yeux vers le nord-est lointain et un frisson, semblable à celui de l'eau glacée sur la peau vivante, s'empara de lui. Il avait oublié combien cette impression était perturbante, car cela faisait des dizaines d'années qu'il n'avait pas éprouvé une sensation similaire au froid.

— Il faut que nous découvrions qui a fait cela. Où est Édwan ?

— Il n'est pas loin. Tisha ferma les yeux quelques instants. Mon mari dit qu'il est désolé, lui aussi.

Rashed ne releva pas cette attention.

— Envoyez-le là-bas. Dites-lui de trouver qui a fait cela, qui que ce soit, et de me ramener un nom. Dites-lui de chercher au nord-est. Il leva de nouveau les yeux dans cette direction. Et dites-lui de faire vite.

Auprès d'eux, une légère lueur tremblota dans l'air, à peine plus forte que la lumière qui émanait de la lanterne entrouverte. Le visage de Tisha se tourna dans sa direction et elle remua les lèvres comme si elle parlait, mais aucun mot n'en sortit. L'étincelle disparut.

III

— Il va bientôt falloir que nous nous arrêtions, déclara Magirie d'une voix fatiguée en se passant une main sur le visage. Il commence à faire nuit.

Le soleil se couchait sur l'océan, par-delà la côte de Bélaski, illuminant la campagne de la lumière orangée du crépuscule qui rendait l'atmosphère de ce paysage moins lugubre et désolée qu'en plein jour. Lihsil avait toujours aimé le coucher du soleil. La route côtière qui partait de Béla, la capitale du pays, en direction du sud, était assez rapide et dégagée, beaucoup plus facile à pratiquer que le chemin qu'ils avaient emprunté pendant cinq jours pour sortir de Stravina.

Douze jours étaient passés depuis la mort du villageois et Lihsil avait encore quelques questions sérieuses à poser à Magirie à propos de ce qui s'était réellement passé cette nuit-là sur la rive de la Vudrask. Elle lui avait donné peu de détails au sujet de ce qui leur était arrivé, à elle et à Chap. Le mystère était encore entier sur les raisons qui avaient poussé le chien à attaquer sans qu'on lui ordonne, et sur ce qui donnait à la jeune femme cet air si furieux et troublé. Il ne s'agissait pas uniquement du meurtre du paysan.

Aucun d'eux n'avait abordé le sujet, même quand ils s'étaient arrêtés dans un village pour acheter un âne et un chariot pour porter Chap, ce qui aurait dû remettre à l'ordre du jour la cause des blessures du chien. Ses plaies semblaient presque guéries à présent, mais Magirie insistait pour qu'il se repose.

— Dressons le campement, proposa-t-elle.

Lihsil accepta d'un hochement de tête et s'éloigna nonchalamment de la route. Il regarda la jeune femme se passer la main sur le front une nouvelle fois pour essayer d'en retirer quelques mèches de cheveux salis par la poussière de la route. Il savait qu'elle détestait être sale.

— Nous devrions peut-être descendre sur la rive, avança-t-il. L'eau de mer n'est pas ce qu'il y a de mieux au monde pour prendre un bain, mais cela fera l'affaire, faute de mieux. Même si ce n'est pas l'idéal pour laver nos vêtements, à moins que tu aimes t'habiller avec une couche de sel.

Elle lui adressa un regard suspicieux.

— Depuis quand t'inquiètes-tu de la propreté de tes vêtements ?

— Depuis toujours.

— Arrête d'essayer de me faire plaisir. Elle laissa brièvement échapper un rire sarcastique. Je sais ce que tu veux, et tu ferais mieux de laisser tomber. Nous n'escroquerons pas un village de plus. J'arrête.

Elle entreprit de le suivre hors de la route, mais elle s'immobilisa et regarda en arrière.

— Qu'est-ce qui ne va pas ? s'enquit Lihsil.

— Je ne suis pas sûre. Elle secoua la tête. Depuis le coucher du soleil, j'ai une impression étrange, comme si quelqu'un…

Sa voix se voila.

— Comme si quelqu'un quoi ?

— Rien. Je suis juste fatiguée. Elle haussa les épaules. Ne nous emmène pas trop loin de la route. Le chariot est trop difficile à pousser, au milieu des broussailles.

La cape de Lihsil commençait à devenir trop légère dans l'air de plus en plus froid, et il choisit rapidement une clairière au milieu des arbres. Magirie déballa une casserole bosselée, du thé en vrac, de la viande séchée et des pommes, pendant que son compagnon ménageait un espace pour allumer un petit feu de camp.

Malgré le calme qui les entourait, Lihsil était toujours troublé. Ils étaient retombés dans une routine simple, voyageant le jour sans vraiment discuter, et il y avait un certain nombre de sujets qu'il souhaitait aborder pendant le dîner de ce soir.

— As-tu besoin d'aide pour soulever Chap ? lui demanda soudainement Magirie.

— Non, il peut marcher tout seul.

Lihsil se rendit au chariot et enroula ses longs bras bronzés autour du cou de son chien.

— Salut toi. C'est l'heure de se réveiller et de manger un morceau.

— Comment va-t-il ? cria la jeune femme.

Chap ouvrit immédiatement les yeux et gémit avant de lever son museau argenté pour lécher le visage de son maître. Il se libéra de ses bras et sauta au bas du chariot pour partir vers le feu et la nourriture.

— Regarde par toi-même, répondit Lihsil. Et je pense qu'il ne pourrait pas s'ennuyer beaucoup plus qu'en voyageant en chariot.

Il avait toujours trouvé que la jeune femme se comportait bizarrement avec Chap. Elle ne le caressait jamais et lui parlait rarement, mais elle s'assurait toujours qu'il ait de quoi manger et qu'il soit correctement soigné malgré le peu de confort qui leur était offert. Lihsil, quant à lui, aimait énormément la compagnie de son chien. Toutefois, avant que Magirie ne se joigne à eux, il arrivait souvent à Chap de chasser sa propre nourriture parce que son maître oubliait simplement de s'en occuper.

Ce dernier détacha l'âne et l'emmena dans une zone où l'herbe était suffisamment abondante, puis il retourna auprès du feu.

— Il y a une lieue, nous avons croisé une route, dit-il d'un air absent en ramassant une outre pour verser de l'eau dans une casserole pour préparer du thé. Elle devait conduire à un village.

— Si tu voulais t'y arrêter, il fallait le dire, répondit Magirie avec autant de détachement.

— Je n'en avais pas envie… Finalement, énervé par la résistance polie de sa partenaire, il reprit la parole plus brusquement. Tu sais très bien ce que je veux dire ! Ce n'est peut-être pas Stravina, mais, dans ces campagnes, les nuits sont tout aussi noires. Nous passons à côté de bénéfices uniquement parce que tu n'es pas d'humeur à travailler. Tu veux acheter une taverne? Très bien, mais je ne vois pourquoi nous devrions tout arrêter en étant à sec.

— Je ne suis pas à sec, lui rappela Magirie.

— Eh bien, moi, si ! L'attitude sereine de la jeune femme le mettait hors de lui. Je n'ai que ma part d'un seul village, et tu ne m'avais pas prévenu. Si j'avais su que nous allions tout lâcher, j'aurais fait quelques projets.

— Non, tu n'aurais rien fait, le contredit-elle d'une voix toujours calme, sans le regarder. Le D'arihling rouge coûte cher et, à défaut de vin, tu aurais trouvé une table de jeu ou une jolie fille au triste passé dans une taverne. Si je te l'avais dit plus tôt, cela n'aurait rien changé.

Avec un soupir, Lihsil se tritura les méninges pour trouver un moyen de la convaincre. Il savait qu'elle en pensait beaucoup plus qu'elle ne le disait. Ils travaillaient ensemble depuis longtemps, mais elle avait toujours dressé un mur invisible entre elle et les autres. La plupart du temps, Lihsil s'en contentait et s'en satisfaisait même. Il avait lui aussi des choses à cacher.

— Pourquoi pas un de plus? demanda-t-il finalement. Il y aura forcément d'autres villages sur la route...

— Non, je ne peux plus. Elle ferma les yeux comme pour s'isoler du monde extérieur. Quand j'ai poussé le corps de ce fou dans la rivière... Je suis trop lasse.

— Très bien. D'accord. Il se détourna. Alors, parle-moi de la taverne.

Dans son enthousiasme, la voix de Magirie monta dans les aigus.

— Eh bien, Miiska est une petite communauté de pêcheurs dont le commerce fonctionne très bien sur la côte. Beaucoup d'ouvriers et quelques marins viendront pour boire un coup et jouer après une rude journée de travail. Il y a un étage pour les appartements. Je n'ai pas encore réfléchi au nom. Tu es plus doué que moi pour ces choses-là. Tu pourrais aussi peindre une enseigne pour l'entrée.

— Et tu veux que je m'occupe des jeux, même si tu sais que je perds la moitié du temps? demanda-t-il.

— J'ai dit que tu t'en occuperais, pas que tu y jouerais. C'est pour cela que c'est toujours la maison qui gagne et que tu ressors toujours avec une bourse vide. Contente-toi de gérer honnêtement une table de faro et nous resterons les partenaires que nous avons toujours été. Les choses ne vont pas changer autant que tu penses.

Lihsil se leva et remit du bois dans le feu, sans comprendre pourquoi il était aussi réticent. L'offre de Magirie était généreuse et elle avait toujours été franche avec lui. Enfin, autant que son air pincé le permettait. Au cours de sa vie, personne d'autre ne l'avait jamais inclus dans tous ses projets. Peut-être que ce qui ne lui plaisait pas résidait dans les risques inconnus qui pouvaient se cacher derrière un tel changement.

— Et cette Musquée est-elle loin d'ici ? s'enquit-il.

— Miiska, soupira Magirie. La ville s'appelle Miiska et elle se trouve à environ quatre lieues vers le sud. Si nous avançons bien, nous pouvons y être demain soir, tard.

Pendant que Chap tournait autour du campement en reniflant, Lihsil sortit son outre de vin de son sac. Il commençait à envisager sérieusement le projet de Magirie et la possibilité qu'il se réalise le dévorait tout en douceur. Un peu de calme et de tranquillité pourrait également mettre fin à ses cauchemars, mais il en doutait.

— J'aurais peut-être quelques idées pour l'enseigne, déclara-t-il enfin.

Les lèvres de Magirie s'étirèrent légèrement et la jeune femme lui tendit une pomme.

— Dis-moi tout.

EN BORDURE DU campement, une douce lueur était suspendue aux arbres de la forêt. On aurait pu la prendre pour la lumière déclinante du soleil couchant, mais elle bougeait par endroits entre les ombres des bois. Elle se rapprochait, s'arrêtant à chaque fois que la femme en armure et le sang-mêlé aux cheveux blonds parlaient, comme si elle écoutait leurs moindres paroles. Elle s'immobilisa derrière un chêne, à la lisière de la clarté du feu.

***

RASHED FAISAIT LES cent pas dans l'arrière-salle de son entrepôt. Cette nuit, il ne voulait pas sortir et contempler l'énorme lune qui brillait dans le ciel, comme à son habitude. Une tension nerveuse ridait son visage pâle et ses pieds bottés martelaient le plancher. Il accordait de l'importance à l'apparence physique et, même dans cet état de nerf, il avait pris le temps de se parer de haut-de-chausses noirs et d'une tunique bordeaux propre.

— Tourner ainsi comme un lion en cage ne le fera pas revenir plus vite, dit une voix douce à côté de lui.

Il baissa des yeux gentiment agacés vers Tisha. Elle était assise sur un banc de bois dur recouvert de coussins en cachemire et elle recousait minutieusement un morceau de mousseline usée. Sur son ouvrage, on commençait à deviner un coucher de soleil sur l'océan. Rashed n'avait jamais compris comment elle pouvait réaliser de telles images uniquement avec des fils et des bouts de tissu.

— Alors, où est-il ? s'enquit-il. Cela fait plus de douze jours que Parko est mort. Édwan n'est pas contraint par la distance. Il ne devrait pas avoir besoin d'autant de temps pour se renseigner.

— Sa perception du temps est différente de la nôtre. Tu le sais, répondit-elle en rompant un fil bleu avec ses dents. Et tu ne lui as pas vraiment donné beaucoup d'informations pour commencer ses recherches. Il lui a peut-être fallu du temps pour découvrir avec certitude ce qu'il devait chercher.

De ses mains délicates, elle souleva son ouvrage et l'examina comme si cette nuit n'était pas différente des autres, même si, habituellement, à la tombée de la nuit, on la trouvait plongée dans des textes anciens. Dans l'une des pièces de l'étage inférieur, ses étagères étaient remplies de livres et de rouleaux qui leur avaient coûté une fortune. Rashed ne comprenait pas très bien pourquoi des mots sur un parchemin étaient si importants à ses yeux.

Dans l'espoir que sa partenaire lui transmette son calme, il s'assit à côté d'elle. La lumière de la chandelle faisait ressortir les reflets chocolat de ses cheveux. La beauté de ses longues boucles soyeuses ne retint son attention qu'un court instant, puis il se leva et se remit à faire les cent pas.

— Où peut-il bien être ? s'interrogea-t-il à voix haute.

— Bon, j'en ai assez d'attendre, siffla une troisième voix depuis un coin sombre. Et j'ai faim. Et il fait nuit, maintenant. Et je veux sortir de cette caisse en bois que vous appelez « maison » !

Un personnage maigrelet émergea de l'angle de la pièce : le dernier membre de l'étrange trio qui vivait dans ce hangar. Il semblait avoir environ dix-sept ans, bien qu'il soit peut-être un peu petit pour son âge.

— Raton ! Rashed cracha son surnom comme s'il s'agissait d'une plaisanterie répétée une fois de trop. Depuis combien de temps te caches-tu dans ce coin ?

— Je viens de me réveiller, répondit Raton. Mais je savais que tu te vexerais si je sortais sans passer vous dire bonjour.

Tout chez lui était brun, à l'exception de sa peau qui était pourtant légèrement assombrie par la crasse accumulée depuis des mois, peut-être même des années. Ses cheveux d'un marron ordinaire étaient collés à son front étroit, lui-même au-dessus de ses yeux d'un marron tout aussi commun. Rashed avait entendu beaucoup de termes pour décrire les différentes nuances de brun, comme le châtain, l'acajou et le beige, mais le visage sale de Raton ne lui inspirait aucun de ces mots. Il jouait tellement bien son rôle de garnement des rues que ce personnage faisait désormais partie de lui. Peut-être était-ce l'une de ses forces. Personne ne se souvenait jamais de lui en tant qu'individu, mais juste comme un vulgaire adolescent malpropre et sans abri.

— Ne t'occupe pas de ce qui me met en colère, sauf si tu en es la cause, répliqua Rashed. C'est pour toi que tu devrais t'inquiéter.

Raton ne prêta pas attention à cet avertissement et ricana en retroussant ses lèvres, dévoilant ainsi ses dents tâchées.

— Parko était fou, rétorqua-t-il. Certes, il s'amusait de la supériorité de notre existence et de nos sens, mais il s'est égaré. Il était condamné à se faire tuer tôt ou tard.

Une réponse violente se coinça dans la gorge de Rashed. Bien que sa voix soit douce et calme, l'expression de son visage le trahissait.

— Tu ne devrais pas non plus critiquer le meurtre gratuit.

Raton fit demi-tour en haussant les épaules.

— C'est la vérité. Il était peut-être ton frère, autrefois, mais il était aussi fou amoureux de la Voie Sauvage, obsédé et enivré par la chasse. C'est pour cela que tu l'as chassé. Il s'en prit à un de ses ongles avec ses dents. De plus, je te l'ai déjà dit mille fois... Sa voix se voila comme celle d'un enfant accusé à tort affrontant ses parents incrédules. Je n'ai pas tué le propriétaire de cette taverne.

— Assez, intervint Tisha en regardant Raton comme une mère grondant son fils. Rien de tout ceci ne nous aidera.

Rashed traversa rapidement la petite pièce. Il possédait l'intégralité de ce grand entrepôt, mais cette pièce était depuis longtemps réservée à un usage personnel. Dans les murs et dans le plancher, plusieurs trappes ouvraient sur l'extérieur ou sur les étages inférieurs. Tisha avait décoré elle-même cet endroit avec un mélange de canapés, de tables, de lampes et de bougies joliment façonnées en forme de roses noires.

À l'exception de leur peau anormalement pâle, Tisha et Rashed passaient facilement pour des humains. Il avait durement travaillé pour leur construire une vie à Miiska. Il était important qu'il découvre ce qui était arrivé à Parko, non seulement pour se venger, mais aussi pour leur sécurité à tous.

— Je n'en peux plus d'attendre toutes les nuits, lança Raton avec humeur. Si Édwan ne revient pas rapidement, je sors.

Tisha ouvrait la bouche pour lui répondre quand une douce lumière tremblotante apparut de nulle part et se mit à gagner en intensité au centre de la pièce. La femme se contenta de sourire à Rashed.

La lueur se fit plus forte et tourbillonna pour prendre la forme d'une silhouette spectrale flottant au-dessus du sol. Un homme translucide observait Tisha.

Il portait des hauts-de-chausses verts et une ample chemise blanche. Les couleurs de ses vêtements étaient éclatantes à la lumière des chandelles. Sa tête partiellement coupée reposait sur son épaule, reliée au reste de son corps par une bande de ce qui avait un jour été de la chair. De longs cheveux jaune foncé tombaient sur ses épaules et ses bras éclaboussés de sang, en donnant une impression de lourdeur. Il avait gardé exactement le même aspect qu'au moment de sa mort.

— Mon cher Édwan, l'accueillit Tisha. Je me suis sentie si seule, sans toi.

Le fantôme flotta vers elle comme si la courte distance qui les séparait était trop grande.

— Où étais-tu ? l'interrogea immédiatement Rashed. As-tu trouvé l'assassin de Parko ?

Édwan s'immobilisa. Son corps se tordit jusqu'à ce que sa tête tombante se retrouve face à Rashed et il resta ainsi dans un long silence.

Il n'était pas courant que le fantôme apparaisse de la sorte. Son propre aspect le gênait et il n'aimait pas lire l'horreur, l'écœurement, ou même le simple dégoût dans les yeux des autres. En temps normal, il ne se montrait qu'à Tisha, qui ne manifestait jamais aucun signe de malaise. Cependant, depuis quelque temps, il s'était mis à se matérialiser dans les plus sordides détails lorsque Rashed était présent.

Ce dernier garda volontairement un visage inexpressif.

— Qu'as-tu appris ?

— C'est une femme du nom de Magirie. La voix caverneuse d'Édwan résonna. Il tourna la tête vers sa femme, comme si Tisha avait posé une question. Elle se fait engager par des paysans qui cherchent à se débarrasser de vampires et d'autres êtres semblables.

— Effectivement, je crois que j'ai déjà entendu ce nom, déclara Raton qui s'animait, maintenant que son attention avait été retenue. C'était un marchand ambulant. Il a parlé d'une « chasseuse de morts » qui travaillait dans les villages de Stravina. Mais c'étaient forcément des histoires. Nos semblables ne sont pas si nombreux. Pas assez pour qu'on puisse en vivre, à supposer que quelqu'un soit assez fort pour essayer. Cette fille est un imposteur, un charlatan. Elle n'aurait pas pu tuer Parko.

— Si, elle l'a fait, répondit Édwan d'une voix évoquant un murmure venu du passé par un tunnel sans fin. Parko repose dans la Vudrask, la tête... la tête... Il bégaya brièvement avant de reprendre. ...la tête détachée du corps. Elle l'a décapité. Elle savait comment faire.

Dans son coin, Raton rit sous cape. Tisha se contenta d'écouter et de réfléchir depuis son canapé. Rashed se remit à déambuler.

Il avait lui-même beaucoup entendu parler de « chasseurs » qui sillonnaient les campagnes en se donnant des titres fantaisistes tels que « exorcistes », « fléaux des sorcières » et « chasseurs des morts ». Raton disait vrai sur un point : il s'agissait toujours d'escrocs et de charlatans qui ne cherchaient qu'à se faire de l'argent en jouant sur les superstitions des paysans, sans se préoccuper de savoir si leurs craintes étaient basées sur des vérités cachées. Toutefois, Rashed savait que, cette fois, il n'y avait pas eu que cela, et Parko en était mort. Pour un mortel, il était difficile, voire presque impossible, de tuer un vampire, même si celui-ci avait abandonné sa raison pour mener une vie nocturne et sans règles, perdu sur la Voie Sauvage.

— Et ce n'est pas tout, chuchota Édwan.

Rashed s'arrêta net.

— Quoi ?

— Elle vient ici. Le fantôme se tourna complètement pour faire face à Rashed. Elle a acheté la vieille taverne sur les quais.

Tout d'abord, personne ne bougea, puis Raton s'élança en avant, Rashed s'avança et Tisha elle-même se leva. Ils assaillirent le fantôme de questions empiétant les unes sur les autres.

— Où as-tu entendu… ?

— Comment est-ce possible… ?

— Comment a-t-elle découvert… ?

Édwan ferma les yeux, comme si les voix le faisaient souffrir.

— Silence, coupa Tisha. Rashed et Raton se turent pendant qu'elle retournait vers le fantôme pour lui parler calmement et tout bas. Édwan, dis-nous tout ce que tu sais à ce sujet.

— À Miiska, tout le monde sait que le propriétaire a disparu depuis des mois. Édwan marqua une pause et Rashed lança un regard suspicieux dans la direction de Raton. Je l'ai écoutée parler avec son compagnon. Le gérant devait de l'argent à quelqu'un de Béla pour la propriété, donc la taverne a été vendue à bas prix, juste de quoi rembourser sa dette. Cette fausse chasseuse est maintenant en possession des titres de propriété, et ce de plein droit. Elle arrivera demain dans la soirée avec l'intention de s'installer ici et de gérer le commerce.

Rashed baissa la tête en marmonnant.

— Ce n'est peut-être pas autant une arnaqueuse que ce que nous pensons. Je n'ai pas tué notre maître et quitté notre foyer pour que nous finissions comme proies d'une vulgaire chasseuse de primes.

Les autres gardèrent le silence, perdus dans leurs pensées.

Finalement, Tisha prit la parole.

— Que devons-nous faire ?

Rashed la regarda pour étudier ses traits délicats. Il ne laisserait aucun chasseur s'approcher de Tisha. Cependant, d'autres pensées le troublaient.

— Si la chasseuse arrive à Miiska, nous devrons la combattre ici, et nous ne pouvons pas nous le permettre si nous voulons garder notre secret intact. Un autre mort en ville, il dévisagea Raton, détruirait tout ce que nous avons construit ici. Elle ne doit pas atteindre Miiska.

— Je m'en charge, décida Raton presque avant que leur chef ait fini sa phrase.

— Non, elle a réussi à éliminer Parko, rappela Tisha alors que son visage prenait un air inquiet. Tu pourrais être blessé. Rashed est le plus fort, c'est donc lui qui ira.

— Je suis le plus rapide et je me fonds dans le décor, plaida Raton avec un regard amer. Laisse-moi y aller, Rashed. Sur la route, personne ne se souviendra de mon passage. Les gens se souviennent toujours de toi. Tu as l'air d'un gentilhomme. Le temps d'un clin d'œil, une pointe de sarcasme lui échappa. Cette chasseuse ne me verra même pas arriver, et ce sera terminé.

Rashed réfléchit à l'alternative.

— D'accord. Tes mauvaises habitudes vont peut-être nous servir, cette fois. Mais ne t'amuse pas avec elle. Contente-toi de t'occuper d'elle, et ensuite tu feras ce que tu voudras de son corps.

— Il y a un chien, reprit Édwan avant de devenir incohérent. Une chose ancienne, une chose dont je n'arrive pas à me souvenir.

Raton fronça son front tiré et poussa un grognement d'ennui.

— Un chien, ce n'est rien.

— Écoute-le, l'avertit Rashed. Il en sait plus que toi.

L'adolescent haussa les épaules et partit vers la porte.

— Je serai bientôt de retour.

Les yeux tristes, Tisha hocha la tête.

— Oui, tue-la vite et rentre à la maison.

Raton prit juste le temps de rouler une toile qu'il pourrait attacher dans son dos et d'emporter un peu de la terre de son cercueil dans un grand sac. Il ne s'équipa d'aucune arme. Personne ne le vit sortir du hangar dans l'air frais de la nuit.

Il brûlait à l'idée de chasser. L'obsession de Rashed pour la discrétion impliquait que tout meurtre à l'intérieur de Miiska soit proscrit, ou presque. Lorsqu'ils se nourrissaient, les trois vampires effaçaient généralement la mémoire déjà floue de leurs victimes. Bien que cela sustente son corps, ce n'était pas suffisant pour rassasier l'âme de Raton et assouvir la faim qui lui tiraillait l'esprit.

Il aimait sentir un cœur cesser de battre sous lui, humer la peur et capter le dernier soubresaut de vie lorsqu'elle quittait sa proie et était aspirée par son propre corps. Il lui arrivait de tuer secrètement des étrangers et des voyageurs et de cacher leurs cadavres là où personne ne pourrait les trouver. Toutefois, ces occasions étaient trop rares et trop espacées. Parfois, il était allé trop loin et avait causé la mort d'habitants de Miiska. Il avait alors fait de son mieux pour dissimuler ses erreurs. Évidemment, la seule fois où un notable avait disparu, le vieux tavernier, il n'y avait été pour rien, mais Rashed ne le croyait toujours pas.

Cette nuit, il lui avait donné son autorisation et Raton en profiterait et savourerait les moindres instants. Il sentit la faim grandir en lui, suppliante et implorante, quand il se souvint qu'il n'avait toujours pas mangé de la soirée.

Il venait de passer un quart de la nuit à emprunter des chemins détournés. De temps à autre, il s'arrêtait pour sonder l'atmosphère à l'aide de tous ses sens. Quand il renifla l'air, il ne remarqua d'abord rien. Puis un léger parfum de chaleur lui monta aux narines. Il se glissa à travers les arbres et les broussailles jusqu'au bout de la route côtière venant de Béla, d'où il entendit les faibles craquements et grincements d'un véhicule dont les essieux avaient besoin de graisse.

Raton attendit patiemment sous un buisson de myrtilles. En regardant à travers les feuilles, il pouvait voir le chariot se rapprocher. Le cheval avait l'air vieux et fatigué. Le conducteur était seul et sa tête se balançait alors qu'il luttait contre le sommeil. Raton était certain qu'il ne s'agissait pas de celui qu'il avait été envoyé chercher, mais laisser passer cette occasion lui aurait laissé un goût de gaspillage. Et ce serait plus prudent qu'il soit complètement rassasié pour attraper la chasseuse.

— À l'aide, appela faiblement le vampire.

Réveillé, le conducteur redressa la tête. Avec son manteau rouge usé, il avait l'air d'un marchand de classe moyenne, voyageant probablement beaucoup et il ne manquerait à personne s'il disparaissait une lune entière. Raton retint son envie de lui sauter dessus.

— S'il vous plaît, par ici. Je crois que je me suis cassé la jambe, lança-t-il dans un gémissement d'agonie. Aidez-moi.

Une inquiétude écœurante se peignit sur le visage du marchand, qui descendit immédiatement de sa charrette. Raton en fut ravi.

— Où êtes-vous ? demanda le marchand. Je ne vous vois pas.

— Ici, ici.

Raton garda une voix douce et plaintive pendant qu'il s'étirait au sol.

Un bruit de pas lourds apporta le parfum chaud de la vie à côté de lui. Le marchand s'agenouilla.

— Êtes-vous tombé ? s'enquit-il. Ne vous inquiétez pas. Miiska n'est pas loin. Là-bas, nous trouverons de l'aide.

Raton saisit l'homme par le col de son manteau et le tira à terre en roulant sur lui afin qu'ils échangent leurs places. Il baissa les yeux sur son visage surpris et ne put s'empêcher de susurrer :

— Imbécile.

Telles des menottes, ses mains squelettiques clouèrent le marchand au sol. Paniqué, ce dernier s'arqua brusquement pour essayer de se libérer de son agresseur, ce qui n'arrangea rien.

La douleur empêchait les humains de pousser leur corps trop loin. Raton ne ressentait pas la souffrance, pas comme les mortels, ni aucune limite de ce genre. Un frisson de plaisir le traversa quand il vit la surprise se changer en peur dans les yeux de sa proie.

— Je vous lâche si vous répondez à une énigme, murmura le vampire. Que suis-je ?

— Ma femme est morte l'été dernier, haleta l'homme en se débattant pour se libérer. J'ai deux jeunes fils. Il faut que je rentre à la maison.

— Si vous ne voulez pas jouer, alors moi non plus, rouspéta Raton en pressant plus fort l'homme à terre. Essayez de deviner. Que suis-je ?

Sa victime s'arrêta de lutter et se contenta de lever les yeux sur lui avec une expression ressemblant à un mélange d'incrédulité et de confusion.

— Désolé… trop tard.

En un geste vif, Raton mordit dans le tendre creux sous la mâchoire du marchand.

Le sang qui s'écoulait dans sa bouche n'était rien comparé à la chaleur de la vie qui emplissait son corps à mesure qu'il buvait. Parfois, il aimait déchirer la chair alors que sa proie était encore en vie. Cette nuit, la faim était trop forte pour ce petit jeu. Les battements de cœur ralentirent dans ses oreilles, le goût de l'adrénaline et de la peur s'intensifia dans le sang de l'homme, puis disparut.

Quand la fin arrivait, elle était toujours suivie d'un instant de mélancolie chez Raton, comme lorsqu'un enfant vivait les dernières minutes d'un carnaval, au moment où les lampes étaient soufflées, où les acrobates s'en allaient et où les tentes fermaient jusqu'à l'année suivante. Il leva les yeux vers la route du nord. La chasseuse était par là et voyageait dans sa direction. Ce n'était qu'une question de temps.

IV

La côte en vue, Raton avançait rapidement, glissant entre les arbres et reniflant en permanence pour humer la moindre trace de sa proie, même s'il savait qu'elle était encore à des heures de lui. Seulement, à quoi ressemblait l'odeur d'une chasseuse de vampires ? Et son goût ? Au cours d'une existence sans fin, tout ce qui était nouveau, toute expérience inédite était chose rare et savoureuse.

Comme la nuit s'échappait et que les premiers rayons de l'aube apparaissaient au-dessus de l'océan, il commença à s'inquiéter, mais pas à propos de l'endroit où il dormirait ce jour-là. Les grottes étaient faciles à trouver au bord de l'eau et, en dernier recours, il pourrait toujours se terrer sous la mousse de la forêt, dans la toile qu'il portait sur le dos. Cependant, que ferait-il si elle le dépassait alors qu'il dormait. Immanquablement, elle finirait par passer à côté de lui. Il avait espéré croiser son campement pendant qu'elle dormirait, mais peu d'odeurs de voyageurs parvenaient jusqu'à lui et aucune n'appartenait à une femme. Que devait-il faire ?

Il comprit qu'il avait peut-être sous-estimé la rapidité des humains. En ce cas, à quelle distance se trouvait-elle ? Et, quand elle se réveillerait, jusqu'où pourrait-elle aller en une journée? Raton fronça les sourcils en constatant qu'il devenait urgent qu'il se mette à couvert. Derrière la végétation, la route était déserte dans les deux directions.

Raton traversa les arbres et se dirigea vers la côte pour y chercher une grotte profonde ou une cavité dans la falaise. Il se laissa tomber le long de la paroi rocheuse et la descendit, telle une araignée, avant de disparaître dans un vieux trou dans lequel il rampa loin de la lumière, à reculons, sans craindre l'obscurité ou ce qui pourrait déjà s'y trouver. Il déposa au sol son sac de terre prélevée de son cercueil et s'enroula autour, couché sur le côté, restreint par le manque d'espace. Ensuite, il tira sur lui la toile déroulée pour se protéger des rayons solaires qui pouvaient se perdre jusque-là et le trouver.

Par esprit logique, il se dit que, bien qu'il n'ait voyagé que la moitié de la nuit, la chasseuse ne serait pas en mesure de parcourir la distance qui la séparait de Miiska en une seule journée. Il allait dormir et, ensuite, il reprendrait sa traque. D'une façon ou d'une autre, il l'intercepterait et ramènerait sa tête à Rashed comme un cadeau lourd de sarcasmes. À chaque fois que quelqu'un disparaissait à Miiska, on le lui reprochait. En réalité, c'était parfois justifié, mais pas toujours, et certainement pas pour le cas du tavernier. Les vieux ivrognes pleurnicheurs n'étaient pas très attirants pour un tueur comme lui.

Ses paupières étaient de plus en plus lourdes et il finit par perdre le fil de ses pensées.

Ce jour-là, en fin d'après-midi, les pieds fins de Lihsil le faisaient souffrir et son impatience relative quant à la découverte de la taverne s'évanouissait peu à peu. Même la beauté de la côte et l'océan qui s'échappait à l'horizon n'emplissaient plus ses yeux d'émerveillement. Il ne lui semblait pas nécessaire de se presser autant. Le bâtiment n'allait pas disparaître avant leur arrivée. Magirie ne les avait jamais bousculés ainsi avant qu'ils n'abandonnent leur comédie. Non, ils avaient toujours voyagé tous les trois à une allure tranquille jusqu'à ce qu'ils arrivent à la cible prévue. Il commençait à être lassé de ses remarques incessantes: «Lihsil, dépêche-toi. Lihsil, ce n'est plus loin. Si nous continuons, nous y serons cette nuit. »

Chap, lui, avait l'air las de voyager en chariot et gémissait doucement, les yeux exagérément emplis d'ennui, mais Magirie ne voulait toujours pas autoriser le chien à marcher. Le vieil âne avait l'air à moitié mort. À quoi pensait-elle donc ? Cette soudaine envie de devenir une honnête femme d'affaire l'avait changée d'une façon désagréable. Proche de l'épuisement, ou plutôt quand il décida que sa fatigue passerait pour cela, Lihsil remarqua que le bas du cercle solaire touchait la ligne de l'horizon.

— Ça suffit comme ça, lança-t-il à voix haute.

Comme Magirie, qui marchait en avant du chariot et de l'âne, n'avait pas l'air de l'avoir entendu, il s'effondra théâtralement au bord de la route et s'étala dans l'herbe.

— Chap, viens ici, appela-t-il. C'est l'heure de la pause.

L'élégante tête gris bleuté de son chien se redressa vivement avec espoir, les oreilles pointées, les yeux rivés sur son maître.

— Tu m'as bien entendu. Viens, répéta Lihsil plus fort.

Cette fois, Magirie entendit le cri de son ami et elle tourna la tête juste à temps pour voir le chien sauter du chariot et descendre la route pour rejoindre Lihsil. D'habitude si stoïque, elle avait la mâchoire qui tombait légèrement quand elle s'arrêta au milieu de la route. L'âne et le chariot poursuivirent leur chemin.

— Nom de... pas encore, balbutia-t-elle. Elle vit alors le chariot qui s'enfuyait. Elle attrapa l'animal par le licou et tira dessus pour l'arrêter. Espèce d'imbécile d'elfe, cria-t-elle à Lihsil en entraînant l'âne et le chariot vers l'endroit où il s'était assis. Qu'est-ce que tu fais ?

— Je me repose ? répondit-il, comme s'il attendait une confirmation. Il baissa les yeux sur ses jambes confortablement étendues au sol, puis il opina du chef. Oui, sans aucun doute. Je me repose.

Au lieu de s'allonger, Chap renifla les herbes sèches du bord de mer, s'étira les pattes puis bondit dans les broussailles voisines. Lihsil sortit son outre de vin et se dégagea de la bandoulière qui la maintenait sur son épaule. Il en ouvrit le bouchon et la pencha au-dessus de sa bouche grande ouverte en une longue et agréable gorgée. Le

D'arihling rouge avait un goût de châtaigne. Cela lui réchauffait le cœur d'une manière qu'il n'aurait su décrire, et c'était presque le seul réconfort qu'il avait, à moins que Magirie ne cesse de tous les faire avancer avec tant d'obstination. Cela dit, ils pouvaient tous les deux jouer à ce jeu-là.

Ahurie, elle restait plantée là à le dévisager, couverte de poussière au point qu'un brin de toilette lui aurait été utile.

— Nous n'avons pas le temps de nous reposer. Depuis ce midi, je suis pratiquement obligée de te pousser.

— Je suis fatigué. Chap est fatigué. Même cet âne ridicule a l'air prêt à tourner de l'œil. Lihsil haussa les épaules sans se laisser impressionner par le dilemme qui semblait la préoccuper. La majorité l'emporte.

— Veux-tu te retrouver à voyager après le coucher du soleil ? demanda-t-elle.

Il but une autre goulée et remarqua qu'il avait lui aussi besoin d'un bain.

— Certainement pas.

— Alors lève-toi.

— As-tu regardé l'horizon, récemment ? Il bâilla et s'étendit dans l'herbe en s'émerveillant de la terre sablonneuse brun clair et du parfum salé de l'air. Nous ferions mieux de camper ici et de trouver ta taverne demain matin.

Magirie soupira et son visage prit une expression à la fois triste et frustrée. Lihsil eut l'envie soudaine de la consoler, mais la douleur de ses pieds lui rappela à quel point elle pouvait les lui casser. Le lendemain arriverait bien assez tôt, même pour elle. Qu'elle fulmine si elle voulait, mais il ne ferait pas un pas de plus sur cette route avant le matin.

Lihsil vit son amie tourner les yeux vers l'océan, sa silhouette se dessinant nettement sur le fond orange et flamboyant du ciel. Elle contemplait l'horizon comme si elle espérait que la surface lointaine de l'eau refuse au soleil de plonger en elle et le retienne là. Magirie baissa lentement la tête afin que ses cheveux tombent comme un rideau devant son visage. Lihsil entendit tout juste le petit soupir qui s'échappa de ses lèvres et il souffla avec exagération.

— C'est mieux ainsi. Tu ne veux pas réveiller le gardien au milieu de la nuit. Il s'interrompit, dans l'attente d'une confirmation ou d'un reproche, mais Magirie resta silencieuse. Et si cet endroit avait l'air lugubre et triste dans le noir ? Non, nous allons arriver comme de vrais commerçants dans le courant de la journée et nous jugerons des lieux au grand jour.

Elle se retourna vers lui pendant quelques instants, puis elle hocha la tête.

— Je voulais juste... Je me sens attirée comme si j'étais une marionnette.

— Ne joue pas les poétesses. C'est ennuyeux, rétorqua-t-il.

Elle se tut et, encore une fois, ils établirent leur campement selon leurs habitudes. Chap continua à renifler et à creuser le sable, enivré par sa libération de sa prison roulante.

De temps à autre, Lihsil jetait un coup d'œil vers le soleil. Peut-être étaient-ils restés trop longtemps dans l'univers gris et moite de Stravina. Il y avait une nette différence entre cette dernière et l'humidité. Celle-ci était faite d'embruns salés, rejetés par la mer fraîche sur la terre, où une douce brise les séchait. La première était synonyme de frissons sous des couvertures qui n'apportaient aucune chaleur, dans une cabane de montagne aux murs moisis.

— Assisterons-nous à cela tous les soirs, à Miiska ? s'enquit-il.

— À quoi ?

— Au coucher de soleil... la lumière qui se déverse sur l'horizon, le feu et l'eau.

L'espace d'un instant, Magirie plissa le front comme s'il venait de parler dans une langue étrangère, puis elle comprit sa question. Elle se tourna elle aussi vers la mer.

— J'espère bien.

Lihsil retroussa le nez.

— Je reviens sur ce que j'ai dit : tu n'es pas une poétesse.

— Trouve du petit-bois, espèce de sang-mêlé paresseux.

Ils installèrent leur campement de l'autre côté de la route qui les séparait de la côte. En réalité, le bord de l'eau était assez éloigné, mais l'immensité de l'océan procurait une sensation de proximité. La dernière lueur du jour avait disparu derrière l'horizon, et de gros arbres usés par le vent les protégeaient de la brise nocturne. Lihsil était en train de fouiller dans les sacs en toile laissés dans le chariot pour retrouver des pommes, quand Chap cessa de renifler gaiement et se figea, à l'arrêt. Il grogna en direction de la forêt, sur un ton que Lihsil n'avait encore jamais entendu.

— Qu'est-ce qui ne va pas, mon garçon ?

Le chien était raide, immobile et attentif, comme un loup guettant sa proie de loin. Ses prunelles bleu argenté semblèrent perdre leur couleur et virer à un gris transparent. Ses babines se retroussèrent légèrement.

— Magirie, appela Lihsil à voix basse.

Sa partenaire observait déjà alternativement l'animal et la forêt.

— Il se comporte de la même manière que l'autre nuit, murmura-t-elle. Là-bas, à Stravina, près de la rivière.

Ils avaient passé de nombreuses nuits à Stravina, au bord du cours d'eau, mais Lihsil savait de laquelle elle parlait. Il sortit ses mains des sacs et les glissa le long de ses manches pour empoigner les deux stylets qu'il portait dans des fourreaux à ses avant-bras.

— Où est ton épée ? demanda-t-il sans quitter les arbres des yeux.

— Dans ma main.

RATON OUVRIT SUBITEMENT les yeux, et le mur noir et humide de la petite grotte le désorienta un instant. Puis il se souvint de sa mission. La chasseuse. Il était temps de reprendre sa traque.

En émergeant dans la fraîcheur de l'air nocturne, il se délecta de cette sensation de liberté que les grands espaces procuraient. Cette nuit était agréable. Cependant, Tisha et le confort étrange qu'elle avait créé dans l'entrepôt lui manquaient. « La maison », comme elle l'appelait, bien qu'il ne parvienne pas à se rappeler pourquoi des êtres comme eux avaient besoin d'un foyer. C'était l'idée de Tisha, appuyée par Rashed. Quoi qu'il en soit, il avait beau aimer le grand air, Raton s'était habitué au monde qu'ils s'étaient construit à Miiska. Il valait mieux trouver rapidement la chasseuse, de sorte qu'il puisse prendre son temps pour la tuer, la vider et rentrer à « la maison » avant l'aube.

Au pied de la falaise, la plage de sable blanc s'étendait dans les deux directions, mais il s'en détourna vite pour escalader la paroi jusqu'à son sommet en plantant ses doigts dans le mur de terre et de pierre sans effort. Il aurait peut-être été plus rapide s'il avait emprunté le chemin de la plage, mais il était trop à découvert. Quand il eut terminé son ascension, il se balança vers le haut et s'apprêtait à vérifier ses affaires quand l'odeur d'un feu de camp lui monta aux narines.

Il fit pivoter sa tête légèrement pointue et, au même instant, il sentit une femme, un homme et un âne. Puis son nez perçut un autre parfum. Un chien ? Édwan avait fait une remarque stupide à propos d'un chien. Raton détestait Édwan presque plus qu'il ne haïssait Rashed. Au moins, ce dernier lui fournissait des choses indispensables : un toit, un revenu fixe et la protection d'une apparente normalité. Édwan, quant à lui, absorbait le temps de Tisha et ne donnait rien en échange. D'accord, il avait localisé la chasseuse et ses compagnons, mais ce n'était pas grand-chose. Et lui, Raton, que pouvait-il craindre d'un chien de compagnie voyageant avec ses maîtres ?

Un frisson d'exultation le traversa. Avait-il vraiment trouvé sa proie aussi facilement ? Se pouvait-il que cette femme soit celle qu'il cherchait ? Avait-elle littéralement établi son campement en vue de la tanière où il se terrait ?

Les flammes orange du feu étaient tout juste visibles à travers les arbres, et Raton voulait voir de plus près. Il tomba à plat ventre et chercha un chemin pour traverser la route sans être vu. Celle-ci ne permettant pas de passer à couvert, il décida simplement de la traverser en vitesse. En un clin d'œil, comme une ombre produite par un feu dansant, il se retrouva sur le chemin de terre battue et se fondit dans les arbres et les broussailles, de l'autre côté. Il s'approcha en rampant pour observer les voyageurs.

La femme était grande, vêtue d'une armure en cuir clouté, et semblait plus jeune que ce à quoi Raton s'était attendu. Elle était presque jolie, avec sa tresse noire et poussiéreuse qui pendait dans son dos pendant qu'elle versait de l'eau dans une casserole près du feu. Son compagnon était un homme mince, aux cheveux blond platine et aux oreilles allongées, habillé presque comme un mendiant. Il était en train de fouiller à l'arrière d'un petit chariot. Et puis...

Un chien gris argenté, arrivant presque au niveau des hanches de Raton, bondit sur ses pattes et le fixa du regard, comme si le feuillage qui les séparait n'existait pas. L'animal retroussa les babines. Le grognement qui s'échappa entre ses crocs résonna dans la forêt silencieuse jusqu'aux oreilles du vampire. Ce son déclencha une sensation étrange dans sa poitrine. Qu'était-ce ? Raton détestait cette impression, quelle qu'elle soit, et cela le fit reculer derrière un épais tronc d'arbre.

Édwan avait dit quelque chose à propos de cet animal.

Un chien, ce n'était rien. Quand Raton jeta un nouveau coup d'œil, il vit la femme empoigner une épée et il sourit.

— QUE LUI ARRIVE-T-IL ? demanda Lihsil.

Chap continuait à grogner, mais il tenait sa position sans faire mine d'aller nulle part.

— Je ne sais pas, répondit Magirie, faute de trouver mieux à répondre. Et elle n'en savait vraiment rien, mais elle commençait à soupçonner le chien de posséder un sixième sens, un pouvoir lui permettant de voir ce qui lui était invisible, à elle. Prends l'arbalète dans le chariot et charge-la.

Pour la première fois au cours de ce voyage, Lihsil ne discuta pas et obéit rapidement et silencieusement à ses instructions.

Les grondements de Chap étaient de plus en plus forts et sinistres, comme cette nuit-là, au bord de la Vudrask. Magirie avança vers le chien, baissa le bras et empoigna la fourrure douce de sa nuque.

— Reste ici, ordonna-t-elle. Tu m'entends ? Tu restes ici.

Il poussa un grognement sourd mais resta à sa place. En revanche, son regard se déplaça sur sa gauche et tout son corps tourna avec lui.

— Il tourne autour de nous, murmura la jeune femme à l'adresse de Lihsil.

— Qui ? Lihsil regarda autour de lui, le pied dans l'étrier de l'arbalète et tirant la corde des deux mains pour la mettre en place. Qui tourne autour du campement ?

Magirie observa son ami, son visage allongé et ses cheveux fins. Au moins, cette fois, il n'était pas ivre et avait chargé son arbalète, mais elle regrettait maintenant de ne pas lui en avoir dit plus à propos du meurtre du paysan dément. Combien cet homme était fort, terrifiant... Et cette faim étrange qui lui avait soudain creusé l'estomac. Après la bataille, toute cette histoire lui avait semblé trop irréelle, et elle avait décidé que son esprit lui avait joué des tours à force d'avoir joué la comédie depuis trop longtemps. L'espace d'un instant de panique, une mauvaise rencontre lui avait fait croire à ses propres mensonges.

Et, à présent, elle n'avait pas de réponse à la question de Lihsil.

Le museau blanc et argent de Chap se dressa et Magirie crut qu'il allait se mettre à gémir. Au lieu de cela, il se mit à regarder en l'air, puis sur le côté, en l'air, puis sur le côté, en l'air et encore en l'air.

— Les arbres ! s'écria-t-elle en se tapissant derrière le chariot par peur de ce que pourrait faire le rôdeur en attaquant par en haut. Elle passa le bras sur le côté du chariot et tira Lihsil par la ceinture pour le faire s'accroupir. Il est dans les arbres.

LA CAPACITÉ DU chien à suivre ses déplacements devenait vraiment gênante pour Raton. Il était inenvisageable de tenter une attaque frontale ou de côté, donc il se fraya un passage au-dessus de sa cible, à travers les branches d'arbres. Il avança petit à petit, prudemment.

— Je vais ramener ta fourrure miroitante à la maison pour en faire un tapis, sale cabot, susurra-t-il.

Il se sentit mieux en imaginant la peau argentée et ensanglantée de l'animal enveloppée autour de ses épaules. Tisha aimerait elle aussi cette couleur douce et inhabituelle.

Qui tuer en premier ? Raton avait rencontré quelques demi-sang au cours de sa vie, et il était certain que cet homme avait du sang elfique dans les veines. Son arbalète n'était pas inquiétante : elle le ralentirait difficilement, même si le sang-mêlé réussissait à lui tirer dessus.

Il pourrait briser la nuque du chien en un rien de temps, s'il lui atterrissait dessus en premier, mais cela laisserait aux deux autres le temps de se préparer au combat. Non, il fallait garder le sens des priorités : neutraliser la chasseuse et ensuite tuer le chien et le sang-mêlé. Ainsi, il pourrait jouer avec elle aussi longtemps qu'il lui plairait.

Depuis la branche solide où il était perché, il se concentra sur la femme et plongea.

Il n'y eut aucun avertissement. Lihsil entrevit un mouvement dans le noir, une forme indistincte sans visage qui vola au-dessus de sa tête et le dépassa.

Un personnage maigre à la tête brune, vêtu comme un mendiant, percuta Magirie et la projeta à terre. Lihsil s'attendait à voir l'agresseur rouler sur lui-même au sol, mais, à sa surprise, l'homme ne perdit pas l'équilibre. Au contraire, il atterrit fermement sur ses pieds et, au moment de l'impact, son poing volait déjà vers le bas.

— Magirie ! hurla le demi-elfe.

Il s'était à peine retourné pour pointer son arbalète quand un craquement sonore retentit au moment où le poing de l'ennemi s'abattait violemment sur la pommette de la jeune femme. La tête de Magirie rebondit au sol. Lihsil tira.

Le carreau frappa dans le bas du dos du clochard, la pointe ressortant par l'abdomen, mais, pour seule réaction, l'homme eut un bref frisson et se retourna pour lui faire face.

Un hurlement, si aigu qu'il aurait pu être humain, partit de la gorge de Chap quand celui-ci se jeta sur le mendiant. Leurs deux silhouettes s'affrontaient au milieu du campement, par-dessus le feu, en une masse rapide de dents et de fourrure qui éparpilla la moitié du bois embrasé et projeta des étincelles autour d'elle.

Magirie gisait au sol, immobile, quand Lihsil sortit de derrière le chariot. Au bruit qu'avait produit le coup, il se doutait qu'elle devait être inconsciente. L'espace d'un instant, il hésita entre aller la voir et suivre son chien pour l'aider à achever l'intrus. De toute façon, entre le carreau d'arbalète et la férocité de Chap, l'ennemi n'avait plus que quelques instants à vivre. Quoi qu'il en soit, Lihsil ne pouvait pas se permettre d'être pris par-derrière. Il sortit donc un autre carreau du réservoir de l'arbalète, prêt à la recharger, tout en commençant à contourner le feu éparpillé, puis il s'arrêta à mi-chemin en dérapant.

Le chien et son adversaire s'étaient séparés. Le petit homme au corps maigre et nerveux, à moins que ce ne soit un adolescent, s'accroupit à terre quand Chap chargea de nouveau. Le chien était encore en l'air quand l'ennemi se jeta en avant, une main pleine de doigts crochus brandie au-dessus de lui pour déchirer le ventre poilu de l'animal. Ce dernier fut détourné de sa trajectoire.

Peut-être était-ce à cause de l'obscurité ou des cendres qui flottaient dans l'air, ou encore à cause de la lumière vacillante du feu presque éteint qui projetait des images invraisemblables de la lutte qui avait lieu dans l'herbe aplatie. Cependant, Lihsil aurait juré que le petit homme avait réussi à changer de direction alors que Chap était encore en l'air. Lihsil n'aurait su déterminer s'il avait atterri en un clin d'œil pour se retourner aussitôt, ou s'il n'avait jamais vraiment quitté le sol.

Les pieds de l'infect clochard frappèrent vers le haut dans le flanc du chien, avec force et vitesse. Chap grogna en décrivant un arc de cercle au-dessus de la clairière, la tête par-dessus la queue, et il glapit de douleur quand il heurta la base d'un arbre et s'écroula sur le sol sablonneux. Il se releva instantanément.

Lihsil tira la corde de l'arbalète pour tenter de la recharger et il la lâcha presque lorsqu'un cri derrière lui le fit sursauter.

— Chap, non !

Le demi-elfe tourna la tête, juste assez pour voir tout en gardant le mendiant dans son champ de vision. Magirie était debout, fauchon en main, bien que quelque peu instable.

— Chap, reviens ! hurla-t-elle encore.

L'interpellé trembla et grogna mais garda ses distances. Chacun de ses muscles se tendit sous sa fourrure roussie par les flammes, en signe de protestation, comme si l'ordre de la jeune femme était à la fois injuste et inapproprié.

Personne ne bougea.

Le jeune intrus tendit la main et observa les traces de crocs qui la marquaient.

— Je saigne, constata le garçon avec consternation. Ça brûle.

Perdu, il écarquilla ses yeux d'un marron quelconque. Pour une raison ou pour une autre, il était troublé, comme s'il ne s'était pas attendu à la douleur et aux blessures. Il n'avait pas l'air d'avoir plus de seize ans et il donnait l'impression d'avoir passé la moitié de sa vie affamé. Il sembla retrouver son calme, mais il y avait toujours de l'appréhension dans son attitude quand il se balança d'un pied sur l'autre, comme hésitant entre le combat et la fuite. Il saisit la flèche qui ressortait par son abdomen et il la tira d'un geste vif avec un vague tressaillement.

Ce spectacle fit momentanément oublier à Lihsil de recharger son arbalète. Ce garçon étrange aurait dû être mort ou à l'agonie, et Magirie aurait dû être à terre, inconsciente. En revanche, sa partenaire se dressait à côté de lui, la main serrée sur son fauchon, les genoux à demi pliés, presque accroupie, et le visage tendu et résolu. Pour sa part, l'intrus qui se tenait hors d'atteinte, de l'autre côté du feu, était beaucoup moins mal en point qu'il n'aurait dû l'être.

— Comment t'appelles-tu ? murmura Magirie en dépit de l'obscurité.

— Est-ce important ? s'enquit le garçon.

Lihsil constata qu'aucun d'eux n'était plus conscient de sa présence.

— Oui, répondit la jeune femme.

— Raton.

En réponse, Magirie hocha la tête.

— Viens me tuer, Raton.

Il sourit et bondit.

Lihsil plongea et fit une roulade. Il entendit le bruit sourd des pieds qui atterrissaient juste derrière lui et se retourna juste à temps pour voir Magirie pivoter à terre et s'élancer vers son agresseur en brandissant son fauchon. Le garçon se tordit pour l'esquiver, mais la lame réussit à entailler superficiellement son dos, ce qui le fit crier.

Sa voix était extraordinairement forte et aiguë. Lihsil tressaillit.

Raton commença à tomber, mais il se rattrapa au chariot avec ses deux mains, puis il s'y appuya pour faire face à Magirie. Celle-ci l'attaqua avant qu'il n'ait complètement retrouvé son équilibre et elle lui décocha un coup de pied dans la poitrine. Le corps de Raton s'arqua vers l'arrière, ses pieds quittèrent le sol et le sabre de Magirie s'abattit sur lui alors qu'il était toujours en l'air.

Lihsil ne parvenait pas à concevoir qu'un coup de force normale dans le torse de quelqu'un puisse le propulser avec une telle rapidité et de cette manière. De plus, il n'avait jamais vu Magirie se déplacer à une telle vitesse. Toutefois, Raton accéléra pour s'adapter à elle.

La lame s'enfonça profondément dans la terre, là où Raton aurait dû atterrir. Au lieu de cela, il se tenait à présent à droite du feu, sifflant et tâtonnant d'une main dans son dos, à l'endroit où le fauchon de Magirie l'avait coupé.

— Ça brûle, cria-t-il, étonné et en colère. Où as-tu trouvé cette épée ?

Magirie ne répondit pas. Lihsil se releva en poussant sur ses mains et dévisagea sa partenaire.

Elle avait les yeux écarquillés et rivés sur Raton. Ses lèvres brillaient de la salive qu'elle ne contrôlait pas. Lihsil n'était pas certain qu'elle aurait pu parler, même si elle l'avait voulu.

La respiration de la jeune femme était profonde et rapide et son visage lisse était tiré, le front plissé en un froncement haineux. Sa peau brillait d'une sueur que ses efforts ne suffisaient pas à justifier.

Chap tournait en rond derrière elle. Un faible tremblement agitait son corps et trahissait la vibration de sa mâchoire crispée. Dans cet état sauvage, la ressemblance entre le chien et la femme était impossible à ignorer. Quand les lèvres de Magirie se séparèrent, sa bouche prit l'allure des babines retroussées du chien qui la flanquait. Ses yeux refusaient de cligner et commencèrent à briller, jusqu'à ce que de petites larmes coulent le long de ses joues.

Lihsil ne réussit pas à reporter toute son attention sur Raton. Il tint sa position pour également garder Magirie dans son champ de vision. Cette femme n'était pas celle avec laquelle il voyageait depuis des années.

Le chien, le garçon et la jeune femme étaient tous figés, tendus et posés. Tous guettaient le premier signe de mouvement. Lihsil n'y tint plus et arma son arbalète.

Raton feignit une autre attaque et se précipita sur le côté en une seconde, s'imprégnant de l'image de Magirie et de Chap : elle armée de son épée, et le chien de ses crocs et de ses griffes. Le dos et les bras de Raton saignaient désormais abondamment et la peur était évidente sur son visage.

— Chasseuse, susurra-t-il avant de s'élancer vers les arbres.

Lihsil leva son arbalète et visa la silhouette en fuite, sans croire que cela soit vraiment utile. Il semblait que la lame de Magirie et les crocs de Chap avaient causé plus de dégâts qu'un carreau tiré presque à bout portant et ayant traversé le corps. Avant qu'il n'ait eu le temps de tirer, Raton avait disparu dans les ténèbres. Le demi-elfe contourna rapidement le feu de camp afin d'avoir sa lumière vacillante dans le dos, mais il ne trouva plus aucun signe du personnage en fuite. Chap partit au trot vers les arbres, mais Lihsil attira l'attention de son chien avec un claquement de doigts et secoua la tête. Le chien gémit et s'assit sans quitter des yeux l'obscurité.

— Lihsil ?

Sa voix était faible, tout juste un murmure. Le demi-elfe fit volte-face en se tenant presque autant sur ses gardes que lorsqu'il avait affronté le jeune clochard.

Magirie avait désormais le souffle court, comme si l'épuisement et les blessures venaient de s'abattre sur elle d'un seul coup. Ses traits se radoucirent à mesure que ses rides de rage disparaissaient, et ses yeux s'agitèrent, confus.

— Lihsil ? répéta-t-elle comme si elle ne le voyait pas.

Puis elle tomba à genoux et la lame de son fauchon percuta le sol avec un bruit sourd.

Lihsil hésita. Un nœud de peur lui serrait la poitrine. Un danger inconnu s'était échappé du campement, le laissant avec un autre auquel il avait inconsciemment tenu compagnie pendant des années. Il venait de voir un jeune homme se déplacer avec une vitesse et une force impossibles, et son propre chien avait férocement rebondi, indemne, sur des attaques brutales. Il venait de voir la seule personne qu'il côtoyait depuis des années se relever d'un coup qui aurait terrassé n'importe qui, puis se changer lentement en une chose… une personne qu'il reconnaissait à peine.

Magirie s'effondra, la tête près du sol. Elle lâcha complètement son sabre. Elle s'appuya par terre du dos de la main qui avait tenu son arme, incapable de la retourner correctement pour soutenir réellement son poids.

Lihsil ne l'avait jamais touchée, en dehors de leurs faux combats pour gagner de l'argent. Il se crispa à l'idée de s'approcher d'elle maintenant. Instinctivement, il leva l'arbalète et la serra fermement en la pointant vers la jeune femme.

Combien de fois s'était-elle endormie après lui alors qu'il avait sombré dans un sommeil alcoolisé ? Combien de temps avait-il erré de larcins en jeux d'argent, avant d'essayer de lui voler sa bourse par erreur ? Au cours de sa vie tranquille, combien de gens avaient eu l'intention de partager leurs rêves avec lui, même si ce n'était pas exactement ce à quoi il aspirait ? Et, avant elle, il n'avait jamais eu besoin de personne.

Il courut vers elle, lâchant son arme pour rattraper son amie avant qu'elle ne s'écroule totalement. Magirie s'affala et, dans cette position accroupie, Lihsil ne parvint pas à retenir tout son poids. Il tomba sur les fesses, et les épaules et la tête de Magirie basculèrent en arrière sur son torse en le projetant presque dos à terre.

— Je te tiens, la rassura-t-il. Ce disant, il s'appuya au sol et la redressa, un bras autour de ses épaules. Tout va bien.

Il savait que c'était faux. Quelque chose n'allait vraiment pas avec Magirie, ou chez elle, et Lihsil, lui, n'allait assurément pas bien. Rien n'allait plus. Que devait-il faire, à présent ? Sortirait-elle complètement de cet état, quel qu'il soit, d'ici au matin ?

Le feu de la peur et de la bataille avait épuisé Lihsil, et l'air nocturne était glacé, tout à coup. Il sentit son amie trembler avant de s'effondrer mollement contre lui.

Assis là, essayant de sortir une vieille couverture d'un sac et d'en recouvrir son corps tremblant, il crut remarquer une douce lueur sur sa poitrine, juste sous son cou. Quand il en eut fini avec la couverture, il regarda de nouveau, mais il ne trouva rien d'autre que les amulettes qu'elle portait à moitié attachées dans le haut de son habit de cuir.

RATON NE GARDAIT aucun souvenir de son voyage de retour à Miiska. Il ne se souvenait que de la douleur, de la faiblesse grandissante et de son violent ahurissement. Trop blessé pour réfléchir ou chercher une explication, il sentait son énergie vitale s'écouler lentement de son dos et de son bras et l'affaiblir. Il était parvenu à rassembler ses esprits et ses dernières forces pour refermer la blessure causée par la flèche, mais pas les autres plaies. Les marques laissées par l'épée et les crocs refusaient de se refermer.

Il avait déjà été blessé avant cela, mais jamais une plaie ne l'avait ainsi vidé de ses forces, et son incompréhension ne faisait qu'alimenter sa peur. Pantelant, il s'écroula contre le mur en bois d'un bâtiment, sans savoir dans quelle partie de la ville il se trouvait. S'il épuisait toute son énergie avant de trouver un abri, le soleil se lèverait au-dessus de sa tête.

À cette heure matinale qui précédait le jour, la ville était silencieuse. Des rangées de petites maisons usées par le temps s'étalaient des deux côtés. Il lui fallait trouver un refuge avant l'aube, et il avait besoin de force et de vie. Il devait se nourrir.

Un léger fredonnement féminin attira son attention, et ses narines s'emplirent de la sensation de chaleur de la chair et du sang qui approchaient. La faim et l'impatience le tirèrent de sa stupeur et il se traîna à quatre pattes jusqu'au coin le plus proche. Il perçut également l'odeur du crottin de cheval et du métal, du charbon de bois et des cendres. Il lui fallut un moment pour assembler les images qui s'affichèrent sous ses yeux. Sur sa droite, il y avait un tas de bois et, sur sa gauche, les portes d'une écurie. Dans les chevrons du surplomb, des fers à cheval attendaient d'être posés.

Raton écarquilla les yeux à mesure qu'il reconnaissait l'endroit. Il était devant l'atelier de l'unique forgeron de Miiska. En suivant la voix chantante, il rampa jusqu'au tas de bois à côté duquel se trouvait une barrière. Il grimpa aussi discrètement que possible sur les bûches empilées pour regarder par-dessus la barrière.

De l'autre côté de la clôture, une fille d'environ quinze ans était agenouillée devant le tas de combustible familial, ses cheveux brun terne et soyeux, ébouriffés comme si elle était sortie du lit seulement quelques instants plus tôt. Elle ne portait qu'une chemise de nuit en coton que Raton aurait trouvé séduisante en d'autres circonstances. Pour l'heure, tout ce dont il avait besoin, c'était de la vie, du sang pour reprendre des forces jusqu'à ce qu'il trouve un moyen de refermer les blessures causées par la chasseuse et son chien.

La fille fredonna encore doucement avant de prendre la parole.

— Brume, sors de là. C'est toi qui es venue gratter à ma porte pour que je t'ouvre. Arrête de jouer et entre dans la maison.

Un petit miaulement lui répondit et un chaton tigré sortit sa tête du tas de bois du même côté de la barrière que la jeune fille. Raton vit cette dernière adresser un froncement de sourcil réprobateur à l'attention du chat, afin d'avoir l'air en colère.

Il ne s'introduisit pas dans ses pensées à l'aide de sa voix pour l'étourdir calmement et prendre ce dont il avait besoin avant de maquiller les marques de ses canines. Au lieu de cela, il se jeta sur elle.

Le chat cracha et se terra dans sa cachette.

Raton passa par-dessus la clôture et fut sur la fille avant qu'elle ne le voie arriver. D'une main, il empoigna ses cheveux et pencha sa tête en arrière pour dégager son cou et, de l'autre main, il serra son corps contre lui. Sa mâchoire s'ouvrit en travers de sa gorge et mordit, déchirant la peau. Le moindre cri qu'elle aurait été susceptible de pousser fut étouffé lorsqu'il lui perfora la trachée. Elle n'eut pas le temps de lutter. Immobilisée, seules ses mains tremblaient encore.

Le vampire ne sentit pas passer les premières secondes de chaleur et de vie, mais son esprit s'éclaircit rapidement.

Le liquide rouge couvrit son visage, ses mains et sa chemise, mais il s'en moquait. La seule chose qui le préoccupait était la douleur qui s'évanouissait dans son dos et dans ses poignets et se muait en un faible engourdissement au moment où il lâcha la carcasse morte, l'abandonnant à terre.

Le froid n'incommodait jamais les morts-vivants, mais la chaleur réconfortante qui les pénétrait quand ils venaient de se nourrir était un plaisir dont Raton ne se lassait jamais, quel que soit le nombre de fois où il l'avait ressenti. Cette sensation brûlait à présent en lui et le comblait. C'était beaucoup plus agréable que tout ce dont il pouvait se souvenir, même de son vivant. Et elle balaya la faim, éradiqua la morsure de ses plaies, et il ne sentit plus ses forces s'écouler hors de son corps.

Une lueur apparut à l'est de l'océan, au-dessus de l'horizon. Le soleil se levait.

Raton s'enfuit sur les quais en direction du hangar. Il aurait d'amples explications à fournir. Peut-être aussi quelques mensonges.

Lihsil avait réussi à ramasser quelques morceaux de bois et à les rassembler dans le feu du bout du pied, mais ils ne produisirent guère plus que quelques faibles flammes jusqu'à la fin de la nuit. Il ne pouvait pas se permettre de boire maintenant et, par conséquent, il ne pouvait pas non plus dormir. De toute façon, il n'aurait pas trouvé le sommeil, car les événements qui venaient de se produire l'avaient perturbé autant que ses rêves incessants. Ce n'était pas si difficile. En effet, il lui fallait non moins de trois nuits blanches avant que la fatigue ne l'emporte. Il se souvenait que sa mère pouvait même tenir plus longtemps lorsque c'était nécessaire et il se disait qu'elle avait dû lui transmettre ce don. Cela devait avoir un rapport avec les origines elfiques qu'elle évoquait si rarement.

Chap était vite redevenu le chien joyeux qu'il était, comme si rien d'anormal ne s'était passé. Il avait trouvé un emplacement confortable à côté de son maître et y avait passé le reste de la nuit en silence, faisant sa toilette et s'assoupissant de temps à autre pour s'agiter dès qu'il entendait des bruits dans la forêt, audibles de lui seul.

Tranquillement assis avec Magirie endormie sur ses genoux, Lihsil passa de longues heures tendu dans le noir avant de pouvoir regarder le visage de son amie sans la visualiser en train de se transformer en ce qu'il avait vu plus tôt dans la nuit. Il l'avait examinée pour chercher ses blessures, mais elle était intacte, à ce qu'il avait pu en juger. Quand il put enfin la regarder sans sourciller, le matin commençait à luire. En théorie, elle aurait dû avoir une marque noire et bleue et la peau écorchée et couverte de sang séché sur le côté du visage. Lihsil ne voyait qu'une légère ecchymose sur sa joue gauche. Au lieu d'être soulagé, il ressentit une nouvelle vague de peur et de confusion. Lorsque le soleil fut suffisamment haut pour réchauffer le dos du demi-elfe, les paupières de Magirie tremblèrent et s'ouvrirent.

— Te sens-tu bien ? demanda-t-il tout bas.

— Oui, répondit-elle avec hésitation. J'ai mal à la mâchoire, ajouta-t-elle.

— Cela ne m'étonne pas, rétorqua Lihsil.

Puis il se souvint qu'elle n'avait pas été frappée à la mâchoire, mais sur le côté du visage.

Avant qu'il puisse poser une autre question, il la sentit se crisper. Elle battit des paupières et écarquilla les yeux en le dévisageant quand elle sembla s'apercevoir qu'elle était appuyée sur ses genoux.

— Que se passe-t-il ? s'enquit-elle.

— Bonne question, souligna-t-il en haussant les sourcils. Je l'aime bien. Je pourrais même me la poser aussi.

Magirie roula sur le côté et s'assit aussi vite que possible sans prendre appui sur lui, mais son regard maussade resta rivé sur Lihsil.

— Dans la nuit, tu t'es effondrée et tu t'es mise à trembler, expliqua-t-il. Je ne voulais pas que tu attrapes froid à cause de l'épuisement.

— Je ne suis pas épuisée, marmonna-t-elle avec humeur avant de se dresser sur ses pieds.

Instantanément, ses mains vinrent de part et d'autre de son visage et elle oscilla un peu sur place. Lihsil ramassa son outre et, après avoir sorti une tasse en étain de son sac, il la remplit de vin rouge.

— C'est tout ce que nous avons contre la douleur. Bois. Et finis tout.

Magirie buvait rarement autre chose que de l'eau ou du thé parfumé. Elle prit la tasse si brutalement qu'elle renversa une partie de son contenu au sol. Elle but, grimaça et se frotta la mâchoire. Lihsil la regarda d'un œil suspicieux.

— Veux-tu bien me dire ce qui s'est passé cette nuit ? demanda-t-il.

Elle secoua la tête.

— Qu'y a-t-il à raconter ?

Lihsil croisa les bras.

— Eh bien, voyons. Nous nous sommes fait attaquer sans raison. Je lui ai tiré dessus, et il a retiré la flèche comme si c'était une écharde. Ensuite, il a réagi comme si la morsure de Chap était une blessure mortelle. Sans oublier qu'il a eu l'air surpris que ton épée puisse le blesser. Et puis tu… Il s'interrompit un court instant pour attendre une réponse, mais aucune ne vint. Voyons… tu as perdu la parole, tu as fait faire un vol plané à un homme d'un simple coup de pied, et tu l'as fait atterrir sur le dos presque trop vite pour que je puisse le voir… et je ne te parle pas de ton expression de folle extatique. À ton avis, qu'est-ce que…

— Je ne sais pas ! hurla-t-elle.

Magirie tomba par terre à côté du chariot et s'adossa à sa roue. Elle pencha la tête au point que Lihsil ne put plus voir ses yeux. Elle poussa un profond soupir de colère. Puis un second, plus long et plus faible.

Depuis qu'il la connaissait, il avait pensé à plusieurs mots pour décrire Magirie : forte, ingénieuse, froide, manipulatrice, prudente ; mais jamais perdue ou vulnérable.

— Je ne sais pas ce qui s'est passé, reprit-elle d'une voix presque inaudible. Lihsil, si je te confie une histoire de fou, promets-moi de ne pas rire.

— Je suis pendu à tes lèvres, l'encouragea-t-il.

Il ne comprenait pas pourquoi il se sentait soudain en colère au lieu d'être plus compréhensif. Il s'inquiétait pour elle, mais il n'en était pas moins fâché. Peut-être était-ce dû à la longue nuit qu'il venait de passer à attendre, crispé, sans réponse.

— Je crois que nous avons trop longtemps joué la comédie. Elle leva la tête mais ne le regarda pas. Le vrai et le faux se mélangent dans ma tête. Je ne veux plus me battre… plus du tout… Je ne sais pas. Tout peut s'arrêter si nous nous contentons de mener une vie paisible. Nous allons gérer un commerce honnête, nous occuper de nous-mêmes, et tout cela cessera.

— C'est tout ?

La frustration de Lihsil alimentait de plus en plus sa colère.

— C'est tout ce que je sais. Elle tourna finalement les yeux vers lui, puis elle regarda ailleurs en secouant la tête. Je ne vois pas d'autre explication.

Ce n'était pas une réponse, mais juste une autre dérobade. Elle ne lui disait rien. Ou se trompait-il ? Le passé de Lihsil avait effacé tout désir de protéger qui que ce soit en dehors de lui-même. Il ne savait pas si ce qu'il ressentait à cet instant était un sentiment protecteur ou simplement de la perplexité. Tout ce qu'il savait, c'était que Magirie était en train de retrouver l'agréable contenance froide et modérée qu'il avait appris à connaître et sur laquelle il pouvait s'appuyer. Toutes ces années de mensonges et de comédie avaient peut-être fini par la rattraper. Cette idée le soulagerait pour l'instant, mais il aurait d'autres questions à poser dès que l'occasion se présenterait.

— D'accord, dit-il en jetant ses bras en l'air avant de les laisser retomber. Si tu n'as aucun secret à raconter, nous allons dire que ce type n'était qu'un autre voleur errant qui a perdu la raison. D'ici à midi, nous serons à Miiska.

— Oui. Elle esquissa un sourire. Assez tôt pour commencer une nouvelle vie.

— Je vais préparer du thé, grommela Lihsil en s'agenouillant pour rassembler les dernières braises et raviver le feu. Il regarda son amie et hocha la tête. Une nouvelle vie.

AU LEVER DU jour, Rashed traîna le corps ensanglanté de Raton dans le salon souterrain malgré sa résistance, et il le projeta contre le mur.

Surprise, Tisha leva les yeux de sa couture.

— Que se passe-t-il ?

— Regardez-le ! cracha Rashed.

Du sang à demi séché maculait le menton et la poitrine de Raton. Bien que Rashed estimait que le plus jeune membre de leur trio était un arriviste impatient, il ne l'avait jamais complètement pris pour un imbécile, jusqu'à ce jour.

— Ce petit morveux a laissé le cadavre d'une fille dans son propre jardin avec la gorge déchirée !

Tisha se leva et défroissa sa robe de satin bleu. Ses boucles chocolat rebondirent doucement lorsqu'elle s'approcha de Raton, qui était affalé au pied du mur, au fond de la pièce. Elle le toisa et inclina la tête sur le côté alors que son visage prenait un air déçu.

— Est-ce vrai ? demanda-t-elle.

— Pendant que vous y êtes, jetez un coup d'œil à mon dos, répondit le garnement couvert de poussière en retrouvant sa voix. Ce truc noirâtre n'est pas du sang humain. C'est le mien. Il leur présenta ses poignets. Et, il n'y a pas si longtemps, ces cicatrices étaient des plaies béantes. Vous avez déjà vu quelqu'un comme nous avec des cicatrices ?

— Impossible, siffla Rashed. Pourtant, il se pencha en avant, les sourcils froncés, pour regarder de plus près. Des balafres en dents de scie qui ressemblaient à des empreintes de dents marquaient les avant-bras de Raton. Comment ?

— La chasseuse ! lui cria le jeune vampire, contrarié. C'est vraiment une chasseuse. J'ai vu peu d'entre nous se déplacer aussi vite, et son épée m'a cisaillé le dos comme si j'étais de la chair fraîche.

— C'est insensé, répondit Rashed avec un dégoût apparent et en reculant. Cette arnaqueuse a acheté une épée avec l'argent de ses gains pour épater la galerie, voilà tout. De toute évidence, tu lui as sauté dessus avec ta naïveté et ta confiance habituelle et tu as perdu. Tu as été blessé à cause de ton imprudence et tu t'es enfui comme un lâche. Et, comme si cela ne suffisait pas, tu n'as pas pensé à nous un seul instant. Je me trompe ? Au lieu de revenir ici et d'affronter le long processus de guérison, tu as sucé une jeune fille jusqu'à la mort à moins de vingt maisons de chez toi et tu as abandonné son corps pour semer la panique en ville.

La mâchoire de Raton tomba, comme si les accusations de son chef étaient trop extravagantes pour qu'il s'en défende.

— Mais j'ai des cicatrices !

Rashed réfléchit à peine une seconde et se détourna avec dégoût.

— C'est vous qui l'y avez envoyé, lui rappela doucement Tisha. Elle haussait les sourcils, les yeux à demi clos, comme pour répartir convenablement la faute. Sa bouche fine et rouge se tordit en un rictus de condamnation. Il n'a pas assez d'expérience pour se battre contre une chasseuse, arnaqueuse ou véritable, et vous le savez. Et aucun de nous ne savait avec certitude si elle était vraie ou fausse. C'est vous qui auriez dû vous charger de ce problème.

Si Raton s'était permis une telle remarque, Rashed l'aurait secoué comme une poupée de chiffon, mais les paroles de Tisha sonnaient juste. Le chef du trio le dévisagea du haut de sa grande taille, mais il ne poursuivit pas ses attaques.

— Quand arrivera-t-elle en ville ? s'enquit-il.

Raton répondit sur un ton toujours irrité.

— Dans la journée. Elle voyage avec un demi-elfe et… ce chien. Il se tourna vers Tisha. Édwan avait raison à propos du chien. Ses dents m'ont brûlé. Je ne m'étais pas préparé à cela ! Si j'avais su, j'aurais pu gagner. J'aurais brisé la nuque de ce clébard au premier coup d'œil.

Les bougies roses clignotèrent autour d'eux et Tisha tapota l'épaule du jeune vampire.

— Descendons dans les caves. Nous devons nous reposer. Débarrasse-toi de ces guenilles et laisse-moi regarder ton dos. Je vais te trouver une autre chemise.

Tant d'attention de la part de Tisha balaya la colère du visage de Raton, qui accepta d'être conduit ailleurs comme un chiot.

Dans leur dos, Rashed se renfrogna. Raton était le seul responsable de ses blessures, qu'il y ait cicatrices ou pas, et la gentillesse maternelle de Tisha ne pouvait que l'encourager à plus d'imprudence. Cette petite canaille de sangsue aurait dû passer la journée dans son propre sang séché.

Toutefois, pour l'instant, des pensées aussi mesquines n'étaient pas sa priorité. Rashed avait construit sa maison à partir de rien. Sa petite famille vivait en sécurité et dans un certain confort, ce qui n'arrivait normalement qu'aux plus anciens des Nobles Morts après des années de plans et de manipulations. Pendant qu'il dormirait, ce jour-là, une chasseuse, arnaqueuse ou pas, allait venir tout ruiner. Il fallait se débarrasser d'elle au plus vite et en toute discrétion. Tisha avait raison. Il aurait dû s'occuper lui-même de cette affaire.

Rashed commença à souffler les bougies une par une. Il était désormais impossible de tenir cette histoire à distance de Miiska. Parko, son frère disparu, avait dû laisser échapper quelque chose avant de mourir. Sinon, pourquoi cette chasseuse viendrait-elle ici ? Il ne faisait aucun doute qu'elle venait les chercher, tous les trois. Il attendrait donc, peut-être une nuit ou deux, le temps qu'elle prenne ses aises. Ensuite, il s'occuperait d'elle personnellement.

V

Tard dans la matinée, Magirie eut son premier aperçu de Miiska et le doute lui serra l'estomac. Elle avait littéralement tout misé sur l'envie de trouver la paix dans cette petite ville portuaire, et les rêves que l'on faisait auprès d'un feu de camp étaient souvent bien loin de la réalité.

Lihsil n'avait pas l'air aussi inquiet.

— Enfin ! se réjouit-il en accélérant au point qu'il finit par la dépasser. Viens !

Comme lui, elle s'était mise à aimer l'air pur et salé. Contrairement à lui, elle ne pouvait pas exprimer ce sentiment. L'habitude qu'il avait de dire exactement ce qu'il pensait la troublait souvent mais, à cet instant, elle pressa le pas pour le suivre en tirant sur la bride de l'âne. La curiosité affichée de Lihsil l'arrangeait : cela faciliterait les choses.

Chap ne voyageait plus dans le chariot, mais il trottait à côté de son maître, la tête haute comme s'il savait exactement où il allait, comme un chien de garde qui rentre à la maison après sa promenade du matin. Après tant d'années à essayer de se mettre parfaitement dans la peau des personnages de leur « comédie de la chasseuse de morts », Magirie fut frappée par l'allure particulière du trio qu'ils formaient. Elle se demanda ce que les habitants de cette ville penseraient d'eux.

— J'aurais aimé que nous puissions nous laver avant, avoua-t-elle.

— Tu es très bien, répondit Lihsil.

Cette remarque avait une note ridicule lorsque l'on voyait la chemise déchirée, trop grande et défaite et les hauts-de-chausses sales de son ami. Il n'avait pas pris la peine de revêtir une écharpe, ni même d'attacher ses cheveux de sorte que les côtés de sa queue-de-cheval dissimulent la pointe de ses oreilles. Maintenant qu'il arrivait dans son nouveau foyer, peut-être ne voyait-il plus l'intérêt de se fondre dans le décor.

La distance qui les séparait de la ville se réduisit rapidement, jusqu'à se que Magirie ait l'impression de traverser une frontière invisible marquant la limite de son domaine.

La route principale fourmillait de monde là où elle débouchait sur une petite place de marché en bordure de la ville. Des parfums de lait chaud, de crottin et de sueur de cheval et surtout de poisson l'assaillirent quand elle passa devant le premier rassemblement de tentes et de cabanes de vendeurs. Un fabriquant de bougies versait de la teinture dans une marmite de cire en fusion. Près de lui, un marchand de vêtements vidait un chariot et suspendait des habits aux divers motifs qui évoquaient la tenue d'un clown. Au-delà des bâtiments, vers les quais, retentirent un sifflement strident et la voix d'un chef de chantier, claquant sur des dockers pour qu'ils vident le ventre d'un bateau sur le port. Et, bien sûr, il y avait les poissonniers, qui criaient tous plus fort les uns que les autres pour vendre leurs prises fraîches, séchées, salées ou fumées. Il ne s'agissait pas d'un village reculé plein de paysans superstitieux, mais d'une communauté prospère.

— Pas mal, sourit Lihsil en observant une charrette remplie de tonneaux de vin qui cahotait vers un petit entrepôt. Je pourrais y prendre goût.

Ils passèrent devant une petite taverne installée sur leur droite où une femme corpulente balayait les saletés et les restes de la nuit précédente par la porte. À son apparence et à son emplacement, Magirie sut que ce n'était pas celle qu'elle avait achetée, mais elle eut un instant d'hésitation et se demanda si elle devrait tirer Lihsil par la peau du dos avant qu'il ne se faufile par la porte ouverte.

Même au cœur de ce tourbillon d'activité, les têtes se retournaient sur leur passage. Magirie gardait le dos droit et une allure régulière. Les étrangers devaient être monnaie courante, dans une ville portuaire. Cependant, ils ne virent qu'une ou deux personnes porter ouvertement des armes, et la jeune femme regrettait désormais de ne pas avoir rangé son fauchon dans le chariot. Avec un peu de chance, elle n'en aurait pas besoin ici.

Le fumet du pain chaud attira son attention, et elle promena son regard jusqu'à ce qu'elle trouve l'origine de ce parfum. Elle se dirigea alors vers une table installée devant une petite maison. À travers une fenêtre sans volets, elle vit les fours à pain et comprit qu'il s'agissait d'une véritable boulangerie.

— Une part de forêt noire et une part de pain de seigle, commanda-t-elle à un homme rond et dégarni vêtu d'un tablier.

L'homme hésita et Magirie prit tout à coup conscience de l'allure qu'elle devait avoir, en arme et en armure. Il y eut un silence gêné.

— Avez-vous des petits pains sucrés ? demanda Lihsil au boulanger en avançant avec un large sourire vers la table pour examiner tous les produits. J'ai assez faim pour vous dévaliser.

L'homme écarquilla les yeux à la vue des sourcils et des oreilles pointues qui dépassaient des cheveux jaune paille de Lihsil, mais le sourire de ce dernier fut inévitablement contagieux. Il pouvait passer pour la créature la plus inoffensive et insouciante du monde. Magirie savait que ce n'était pas vrai. Elle savait aussi quand il ne fallait pas interrompre l'influence de Lihsil sur les gens.

— J'ai des pâtisseries à la crème, à l'intérieur, proposa leur interlocuteur.

— À la crème ? Lihsil laissa échapper un hoquet d'extase. Donnez-m'en trois avant que je ne tombe à vos pieds !

Le boulanger se renfrogna mais sourit devant la comédie de Lihsil et il disparut par la porte de la boutique avec un gloussement guttural.

— Tu serais perdue, sans moi, murmura le demi-elfe à sa partenaire.

Il était visiblement content de lui-même.

— Crois ce que tu veux, marmonna Magirie, pourtant secrètement soulagée.

Au retour du boulanger, Lihsil se jeta sur les pâtisseries et en lança une à Chap, qui n'en fit qu'une bouchée. Quand le visage du marchand se décomposa en un masque d'indignation, Lihsil comprit son erreur et se rattrapa avec un geste de dédain poli.

— Oh, il fait partie de la famille. Il adore la crème et, Lihsil fit un petit clin d'œil complice au boulanger, je ne lui donne que le meilleur. Dites-moi, savez-vous où nous pourrions trouver maître Ellinwood, le régisseur de la ville ?

— Le régisseur Ellinwood ? répéta l'autre homme en s'essuyant les mains sur son tablier d'un air inquiet. Y a-t-il un problème ?

— Un problème ? Lihsil fit monter sa voix dans les aigus pour feindre la surprise. Non, nous avons acheté une taverne en ville, là-bas, près des quais. Nous n'avons plus qu'à présenter le contrat et à trouver notre propriété.

— Une taverne… près des quais ? Ah ! Vous avez acheté celle du vieux Danction. Pourquoi ne l'avez-vous pas dit ? Le gros boulanger appela un garçon à l'air innocent qui coupait du bois de l'autre côté de la boulangerie. Geoffroy, cours chercher le régisseur. Il doit être en train de prendre son déjeuner avec Martha, à l'heure qu'il est. Dis-lui que les gens qui ont acheté la taverne de Danction sont là. Il se retourna ensuite vers Lihsil. Venez, venez, les invita-t-il de sa grosse main. Je m'appelle Karlin. J'ai quelques tables de ce côté. Vous allez pouvoir vous asseoir pour finir vos pâtisseries. Le régisseur sera bientôt là.

À la fois gênée et soulagée de la façon dont Lihsil se débrouillait, Magirie suivit en silence. Elle aurait préféré aller elle-même à la recherche de la taverne pour la visiter en privé avant de s'occuper des formalités, mais tout se passait suffisamment en douceur. De plus, elle s'aperçut qu'elle avait plus faim qu'elle ne s'y était attendue lorsqu'on lui présenta du pain frais… et un siège plus confortable que la terre battue. Quelques instants plus tard, elle était assise auprès de Lihsil et trempait d'énormes morceaux de pain de seigle dans un pot de miel que le boulanger leur avait apporté, en attendant que l'autorité concernée se présente directement à elle. Son appréhension se calma un peu, maintenant qu'ils étaient sortis de la rue principale et se trouvaient loin de tous ces yeux curieux.

— Je ne crois pas que cette ville ait l'habitude de voir arriver des étrangers par la route, commenta-t-elle.

Lihsil hocha la tête.

— Tu aurais dû ranger ton fauchon.

Magirie le fusilla du regard mais ne dit rien. Il était sûrement armé jusqu'aux dents avec ses petits couteaux plus faciles à cacher sous ses vêtements.

Malgré sa nervosité, elle aimait la vue de toute cette effervescence qui l'entourait. Ces gens semblaient avoir d'autres préoccupations que de se protéger de leurs superstitions. Ils avaient des commerces à tenir, et une famille et des amis autour d'eux qui ne se regardaient pas d'un œil suspicieux comme s'ils attendaient qu'une malédiction survienne, tout droit sortie de leur propre imagination. La jeune femme ne connaîtrait certainement aucun d'entre eux personnellement, mais ils seraient ses clients, et elle était décidée à ne pas les prendre de haut.

Sa détermination vacilla quand le jeune Geoffroy, le fils du boulanger, revint en courant, suivi d'un monstre d'homme qui avançait à grands pas à travers la foule comme si chacun était l'un de ses domestiques. À sa vue, la nausée s'installait dans l'estomac de Magirie. Elle posa le morceau de pain qu'elle s'apprêtait à tremper dans le miel. Elle avait déjà rencontré ce genre d'homme.

Vêtu d'une tunique de brocard violet et d'une ceinture vert profond, il avait orné son couvre-chef violet de plumes blanches. Cet accoutrement aurait coûté à Magirie les gains de trois villages, mais cette ceinture ne faisait qu'accentuer la taille de son ventre proéminent au lieu de l'aider à avoir l'air distingué. Il ressemblait à un grain de raisin trop mûr. Son visage était empreint d'une sévérité exagérément forcée commune à ceux qui prenaient trop au sérieux leur poste, mais pas leurs devoirs. Il devait s'agir du régisseur Ellinwood.

Karlin, le boulanger, le conduisit respectueusement à la table de Magirie, dont le dégoût s'accentua. Le régisseur Ellinwood avait un visage austère et joufflu et ses petits yeux porcins laissaient entendre qu'il estimait que les chopes de bières quotidiennes gratuites et le fait d'escroquer les citoyens à la moindre occasion étaient son droit le plus absolu. D'après ce que Magirie savait du revenu d'un tel poste, elle doutait qu'il ait acheté cette coûteuse tunique en feutre doublé avec sa propre paie.

Intérieurement, elle mesurait parfaitement l'hypocrisie de son mépris. Pourtant, bien qu'elle et Lihsil aient probablement fait pire dans leur vie, au moins, ils quittaient toujours immédiatement les villages auxquels ils s'attaquaient. Ils ne s'attardaient pas pour vider leurs habitants comme d'énormes sangsues.

Karlin, en revanche, semblait heureux de la présence du régisseur et commença les présentations.

— Les voici, déclara-t-il.

Magirie remarqua combien la mine du boulanger était radieuse à côté des bourrelets et du teint terreux d'Ellinwood.

— C'est vous qui avez acheté la taverne de Danction ? demanda ce dernier à Lihsil en répétant ce qu'on venait de lui dire.

— Je ne sais pas à qui elle appartenait avant, intervint Magirie. Mais j'ai un acte de propriété pour une taverne près des quais.

Elle déplia alors une feuille de papier usé.

Lihsil s'adossa sans rien dire, satisfait de cet échange de rôles, maintenant qu'il se remplissait la panse et faisait descendre des pleines bouchées avec des gorgées de vin tirées de sa gourde personnelle. Le régisseur reporta son attention sur Magirie et tendit les doigts pour attraper le contrat, révélant ainsi deux grosses bagues en or gravé.

— Je vais vous montrer où elle se trouve, déclara-t-il après une rapide lecture, mais je ne pourrai pas rester pour vous aider à vous installer. Même sa voix était épaisse et molle aux oreilles de Magirie. Il se gonfla d'un air prétentieux. On a retrouvé le cadavre d'une fille du coin ce matin et j'ouvre une enquête.

— Qui ? hoqueta Karlin.

— La petite Éliza, la sœur de Brendèn. On l'a retrouvée dans son propre jardin.

— Oh non ! pas encore une…

Le boulanger se calma en jetant un coup d'œil à Lihsil et Magirie.

— Pas encore une quoi ? s'enquit la jeune femme en regardant non pas Karlin, mais le régisseur.

— Pas de quoi vous alarmer, répondit Ellinwood en se gonflant davantage. Maintenant, si vous voulez voir la taverne, suivez-moi.

Magirie retint d'autres remarques. Si Ellinwood considérait que la mort de cette jeune fille ne les concernait pas, il ne l'aurait pas annoncée aussi ouvertement. De plus, Karlin connaissait la victime, mais cela ne la surprenait pas vraiment. Miiska était une ville de taille importante, mais pas grande au point que la plupart des gens ne se connaissent pas, au moins de vue. Le dégoût modéré de Magirie à l'encontre d'Ellinwood se mua en une réelle répugnance.

PRÈS DES QUAIS, le parfum de l'océan se fit plus intense et emplit les poumons de Magirie d'un réconfort salé. L'image de l'eau à perte de vue avec ses minces traînées de nuages était époustouflante. Une petite péninsule plantée d'arbres s'avançait au sud de la ville et, au nord, la côte formait un court crochet vers la mer avant de repartir vers les terres. Le bleu foncé de l'eau, dans la petite baie, indiqua à la jeune femme qu'elle était profonde et que cet endroit était idéal pour qu'une petite ville portuaire y émerge, offrant un lieu de commerce et une halte aux barges et aux plus petits bateaux qui voyageaient le long de la côte.

La taverne, en revanche, n'était pas tout à fait telle qu'elle l'avait espérée. Quand ils descendirent vers l'extrême sud de la ville, ils découvrirent un bâtiment à un étage au milieu de quelques arbres et tourné vers la courte péninsule.

À la vue de cette bâtisse miteuse, érodée et qui aurait sûrement besoin d'un nouveau toit, Magirie hésita à entrer. Les murs extérieurs, vieux et à la peinture depuis longtemps défraîchie, étaient mouchetés de brun et de gris après des années d'exposition au vent salé. Au moins, les volets étaient encore intacts. Poussé par la brise légère, l'un d'eux claquait doucement contre une fenêtre. Lihsil avança et toucha le bois proche de l'entrée.

— C'est plutôt solide, lança-t-il avec enthousiasme. Merveilleux. Un peu de peinture, une enseigne…

— Comment l'avait appelée l'ancien propriétaire ? demanda Magirie à Ellinwood.

— Je ne crois pas qu'il lui ait jamais donné un nom. Les gens l'appelaient simplement « chez Danction ».

— Pourquoi l'a-t-il vendue ?

Le régisseur avança les lèvres.

— Vendue ? Il ne l'a pas vendue. Il s'est juste enfui un soir en l'abandonnant, quand personne ne faisait attention. J'imagine qu'elle ne lui appartenait pas complètement, car j'ai reçu une lettre officielle d'une banque de Béla m'informant qu'elle en avait repris possession. Tout était en règle.

— Le propriétaire s'est enfui ? s'étonna Magirie. Les affaires étaient-elles si mauvaises ?

— Non, cet endroit était plein à craquer tous les soirs. Il manque beaucoup aux dockers et aux bateliers. À moi aussi, pour être honnête. Il toqua une fois à la porte avant de l'entrouvrir. Caleb ? appela-t-il. Vous êtes là ? Les nouveaux propriétaires sont arrivés.

Sans attendre de réponse, Ellinwood ouvrit la porte pour entrer et fit signe à Magirie et Lihsil de le suivre. Chap s'y faufila en dernier avant qu'elle ne se referme. Magirie eut l'agréable surprise de découvrir un intérieur beaucoup mieux entretenu que la façade. Bien qu'un peu usé, le plancher avait été balayé et lavé. Dans la partie droite de la pièce principale, des tables dans un état correct étaient installées de manière à pouvoir être les plus nombreuses possibles, avec assez d'espace pour laisser passer des serveurs chargés de chopes et de bouteilles. Une immense cheminée, assez grande pour qu'on puisse s'y accroupir, dominait la pièce sur le mur opposé, au-delà des tables, accueillant les nouveaux arrivants avec sa chaleur.

Sur la gauche, le long bar était en solide bois de chêne qui s'était assombri et lustré après des années de polissage et que des mains grasses de clients s'y soient appuyées au fil des soirées. Dans son prolongement, une porte cachée derrière un rideau menait certainement à la cuisine ou à la réserve. À côté d'elle, un escalier montait à l'étage, où devaient se trouver les appartements.

Plus que tout, cet intérieur était beaucoup mieux que ce que Magirie avait espéré. Au vu de combien elle avait payé cette taverne, elle avait passé quelques nuits à se demander ce qu'elle pouvait en attendre sans l'avoir visitée. Et, pour une raison inexplicable, l'âtre était pour elle plus important que tout le reste. Il était en bon état et semblait solide.

— C'est parfait, déclara Lihsil comme s'il n'en croyait pas ses yeux. Il passa devant la jeune femme, regarda de tous les côtés avec admiration en passant sa main sur une table et traversa la pièce pour se diriger vers la cheminée que Magirie contemplait toujours. J'installerai la table de faro du côté de la devanture, près du feu. Nous devrons sacrifier une ou deux tables pour faire de la place.

Elle s'aperçut tout à coup qu'il n'avait pas adressé un seul mot ni le moindre regard à Ellinwood.

Quand elle entendit des pas, elle se tourna vers la cage d'escalier. Elle vit un vieil homme voûté, une femme âgée et une fillette blonde de cinq ou six ans descendre les marches.

— Ah, Caleb ! Vous voilà, s'exclama Ellinwood en se frottant les mains comme s'il en avait terminé avec eux. Voici les nouveaux propriétaires. Je dois retourner au travail.

Il souhaita une bonne journée à Magirie, dédaigna Lihsil et partit.

Sans savoir ce qui était exactement en train de se passer, Magirie se retourna vers le couple d'anciens et l'enfant. Le vieil homme mesurait une tête de plus qu'elle et ses cheveux raides cendrés étaient attachés dans sa nuque. Il avait le visage ridé mais vide de toute expression, et ses yeux sereins étaient brun foncé. Il portait une chemise simple en mousseline assortie à la jupe marron clair de sa femme, ces deux vêtements étant aussi propres que le sol était net. La femme âgée était maigre comme un coucou et avait les cheveux tirés en un chignon haut.

— Nous sommes les concierges, annonça Caleb face à la confusion de Magirie. Voici ma femme, Beth-Raé, et ma petite-fille, Rose.

Chap trottina vers la vieille dame, qui écarta la fillette de son chemin. Le chien dressa les oreilles en regardant la frêle Rose, approchant sa truffe petit à petit et reniflant, jusqu'à ce que l'enfant ose tendre la main.

En règle générale, le chien n'aimait pas se faire caresser par quelqu'un d'autre que Lihsil. Par conséquent, Magirie se crispa, prête à l'attraper pour le tirer par la peau du cou s'il se mettait à grogner. Au contraire, Chap lécha les petits doigts et la fillette gloussa quand il se mit à remuer la queue. Magirie éprouva une bienveillance immédiate à l'égard de ces trois personnes et ce sentiment chassa le désagréable arrière-goût que lui avait laissé Ellinwood.

— Oh, Caleb ! Regarde. Beth-Raé rejeta en arrière une mèche rebelle de cheveux gris. Ils ont un chien. Il est beau, n'est-ce pas ?

Elle se pencha en avant et gratta délicatement derrière les oreilles de Chap. Ce dernier gémit de plaisir et colla sa grosse tête contre elle.

— Il est adorable mais aussi sauvage. Je peux le voir, déclara Beth-Raé. Ce sera bien de l'avoir pour monter la garde.

La petite Rose glissa ses deux mains en travers du dos de Chap et éclata de rire.

— Il s'appelle Chap, le présenta Lihsil, également surpris par la gentillesse inhabituelle du chien à l'égard d'étrangers.

— Viens à la cuisine, Chap, appela Beth-Raé. Nous allons te chercher un peu de gigot froid. Mais ne t'y habitue pas. La plupart du temps, c'est du poisson pour tout le monde.

Comme Beth-Raé, Rose et l'animal quittaient la pièce, Magirie reporta son attention sur Caleb comme pour l'interroger sur sa présence.

— Nous sommes les concierges, répéta-t-il quand il croisa son regard. Quand maître Danction a disparu, le régisseur a insisté auprès de la banque de Béla pour qu'elle nous garde en attendant que la taverne soit vendue.

Bien que le choix du mot « disparaître » l'interpelle, Magirie se pencha sur une autre question.

— Vivez-vous ici, tous les trois ?

Lihsil revint auprès d'eux.

— Bien sûr qu'ils vivent ici. À ton avis, qui a maintenu cet endroit en état ?

Magirie croisa les bras et se balança d'un pied sur l'autre. Gérer une taverne était une chose ; assumer une famille de trois personnes qu'elle venait à peine de rencontrer en était une autre. Lihsil avait dû lire ses pensées sur son visage, car il intervint avant qu'elle n'ait le temps de parler.

— De toute façon, il va nous falloir de l'aide, décida-t-il. Si tu t'occupes du bar et moi des jeux, qui fera le service, la cuisine et l'entretien ?

Il marquait un point. Magirie n'avait pas vraiment réfléchi à la nourriture, mais de nombreux clients viendraient pour de la bière et désireraient également à manger.

— Que servait Danction ? demanda-t-elle à Caleb.

— Des plats simples. Quand c'était ouvert en permanence, Beth-Raé faisait du pain toute la matinée, puis elle préparait plusieurs sortes de ragoûts ou de soupes de poisson. Elle est douée avec les herbes et les épices. Il s'interrompit. Venez à l'étage. Je vais vous montrer les appartements.

Malgré l'air désinvolte du vieil homme, Magirie sentait une tension prudente chez lui, comme s'il cachait quelque chose.

— Depuis combien de temps êtes-vous ici ? s'enquit-elle en le suivant dans l'escalier.

— Neuf ans, répondit-il. Rose est avec nous depuis que ma fille… nous a quittés.

— Vous a quittés ? répéta Lihsil avant de murmurer pour lui-même : On dirait que tout le monde veut partir de cet endroit.

L'étage était aussi bien soigné que le rez-de-chaussée. L'escalier débouchait sur un couloir court et étroit. Tout d'abord, Caleb montra à Magirie une grande chambre au fond à gauche du couloir, quelque part au-dessus de la salle commune d'en bas, et annonça que c'était chez elle. Il y avait une autre chambre pour Lihsil au milieu du couloir, juste en face de l'escalier, et une autre pièce, plus petite, à l'extrémité droite du couloir. Cette dernière salle était apparemment utilisée comme réserve ou à d'autres fins. Un lit affaissé avait été installé dans un coin avec deux oreillers et une petite paillasse était posée au sol.

— C'est là que nous habitons, mademoiselle, annonça Caleb. Nous ne prenons pas beaucoup de place.

Pour la seconde fois de la journée, Magirie poussa un soupir résigné. Lihsil avait raison : ils n'arriveraient pas à tout faire eux-mêmes. De plus, elle ne savait absolument pas comment faire de la soupe de poisson épicée et n'aurait pas le temps de s'occuper de choses comme le nettoyage de la cheminée, si elle devait apprendre à gérer cet endroit.

— Quel arrangement aviez-vous avec la banque ? demanda-t-elle.

— Quel arrangement ?

Caleb fronça les sourcils.

— Combien la banque vous payait-elle ?

— Combien nous payait-elle ? Nous habitions seulement ici et, pendant ce temps, nous nous occupions de l'entretien et nous faisions attention à ne pas vider la réserve avant que le nouveau propriétaire n'arrive.

À cet instant, Magirie ne sut plus qui elle méprisait le plus, des très riches ou des très pauvres. La banque était capable d'embaucher gratuitement des concierges et de profiter de deux personnes qui se retrouvaient du jour au lendemain sans employeur.

— D'accord, dit-elle à Caleb. Vous travaillerez tous les deux pour moi et je vous paierai un vingtième des bénéfices de la maison, en plus du gîte et du couvert. Elle passa devant Lihsil et repartit dans le couloir, loin de la petite chambre. Elle s'arrêta en haut des marches et se retourna vers eux. Et je n'ai pas besoin de cette grande chambre. Nous échangerons nos places plus tard dans la journée.

Lihsil la dévisagea, puis regarda Caleb, et il haussa les épaules. Le temps d'un battement de paupières, une étincelle de surprise traversa le visage de l'homme, mais il hocha la tête comme si cette proposition était naturelle.

— Ce sera parfait, répondit-il calmement.

Il parcourut le couloir, la dépassa et descendit tranquillement l'escalier, sans aucun doute pour informer son épouse des changements à venir.

Magirie franchit la porte de ce qui deviendrait la chambre de Lihsil et s'appuya au montant. Le demi-elfe s'approcha nonchalamment et vint se placer à côté d'elle en faisant mine d'examiner la pièce presque vide. Il n'y avait rien à voir à part le lit et une fenêtre aux volets ouverts sur le mur opposé et qui donnait sur l'océan. La vue était légèrement obscurcie par les branches d'un sapin. Magirie espérait qu'il resterait silencieux.

— C'est vraiment hors du commun, dit-il finalement.

— Si cela ne te plaisait pas, il fallait le dire.

— Cela ne me déplaît pas.

Ils se turent tous les deux pendant un court instant. À eux deux, ils avaient presque affamé des villages entiers pour les services que Magirie leur rendait. La jeune femme reprit enfin la parole.

— Je veux une nouvelle vie.

Lihsil la regarda du coin de l'œil, ses cheveux détachés dévoilant ses oreilles. Il hocha la tête et sourit.

— Je suppose que c'est un bon début.

Ce soir-là, avant le coucher du soleil, l'apparence de Magirie ainsi que son monde avaient considérablement changé. Beth-Raé lui avait préparé un bon bain chaud dans la cuisine afin qu'elle puisse se débarrasser de toute la boue collée à ses cheveux et à sa peau. Pendant qu'elle se baignait, ses vêtements avaient disparu miraculeusement pour être remplacés par un déshabillé en mousseline. Comme elle prévoyait encore beaucoup trop d'activités ce soir-là pour rester vêtue de ce qu'elle considérait quasiment comme une chemise de nuit, Magirie monta dans sa petite chambre. Ce qui avait été à peine plus qu'un placard pour trois conviendrait très bien à une seule personne.

Les meubles avaient été déménagés d'une pièce à l'autre et tout le confort d'une maison entourait Magirie. Là où il y avait avant un lit à peine assez grand pour deux, il y avait désormais un lit une place à baldaquin, aux rideaux d'un vert océan décoloré. Le précédent propriétaire devait être célibataire ou dormir seul. Quelqu'un était entré pendant qu'elle se lavait et avait déposé un épais édredon sur son lit. Dessus, on avait laissé son paquetage, son couteau et son fauchon dans son fourreau.

La chaleur dégagée par la cuisinière voyageait par la cheminée de pierre qui passait au coin de la chambre et réchauffait la pièce, même si les pieds nus de Magirie étaient toujours un peu froids contre le plancher. Une armoire en bois sombre se dressait contre le mur qui faisait face au lit. À la place de la paillasse de Rose, il y avait à présent une petite table, une chaise et deux grosses chandelles blanches, qui vacillaient dans l'obscurité de la chambre. La jeune femme ouvrit son sac pour le vider sur son lit.

Quand elle arriva au fond, elle en sortit un paquet enveloppé de toile. Attaché avec de la ficelle, le tissu rugueux s'était énormément froissé pendant toutes les années où il était resté à cet endroit. Magirie ne l'avait pas ouvert depuis si longtemps que le nœud ne voulut pas se défaire et qu'elle fut obligée de couper le cordon à l'aide de son couteau. Elle en sortit une robe de brocart bleu foncé dont le corsage était paré de lacets noirs. C'était tante Bihja qui la lui avait offerte des années plus tôt.

Magirie l'enfila en vitesse et s'empêtra un peu dans les lacets avant de les attacher solidement. D'un air absent, elle caressa la chaîne métallique de son amulette en os et en étain, puis elle la laissa retomber entre ses seins, à côté de sa topaze. Des breloques insignifiantes qui n'ajoutaient quasiment rien à son personnage de chasseuse, au point qu'elle se demandait pourquoi elle les avait gardées tout ce temps, mais cela lui aurait semblé étrange de s'en séparer après tant d'années.

Elle n'avait pas de miroir pour se regarder, mais, quand elle baissa les yeux sur le drapé de sa jupe, le fait de ne pas voir ses jambes en pantalon et ses pieds bottés lui fit un drôle d'effet. Elle eut soudain l'envie pressante de retirer la robe, mais elle n'avait plus ses vêtements de tous les jours et, ayant restreint les habits qu'elle emportait dans son sac, elle n'avait rien d'autre à porter pour l'instant. Elle se remit donc à ranger ses affaires.

Sa couverture, sa théière et ses quelques sous-vêtements usés donnaient l'impression que l'armoire était plus vide qu'avant qu'elle n'y range quoi que ce soit. Avec le peu d'affaires dont elle disposait pour la remplir, la petite taille de la pièce était en fait un soulagement.

— Par toutes les défuntes divinités, retentit la voix de Lihsil derrière Magirie, qui fit volte-face. Qu'est-ce que tu t'es fait ?

Également fraîchement lavé, une main posée sur la poignée de la porte, il portait une robe de chambre semblable à celle qu'elle venait de quitter. Ses cheveux mouillés longs jusqu'aux épaules et tirés au-dessus de ses oreilles ressemblaient au sable d'une plage faiblement éclairée, mais il était toujours lui-même. Il la dévisageait comme si elle était une étrangère qui se serait introduite là sans prévenir.

Magirie était parfaitement consciente de son apparence, avec sa robe lacée près du corps et ses cheveux noirs détachés tombant dans son dos. Elle souhaita subitement avoir gardé son déshabillé.

— Beth-Raé a mis mes vêtements à laver, grommela-t-elle. Et tu devrais faire attention. Elle va sûrement brûler les tiens, vu l'état dans lequel ils étaient.

— Où as-tu acheté ceci ? s'enquit-il en entrant dans la chambre.

Elle remarqua que, lorsqu'ils étaient tous les deux pieds nus, Lihsil était peut-être un peu plus grand qu'elle.

— Tu ne frappes pas avant d'entrer? Tu as tellement dormi par terre que tu en as perdu tes bonnes manières? répliqua-t-elle. Et je ne l'ai pas achetée. C'est ma tante qui me l'a donnée il y a longtemps.

Cette remarque stoppa immédiatement Lihsil dans son interrogatoire. Ils avaient toujours pris soin d'éviter de parler de leurs passés respectifs.

— Où est Chap ? demanda la jeune femme.

— À la cuisine. Lihsil leva les yeux au ciel. Il est tombé amoureux de Beth-Raé. À chaque fois que je les vois, elle est en train de lui donner quelque chose à manger. Il va falloir que ça s'arrête. À quoi sert un chien de garde s'il est obèse ?

Il toisait toujours Magirie de la tête aux pieds et cela commençait à agacer la jeune femme.

— Nous inspecterons les lieux demain pour voir la cave ou ce qui peut bien servir de réserve, et nous ferons un inventaire. S'il y a assez de barriques de bière, nous pourrons ouvrir la taverne demain soir. S'il te faut quoi que ce soit pour les jeux, dis-le-moi. Elle ramassa son sabre et se retourna pour le ranger dans un coin de l'armoire pendant que son ami se laissait tomber sur la chaise en la regardant. Dans l'après-midi, nous retournerons au marché, et peut-être sur les quais, pour voir s'il y a des choses dont nous pourrions avoir besoin. Nous n'avons pas beaucoup d'argent à dépenser, mais nous nous en sortirons jusqu'à ce que l'affaire se développe.

Une ombre attira l'attention de Magirie de l'autre côté de la porte, et elle sut d'instinct qu'il ne s'agissait ni de Caleb ni de Beth-Raé. Lihsil se retourna aussi, les yeux rivés sur la porte qu'il avait laissée ouverte, et un stylet apparut dans sa main.

Elle ne prit pas le temps de se demander où il l'avait caché dans sa robe de chambre. Elle dégaina son fauchon et laissa tomber le fourreau.

Il n'y avait aucune lumière du côté de la porte et même les bougies ne permettaient pas de voir qui s'y trouvait. Une voix profonde pénétra dans la pièce, douce, même apaisante.

— Ne vous inquiétez pas.

L'obscurité sembla suivre la silhouette lorsqu'elle fit un pas dans l'entrée, puis les ombres reculèrent, à moins que l'intrus ne se soit simplement avancé dans la lumière des chandelles.

— Comment êtes-vous monté ici ? interrogea Magirie en se demandant pourquoi Chap ne les avait pas avertis de sa présence.

L'homme avait à peu près quarante ans, de taille et de corpulence moyennes. Ses cheveux poivre et sel étaient soigneusement attachés en arrière et des pattes d'un blanc parfait sur ses tempes encadraient un visage d'une beauté plus frappante que charmante. Il avait une large bosse sur l'arête du nez. Ses vêtements étaient cachés sous un manteau acajou qui descendait jusqu'au sol. Seul le bout arrondi de ses belles bottes était visible. Il n'avait pas l'air armé, mais il était impossible de dire ce qui pouvait se cacher sous sa cape. Il avait les mains serrées devant sa poitrine et Magirie remarqua qu'il lui manquait deux phalanges au petit doigt gauche.

— Répondez ! aboya Lihsil.

Celui-ci s'était levé et avait fait apparaître une deuxième lame dans son autre main.

L'étranger dévisagea Magirie pendant un instant comme s'il l'examinait, puis il la toisa avec autant d'intérêt. Ses yeux s'arrêtèrent sur ses amulettes. Elle voulait qu'il cesse de la regarder. Elle rangea donc rapidement ses bijoux sous sa robe, hors de vue. Alors qu'elle les glissait sous son corsage, elle remarqua que la topaze avait l'air plus claire que d'habitude, mais elle reporta son regard sur l'étranger. Ce dernier n'accorda aucune attention à Lihsil.

— Je m'appelle Welstil Massing. Mais c'est bien vous, n'est-ce pas ? Celle qui tue les vampires ?

Aucune réponse ne vint à l'esprit de Magirie. L'homme parlait ouvertement, sans prétention, comme s'il était normal de poser cette question à une inconnue.

— Nous n'avons aucune idée de ce que vous baragouinez, répondit Lihsil. Mais nous n'avons pas encore ouvert l'établissement aux clients. Je vous suggère de revenir demain.

Une fois encore, Welstil Massing se comporta comme si personne n'avait parlé, et il se concentra sur Magirie.

— Vous n'êtes pas telle que je m'y attendais, mais c'est bien vous.

— Je ne fais plus cela, répondit la jeune femme.

Quelque chose, chez cet étranger, l'effrayait plus que tout ce dont elle avait jamais eu peur. Elle ne voulait rien avoir à faire avec le moindre détail de son propre passé, et la présence de cet homme perturbait l'équilibre récemment trouvé de sa nouvelle vie.

— Je doute que vous puissiez y échapper ici, déclara Welstil. Je suis seulement venu vous avertir.

— Sortez, ordonna-t-elle froidement en perdant patience. Ou c'est moi qui vous jette dehors.

Welstil recula, non par peur, mais comme s'il obéissait à une parfaite politesse.

— Pardonnez-moi. Je désirais simplement vous avertir.

— Eh bien, voilà qui est fait, intervint Lihsil. Je vais vous indiquer la sortie.

Il s'avança.

L'espace d'un instant, il sembla que le visiteur nocturne n'allait pas bouger. Puis il tourna vaguement les yeux vers Lihsil, se détourna et partit dans le couloir comme s'il avait personnellement décidé de partir.

Lihsil et Magirie restèrent un moment sous le coup de la surprise, puis le demi-elfe sortit comme un ouragan pour « escorter » Welstil Massing en bas de l'escalier. La jeune femme les rattrapa juste à temps pour voir son ami debout en haut de marches, les yeux écarquillés. Elle entendit la porte d'entrée se refermer. Lihsil se tourna vers Magirie et, à l'expression de son visage, elle eut l'impression qu'il sortait d'une conversation étrange qu'il n'arrivait pas à comprendre.

— Il est plutôt rapide, pour quelqu'un de son âge, commenta Lihsil tout bas. Je reviens, ajouta-t-il avant de dévaler les marches et de disparaître.

Magirie retourna dans sa chambre et s'écroula sur son lit. Quoi que ce visiteur soit venu faire, elle ne se laisserait pas entraîner de nouveau dans cette comédie, ni pour de l'argent, ni pour rien au monde.

Lihsil réapparut dans l'entrée.

— Chap, Caleb et Beth-Raé se sont endormis dans la cuisine. Je t'avais bien dit qu'elle le nourrissait trop.

— Je lui parlerai demain matin. Magirie hocha la tête, heureuse de se concentrer sur ses toutes prochaines tâches… ou sur tout ce qui pouvait lui changer les idées. Mais la porte d'entrée n'était-elle pas fermée à clé ?

— Je ne suis pas sûr. J'ai supposé que oui. Caleb et Beth-Raé n'ont pas l'air du genre à laisser cet endroit grand ouvert. Il s'apprêtait à repartir quand il s'arrêta et se retourna vers son amie avec une expression sérieuse. Ne laisse pas ce caractériel te perturber. Nous le tiendrons à distance de la taverne. Nous ne ferons pas affaire avec des gens dont nous ne voulons pas.

Magirie reposa son sabre et regarda les flammes de bougies se réfléchir sur sa lame.

— Ce ne sera pas nécessaire. Je crois qu'il est inoffensif, mais il se fera mettre à la porte s'il recommence à parler de vampires.

— Comment ces gens font-ils pour nous trouver ?

Elle le regarda avec ennui. Ils avaient passé des années à répandre toutes les rumeurs possibles et imaginables à propos d'elle à travers la campagne, justement pour que les gens puissent la trouver.

— Oui, c'est vrai, reprit Lihsil. Question bête.

La jeune femme secoua la tête.

— Nous essaierons d'ouvrir la taverne dès que possible.

— As-tu décidé d'un nom ?

— J'ai pensé que tu t'en occuperais quand tu peindras l'enseigne.

— Que dis-tu de « la Taverne de la Tarte au Sang » ?

— Tu n'es pas drôle.

Il éclata de rire et sortit avant de refermer la porte derrière lui.

VI

Deux soirs plus tard, avant le coucher du soleil, une taverne à peu près remise à neuf, Le Lion de Mer, ouvrait ses portes. Lihsil n'avait jamais vécu près de l'océan avant cela et, à la vue d'un groupe de lions de mer nageant sur les vagues vers le nord, il avait eu comme une illumination : ce nom évoquerait à la fois le lieu et la force. Tout d'abord, il n'avait pas su comment appeler les créatures qu'il avait vues, puis il avait fini par interroger l'un des marins qui travaillaient sur les quais. Magirie n'était pas très imaginative avec les mots, mais Lihsil avait généralement assez de vocabulaire et d'idées pour tous les deux.

La majorité de leurs clients étaient des marins loin de chez eux, ou des dockers célibataires. Quelques jeunes couples vinrent également. Il y eut aussi deux marchandes d'âge mûr qui déclarèrent adorer la soupe de poisson de Beth-Raé et qui entrèrent bruyamment derrière le plus gros de la foule. Après manger, les deux femmes s'enthousiasmèrent pour la table de faro de Lihsil, et elles s'installèrent confortablement pour bavarder avec les marins pendant que le demi-elfe distribuait les cartes.

L'ironie du sort fit apparaître les vieux concierges, surtout Beth-Raé, comme des dons du ciel. Avant d'arriver à Miiska, Magirie n'avait jamais vraiment pensé à servir de la nourriture, mais elle comprenait maintenant son manque d'anticipation. Toutes les personnes assises à bavarder, à boire ou à jouer aux cartes commandèrent tôt ou tard quelque chose à manger. Les gens venaient pour la nourriture autant que pour la bière. Deux dockers à la peau tannée commandèrent même du thé parfumé. Magirie découvrit qu'elle n'avait rien de tel en réserve, et, quand elle l'avoua aux deux hommes, ils la regardèrent comme si la spécialité de la maison qu'ils commandaient depuis des années venait subitement de disparaître de leur établissement préféré. La jeune femme courut à l'étage et fit un mélange à partir des restes de son voyage, puis elle confia le tout à Beth-Raé afin qu'elle prépare une « tournée du patron » avec cette préparation de substitution en attendant qu'elle se procure de bonnes herbes. En dehors de ce cadeau, l'argent rentrait dans les caisses. Il ne s'agissait pas de fortunes, et il faudrait au moins plusieurs semaines pour que cela atteigne ce qu'elle avait amassé en un ou deux villages avec Lihsil, mais c'était sans aucun doute une vie plus confortable. Caleb l'avait aidée à fixer les prix de leur carte, sur la base de ce que le précédent propriétaire demandait, et c'était un bon départ.

Magirie retourna à son poste favori, derrière le bar, et observa Caleb alors qu'il distribuait des boissons et servait les commandes de délices cuisinés par Beth-Raé. Elle s'appuya à un baril de bière à l'arrière du comptoir et se détendit un instant en ressentant un sentiment de propreté et de confort. Beth-Raé avait lavé ses vieux hauts-de-chausses noirs la veille au soir. Magirie pouvait donc les porter ce soir-là, avec une ample chemise blanche et une veste brun roux déboutonnée qu'elle avait dénichées au marché ouvert. Elle portait ses amulettes sous sa chemise, comme à l'accoutumée. Malgré tous les changements survenus récemment dans sa vie, la robe que tante Bihja lui avait offerte ne lui convenait simplement pas. Elle avait donc décidé de garder ses vêtements habituels.

Elle parcourut la pièce du regard avec satisfaction. Tout semblait presque comme elle l'avait imaginé. Chap était assis au coin du feu, attentif, fidèle à lui-même, à l'affût du moindre problème. Lihsil riait et plaisantait en s'occupant des cartes, en prenant les paris et en réussissant son tour de magie qui consistait à mettre tout le monde à l'aise grâce à son naturel chaleureux. Magirie ne l'avait pas vu ivre depuis trois jours. Pourtant, tous les matins, il avait la mine défaite et les yeux rougis, comme s'il avait eu besoin de tout le vin qu'il avait consommé ces dernières années pour s'endormir. Elle avait dormi à côté de lui à la belle étoile assez souvent pour connaître ses cauchemars récurrents. Les quelques fois où ils avaient été à court de vin entre deux villes, la jeune femme s'était réveillée en pleine nuit en l'entendant marmonner et se débattre, parfois crier des paroles inintelligibles, dans son sommeil. Elle ne lui en avait jamais parlé.

La petite Rose était assise auprès du feu derrière Chap, qui la surveillait de temps en temps pendant qu'elle faisait courir son fusain sur un morceau de vieux parchemin que Lihsil lui avait acheté.

À chaque fois que la porte s'ouvrait, Magirie ne pouvait s'empêcher de lancer un regard inquiet pour vérifier qu'il ne s'agissait pas de Welstil, l'intrus qui leur avait rendu visite la première nuit. Comme la soirée avançait sans un seul signe de lui, elle cessa de dévisager tous ceux qui passaient la porte et se détendit un peu plus. Si cette nuit était la première d'une longue série du même genre, elle trouverait certainement la paix qu'elle s'était imaginée.

Elle n'entendit pas la porte s'ouvrir, mais elle sentit le vent et entendit Lihsil lancer ses paroles rituelles de bienvenue. Quand elle se détourna d'un baril de bière, un premier coup d'œil l'informa que quelque chose ne tournait pas rond.

Ce n'était pas un marchand; il n'était pas comme ceux qu'elle avait vus en ville. Ce n'était pas non plus un docker ou un marinier, malgré sa corpulence qui lui aurait rendu la tâche facile. Qu'il soit un marin ou un capitaine n'était pas non plus envisageable, car sa peau était si pâle qu'il n'avait pas dû s'exposer au grand jour depuis un moment. Anormalement grand, les os épais et les cheveux noirs coupés ras, il vint se poster à l'opposé de Magirie, de l'autre côté du bar. Sa belle tunique bordeaux cachait à peine les muscles tendus de ses bras. Ses yeux croisèrent et retinrent ceux de la jeune femme. Bleu clair, presque transparents, ils lui rappelèrent ceux de

Chap. Il se tenait comme un gentilhomme, mais, s'il en était un, que faisait-il ici, dans une taverne près des quais ?

Magirie mit un moment à percevoir le grognement sourd dans le vacarme de la pièce. Le son attira son attention surtout parce qu'elle ne savait pas pourquoi elle pouvait l'entendre au milieu des conversations des clients. Toutefois, ce grondement lui était désagréablement familier. Elle tourna les yeux vers sa source.

Chap était sur ses quatre pattes devant l'âtre, les babines tremblantes et légèrement retroussées. Il grognait.

Magirie reposa son regard sur l'homme qui lui faisait face, puis de nouveau sur le chien, et enfin sur la petite Rose, qui était toujours assise derrière le chien, les yeux écarquillés. De toute la soirée, le chien n'avait pas une seule fois réagi à un autre client.

— Chap, tais-toi, lança brusquement la jeune femme, assez fort pour que le chien l'entende.

Ce dernier cessa de gronder, mais il resta figé, même lorsque Rose se mit à lui tirer sur la queue.

Magirie reporta totalement son attention sur le gentilhomme.

— Que puis-je vous servir ?

— Du vin rouge.

Sa voix était creuse et profonde.

Cette nouvelle habitude à se forger rapidement une opinion sur les gens commençait à déranger Magirie. Depuis son arrivée à Miiska, certains habitants lui avaient inspiré un jugement rapide. Peut-être n'avait-elle jamais passé autant de temps parmi de si nombreuses personnes. Elle avait distinctement ressenti une antipathie immédiate pour Ellinwood, une sympathie qui ne lui ressemblait pas pour Caleb et Beth-Raé, une peur inexplicable à l'égard de Welstil et, à présent, une nouvelle émotion causée par ce gentilhomme : de la méfiance.

Elle versa du vin d'un fût dans un godet en étain qu'elle posa sur le bar. L'homme lui tendit trois pièces de cuivre. Il connaissait le prix, donc il était déjà venu ici avant, à l'époque de l'ancien propriétaire. Étrangement, elle voulait qu'il laisse l'argent sur le bar plutôt qu'elle le prenne directement dans sa main. Pourtant, elle tendit le bras et attrapa la monnaie. Le gentilhomme ne toucha pas son vin.

Il ne détacha pas son regard du visage de la jeune femme, comme s'il mémorisait chacun de ses traits.

— C'est un endroit agréable, dit-il. Rien à voir avec les tavernes de Béla, mais très confortable, pour Miiska. J'aimerais amener certains de mes amis, un jour.

— Les bons clients sont toujours les bienvenus, répondit poliment Magirie avec un hochement de tête.

Il lui rendit son geste sans sourire, puis son visage se refroidit.

— C'est vous, n'est-ce pas ? demanda-t-il. Celle qui chasse les Nobles Morts ?

Le bourdonnement des rires et des discussions qui l'entouraient s'atténua en une vibration lancinante dans ses oreilles. Elle ne put se retenir de promener son regard à travers la salle pour voir si quelqu'un avait entendu. Les Nobles Morts… elle n'avait jamais entendu cette expression, mais sa signification semblait claire.

— Je ne fais plus cela.

— Vous êtes une tueuse, dit-il tout bas. J'ai vu un ou deux vrais tueurs avant vous. Ils ne s'arrêtent jamais. Ils ne peuvent pas.

— Il y a une table de faro là-bas, si vous aimez jouer aux cartes. Sinon, trouvez-vous une table et commandez à manger. J'ai des clients à servir.

Magirie se retourna vers la barrique de vin dans l'intention de le congédier tout en étant paradoxalement nerveuse à l'idée de mettre son dos à découvert. Elle entendit Chap se remettre à grogner mais, cette fois, quand elle regarda en arrière, le gentilhomme était parti. Le chien n'était plus auprès du feu, mais il reniflait la porte fermée de la taverne, les babines toujours retroussées. La jeune femme poussa un long soupir.

— Éloigne-toi de là, lança-t-elle à l'animal.

Celui-ci ne bougea pas et garda les yeux rivés sur la porte jusqu'à ce que la petite Rose passe entre les tables pour le traîner vers la cheminée comme s'il n'était qu'un pantin de bois géant. Il la suivit, à contrecœur.

De toute la nuit, Magirie ne profita plus des bruits agréables qui l'entouraient et elle continua à servir de la bière de ses mains engourdies jusqu'à ce que le dernier client s'en aille. Elle s'était doutée que cela arriverait un jour ou l'autre. Il était toujours possible que quelqu'un connaissant son ancienne vie se présente devant elle. Elle ne pensait simplement pas que cela arriverait si tôt… et deux fois dès la première semaine, cela signifiait peut-être que la rumeur commençait déjà à se répandre. De plus, ces deux hommes l'avaient abordée moins pour l'interroger ou l'identifier que pour la défier de nier.

— Quelle nuit, déclara Lihsil.

Il avait toujours le regard baissé sur la table de faro recouverte d'une toile, sur laquelle reposaient les treize rangées de piques étalées. Des pièces de cuivre et une d'argent étaient empilées sur les reines, les dix et les trois, pour une raison quelconque.

Magirie sortit de ses pensées.

— Comment s'en sort-on ?

— Bien, répondit-il. Un peu moins d'un quart de plus de la cagnotte de départ, mais j'ai été gentil avec eux. Nous gagnerons assez avec la nourriture et la boisson, donc mieux vaut ne pas leur faire peur en leur vidant les poches trop vite.

La jeune femme fut surprise par la clarté des idées de son compagnon, et elle perdit presque son humeur maussade, mais pas complètement.

Que voulait ce gentilhomme ? Elle ne l'avait jamais vu avant et, pourtant, il avait eu l'air de la reconnaître au premier coup d'œil. Il n'avait pas fouillé la pièce en y entrant, mais il était venu directement à elle. Et puis, peut-être que d'autres personnes parlaient d'elle en ville. Elle avait tendance à sortir du lot, et il n'y avait certainement aucune autre femme armée qui déambulait dans les rues dès le premier jour en compagnie d'un demi-elfe et d'un chien surdimensionné. Mais que se passait-il ? Sans compter qu'une mort inexpliquée la nuit précédant son arrivée n'avait pas dû aider. Cela ressemblait de trop près au schéma de la comédie qu'elle avait jouée avec Lihsil pendant des années.

— Alors… Magirie ? dit le demi-elfe, comme las de ne pas être écouté. Quel est le problème ? Tu as un peu trop pioché dans les barils, ce soir ?

La grande salle vide parut soudain plus étroite que lorsqu'elle était remplie de monde. La jeune femme repensa à la défunte qu'Ellinwood avait mentionnée et à la réaction de Karlin. Y avait-il eu d'autres meurtres dans cette petite ville côtière ?

— Caleb, appela-t-elle. Qui est Brendèn ?

Le vieil homme était en train d'essuyer des chopes et hésita, comme s'il s'interrogeait sur le sens de sa question.

— Le forgeron, répondit-il simplement. Sa boutique se trouve à côté du marché, au nord de la ville, sur la côte.

— Il me faut de l'air, décida Magirie. Elle saisit son fauchon sous le bar et l'attacha à sa ceinture sans se préoccuper de ce que pouvaient penser les autres, pas même Lihsil. Pouvez-vous faire le ménage seuls ?

Son partenaire battit des paupières.

— Veux-tu que je t'accompagne ?

— Non.

Magirie s'enfuit littéralement de la taverne et aspira de fraîches bouffées d'air marin dès qu'elle eut refermé la porte derrière elle. Tout autour, Miiska était endormie, mais dans quelques heures certains pêcheurs se lèveraient, bien avant l'aube, pour préparer leurs lignes et leurs filets. Ne s'autorisant pas à réfléchir, la jeune femme parcourut les rangées de cabanes, de maisons et de boutiques sans vraiment les voir. Elle prit conscience de la très petite quantité de torches et de lanternes qui brûlaient encore, et des traînards qui repartaient en titubant d'une autre taverne qui avait enfin fermé ses portes, bien après minuit. Elle voulait juste se vider la tête de toutes les pensées qui tourmentaient son esprit.

Les parfums recommencèrent à s'imprimer au milieu de ses idées embuées : le crottin de cheval, le charbon et la suie. La boutique du forgeron et les écuries. Hésitant sur la direction à suivre, Magirie s'arrêta au milieu de la rue.

Ellinwood avait dit qu'Éliza, la jeune fille assassinée, était la sœur d'un dénommé Brendèn. Brendèn le forgeron.

Dans cette ville, il semblait que personne ne parlait sans ambages, mais plus d'une disparition d'habitants avaient été mentionnées. Karlin, le boulanger, avait été plus que surpris par l'annonce de ce décès et il avait essayé de se retenir de laisser échapper des informations sur d'autres morts. Par ailleurs, à présent, au moins deux personnes connaissaient déjà exactement la nature de son ancienne profession, ou pensaient le savoir.

Magirie ne s'était pas aperçue qu'elle s'était remise à marcher, jusqu'à ce qu'elle atteigne le bout de la rue et qu'elle entende des chevaux s'agiter dans les écuries. Après le virage se trouvait l'atelier du forgeron et, derrière, un long tas de bûches appuyé contre une barrière et qui lui arrivait à la poitrine. Une mince volute de fumée s'échappait en tourbillonnant de la cheminée au clair de lune.

La jeune femme se glissa silencieusement à l'extrémité de la clôture, s'assura que la porte d'entrée était bien fermée et ne sentit aucun signe d'animation à l'intérieur. La maisonnette n'avait qu'une unique fenêtre, munie de rideaux, sous laquelle Magirie s'accroupit le long du mur qui faisait face aux arbres avant de la contourner.

D'un côté, il y avait comme un porche et un jardin d'agrément laissé à l'abandon. Plus loin derrière les écuries se trouvait ce qui ressemblait plus à un potager. Un deuxième tas de bois suivait la barrière, du côté de la maison. Il ne serait pas bon d'être prise en train de fureter dès sa première semaine dans sa nouvelle ville, donc Magirie ne cessait de surveiller la porte de derrière pendant son inspection des lieux. Bien sûr, le corps avait été emporté depuis longtemps, mais il pouvait rester d'autres traces éloquentes.

Une tache noire attira son attention sur le tas de bois. Tout d'abord, elle crut qu'il s'agissait d'un espace entre les bûches fendues, mais, quand elle s'en approcha, elle vit que ce n'était pas un trou. Certains tronçons de bois étaient plus foncés que les autres à leur extrémité. Il semblait que le liquide sombre avait goutté et coulé en deux endroits. Magirie s'agenouilla au pied de la pile.

Généralement, au bord de la mer, le sol était humide. Toutefois, alors qu'elle s'y intéressait de plus près, elle s'aperçut que la terre côtière qu'elle avait vue pendant ses voyages était de couleur claire, proche du sable de la plage elle-même. Ici, elle trouva davantage de traces noires similaires aux tâches sur le bois. Il y en avait une grande, entourée de petites traînées. Le sol était couvert d'empreintes de pas, certainement celles d'Ellinwood et de ses soi-disant gardes. En dehors de cela, la jeune femme ne trouva aucun autre signe de poursuite ou de lutte.

Du bout des doigts, elle effleura l'une des traces noires. Bien qu'en grande partie absorbé par la terre côtière partiellement humide, un peu de liquide resta collé à ses doigts. Elle l'approcha de ses narines, puis elle le goûta légèrement du bout de la langue.

Du sang.

Magirie ferma les yeux et les rouvrit brusquement quand ses paupières closes projetèrent les images de ce que le meurtrier avait dû infliger à sa victime pour répandre autant de sang. Cependant, tout était concentré au même endroit, comme si la jeune fille avait été incapable de s'enfuir, de se débattre ou de lutter pour sa survie.

— Eh bien, *dhampir* ! Je croyais que ce genre de chose ne vous intéressait plus, dit une voix derrière elle.

En un clin d'œil, la jeune femme pivota sur ses talons et saisit son épée. Elle ne vit d'abord rien, puis elle distingua un mouvement dans l'ombre d'un arbre, du côté du jardin le plus proche de la mer.

Welstil était là, vêtu de la même longue cape en laine. Il sortit des arbres pour s'approcher du bord du jardin et le clair de lune fit briller les pattes blanches qu'il avait aux tempes. Magirie se surprit à examiner les mains de l'homme. Bien qu'elle ne parvienne pas vraiment à les discerner, elle se rappela les phalanges manquantes à son petit doigt et se demanda comment il les avait perdues.

— Vous m'avez suivie ? lança-t-elle avec colère.

— Oui, répondit-il.

Cela la laissa un moment sans voix. Lorsqu'on leur posait cette question, la plupart des gens niaient.

— Pourquoi ? demanda-t-elle finalement.

— Parce que cette ville est infestée de Nobles Morts qui survivent en se nourrissant de vivants, déclara-t-il. Cette fille n'est pas la première et vous le savez. Par ailleurs, à Miiska, personne d'autre que vous ne peut les arrêter.

— Et comment êtes-vous au courant de ce que je sais ?

C'était plus une riposte qu'une question dont elle attendait une réponse. Et elle n'en reçut aucune. Un nœud de colère et d'inquiétude serra douloureusement l'estomac de Magirie.

— Qu'est-ce que cela signifie ? s'enquit-elle. Noble Mort ?

— C'est l'ordre le plus élevé des morts, ou plutôt des morts-vivants, répondit-il. Les Nobles Morts possèdent la même conscience de leur existence que de leur vivant; celle de leur essence unique, pour ainsi dire. Mais les vampires ne sont pas les seuls. Il y a par exemple les liches, les spectres, plus puissants, et les rares Hauts Revenants. Ils ont également pleinement conscience d'eux-mêmes, de leurs désirs propres, de leurs intentions et de leurs pensées, et ils peuvent apprendre et mûrir au fil de leur existence immortelle, contrairement aux morts-vivants de plus basse classe comme les fantômes, les cadavres ambulants et les autres du même genre.

— Vous n'êtes pas l'un de ces imbéciles de paysans, constata doucement Magirie. Comment pouvez-vous croire de telles choses ? Les vampires n'existent pas. Elle se retourna pour examiner la terre et le bois tâchés. Il y a déjà assez de monstres chez les gens comme nous.

— Oui, répondit-il calmement. Exactement, chez les gens comme nous.

Elle l'entendit avancer vers elle dans le jardin, mais elle ne le regarda pas.

— Les morts-vivants qui aspirent la vie existent vraiment, insista-t-il. Et ils se sont approprié cet endroit, cette ville. Ces créatures sont peut-être plus… rares… que ce que croient la plupart des paysans, mais elles n'en sont pas moins réelles. Vous savez tout cela. Vous êtes une chasseuse.

— Plus maintenant.

— Vous ne pourrez pas fermer les yeux sur votre mission, ici.

— Vraiment ? Elle lui fit face, les yeux rétrécis par la colère. Regardez comme j'arrive très bien à le faire, vieil homme.

Il n'était pas si âgé, mais il se comportait comme les vieux superstitieux dans les villages. Magirie repensa à leur première rencontre et une autre question lui vint à l'esprit, à propos d'une chose qu'il lui avait dite cette nuit.

— Comment m'avez-vous appelée ? *Dhampir* ?

— Ce n'est rien. Il prit le chemin du départ. Dans mon pays, c'est un mot ancien et peu connu qui désigne les personnes particulièrement douées et nées pour chasser les morts-vivants.

Elle ne l'empêcha pas de partir. Elle le regarda disparaître entre les arbres et prendre la direction de la plage.

Malgré son intention probable de la déstabiliser, les déclarations de l'homme la soulageaient au lieu d'augmenter son malaise. Deux nuits plus tôt, elle avait craint qu'il n'attende d'elle quelque chose qu'elle refusait de donner, mais à présent il lui apparaissait simplement comme un imbécile superstitieux de plus, toutefois bien habillé. Oui, il y avait un assassin en liberté dans cette ville, un malade à l'esprit dérangé, mais Ellinwood et ses copains étaient payés pour s'occuper de ce genre d'affaires. Elle était maintenant propriétaire d'un bar, plus une chasseuse, même si certaines personnes ici avaient entendu parler de son passé. D'ici à un an, peut-être deux, les marées nettoieraient cette réputation, et elle ne serait plus que Magirie, la propriétaire de la taverne Le Lion de Mer.

Elle retira ses doigts du sol sablonneux, puis elle essuya la terre sur ses cuisses pendant que son souffle se calmait et que le nœud à son estomac se desserrait. Elle s'éloigna du jardin, du tas de bois et des taches, sans un regard en arrière.

À seulement quelques pas, dans la rue, elle vit Caleb s'approcher d'elle.

— Que faites-vous ici ? l'interrogea-t-elle, confuse.

— Les rues ne sont pas sûres la nuit. Je suis venu vous chercher.

— Je peux très bien me défendre toute seule.

Toutefois, l'inquiétude du vieil homme la toucha un peu, surtout à cause de la fatigue qu'il semblait éprouver. Ces derniers jours d'approvisionnement et de préparatifs avant l'ouverture n'avaient pas été faciles pour lui, sans oublier le service de cette nuit. Magirie s'apprêtait à repartir pour la taverne en l'invitant d'un geste, mais Caleb avait les yeux rivés sur l'écurie et la maison du forgeron.

— Que faisait maître Welstil ici ? s'enquit-il.

Avec raideur, Magirie tourna la tête vers lui.

— Vous le connaissez ?

Le vieil homme haussa les épaules.

— Il est nouveau à Miiska, mais il est souvent venu à la taverne du temps de Danction. Ils aimaient bien être ensemble, tous les deux, et maître Welstil était toujours le bienvenu.

Ce dernier détail pouvait expliquer l'attitude de Welstil. Si celui-ci appréciait beaucoup le précédent propriétaire de la taverne, peut-être cherchait-il des réponses, même après tout ce temps. Et il avait très bien pu entendre des rumeurs sans fondement à propos du passé de Magirie, si d'autres parlaient d'elle, comme le pâle gentilhomme qui était venu à la taverne plus tôt dans la soirée.

Peut-être se demandait-il seulement ce qu'elle savait des événements survenus à Miiska.

Toutes ces choses, une par une, étaient faciles à démonter. Même deux auraient pu être mises sur le compte de la folie. En revanche, ajoutées les unes aux autres, elles commençaient à prendre de l'importance.

— Nous devrions dormir un peu, mademoiselle, la pressa Caleb.

Il tendit la main pour lui tapoter l'épaule, et ce ne fut qu'à cet instant que Magirie détourna le regard des écuries, de la maison et du bois tâché de sang. Elle s'engagea silencieusement dans la rue, flanquée du vieil homme.

COMME MAGIRIE ET Caleb partaient pour leur maison, une faible lueur glissa des ombres derrière eux et brilla presque autant qu'une braise en planant au-dessus de la route où les deux promeneurs nocturnes s'étaient tenus quelques instants plus tôt. Elle flotta sur leurs traces pendant un moment, puis elle bifurqua dans une ruelle transversale et disparut.

LE RÉGISSEUR ELLINWOOD arriva peu avant minuit dans l'appartement qu'il louait et fut heureux d'être enfin chez lui.

Bien qu'il soit réputé pour rester des soirées entières à boire de la bière avec ses hommes dans toutes les tavernes de Miiska, il commençait à trouver cette « obligation » de plus en plus difficile. Il considérait qu'il était normal, même approprié, que le régisseur fréquente les débits de boisson de la ville avec ses gardes. Il écoutait ses hommes raconter des histoires ennuyeuses sur leur famille, sur l'arrestation d'un voleur à la tire ou sur leur intervention dans une dispute entre deux vendeurs sur le marché. Il souriait, hochait la tête et essayait de s'intéresser.

Cependant, la bière ne lui apaisait guère l'esprit et, ces derniers temps, il lui était devenu de plus en plus difficile de partir tôt du corps de garde, où il accomplissait une grande partie de son travail, et de fuir ce lieu pour son grand appartement dans la meilleure auberge de Miiska, La Rose de Velours. Une fois seul dans sa chambre, il pouvait se préparer un mélange de poudre jaune du Suman avec sa réserve secrète d'eau-de-vie épicée stravinienne. De cette combinaison, il obtenait une boisson puissante contre l'esprit embué et qui lui permettait de rester dans un état de béatitude pendant des heures et des heures et de se sentir pleinement exister.

Il avait découvert cet élixir des années auparavant lorsqu'un marchand ambulant le lui avait fait goûter pour la première fois. Pourtant, il ne s'en était pas accordé beaucoup dans le passé en raison du prix exorbitant de ses ingrédients. Surtout la poudre, qui venait du lointain continent d'outre-mer, au sud de l'Empire Suman et de son royaume du il'Mauy Meyauh. Même là-bas, elle était cultivée en secret et on devait la faire sortir en contrebande du pays. Le prix était souvent trop élevé pour Ellinwood, sauf, évidemment, en de spéciales circonstances, lorsqu'il réussissait à extorquer une amende exceptionnellement chère pour la libération d'un criminel. Il trouvait relativement injuste qu'un homme de son rang, qui gagnait l'un des revenus les plus élevés de Miiska, ne soit pas en mesure de s'offrir des plaisirs simples après une dure journée de travail. Bien sûr, il n'était pas obligé de vivre à La Rose de Velours, mais son somptueux appartement lui apportait également une grande satisfaction, et un homme de sa stature se devait de sauver les apparences.

De plus, environ un an plus tôt, un miracle s'était produit et il avait pu se procurer tout l'opiacé sumane et l'eau-de-vie qu'il souhaitait. Et il était devenu agréable d'être « à la maison » la nuit.

Ellinwood posa son manteau sur l'édredon de soie qui couvrait son lit et il se rendit jusqu'à sa commode en bois de cerisier poli et en ouvrit le tiroir du bas. Souriant d'avance, il en sortit une grande bouteille en verre pleine d'un liquide ambré ainsi qu'une urne en argent.

On frappa à la porte.

Son sourire s'évanouit et il décida de ne pas répondre. Quiconque l'appelait à cette heure ne devait pas venir lui proposer une affaire honnête. S'il y avait une urgence concernant la ville, Darien, son premier lieutenant, pourrait s'en occuper. Lui, il méritait un peu de repos.

On frappa de nouveau et une voix froide parla.

— Ouvrez la porte.

Ellinwood tressaillit. Il connaissait cette voix. Il rangea la bouteille et l'urne dans le tiroir et s'empressa d'aller ouvrir la porte. Dans le couloir, il trouva Rashed, le propriétaire du plus gros entrepôt de Miiska. Le régisseur se trouva à court de mots.

— Euh, bonjour, réussit-il à dire. Avions-nous rendez-vous ?

— Non.

Le moindre contact avec Rashed rendait Ellinwood nerveux, mais leur relation leur rapportait tellement à tous les deux qu'il était décidé à ne pas la compromettre.

— Alors, que puis-je faire pour vous ? demanda poliment le régisseur.

Rashed entra dans la pièce et ferma la porte. Il était si grand que sa tête touchait presque le plafond bas. Il n'était jamais venu dans l'appartement d'Ellinwood, avant cela, et la nervosité habituelle de ce dernier se mua en inquiétude. Un miroir ovale dans un cadre d'argent réfléchissait l'image de son visage charnu, totalement paré de nuances de velours vert. Il ne put s'empêcher de se comparer brièvement à la créature parfaitement bâtie avec qui il partageait désormais la pièce.

Rashed regarda rapidement autour de lui.

— Il y a une chasseuse en ville et, si elle nous dérange, ma famille et moi, je la tuerai ainsi que tous ceux qui essaieront de l'aider, y compris vos gardes. Est-ce bien clair ?

Ellinwood le dévisagea et balbutia.

— Qui… la nouvelle propriétaire de chez Danction ? Oh, j'ai écouté les rumeurs qui courent en ville. Elle ne m'a pas paru si impressionnante, à aucun niveau.

— C'est une chasseuse. Si elle exerce sa fonction ici, du sang sera versé : le sien. Et vous n'y prêterez pas attention, comme toujours.

Le régisseur tenta de se redresser. Bien que lui et Rashed aient clairement convenu que toute disparition ou tout cadavre ferait l'objet d'une enquête superficielle, c'était la première fois que le guerrier lui parlait si ouvertement de faire couler du sang. Et il n'avait jamais ressenti le besoin de lui en faire part avant d'agir.

— Pourquoi me consultez-vous ? s'enquit Ellinwood.

— Cette fois, c'est différent. Je ne sais pas quand la confrontation aura lieu, mais je préférerais ne trouver aucun de vos gardes sur mon chemin.

— Je m'occuperai de mes gardes. Mais vous serez discret ? Elle est nouvelle en ville et peu de gens la connaissent. Il réfléchit un instant à une explication valable pour l'avenir. Peut-être que le commerce ou la vie sédentaire ne lui convenaient pas comme elle le croyait. L'histoire n'attirerait pas trop l'attention si elle et son partenaire disparaissaient simplement une nuit.

Rashed hocha la tête.

— Bien sûr. Pas de corps.

— Très bien, alors. Faites ce qui vous semblera le mieux. Ellinwood baissa les yeux sur le tiroir du bas de sa commode. Maintenant, si vous voulez bien m'excuser, la journée a été longue et je voudrais me reposer.

Les prunelles cristallines de Rashed suivirent son regard et s'arrêtèrent sur le tiroir. Un léger dégoût passa sur son visage et il jeta une bourse pleine de pièces sur l'édredon en soie.

— Pour les ennuis occasionnés.

Il fit demi-tour et sortit de la pièce.

Le régisseur s'effondra de soulagement, le souffle soudainement saccadé. Peut-être aurait-il dû préciser à Rashed que, s'il voulait de nouveau parler, il pouvait leur organiser une rencontre à l'entrepôt, comme d'habitude. Ellinwood n'avait aucune envie de se retrouver seul avec un vampire dans l'espace restreint de son appartement en une autre occasion. Cela dit, ces créatures qui possédaient le plus gros hangar de Miiska lui étaient utiles et elles lui rendaient même d'autres services, de temps en temps.

Ellinwood avait rencontré Rashed et les siens pour la première fois un an plus tôt. Il rentrait chez lui après avoir passé la soirée à boire de la bière avec ses hommes et, en traversant une ruelle, il avait trébuché à la vue d'un gosse des rues crasseux qui avait sa bouche dans le cou d'un marin. Quand Ellinwood avait compris que le garnement vidait le marin de son sang, il avait appelé à l'aide. Le tueur avait levé les yeux, lui avait craché dessus tel un chat, avait lâché le marin et s'était avancé pour l'attaquer. Trois de ses gardes, qui étaient sortis de la taverne juste après lui, avaient entendu le cri de leur supérieur et avaient accouru pour en savoir plus. Le gamin avait disparu dans la ruelle.

Ayant lui-même été en danger de mort, Ellinwood avait ordonné à ses hommes de fouiller la ville de fond en comble. Quelques citoyens de Miiska étaient venus le trouver, par le passé, en jurant que ces créatures nocturnes avaient emporté un être cher. Le régisseur n'avait jamais accordé beaucoup de crédit à ces histoires jusqu'à ce qu'il voit cette petite chose tordue en train de boire du sang humain dans cette ruelle. Les histoires de monstres et de démons étaient courantes chez les marins et les marchands qui voyageaient le long de la côte, puisqu'ils traversaient des terres étranges et inconnues. Et la plupart des mythes n'avaient-ils pas une source réelle ? Le régisseur était décidé à traquer ce gosse meurtrier et probablement surnaturel.

La nuit suivante, un message était arrivé au corps de garde : une invitation. Ellinwood avait cédé à la curiosité et s'était rendu à l'entrepôt. Rashed l'avait accueilli et l'avait conduit dans une pièce somptueuse meublée de banquettes basses, de coussins brodés et de ravissantes petites bougies en forme de roses. Toutefois, Ellinwood n'avait pas perdu trop de temps à admirer le décor.

Malgré la faible lumière qui éclairait cette pièce, Ellinwood avait vu qu'il y avait quelque chose d'anormal chez son hôte. Sa peau était trop pâle pour une personne travaillant dans un hangar sur les quais d'une ville portuaire, comme s'il n'avait pas été exposé au soleil depuis des mois. Et ses yeux étaient presque incolores. Son allure ne semblait exprimer aucun désir, ni aucune émotion.

Puis une jolie jeune femme aux boucles chocolat et à la taille fine était entrée. Elle s'était présentée sous le nom de Tisha et avait souri à Ellinwood, révélant des canines délicatement pointues. Quand

Rashed l'avait regardée, son visage vide de toute expression avait pris un air avide et férocement protecteur, et le régisseur avait décidé de se taire en attendant de voir où cet entretien le conduirait.

Rashed avait offert à Ellinwood vingt actions de l'entrepôt, soit une fortune virtuelle, pour fermer les yeux si des habitants de Miiska disparaissaient sans laisser de traces ou étaient retrouvés morts et dans un état anormal. Il avait d'abord ajouté que de tels événements n'arriveraient presque jamais, mais il s'était corrigé en précisant « très rarement ». Afin de permettre le fonctionnement de ce marché, il n'avait pas essayé de cacher sa nature et celle de Tisha. Bien qu'il ait fallu quelques instants au régisseur pour digérer l'idée qu'il était en train de parler avec deux morts-vivants, il n'avait pas tressailli. Il n'était pas idiot et n'avait donc pas repoussé cette occasion unique. En revanche, il s'était trouvé plutôt habile. S'il n'avait pas accepté, il ne serait jamais sorti vivant de cette pièce, mais tant qu'il resterait au poste de régisseur, il pourrait garder le secret de Rashed et faire semblant d'enquêter sur les disparitions et les morts suspectes. Non seulement il économiserait ses frais de subsistances sur son salaire, mais il recevrait aussi suffisamment d'argent pour s'approvisionner en opiacé sumane et en eau-de-vie épicée stravinienne. C'était un arrangement parfait.

À présent, Ellinwood se rappela de clarifier une chose avec Rashed : leurs entretiens devaient se tenir dans le hangar. Après tout, il devait conserver un peu d'intimité. Oui, il devrait clarifier cela à la première occasion.

Plus à l'aise, le régisseur rouvrit le tiroir de sa commode. Il mélangea l'opiacé de l'urne avec l'eau-de-vie dans un verre à pied en cristal et se mit à boire. Peu de temps après, il était assis dans un fauteuil couvert de damas, comblé de plaisir, ses pensées glissant vers la béatitude.

VII

Tisha attendait patiemment en bas des quais qu'un marin à sa convenance passe par là. L'immensité prodigieuse de l'océan ne cessait jamais de l'enchanter, surtout lors de la marée haute. Le rivage était un mur séparant deux mondes qui guidait tout ce qui se trouvait entre l'eau et la terre le long de sa bordure dans le clapotis des vagues. Elle marchait pieds nus, creusant de temps en temps le sable avec ses délicats orteils, sans se préoccuper que l'ourlet de sa jupe violette traîne légèrement sur le sol et se salisse.

De nombreuses années auparavant, avant son arrivée à Miiska, l'un des quais s'était écroulé à cause de l'usure de ses piliers. Dans son sillage, il avait entraîné un petit deux-mâts qui n'avait pas pu être détaché à temps. Les ouvriers avaient sorti des débris de l'eau, et les décombres du ponton et du bateau gisaient encore sur la plage, non loin de là. Peut-être avaient-ils envisagé de récupérer les matériaux à la suite de l'accident, mais rien n'avait jamais été mis en œuvre dans ce sens. À présent, empilés sur le sable, hors de portée des marées, les piliers du quai et l'étai du navire se dressaient dans le noir comme les vestiges d'un monstre marin échoué qu'on aurait laissé pourrir jusqu'aux os. Érodés, mais toujours assez solides, ils offraient un refuge parfait. Tisha contourna nonchalamment les colonnes en écoutant les ténèbres plus qu'en essayant de les percer de ses yeux, et en humant parfois la brise.

C'est alors que lui parvint un parfum de chair fraîche à l'approche. Elle se tendit par anticipation et se glissa derrière une épaisse poutre de bois qui avait dû servir de pilier pour le ponton ou de mât pour le bateau. Ne se montrant qu'aux promeneurs solitaires, elle se retirerait dans les ombres si deux personnes ou plus arrivaient. Elle jeta prudemment un coup d'œil furtif dans le vent.

Un marin, seul, avançait le long de la plage en direction du port. Son pantalon taché par le sel aux bords déchirés pendait juste sous ses genoux, une corde en guise de ceinture. Aux pieds, il portait des sandales de fortune attachées à ses chevilles par des lanières de cuir. Sa peau était bronzée, mais son visage était doux, avec une barbe naissante d'adolescent.

Tisha ne se précipita pas sur son chemin, mais elle se détendit le long du pilier en attendant qu'il s'approche et la voie. Lorsque ce fut fait, ses pas ralentirent juste un instant avant de s'orienter vers elle. Quand il fut tout près d'elle, il s'arrêta pour contempler son joli visage, ses cheveux châtains détachés et ses doigts de pied dénudés.

— Êtes-vous perdu ? s'enquit Tisha sur un ton apaisant qui résonna en harmonie avec le bruit léger du vent et des vagues. Vous avez dû vous perdre. Où est votre bateau ?

Pendant quelques secondes, perplexe, il plissa le front en pensant que c'était elle qui était perdue et confuse. En étudiant son jeune visage, Tisha vit les mots s'entrechoquer dans sa tête jusqu'à ce qu'il ne sache plus qui d'elle ou de lui avait posé ces questions. Un voile passa sur ses yeux en même temps qu'il fronçait davantage les sourcils.

— Perdu… perdu ? bégaya-t-il avant de poursuivre d'un ton insistant : Oui, où est mon bateau ?

— Ici, répondit-elle de la même voix calme et dans le même fredonnement. Voici votre bateau.

Et ses doigts fins glissèrent doucement le long du poteau de bois à côté d'elle.

Ses paroles semblèrent pousser l'esprit du jeune homme, à l'image d'un vent irrégulier dans les voiles après une longue période sur une mer calme.

— Venez, je vais vous indiquer le chemin, insista-t-elle.

Tisha tendit la main au jeune marin, qui la saisit. Elle l'entraîna à sa suite alors qu'elle avançait à reculons dans les décombres du quai et du bateau. À aucun moment elle ne regarda par-dessus son épaule pour trouver son chemin, et elle ne détacha pas ses yeux de lui. Il la suivit volontiers sous le toit de perches brisées et de vieilles planches blanchies, dans les ombres.

— Nous y sommes.

Elle lui sourit de toutes ses parfaites dents.

Le marin était effectivement jeune, peut-être âgé de dix-sept ans, avec un soupçon de bière dans l'haleine, mais pas suffisamment pour qu'il soit ivre. De toute façon, cela n'avait aucune importance. Il regarda autour de lui d'un œil incertain.

— Oui, vous êtes rentré chez vous, dit-elle en posant sa main libre sur la sienne, celle qu'elle tenait délicatement pour le guider. C'est votre bateau, la maison qui vous suit partout.

Les traits du jeune homme s'adoucirent. Tisha entendit un soupir de soulagement s'échapper de ses lèvres.

— Venez vous asseoir avec moi.

Et elle l'attira sur le sable.

Elle glissa ses doigts dans les cheveux ébouriffés du marin et l'embrassa tendrement sur la bouche. Elle n'avait jamais eu aucune difficulté à se nourrir depuis qu'elle avait appris à chasser à sa façon.

Quand il serra ses mains autour des bras de Tisha afin de lui rendre son baiser, elle essaya de se remettre à genoux. Il était plus fort qu'il n'en avait l'air, mais il obéit lorsqu'elle lui susurra :

— Chut. Pas encore.

Et il posa sa tête sur l'épaule de Tisha. Quand son cou fut totalement à découvert, elle ne perdit plus une minute.

Parfois, elle buvait à leurs poignets, parfois à la veine au creux de leur coude. Tout ce qui convenait le mieux sur le moment. En revanche, cette nuit, elle perça la gorge du marin d'un côté en lui retenant fermement la tête, à la fois pour supporter son poids et pour l'empêcher d'être agité par des secousses instinctives. Son corps se convulsa une fois, puis il se perdit dans ses rêves.

Elle prit ce dont elle avait besoin, pas plus, et retira ses canines sans lui déchirer la chair. Ensuite, à l'aide d'une petite dague, elle relia les deux trous qu'il avait au cou en s'assurant que la coupure soit superficielle et légèrement irrégulière. Elle aurait pu se contenter de le couper et de boire à la blessure, mais cela ne lui convenait pas. Le contact de la chair tiède sur ses lèvres et la sensation de ses dents qui s'enfonçaient étaient beaucoup plus agréables que l'arrière-goût que le métal laissait dans les premières gouttes de sang.

Après avoir étendu sa victime dans le sable, Tisha dénoua sa bourse: elle n'avait pas besoin d'argent, mais cela faisait également partie de la supercherie. Elle posa une main sur le front de l'homme endormi et, de l'autre, elle lui ferma les yeux. Ses lèvres frôlèrent son oreille et elle lui murmura:

— Vous retourniez vers votre bateau, chez vous, cette nuit, quand deux voleurs sont arrivés. Vous les avez combattus, mais l'un d'eux avait un couteau...

Par réflexe, il tressaillit. Il leva mollement une main pour essayer de se toucher le cou, mais elle la reposa délicatement au sol.

— Ils ont volé votre bourse et vous avez rampé jusqu'ici pour vous cacher, au cas où ils reviendraient, et vous vous êtes endormi... maintenant.

Quand elle l'entendit respirer plus profondément, Tisha se leva rapidement et partit. Il serait en sécurité, ici, mais si quoi que ce soit lui arrivait après leur rencontre, cela ne la concernait pas.

Elle se nourrissait ainsi depuis des années et elle essayait toujours de choisir ceux qui ne devaient pas rester longtemps dans les parages. Miiska était l'endroit idéal, avec tous ces marins et marchands qui allaient et venaient. De temps à autre, elle en tuait un accidentellement, quand le besoin et la faim prenaient le pas sur sa prudente maîtrise, mais ce n'était pas arrivé depuis longtemps. De plus, si la nécessité la poussait à choisir un habitant de cette ville, elle enterrait toujours le pauvre malheureux. Et puis, Rashed accusait Raton dès qu'un mortel disparaissait. Elle ne voyait aucun intérêt à changer sa vision des choses.

Elle courait à présent le long de la plage avec légèreté, réchauffée et fortifiée par le sang du marin, contente de son pouvoir qui lui permettait parfois d'oublier le passé et le futur et de ne vivre que l'instant présent.

— Tisha ?

Surprise, elle s'arrêta net et regarda l'eau et dans la direction du vent qui soufflait dans les arbres surplombant la plage.

— Mon amour ?

La voix caverneuse d'Édwan résonna derrière elle et Tisha pivota. Il flottait juste au-dessus du sable, son pantalon vert et sa chemise blanche brillant comme une flamme à travers le brouillard. Sa tête coupée reposait sur son épaule et ses longs cheveux jaunes pendaient sur son côté jusqu'à sa taille.

— Mon chéri, dit-elle. Depuis combien de temps es-tu ici ?

— Un moment. Rentres-tu à la maison… déjà ?

— Je voulais m'assurer que tout allait bien à l'entrepôt et que Rashed n'avait besoin de rien.

— Ah oui ! répondit-il. Rashed.

Les traits d'Édwan changèrent subtilement, comme s'il n'était plus l'image d'un cadavre fraîchement mort, mais d'un corps laissé en décomposition depuis une ou deux semaines. Il avait désormais le teint cireux, blanchâtre, avec des restes de contusions laissant voir le sang stagnant par endroits sous sa peau.

La joie momentanée de Tisha due à la force et à la chaleur s'évanouit. La femme grimpa d'un pas léthargique en haut de la plage et s'effondra à terre contre un arbre.

— Ne te renfrogne pas. Nous avons besoin de Rashed.

— C'est toi qui le dis. Édwan était auprès d'elle, bien qu'elle ne l'ait pas vu se déplacer. C'est toi qui le dis.

Ensemble, ils écoutèrent les petites vagues clapoter sur le rivage. Tisha ne savait que répondre. Elle aimait Édwan, mais il vivait dans le passé, comme la plupart des esprits restés parmi les vivants, à peine capables de saisir le présent. Et elle savait ce qu'il voulait. C'était ce qu'il avait toujours voulu. À présent, c'était lui qui avait faim et, sans une vraie vie à vivre, les souvenirs étaient tout ce qu'il avait.

Faire cela pour lui épuisait énormément Tisha et la déprimait. À chaque fois qu'il en avait besoin et qu'elle se laissait faire, les cinq ou six nuits qui suivaient, elle perdait sa capacité à vivre uniquement dans les délices du présent.

— Non, Édwan, refusa-t-elle d'une voix fatiguée.

— S'il te plaît, Tisha. Une dernière fois, promit-il… encore.

— Nous n'aurons pas le temps, avant le lever du jour.

— Il reste plusieurs heures.

Le désespoir perceptible dans sa voix lui fit de la peine. Tisha cala son menton entre ses genoux et planta son regard là où la mer disparaissait dans les ténèbres.

Pauvre Édwan. Il méritait tellement mieux, mais il fallait que cela cesse. Peut-être que si elle lui montrait ses souvenirs le plus précisément possible, du début jusqu'à la fin, il serait en mesure d'accepter leur existence actuelle… et sa nouvelle existence à elle.

Elle ferma les yeux, espérant qu'il la pardonnerait un jour pour ceci, et elle tendit son esprit vers lui, vers le passé.

Au nord, loin au-delà de Stravina, la neige tombait du ciel la majeure partie de l'année et il semblait que les nuages couvraient le soleil en permanence. Il y avait peu de différence entre le jour et la nuit, mais Tisha s'en moquait pas mal. Dans son tablier très près du corps et sa robe rouge préférée, elle servait des chopes de bière aux voyageurs et aux clients déjà soûls de l'auberge. Il y faisait toujours chaud, grâce au feu de cheminée, et elle souriait à tous ceux qui passaient la porte. En revanche, son sourire si spécial, celui qui rappelait avec bonheur une trouée dans les nuages permettant de voir le soleil, était réservé à son jeune mari. Ce dernier travaillait sombrement derrière le bar et s'assurait que tout allait bien et qu'aucun client ne soit obligé d'attendre sa commande.

Édwan lui rendait rarement ses sourires, mais elle savait qu'il l'aimait passionnément. Le père de son époux était un homme perturbé et violent, et sa mère était morte de fièvre quand il n'était encore qu'un enfant. Il avait grandi dans la pauvreté et la servitude. C'était ce qu'Édwan se rappelait de son enfance, jusqu'à son départ de la maison, à dix-sept ans. Il avait alors traversé deux villes, et s'était fait embaucher pour travailler derrière un bar, où il avait rencontré Tisha, son premier aperçu de la gentillesse et de la tendresse.

À seize ans, elle avait déjà reçu plusieurs demandes en mariage, mais elle les avait toutes déclinées. Il y avait toujours un détail qui n'allait pas chez ses prétendants : trop vieux, trop jeune, trop frivole, trop froid… trop quelque chose. Elle ressentait le besoin d'attendre quelqu'un d'autre. Quand Édwan était entré dans la taverne, avec ses cheveux jaune foncé, ses larges pommettes et ses yeux hagards, elle avait tout de suite su qu'il était sa moitié. Après cinq années de mariage, il parlait encore rarement à d'autres qu'elle.

Pour lui, le monde était un endroit hostile, et il ne trouvait la sécurité que dans les bras de Tisha.

Pour elle, le monde était fait de chansons, de navets épicés, des bières qu'elle servait aux clients, depuis longtemps devenus des amis, et des nuits chaudes qu'elle passait sous son édredon de plumes avec Édwan.

C'était une époque agréable, mais qui ne dura pas.

La première fois que le seigneur Corische ouvrit la porte de l'auberge, il resta dehors, sur le seuil. Le vent froid qui souffla à travers la salle commune suffit à provoquer des jurons de toutes parts et Tisha courut pour fermer la porte.

— Puis-je entrer ? demanda-t-il.

Sa voix était insistante, comme s'il connaissait déjà la réponse et était simplement impatient de l'entendre.

— Bien sûr, je vous en prie, répondit Tisha, un peu surprise étant donné que la taverne était ouverte à tous.

Quand il entra avec un compagnon, et que Tisha put enfin refermer derrière eux, tout le monde se réinstalla calmement. Quelques personnes se retournèrent par curiosité, puis d'autres les imitèrent, voyant que les premières ne revenaient pas à leurs assiettes.

Corische lui-même n'avait rien d'inhabituel. Tout comme sa cotte de mailles et les plaques métalliques de son armure rembourrée, car les soldats et les mercenaires étaient monnaie courante. Il n'était ni beau ni laid, ni gros ni maigre. Ses seuls signes distinctifs étaient son crâne complètement chauve et une petite cicatrice blanche sur son œil gauche. Cependant, il n'était pas seul et ce n'était pas le seigneur Corische que les clients dévisageaient. C'était son compagnon.

Celui qui marchait à côté du soldat à la tête lisse était l'homme le plus surprenant que Tisha ait jamais vu. Il portait une tunique matelassée d'un bleu profond et couverte de losanges cousus de fil blanc scintillant. Ses cheveux courts étaient d'un noir pur qui contrastait avec son visage pâle aux yeux si clairs que Tisha ne put en définir la couleur, comme la fine couche de glace qui recouvre un lac profond.

Les deux hommes se dirigèrent vers une table, mais le soldat chauve n'avait toujours pas détaché son regard de Tisha.

— Puis-je vous apporter de la bière ? demanda celle-ci.

— Apportez-moi tout ce qui vous plaira, répondit le soldat à voix haute, content de son effet. Je suis le seigneur Corische, le nouveau maître de Fort Gäestev. Tout ce qui est ici m'appartient déjà.

Quand les villageois assis autour d'eux entendirent les paroles de Corische, ils se mirent à murmurer entre eux, assez bas pour ne pas être entendus.

Tisha retint son souffle et baissa les yeux. Plus d'un an s'était écoulé depuis que le dernier seigneur avait péri des suites d'une blessure de chasse. Pendant tout ce temps, aucun message n'avait annoncé l'arrivée d'un nouveau vassal.

— Veuillez pardonner ma familiarité, s'excusa-t-elle. Je ne savais pas.

— Vos manières sont les bienvenues, répondit Corische à voix basse.

Tisha ne lui trouvait rien de vraiment noble, mais elle avait vu peu d'aristocrates au cours de sa vie. Corische avait un air qui allait bien avec ces terres montagneuses, froides et potentiellement cruelles si l'on ne s'en méfiait pas. En revanche, si on lui avait dit que l'un de ces deux hommes était un seigneur, Tisha aurait pensé qu'il s'agissait de son compagnon.

Cet homme étonnant ne parlait pas. Il semblait même détaché et ne donnait pas l'impression d'écouter leur conversation. Après un rapide coup d'œil vers l'assemblée, comme pour évaluer les risques, il s'adossa à sa chaise et se coupa de ce qui l'entourait.

— Je vous présente mon bras droit, Rashed, présenta le seigneur Corische sans faire un geste vers son compagnon. Il vient d'un désert lointain, de l'autre côté de la mer, et il n'aime pas la froideur de notre climat. N'est-ce pas, Rashed ?

— Non messire, répondit l'interpellé avec impassibilité, comme s'il ne s'agissait que d'un rituel.

— Puis-je vous servir de la bière, messire ? demanda poliment Tisha, cherchant une bonne raison de s'éloigner de cette table.

— Non, je suis venu pour vous.

Cette réponse la plongea dans une profonde confusion.

— Pardon ?

Corische se leva et rejeta son manteau en arrière. Sa peau était pâle, mais ses épaules et ses bras remplissaient son armure.

— Je suis déjà venu au village quelques nuits, pour vous regarder. Votre visage est plaisant. Vous allez repartir au fort avec moi et y rester tant que je serai bloqué ici. Quelques années tout au plus, mais vous n'aurez besoin de rien.

La peur noua l'estomac de Tisha, mais elle sourit comme si cette demande n'était qu'une banale remarque de séducteur.

— Oh, je crois que mon mari ne sera pas d'accord, déclara-t-elle en se retournant pour se remettre au travail.

— Votre mari ?

Les prunelles marron du seigneur Corische se posèrent derrière elle et se fixèrent Édwan d'un air entendu ; le fragile et sauvage Édwan, tendu, immobile, prêt à bondir par-dessus le bar.

— Ce n'est pas le moment, messire, dit Rashed à voix basse.

De longues minutes passèrent, puis Corische salua Tisha du menton, se leva et partit sans un mot. Rashed se redressa et le suivit.

Cette nuit-là, dans son lit, Édwan supplia sa femme de plier bagage et de s'enfuir avec lui.

— Pour aller où ? s'enquit-elle.

— N'importe où. Ils n'en ont pas fini.

Le petit village nordique était son foyer et elle insista naïvement pour y rester. Deux nuits plus tard, un fermier local, avec qui Édwan s'était un jour disputé à propos du prix du grain, fut retrouvé poignardé à mort derrière l'auberge. Quand les hommes du seigneur

Corische vinrent pour mener l'enquête, ils trouvèrent un couteau ensanglanté caché sous le lit d'Édwan et de Tisha. Rashed était présent, apparemment pour superviser les recherches, bien qu'il ne fasse rien d'autre qu'entrer, s'asseoir à une table devant la cheminée et attendre. Lorsque le couteau fut découvert par les soldats de Corische, il n'y eut ni surprise ni colère dans ses yeux transparents. Il se contenta d'opiner imperceptiblement du chef et les gardes agirent comme si leurs ordres avaient déjà été donnés.

Tisha était trop abasourdie pour pleurer quand les hommes traînèrent son mari enchaîné hors de la taverne. Elle vit les yeux de Rashed et le vide qui les habitait, à l'exception d'une lueur qu'elle ne put définir avant qu'elle ne disparaisse.

Tisha n'eut pas le temps de se lancer sur les traces de son mari, car un troisième garde surgit dans son dos pour la saisir brusquement par les bras. C'est alors que le seigneur Corische entra dans la taverne et se dressa devant elle en attendant patiemment qu'elle renonce à lutter.

Pour la première fois, Tisha commença à croire que l'apparence grossière et le franc-parler de cet homme n'étaient qu'un déguisement pour masquer un trait secret de sa personnalité. Il n'y avait pas de vie sur son visage, pas une once de sentiment.

— Qu'est-ce qui va lui arriver ? chuchota-t-elle.

— Il va être condamné à mort. Corische marqua une pause. À moins que vous ne veniez au fort avec moi cette nuit.

Avait-elle été idiote ou simplement naïve ? Elle avait entendu des histoires aux abords de la taverne, à propos des nobles et de leurs abus, qui détruisaient la vie des autres sans scrupules. Elle avait cru que ces racontars étaient simplement exagérés.

— Si je viens avec vous, il vivra ? demanda-t-elle.

— Oui.

Il ne la laissa rien prendre de plus qu'une robe de rechange. Elle fut escortée dehors jusqu'à deux chevaux bais prêts à partir et retenus par l'un des hommes de Corische. Celui-ci monta sur le premier, Rashed sur le deuxième. Édwan n'était nulle part.

— Dorénavant, Rashed est aussi à votre service, déclara Corische. Il vous protégera.

Le concerné se pencha, la prit par-dessous les bras et la souleva comme si elle était faite de parchemin pour l'installer devant lui. Bien que la terreur l'empêche de saisir tout ce qui se passait, ce souvenir lui revint souvent en mémoire par la suite. Cette nuit-là, elle était toujours Tisha, la serveuse qui aimait son mari et qui croyait que la vie était faite de chansons et de navets épicés ; Tisha, la serveuse qui ne comprenait pas où pouvait être son Édwan ni ce qui allait arriver à celui-ci. Assise en amazone sur la selle, elle s'adossa contre Rashed et s'accrocha à sa tunique quand son cheval s'élança en avant.

La chevauchée vers Fort Gäestev dura une éternité. En l'absence de manteau, l'air glacial pénétrait sous sa robe. Rashed ne lui adressa pas un mot, mais, dès qu'elle se mit à trembler, il plaça ses bras autour de ceux de Tisha pour la protéger du vent. Corische avançait en tête et le reste de ses hommes fermaient la marche.

Et il n'y avait toujours aucun signe d'Édwan. Avait-il déjà été traîné dans une cellule humide ?

Le fort se dessina devant eux et Tisha commença à craindre pour son propre sort. C'était un imposant bâtiment de pierre, une large tour ramassée contre laquelle avaient été construits des écuries et un corps de garde. Lorsque Rashed la posa à terre, elle songea à s'enfuir, mais elle n'avait aucune idée de l'endroit où aller et elle avait peur de ce qui arriverait à Édwan dans de telles circonstances.

L'intérieur du fort était aussi austère que l'extérieur. Aucun feu ne brûlait pour les accueillir et le vent cinglant n'était remplacé que par l'air froid à glacer le sang que renfermaient ces murs de pierre. Ni tableaux ni tapisseries n'y étaient accrochés. Le sol était couvert de vieille paille. Un escalier en pierre tournait le long du mur pour conduire à un étage invisible. Les seuls meubles apparents étaient une longue table fissurée et un énorme fauteuil. Deux petites torches brûlaient sur le mur pour éclairer les lieux.

Le seigneur Corische ne s'aperçut pas qu'elle claquait des dents et passa devant elle pour poser son épée sur la table. La lumière des torches fit briller son crâne lisse.

— Raton ! appela-t-il. Parko !

Sa voix se mua en un grondement furieux et retentissant. Des pas rapides et légers dans les marches poussèrent Tisha à reculer inconsciemment derrière Rashed. Deux étranges hommes, ou créatures, entrèrent dans la pièce.

Le premier avait l'air d'un gamin des rues couvert de terre des pieds jusqu'à la surface de ses dents. C'était un enfant, ou peut-être un jeune homme. Chez lui, tout était brun en dehors de sa peau, que Tisha pouvait apercevoir à travers les traînées de crasse qui la recouvraient. Le deuxième personnage, quant à lui, la terrifia immédiatement, encore plus que Corische.

Son visage blanc et émacié, aux yeux bestiaux qui brillaient à la lumière des torches, semblait avoir été taillé dans de l'os. Des mèches grasses de cheveux noirs pendaient dans son dos, sous un fichu noué qu'elle supposa avoir été vert un jour. Toutefois, sa façon de bouger était bien ce qui effrayait le plus Tisha. Aussi vif qu'un animal, il fit irruption dans la pièce en sautant de l'escalier avant d'en atteindre le bas. Il atterrit sur la table et se propulsa à côté à la force de ses mains en humant l'air.

Il posa les yeux sur Tisha et s'élança à travers la pièce, s'arrêta à mi-chemin, tendant et se tordant le cou pour essayer de l'apercevoir derrière Rashed.

— Vous ne venez pas accueillir votre maître ? demanda froidement Corische.

— Pardonnez-nous, répondit Raton d'une voix mélodieuse. Nous étions en train de préparer la chambre de la dame, comme vous nous l'aviez demandé.

Le ton poli qu'il employait démentait la haine et la méchanceté de son regard. Parko s'accroupit, les mains posées au sol, et ne se retourna pas vers Corische.

— Femme, lança-t-il en la désignant du menton.

La torpeur qui engourdissait les émotions de Tisha disparut quand elle regarda autour d'elle pour examiner ce puits dans lequel on venait de la jeter. Tous les hommes qui servaient son seigneur étaient-ils comme eux ? Où étaient les cheminées ? Où étaient les gardes, les barriques de bière et la nourriture ?

Rashed fit un pas en avant et l'exposa à la vue de tous. Il s'accroupit pour se mettre au niveau de Parko.

— Tu ne peux pas la toucher, Parko. Tu comprends ? Elle n'est pas pour toi.

L'étrange douceur de sa voix étonna Tisha.

— Femme, répéta Parko.

— Il n'a pas besoin d'être prévenu, déclara Corische en retirant son manteau. Et tu oublies ta place.

Rashed se releva et recula.

— Oui, messire.

Corische se tourna alors vers Tisha.

— Je ne suis pas cruel. Vous pourrez vous reposer une nuit ou deux avant de prendre vos responsabilités.

— Mes responsabilités ? Lesquelles ?

— Vous devrez vous comporter comme la maîtresse du fort.

Il réfléchit un instant, puis il éclata de rire comme s'il venait enfin de comprendre une plaisanterie. Ce son fit remonter le dîner de Tisha au fond de sa gorge.

— Si je suis le seigneur de ces lieux, reprit Corische, je me dois d'avoir une femme, même si elle n'est qu'une petite frotteuse de taverne dans votre genre.

Elle comprit alors pour la première fois que Corische ne nourrissait aucune envie de jouer le rôle du maître de Fort Gäestev. Nombreux étaient les responsables féodaux qui se voyaient offrir un fief par des nobles plus riches qu'eux ou par leur propre seigneur. Que lui voulait-il, alors ? Elle ne connaissait rien des dames et de ce que devaient faire les aristocrates. Confuse, elle regarda de nouveau Parko et Raton. Si Corische s'entourait d'humbles créatures pour se sentir plus important, alors pourquoi engager quelqu'un comme Rashed ? Et pourquoi s'encombrer d'une femme à qui il ferait jouer le rôle de maîtresse de maison ?

Elle fut enfermée dans une immonde chambre de la tour, où on la laissa frissonner la nuit entière sans feu et avec, pour seule couverture, un drap de flanelle. Personne ne vint le lendemain durant la journée, mais, la nuit suivante, elle entendit le verrou de la porte s'ouvrir et elle fut partagée entre le soulagement et la terreur. Rashed entra avec un plateau chargé de thé, de ragoût de mouton et de pain, il avait également une cape sous le bras.

— Il gèle, ici, dit-elle.

— Mettez ceci. Il lui tendit la cape tout en posant le plateau à terre, devant elle. Le fort est vieux. Il n'y a pas de cheminées, mais seulement un foyer dans la grande salle. J'ai trouvé du bois et je l'ai allumé. La chaleur montera peut-être un peu, mais ne descendez pas là-bas sans le maître ou moi-même.

Tisha ne savait pas s'il faisait cela par gentillesse ou juste pour l'informer d'une autre règle de la maison. Puis elle se dit que cela n'avait aucune importance. Il était ce qui ressemblait le plus à un ami, dans cet horrible endroit. Des larmes coulèrent malgré elle sur ses joues.

— Et Édwan ? Elle se leva et fit un pas dans sa direction. Sera-t-il bientôt libéré ?

Rashed garda le silence pendant un moment, sans bouger, les yeux rivés sur le mur derrière elle.

— Votre mari a été condamné ce matin et exécuté au coucher du soleil. Il avait dit cela sans changer de ton. Il se tourna vers la porte, prêt à partir. Souhaitez-vous vous asseoir auprès du feu ?

Tisha fut prise d'une sorte de folie furieuse.

— Est-ce que je souhaite… ? Elle se mit à rire. Espèce de charogne !

Tout cela pour rien. Elle était venue dans ce puits de cauchemar pour rien, et Édwan, qui méritait une vie paisible plus que quiconque, était mort simplement parce qu'un seigneur dérangé convoitait sa femme. Toute cette comédie perverse devenait trop lourde pour ses épaules. La mort était préférable à cette existence.

Tisha se précipita devant Rashed et traversa le petit couloir en courant. Elle ne savait pas si l'homme la poursuivait alors qu'elle se précipitait dans l'escalier de pierre donnant sur la grande salle. Le seigneur Corische était assis à la table fissurée et écrivait sur un parchemin avec une plume d'oie. Elle ne lui accorda aucune attention et fila vers les immenses portes en chêne.

Comme elle tendait la main vers la poignée en fer, Parko surgit devant elle comme s'il sortait de terre, en grognant et en aspirant son odeur. Par réflexe, elle recula en titubant, mais elle ne fit pas demi-tour et garda un œil attentif sur le personnage débraillé qui lui faisait face.

— Laissez-moi sortir ! ordonna-t-elle à Corische.

Il ne pouvait plus rien lui prendre, rien n'avait plus d'importance pour elle, donc Tisha n'avait aucune raison d'avoir peur.

Puis elle vit l'énorme barre de fer qui bloquait la porte. Elle ne l'avait pas remarquée pendant sa course. Elle était plus large que son propre bras et si épaisse et lourde qu'elle semblait impossible à soulever par une seule personne. Ce qui était certain, c'est que Tisha n'en serait pas capable sans aide.

— Enlevez ça, dit-elle en tournant toujours le dos à Corische. Notre marché est rompu.

— C'est Rashed qui a posé cette barre. Même moi, j'aurais du mal à la déplacer. Avez-vous aimé votre dîner ?

La haine était une émotion nouvelle et perturbante pour Tisha et il fallut un moment à la jeune femme pour réfléchir au bavardage insultant de Corische.

— Si vous vouliez une dame pour votre maison, pourquoi n'en avez-vous pas cherché une ? Avez-vous peur qu'elle déteste vos manières de rustre et vos airs de cul-terreux ? Non, vous vouliez quelqu'un de plus bas rang que vous pour pouvoir la traiter de haut, elle regarda Parko sans plus en avoir peur, puis elle aperçut Raton qui rôdait dans un coin, comme le reste de votre bande de scélérats.

Tisha entendit quelque chose s'abattre sur la table, suffisamment fort pour que celle-ci glisse et racle le sol de pierre. Il se fâchait facilement. Bien. Elle fit volte-face et lut sa rage nette et non dissimulée.

— Vous vivez parce que je le veux bien, lança-t-il. Vous êtes à ma merci. Ne l'oubliez pas.

— À votre merci ? La folie qui habitait son rire était en parfait accord avec le regard de Parko. Et qu'est-ce qui vous fait croire que ma vie ait un quelconque rapport avec tout ça ? Vous avez tué mon Édwan, donc je ne ferai rien pour votre plaisir. Vous me comprenez ? Je n'honorerai pas votre table de ma présence, je ne divertirai pas vos invités et je ne ferai rien de ce que vous voudrez. J'essaierai de m'échapper tous les jours jusqu'à ce que j'y arrive ou que vous en ayez assez et me tuiez.

Corische semblait abasourdi et réduit au silence.

Tisha ne cligna des yeux qu'une fois instinctivement et, en l'espace d'une seconde, son ravisseur traversa la pièce pour se poster à côté d'elle.

Sa main se referma violemment sur le bras de la jeune femme. Son odeur fétide révulsa Tisha, mais il lui fit si mal qu'elle ne put se retenir de pleurer.

— Vous allez faire ce que je vous dirai, siffla-t-il. C'est moi qui commande, ici. Ce fort est peut-être un pathétique taudis, mais je n'en suis pas moins le seigneur et vous allez m'obéir.

— Non, gémit-elle. Vous avez assassiné mon Édwan.

Corische balaya le sol avec un pied, dégageant ainsi la paille pour révéler une trappe en bois usé avec un anneau en fer. Avant que Tisha ne puisse résister, il ouvrit brusquement l'abattant et la poussa dedans.

Tisha s'attendait à tomber à pic, mais elle dégringola dans un escalier de pierre, plongé dans les ténèbres. Quand elle atteignit le fond, sa tête heurta un sol qu'elle ne pouvait même pas voir, malgré le demi-jour qui se déversait par l'ouverture. Un bruit creux résonna dans la pièce quand la trappe se referma et la laissa dans l'obscurité totale.

Elle s'assit et palpa ses bras pour s'assurer qu'elle n'avait pas de blessures plus graves que des contusions et des éraflures. Au moins, maintenant, elle était loin de lui pour un bon moment.

Un grognement sauvage surgit des ténèbres.

— Vous allez faire ce que je vous demande, dit une voix. Parce que vous ne pourrez pas vous en empêcher.

Corische était descendu en bas de l'escalier après elle et il se trouvait quelque part dans la pièce.

Tisha recula pour s'éloigner de sa voix. Quand sa main trouva la première marche, elle se retourna pour remonter vers la trappe tant bien que mal. Quelque chose s'accrocha à ses cheveux et la tira en arrière, et elle sentit des doigts s'y entortiller juste avant que sa tête ne se retrouve brusquement plaquée au sol.

Elle n'était pas sûre d'avoir perdu connaissance, mais elle s'aperçut qu'une personne massive était accroupie au-dessus d'elle et la clouait à terre. L'haleine de Corische la frappa au visage. Il avait toujours les mains dans ses cheveux et tirait assez fort pour lui faire douloureusement pencher la tête en arrière. Elle tenta de se débattre pour se libérer et eut le réflexe de crier. Sa plainte fut interrompue lorsqu'elle sentit des canines lui mordre la gorge.

Paniquée, Tisha hoqueta en se demandant d'où était arrivé l'animal et le choc lui raidit les muscles quand elle s'aperçut qu'il s'agissait de Corische. Il lui fut de plus en plus difficile de respirer à mesure qu'elle l'entendait sucer son sang à travers ses dents. Comme il continuait de boire, l'obscurité commença à la picoter. Son front suait, son souffle se faisait plus court et elle finit par ne plus sentir l'air entrer et sortir par sa bouche béante.

Il se retira soudainement et Tisha inspira une pleine bouffée d'oxygène sifflante avant de se sentir redressée brusquement en une position assise. Ses bras étaient toujours plaqués à ses côtés par les grosses jambes de l'homme. Il avait les deux mains serrées à l'arrière de la tête de Tisha et il lui écrasait le visage contre son buste.

La puanteur de sa chair donna un haut-le-cœur à la jeune femme, alors qu'il avait la peau glacée. Et une chose humide dégoulinait sur le visage de la jeune femme.

Elle ouvrit la bouche, essaya de respirer, et l'humidité se répandit sur ses lèvres. Un goût cuivré lui piqua la langue. Le liquide était aussi froid que la peau de l'homme, mais Tisha reconnut le goût de ses coupures au doigt quand elle préparait le repas à la cuisine de la taverne et qu'elle portait ses blessures à ses lèvres pour essayer de stopper l'hémorragie.

Corische serra davantage la jeune femme contre son torse jusqu'à ce qu'elle ne puisse plus respirer du tout, mais seulement sentir et goûter les quelques gouttes de son sang qui s'étaient introduites dans sa bouche. Dans les ténèbres, toutes ses sensations devinrent irréelles et distantes, puis, d'un seul coup, tous ses sens disparurent et elle ne respira plus.

TISHA SE RÉVEILLA dans le noir, sur le sol de pierre. S'était-il écoulé des heures… ou des jours ? Cela lui semblait… d'une certaine manière, cela lui semblait plus long. La pièce était éclairée, bien que la trappe soit fermée. Rashed était agenouillé au-dessus d'elle, une petite lampe à huile à la main. Une expression modifiait ses traits froids. De la pitié ? Des regrets ? Tisha se redressa pour regarder autour d'elle avec appréhension, mais Corische n'était pas dans les parages. Dans le mur qui faisait face à l'escalier qui menait à la trappe, il y avait une lourde porte en bois, fermée par un verrou en fer. En dehors de cela, la pièce était vide.

Rashed se leva et ouvrit la porte pour révéler un long couloir qui bifurquait dans les profondeurs du sol. Sur les côtés, il y avait d'autres portes semblables à la première, toutes munies d'un verrou, mais aussi d'un crochet sur leur montant destiné à fermer les portes à l'aide d'un cadenas.

— Cet endroit était jadis une sorte de donjon, expliqua Rashed.

Tisha était trop faible et confuse pour le questionner ou protester lorsqu'il la prit dans ses bras, la lanterne toujours en main, et la porta dans le couloir. Il ne s'arrêta devant aucune des portes, mais il se rendit au bout du passage et posa sa main libre contre la paroi en prenant garde à ne pas laisser tomber la jeune femme. Sous sa paume, la pierre céda et s'enfonça. Rashed tendit alors la main vers une cavité cachée. Tisha entendit un bruit ressemblant au grincement du métal, puis le frottement de la pierre quand le fond du trou s'ouvrit et dévoila des marches qui descendaient encore plus bas. Rashed s'y engagea.

Il marcha encore et encore, jusqu'à ce qu'il arrive à une salle, tout au bout. À l'intérieur, il n'y avait rien d'autre que cinq cercueils. Quatre étaient en bois simple et à peine plus que de longues boîtes, alors que le cinquième semblait être en chêne épais avec des fixations en fer, taillé pour le repos éternel, mais sans poignées sur l'extérieur de son couvercle.

— Dorénavant, c'est ici que vous devrez dormir, expliqua Rashed, dans un cercueil contenant la terre de votre pays natal. Si vous sortez à la lumière du jour, vous mourrez. Il la déposa dans l'un des quatre cercueils en bois. Vous reposerez ici, à côté du mien. Je l'ai déjà préparé pour vous.

C'est ainsi que Tisha, l'insouciante serveuse, mourut et que quelque chose d'autre naquit à sa place.

Au cours des nuits suivantes, elle apprit de nombreuses choses: qu'elle ne pouvait pas désobéir aux désirs de son maître, qu'elle avait besoin de sang pour exister, que le cercueil de Rashed était à moitié rempli de sable blanc et qu'elle était une morte-vivante. Rashed lui enseigna tout avec une patience calme et infinie et, bien qu'elle rêve parfois du repos d'une vraie mort, sa haine pour Corische l'aidait à se lever toutes les nuits.

Il était plus que le seigneur du fort. Il était un maître au sein des Nobles Morts, ceux des morts-vivants qui conservaient leur apparence personnelle dans une existence qui n'était plus soumise à la mortalité qui faisait vieillir les vivants et les affaiblissait. Il s'agissait des vampires et des liches, qui possédaient un corps physique, des souvenirs et une conscience propre. Les Nobles Morts possédaient le plus haut rang et étaient les plus puissants des non-vivants. La seule faiblesse des vampires, toutefois, consistait dans le fait qu'ils étaient les esclaves de celui qui les avait créés. Le maître de Corische, son créateur, avait été détruit d'une façon ou d'une autre, lui permettant ainsi de concevoir ses propres serviteurs.

Tisha découvrit que, quand il formulait oralement un ordre, elle ne pouvait pas le lui refuser. Intérieurement, elle pouvait le mépriser, l'imaginer en train de cramer dans les flammes et penser à tout ce qu'elle voulait. En revanche, s'il parlait, elle ne pouvait pas s'empêcher de lui obéir. Il en était de même pour Rashed, Parko et Raton… même si, de toute façon, Rashed n'aurait certainement pas refusé. Le grand et calme guerrier semblait honnêtement fidèle à son maître. Cela révoltait Tisha, car Rashed était de toute évidence supérieur à Corische dans tous les domaines imaginables.

Rashed apprit à Tisha comment se nourrir sans tuer, en harmonisant le timbre de sa voix avec sa force de volonté, jusqu'à ce que la victime devienne malléable et docile.

Quand elle lui demanda pourquoi il tenait tellement aux mortels qu'il ne voulait pas les tuer, sa réponse fut froide et pratique.

— Même une zone très peuplée comme celle-ci ne peut pas subvenir aux besoins de quatre d'entre nous sans précautions. Nous devons être prudents, ou nous perdrons notre foyer et notre source de nourriture.

Tisha fut amenée à découvrir que les membres de leur espèce développaient tous des dons de différents types. Rashed trouvait que les pouvoirs mentaux de la jeune vampire étaient assez prononcés. Les siens et ceux de Raton étaient suffisants. Parko était incapable de s'exprimer assez clairement pour que les autres aient une idée de son don, mais ses sens étaient très développés, même selon les normes déjà rehaussées des Nobles Morts, et le maîtriser était une épreuve constante pour Rashed. Les capacités télépathiques de Corische étaient si limitées que Tisha se demandait parfois comment il se nourrissait.

La plupart des Nobles Morts développaient des pouvoirs mentaux, mais ceux-ci dépendaient souvent des tendances que chacun avait de son vivant. Tisha avait toujours aimé les beaux rêves et les heureux souvenirs, car sa vie en avait été comblée. Par conséquent, elle s'aperçut finalement qu'elle pouvait facilement pénétrer l'esprit des mortels et y projeter de doux rêves éveillés et des souvenirs modifiés.

La première fois que Rashed l'emmena chasser, elle eut une révélation. Ils chevauchèrent ensemble le hongre bai de l'homme pendant un moment, puis ils descendirent et attachèrent le cheval à un arbre. Quand ils se glissèrent dans la forêt, Tisha comprit qu'ils étaient cachés dans les ombres à l'orée de son village natal. Un fermier sortit de la taverne et avança au milieu des arbres pour se soulager. Tisha le reconnut. Il s'appelait Davish.

— Regardez-moi, dit Rashed. C'est important. Il sortit de l'ombre. Êtes-vous perdu ? demanda-t-il à l'homme.

Le fermier sursauta légèrement au son de cette voix étrangère, puis il regarda le vampire dans les yeux et parut se détendre, quelque peu troublé.

— Perdu ? Moi… ? Je ne crois pas.

— Venez. Je vais vous raccompagner chez vous.

Davish semblait avoir peur, mais pas de Rashed. Il ne cessait de regarder autour de lui, comme si, sans comprendre pourquoi, il ne parvenait pas à savoir où il se trouvait. Le vampire tendit la main comme pour l'aider, mais il lui agrippa le bras, le tira vers lui et n'attendit pas plus longtemps pour mordre sa gorge. Tisha l'observa avec des yeux fascinés.

Rashed ne but pas beaucoup et finit par pousser le paysan hébété vers elle.

— Mangez, mais pas trop. Vous ne devez pas le tuer. Vous ferez ceci vous-même bien assez tôt.

Tisha attrapa Davish et se mit à boire, incapable de s'arrêter et fut étonnée de trouver cela si normal. Elle n'était pas du tout dégoûtée. Et puis elle découvrit le goût délicieux du sang, de sa chaleur et de sa force. Un pur plaisir s'écoula en elle. Elle ne pouvait plus s'arrêter.

— Cela suffit. Rashed la tira en arrière. Ne le tuez pas.

Il étendit Davish à terre et, à l'aide de son couteau, il relia les deux trous percés par ses dents, mais il prit soin de ne pas couper profondément. Il s'approcha du fermier et susurra :

— Oubliez.

— Qu'avez-vous fait ? s'enquit Tisha.

— Il suffit de s'insinuer dans leurs pensées avec votre esprit. Là, on oblige la peur, le temps et les émotions à disparaître.

C'est ainsi qu'elle apprit que Rashed avait le don de manipuler les sentiments et de créer un espace vide dans la mémoire de ses victimes.

Raton, quant à lui, trouvait ses proies grâce à son pouvoir de se fondre dans le paysage. Personne ne le remarquait. Personne ne se souvenait de lui. Il ne chassait pas avec finesse ou en créant des rêves, mais il pouvait se nourrir en intensifiant mentalement sa capacité naturelle à se faire oublier. C'était tout.

Parko tuait assez souvent ses victimes, mais il s'agissait principalement de paysans. En tant que maître de Fort Gäestev, Corische avait le devoir de s'occuper de ces morts. Par conséquent, évidemment, les enquêtes étaient très superficielles.

Tisha chassait seule ou en compagnie de Rashed. Sa prévoyance et sa rationalité invariable l'impressionnaient. Il n'était pas vraiment prévisible, ce qui l'aurait rendu banal, mais il était constant. Avec son tempérament calme et intelligent, il était le seul sur lequel elle pouvait compter, en dehors d'elle-même, dans cette nouvelle existence.

Corische, en revanche, avait des sautes d'humeur que Tisha ne comprit jamais. La robe qu'elle choisissait pouvait lui plaire une nuit et, la nuit suivante, le dégoûter et l'amener à l'humilier. L'état de saleté de son armure et ses dents jaunes la rendaient malade. Cette véritable haine était un sentiment nouveau pour Tisha et c'est pour cette raison qu'elle ne s'interrogeait pas sur la fréquence avec laquelle cette émotion la consumait. Elle commença à se poser des questions sur le contrôle que Corische exerçait sur eux et à se demander comment elle pourrait à la fois obéir de force à son maître et contrarier ses projets. N'étant obligée d'obtempérer que lorsqu'il formulait oralement ses ordres, une approche subtile semblait être la seule possibilité. Elle mit un mois à trouver la solution, mais celle-ci fut finalement assez simple.

Elle allait devenir exactement ce qu'il prétendait vouloir.

Six mois passèrent pendant lesquels Tisha ne procéda tout d'abord qu'à de petits changements. Elle se mit à la broderie et engagea une talentueuse femme des environs à lui donner trois leçons par semaine. Elle demanda de l'argent à Corische et commanda de belles robes du style qu'il aimait le plus. Il commença alors à se délecter avec suffisance de ses efforts.

Puisque son maître se faisait passer pour un seigneur féodal, il ne pouvait pas totalement faire fi de ses obligations. Une bonne partie des bénéfices des terres restait dans ses poches, donc il collectait le fermage et officiait même parfois comme juge pour les paysans accusés de délits insignifiants. Toutefois, au cours de cette première année, il se fit construire de nouveaux baraquements sur la face nord du fort et il interdit ensuite à tous les soldats de pénétrer chez lui. Le travail que requérait la gestion de ce fief de quatre villages revenait au capitaine Smythe, un bon soldat d'âge mûr, et à Rashed.

Une nuit, alors que Corische et Rashed sortaient pour collecter le fermage, Tisha observa ce dernier alors qu'il soulevait la barre de fer qui fermait la porte. Physiquement, il était la créature la plus forte qu'elle ait jamais connue, un être immortel tout en os et en muscles. Cependant, elle avait également commencé à lire à travers sa froideur, lorsqu'elle l'avait surpris plusieurs fois en train de regarder intensément sa broderie ou les petits objets qu'elle commandait pour que leur maison ressemble vraiment à celle d'un noble. Rashed adorait les fioritures des vivants. Tisha ne voyait aucune honte à cela et elle savait qu'elle pouvait le retourner à son avantage. Cette nuit-là, elle décida donc d'accélérer ses plans.

Tout d'abord, elle fit nettoyer toutes les pièces au-dessus de la cave par un domestique qu'elle engagea temporairement, à qui elle fit croire que Corische et elle-même étaient un couple d'aristocrates paresseux qui festoyaient toute la nuit et dormaient tout le jour. Elle commanda des tapisseries, des tapis et des parures de lit en mousseline pour les deux petites chambres d'amis, un chandelier à quarante bougies, des coupes en argent et de la vaisselle en porcelaine. Toutes les nuits, elle faisait allumer un grand feu dans le foyer pour donner une illusion de vie et de chaleur. Bien qu'elle se dise que tout ceci n'était qu'une simple ruse pour attirer l'attention de Corische, elle commençait à découvrir des aspects de sa propre personnalité dont elle n'avait jamais eu conscience. Le goût et le style n'étaient-ils pas des qualités que seuls les riches enseignaient à leurs enfants ? N'était-ce pas ce qu'elle avait toujours cru ? À l'époque où elle travaillait à la taverne avec Édwan, Tisha ne se préoccupait de rien d'autre que de la chaleur, de l'amour et de l'amitié. Elle avait une robe pour l'été et une pour l'hiver. Pourquoi cela ne l'avait-il jamais inquiétée ? Pourquoi n'avait-elle jamais vu tout ce qu'on pouvait désirer de plus ? Elle haïssait Corische, mais une part d'elle-même appréciait la façon dont sa malédiction lui avait ouvert les yeux.

Corische assistait avec une satisfaction de plus en plus arrogante à sa transformation plus profonde jour après jour en ce qu'il attendait d'elle. Quant à Tisha, elle voyait la fascination de Rashed grandir à mesure que le fort glacial se changeait en un lieu de vie. Elle s'aperçut même qu'elle tirait un certain réconfort dans le fait de lui faire plaisir. Et il était le seul qu'elle pouvait satisfaire en y trouvant un intérêt.

Finalement, Corische cessa de remarquer tout ce qu'elle faisait. Elle était entièrement libre et il ne faisait que de très rares commentaires. Rashed, en revanche, ne pouvait pas cacher son approbation, qui filtrait le temps d'un ou deux battements de paupières pour balayer la froideur sévère de ses traits. Il lui demandait parfois où elle avait trouvé la dernière tapisserie ou comment elle utiliserait ce vase à la forme étrange. Une fois, il avait même complimenté les motifs compliqués qu'elle brodait sur une taie d'oreiller.

Et puis, un soir où Corische était sorti tard, elle se glissa au rez-de-chaussée et trouva Rashed seul dans la grande salle, inconscient de sa présence. Un paquet de nouveaux vêtements qu'elle avait commandés solidement attaché était posé sur la table et le vampire essayait de regarder à l'intérieur sans laisser de traces de son inspection.

L'espace d'un instant, Tisha oublia la place qu'occupait Rashed dans ses projets presque aboutis et elle resta en extase devant son étrange obsession pour les fioritures des mortels. Une douceur qu'elle avait oubliée s'insinua brièvement en elle alors qu'elle le contemplait. Le feu colorait presque son visage et elle le trouva beau, debout devant la table, aussi curieux qu'un petit garçon face à un cadeau empaqueté. Puis elle se reprit et secoua la tête pour écarter ce sentiment. Elle devait l'envisager comme un outil. Il serait son instrument. Elle ne pouvait pas laisser ses émotions l'empêcher de l'utiliser.

Un mois plus tard, Corische commença à recevoir des invités au fort. Au début seulement le seigneur d'un fief voisin, puis quelques autres lorsque ces visites se révélèrent réussies. Tisha remarqua qu'il cherchait à améliorer sa réputation et à gravir les échelons politiques des mortels. Quand une année fut révolue, elle intensifia ses études en utilisant l'argent de la maison, qu'il mettait à sa disposition, pour commander des parchemins et des livres.

Elle apprit seule l'histoire et les langues. Le seigneur Corische savait qu'elle essayait de s'améliorer et la laissait faire, mais il n'y accordait pas non plus un intérêt actif et semblait répugner à la voir absorbée dans la lecture d'un ouvrage. En revanche, Rashed approuvait ouvertement ses efforts et, à la surprise de Tisha, il se mit à lui enseigner les mathématiques et l'astronomie. Il ne s'intéressait pas beaucoup à ses livres, mais il était apparemment instruit et lui apprenait tout de mémoire. C'est tout ce qu'elle savait de ses origines, quelque part dans le grand désert qu'il mentionnait comme l'Empire Suman. Les compétences et l'intérêt qu'elle montrait pour les études lui donnèrent plus de raisons d'apprécier sa nouvelle vie… si elle pouvait appeler cela ainsi. Il y avait tant à apprendre, à étudier et à absorber, et elle n'y avait jamais pensé ne serait-ce qu'une seconde. Elle ne savait pas qu'il y avait tout un monde en dehors de son petit univers de navets épicés et d'Édwan. Comme c'était drôle… et comme c'était triste !

Tisha étudiait l'astronomie et les langues avec zèle, mais elle apprit peu de choses sur les autres occupants de la maison. Il devenait de plus en plus difficile de parler avec Parko à mesure que le temps s'écoulait. Il passait souvent ses nuits dehors, ne réapparaissant que lorsque Corische avait besoin de lui. À l'inverse, Raton surgissait de façon agaçante de coins sombres dès qu'il en avait envie. Tisha le surprit plusieurs fois à la regarder fixement avant de se détourner avec une indifférence théâtrale quand il s'apercevait qu'il était démasqué. Il restait toujours poli, malgré son ennui et son mécontentement, ce dont elle prit bonne note.

Au cours de la deuxième année, Corische commença à inviter régulièrement des convives, au moins une fois par mois.

La troisième année, une caravane traversa le village. Tisha y courut dès le coucher du soleil pour y acheter une grande pièce de somptueux brocard bordeaux ainsi que du fil argenté, avant que les marchands ne ferment leurs tentes pour la nuit. Durant tout le mois qui suivit, elle travailla en secret à la confection d'une sublime tunique pour Rashed. La nuit où elle la termina, en début de soirée, elle s'assit dans la grande pièce en l'attendant, sachant qu'il rentrerait bientôt, comme toujours.

— Voilà, déclara-t-elle. Je me suis dit qu'un peu de neuf dans votre petite garde-robe ne vous ferait pas de mal.

Il ne lui dit rien lorsqu'elle lui tendit le paquet emballé. Il le prit en haussant légèrement son sourcil gauche d'un air étonné, n'attendit pas pour défaire le ruban qui l'enveloppait et déplia la mousseline pour dévoiler la tunique.

Rashed regarda Tisha une fois, rapidement, puis il contempla la tunique pendant un long moment. Il se retourna sans dire un mot, mais ses mains tremblaient légèrement quand il replia soigneusement le tissu autour du vêtement, puis qu'il se dirigea vers sa chambre. Ce ne fut que plusieurs mois plus tard que Tisha comprit pourquoi il n'avait pas immédiatement commencé à la porter. Il ne la mettait qu'en de rares occasions, lorsqu'il se devait d'être à son avantage en présence d'invités et, même dans ces moments, il se méfiait manifestement de tout ce qui pouvait faire la moindre tache ou trace sur cette jolie étoffe.

Ce soir-là, satisfaite, Tisha resta assise en silence pendant que Rashed disparaissait dans le couloir, son cadeau entre les mains. Il se croyait discret, mais elle lisait en lui comme dans un livre ouvert. Elle se disait que ce présent n'était qu'un moyen de l'attirer encore plus de son côté, mais il avait eu l'air heureux… si elle ne se trompait pas.

Ainsi occupée avec Rashed, il lui fallut un moment pour sentir qu'on l'observait. Elle tourna lentement la tête avec mauvaise humeur, s'attendant à trouver Raton caché dans un coin, mais c'était une grossière erreur.

L'image qui se présenta devant ses yeux aurait poussé n'importe qui d'autre à reculer, même l'un des habitants de cette maison, mais pas Tisha. Elle se figea, muette, et eut probablement un instant de panique. Puis ses yeux s'emplirent de tristesse, comme si son cœur venait d'être déchiré une nouvelle fois. Aucune larme ne coula, car les morts n'avaient plus la capacité de pleurer. Trois fois de suite, elle essaya de parler et échoua, puis elle alla en chancelant vers l'autre côté de la pièce et s'arrêta net. Un sourire se dessina finalement sur ses lèvres.

Édwan était au pied de l'escalier sous une forme hideuse et transparente.

Peut-être vivait-elle dans un cauchemar depuis trop longtemps pour être choquée par la vue du fantôme de son défunt mari. Où que la mort lui était trop intime pour que son visage la repousse. Tisha sourit encore plus et retint un petit rire de soulagement.

— Depuis quand es-tu ici ? demanda-t-elle.

— Depuis… début, répondit Édwan, bien que le son de sa voix ne corresponde pas tout à fait au mouvement de ses lèvres tordues qui remuaient au milieu de sa tête à demi coupée et posée sur son épaule. J'ai vu… il t'a fait.

Le sourire de Tisha s'évanouit.

— Et tu m'as laissée seule ?

Il avait l'air d'avoir du mal à parler, mais elle pouvait toujours lire ses expressions familières malgré son visage pâle et exsangue.

— Tu n'étais pas seule, contredit-il. Il se fâchait presque et ses paroles étaient de plus en plus claires. J'avais peur de me montrer. Je suis resté tel qu'au moment de ma mort.

Ne pouvant tourner la tête, il pivota le corps afin qu'elle ne voie pas ses yeux qui se refermaient.

Tisha s'approcha de lui en jetant un rapide coup d'œil aux alentours pour s'assurer qu'ils étaient seuls. Elle tendit la main pour le toucher, mais ses doigts passèrent à travers son buste sans même qu'elle ressente le moindre fourmillement. Édwan ouvrit les yeux.

— Je te trouve beau, déclara-t-elle en le pensant vraiment.

— Alors quitte cet endroit. Je suis lié à toi. Si tu pars, je te suivrai.

Elle en fut stupéfaite.

— Édwan, je ne peux pas partir. Je suis liée à mon maître.

— C'est pour ça que tu as changé ? C'est pour ça que tu t'acharnes à rendre cet endroit et toi-même si beaux à ses yeux ?

Un instant, elle crut qu'il parlait de Corische, puis elle surprit le regard qu'il lança furtivement dans la direction que Rashed venait de prendre. Elle ne trouva aucune explication pour lui faire comprendre les années qu'elle venait de passer. Il ne leur restait pas assez de temps avant que quelqu'un n'entre et ne le découvre, par conséquent, elle l'apaisa avec des mots doux.

— Nous serons bientôt libres, mon Édwan. J'ai tout prévu.

Une autre année s'écoula. Parfois, Tisha sentait son époux auprès d'elle, même lorsque les autres étaient présents. À part elle, aucun d'eux ne semblait remarquer l'esprit. Elle étudiait et ne laissait pas passer une seule occasion de faire plaisir à Rashed. Elle s'acheta des fers à chauffer spéciaux afin de faire boucler joliment ses cheveux avant de les attacher. Ses robes devinrent plus simples et de couleurs plus sombres, mais surtout plus élégantes. De temps en temps, lorsque Rashed frappait à sa porte et entrait, il la trouvait en train de se pomponner ou d'essayer une jupe. Dès qu'il sortait, Édwan réapparaissait dans un état de nerfs à peine dissimulé. Tisha défilait alors pour lui en lui rappelant combien elle avait travaillé et qu'il serait bientôt temps de partir. Elle ne s'autorisait pas à s'attarder sur l'idée inopportune que l'opinion de Rashed sur ses robes était la seule qui comptait vraiment.

Pendant cette période, elle n'avait en fait pas beaucoup de contacts avec son maître. Il ne la touchait jamais et cherchait rarement sa compagnie s'ils n'avaient pas d'invités. Il cessa même de s'amuser de son obéissance, la prenant simplement pour acquise, comme Rashed. Et puis, un soir, Corische invita six seigneurs du sud de Stravina et leurs dames à partager un faisan rôti et un vieux vin.

Corische et Tisha étaient devenus tous les deux très forts pour faire semblant de manger. Il n'était pas impossible aux morts de consommer de la nourriture. Simplement, cela ne les nourrissait pas, et seuls les aliments crus, en particulier les fruits, avaient vraiment du goût dans leur bouche. La viande cuite avait une saveur fade et presque écœurante. Le vin, au moins, était tolérable et parfois agréable.

Alors que Corische essayait d'attirer l'attention de l'un des gentilshommes sur une somptueuse tapisserie que Tisha avait fait venir de Bélaski, celle-ci l'interrompit poliment et posa une question à cet homme. Elle la formula dans la langue ancienne et peu connue de Stravina, parlée principalement par les aristocrates qui avaient énormément de temps libre ainsi qu'une très haute opinion de leur lignage. Tisha n'avait eu aucun problème à saisir les pensées superficielles de l'homme pour perfectionner son accent avant même d'avoir fini sa phrase.

Ravi, le gentilhomme sourit et reposa son verre pour répondre. Soudain, toute la tablée se mit à converser avidement dans cette langue presque morte. Tous, sauf le seigneur Corische. Il avait l'air légèrement mal à l'aise, peut-être un peu nerveux à l'idée de ne pas comprendre ce qui se disait autour de lui, puis Tisha croisa son regard.

Elle le dévisagea avec tout le dédain qu'elle avait accumulé pendant les années passées avec lui, et ce sentiment se déversa par son regard pour le submerger.

La compréhension frappa Corische et son malaise se mua en une indignation à peine contenue. Tisha sentit la douceur des premières morsures de la satisfaction, un mélange unique de triomphe et de vengeance. Le point culminant de son plan était imminent.

Peu avant l'aube, quand tous les convives furent en sécurité dans leurs chambres, il vint la retrouver près du feu. Depuis quelque temps, il s'était mis à s'habiller comme Rashed. Ainsi, à cet instant, il portait des hauts-de-chausses finement ouvragés ainsi qu'une tunique orange foncé et il avait abandonné sa cotte de maille.

— N'oubliez pas votre place, « ma dame », lança-t-il d'un ton sarcastique. J'étais contrarié, au souper.

— Vraiment ? Tisha leva ses sourcils parfaitement dessinés et le regarda observer sa robe noire décolletée et ses cheveux chocolat tressés. C'est parce que vous n'êtes pas un noble et que vous ne pouviez pas participer à notre discussion. Vous n'êtes même pas un ancien. Elle parlait toujours sur un ton calme et poli. Je sais que Rashed pense que vous êtes vieux, mais il est facile de tromper son bon cœur. Qu'étiez-vous, de votre vivant, « messire » ? Un mercenaire ? Le garde d'une caravane ? Comment donc avez-vous pu échapper à votre maître ?

Ses piques touchèrent la corde sensible et il recula, la voix enrouée.

— Ne me parlez pas sur ce ton.

— Si, « messire ».

Elle ne pouvait pas lui désobéir, mais elle pourrait désormais le mépriser ouvertement.

Il fallut un peu plus de temps à Corische pour comprendre complètement ce qu'elle était devenue et, à son tour, commencer à ne plus être aussi satisfait. Plus que jamais, sa frustration le poussait à se conduire comme un rustre. Tisha, si noble dans tous les domaines qui importaient désormais, le faisait paraître grossier et odieux lorsqu'ils étaient vus ensemble. Malgré ses efforts, il ne pouvait pas rattraper les quelques années qu'elle avait passées à s'entraîner alors qu'il imitait une personne de son rang comme un soldat sans instruction. Il réagissait par la colère, la menaçant de la soumettre, ce qu'elle faisait volontiers car elle savait que cela le rongeait encore plus. Si elle recommençait à ressembler et à se comporter comme Tisha la serveuse, comment les amis aristocrates de Corische réagiraient-ils ? Elle était sa seule preuve de son rang et son invitation dans la haute société.

Il changea de tactique et recommença du début. D'abord vinrent les compliments susurrés à l'oreille de Tisha pendant les banquets organisés pour les convives, et tous ceux qui assistaient à la scène pouvaient lire l'amertume dans les yeux de Corische et le dégoût dans ceux de la jeune femme, teinté d'un soupçon de peur bien imitée. Puis il y eut les cadeaux, comme un collier de perles en forme de pétales qu'il lui offrit lors d'un bal d'été donné par un seigneur voisin. Elle tressaillit quand il le lui attacha autour du cou et ses yeux s'emplirent du regard d'une biche fuyant un chasseur. Pour finir, et rien qu'une fois, en privé, il tenta de lui confesser combien il était devenu amoureux d'elle… profondément amoureux. Pour seule réponse, elle garda un visage froid et impassible.

Corische commença à partir pour de longues parties de chasse, restant parfois dehors des nuits entières et rentrant juste à temps pour échapper à l'aube.

Si Tisha ressentait le moindre soupçon de chagrin quant à ce qu'était devenue sa propre existence, ce n'était qu'en ce qui concernait Édwan, qui l'observait quelque part en cachette. Toutefois, elle dissimulait prudemment ce sentiment, particulièrement lorsqu'elle commença sérieusement à jouer avec Rashed.

À présent, il ne faisait plus de mystère pour personne dans la maisonnée que ce dernier adorait Tisha à la manière d'un chevalier servant, malgré son impassibilité permanente. Et elle en était responsable. Elle lui confectionnait de beaux vêtements, le gratifiait de mots gentils et se chargeait des tâches ingrates comme laver son linge. En somme, elle s'appliquait à pourvoir à tous ses besoins en priorité. Afin d'accélérer le processus, elle se mit à lui rendre visite quand il faisait les comptes, posant une de ses petites mains sur lui pendant qu'elle lui parlait. Comme toujours, elle s'empêchait de penser à ses solides épaules pour ne pas oublier qu'il était son instrument. Quand elle était de nouveau seule, Édwan apparaissait dans sa chambre, au bord du désespoir.

— Pourquoi fais-tu cela ?

— Quoi ?

— Tu fais du charme à cet homme du désert.

— Nous avons besoin de lui, Édwan. Sa voix était calme et posée, sans colère ni chagrin. Puis-je planter un pieu dans le cœur de Corische ? Et toi ? Peux-tu soulever la barre qui ferme les portes ?

Son mari gémit et disparut en un éclair. Elle regrettait qu'il souffre ainsi, mais elle n'y pouvait rien. Ils avaient besoin de Rashed.

La nuit suivante, son maître se leva et sortit en plein crépuscule. Tisha s'installa auprès du foyer et se mit à coudre. Quand Rashed entra, elle lui sourit. Il hocha la tête, fit demi-tour, puis s'arrêta.

— Que préparez-vous ? s'enquit-il.

— Un chemin de table.

Rashed secoua la tête en s'avançant devant elle, conscient qu'elle avait très bien compris le sens de sa question.

— Je sais que vous méprisez Corische. Mais il a des côtés que vous ne connaissez pas. Il se bat bravement. C'est son pouvoir.

— Est-ce pour cela que vous l'avez suivi ?

Rashed la regarda durement, peut-être suspicieux, finalement.

— Voulez-vous vraiment entendre cette histoire ? Je croyais que le passé ne vous intéressait pas.

— Certains aspects du passé sont assez importants pour moi. J'aimerais savoir comment une personne comme vous est devenue l'esclave d'une créature de bas étage indigne de s'agenouiller devant elle.

Abasourdi par son franc-parler, Rashed fit les cent pas pendant quelques instants, le visage empreint de perplexité.

— Je me battais à l'ouest du il'Mauy Meyauh, un royaume de l'Empire Suman, de l'autre côté de la mer. Mon peuple était en guerre contre un groupe de tribus libres du désert. Je ne sais pas d'où venait Corische, mais seulement que son maître était mort accidentellement dans un incendie. À cette époque, je n'y avais pas réfléchi, mais je me demande aujourd'hui comment il est possible qu'un membre de notre espèce ait eu accident. Une fois libre, Corische a voulu se protéger en créant sa propre bande de serviteurs. Par prudence, il ne choisissait que des hommes faciles à contrôler, comme Raton… et Parko, mon frère.

Une nuit, poursuivit-il, Parko a disparu de notre campement. J'ai suivi sa trace et j'ai trouvé Corische. Nous nous sommes battus. Même en simple mortel, je ne lui ai pas rendu la victoire facile. À la fin, il m'a transpercé le cœur. Alors que je saignais à mort, il m'a fait une offre. À cet instant, tout ce que je me suis dit, c'est que Parko ne s'en sortirait jamais sans moi. Quelle pensée étrange et stupide ! Quand je me suis réveillé, j'étais le serviteur de cet homme. Il a pris mon héritage et nous a tous forcés à partir pour le nord. Nous avons traversé la mer et avons débarqué en Bélaski. En Stravina, il s'est mis sous la protection d'un puissant seigneur mortel. Le maître et moi nous distinguions à la bataille pour lui. Au bout de cinq courtes années, nous avons été nommés ici, à Fort Gäestev. Après la chaleur du sud, cet endroit était une prison glacée jusqu'à ce que…

— Jusqu'à ce que j'arrive et l'embellisse ? termina Tisha, presque malicieusement.

Il opina du chef silencieusement.

Tisha le vit se remémorer le soulagement qui l'avait gagné depuis qu'elle avait commencé à apporter des modifications au fort, mais, cette fois, elle ne lui autoriserait pas cette libération.

— Nous ne sommes pas chez nous, ici, siffla-t-elle. Surpris par son changement soudain de ton, Rashed fit un pas en arrière. Peu importe ce que j'ai fait à cet endroit, c'est chez lui. Nous existons à peine, ici. Et c'est tout ce que nous pouvons espérer avoir !

Il la dévisagea dans un silence qui dura plus longtemps que ce que Tisha avait jamais vu entre deux personnes. Ses yeux n'exprimaient plus la suspicion. Il était troublé et le long travail de Tisha pour alimenter ses désirs commençait à porter ses fruits.

— Que voudriez-vous que nous fassions ? l'interrogea-t-il finalement.

— Partir vers le sud-ouest, sur la côte, et y bâtir notre propre foyer.

— Vous savez que c'est impossible, répondit-il doucement. Il sera toujours notre maître.

— Pas s'il est mort… définitivement.

Ce fut alors Rashed qui changea d'attitude et prit une voix froide, basse et presque haineuse.

— Ne dites pas de telles choses.

Il se laissa tomber sur le banc, les yeux rivés sur Tisha, mais ses prunelles glissèrent derrière elle comme s'il s'attendait que Corische entre tout à coup dans la pièce.

— Pourquoi pas ? C'est vrai, rétorqua la jeune femme. Vous êtes à son service, mais je peux lire la colère sous ce masque de froideur que vous portez. Vous lui avez payé sa montée au pouvoir avec l'argent de votre famille et votre talent. Et pourtant il vous traite, ainsi que nous tous, comme sa propriété et rien de plus. Et nous ne pourrons pas fuir tant qu'il sera en vie. Elle se laissa glisser au bas du banc, s'agenouilla en lui touchant la jambe et baissa la voix pour s'harmoniser avec celle de Rashed. Si je reste avec lui plus longtemps, je trouverai le moyen de mettre fin à mon existence.

Il se dégagea mais ne cessa de la dévisager.

— S'il disparaissait, quitteriez-vous cet endroit avec moi ?

— Oui, et nous emmènerions Raton et Parko. Nous pourrions fonder notre propre foyer.

Finalement, Rashed s'écarta complètement et partit vers la lourde porte d'entrée. Il s'arrêta et se tourna à moitié, sans pourtant regarder Tisha. Sa mâchoire se contracta.

— Non, ce n'est pas possible. Des deux mains, il ouvrit brusquement la porte. Ne m'en reparlez plus jamais.

Toutefois, le ver était dans le fruit. Successivement gentille et cruelle avec Corische, Tisha réussit facilement à le convaincre de rester à la maison plus souvent. Des fois, elle le flattait et il buvait la moindre de ses paroles. Parfois, en présence de Rashed, elle insultait discrètement le maître et faisait des remarques cinglantes sur ses origines rustres. De plus en plus fou de désir, ce dernier se retenait de s'en prendre à elle, se dérobait et cherchait de nouvelles façons de solliciter son approbation. Il ne lui donnait plus d'ordres verbaux. Elle était devenue la maîtresse et lui l'esclave, et elle l'en méprisait d'autant plus.

Corische ne déchaînait peut-être plus sa colère sur Tisha, mais elle brûlait toujours en lui. Une nuit, dans un accès de fureur et de frustration, il cassa le manche d'un balai et s'en servit pour frapper Parko. Ce geste n'aurait pu blesser aucun d'entre eux, mais Rashed accourut pour voir pourquoi son frère glapissait de peur. Il ne s'interposa pas, mais Tisha vit un nuage plus noir que la désapprobation passer sur son visage de guerrier du désert.

Dès qu'elle en avait l'occasion, Tisha poussait Corische à bout, surtout lorsque Rashed était dans les parages, afin de donner de leur maître l'image d'un pervers insignifiant, ce qu'il était vraiment, s'acharnant sur Raton, Parko et elle-même, ses pauvres victimes. Au fil des nuits, les traits de Rashed se faisaient plus sombres. La jeune femme acheta un tableau représentant la côte et l'accrocha au-dessus de l'âtre comme un rappel dénué de subtilité, que Corische serait incapable de comprendre. À la moindre occasion, elle réussissait discrètement à attirer l'attention de Rashed dessus. Imposante et réalisée avec talent, avec ses vagues noires et déchaînées, cette peinture était la représentation physique de ce qu'ils n'avaient pas : la liberté de partir et de voir de nouveaux horizons.

La nuit arriva enfin où elle sut que Rashed était au bord de l'explosion. Elle fit plusieurs tentatives pour engager la conversation avec lui, mais il refusa de répondre. L'heure était venue de passer à la dernière étape de son plan. Tisha attendit donc le crépuscule suivant, au moment où ils venaient tous de se lever.

Ils étaient rassemblés dans la grande salle, occupés à des activités banales, quand elle se pencha près de l'oreille de Corische et lui murmura :

— Je crois que j'ai croisé votre mère, il y a quelques nuits. C'était une vieille sorcière qui vendait son corps dans une caravane pour deux pièces de cuivre par tête.

Jusque-là, toutes ses railleries avaient été cyniquement distinguées, à l'image de ce qu'elle avait observé chez les nobles qui insultaient les classes plus basses, et soigneusement formulées afin que l'ego de Corische puisse choisir de les interpréter comme des piques plutôt que comme des marques de mépris. En revanche, cette remarque était une insulte obscène et ouverte, d'un genre qui n'avait jamais effleuré les lèvres de Tisha.

Les narines du vampire se contractèrent et, l'espace d'un instant, il resta figé. Puis il la frappa au visage, si fort qu'elle fut propulsée loin de la cheminée et que son petit corps s'écrasa contre le mur de pierre.

Sous l'effet de la douleur, Tisha cligna des yeux. Elle avait des martèlements dans la tête, et la pièce sembla s'assombrir. Cet instant, à peine plus long qu'un battement de paupières, s'étira sur une durée qu'elle ne parvint pas à mesurer. Tout ce qu'elle entendait, dans les ténèbres de son crâne, était le bourdonnement qui résonnait dans ses oreilles. Personne ne parla. Elle s'était trompée sur l'humeur de Rashed. Corische ne se laisserait plus jamais manipuler de la sorte… pas après ce qu'elle venait de faire.

Finalement, l'obscurité se dissipa en partie. Corische se tenait de l'autre côté du banc, son bras terminant juste son geste. Derrière lui, Rashed s'élança en travers de la table en chêne. La rage tordait son visage, sa bouche grande ouverte et ses canines allongées, et un grondement féroce monta du fond de sa gorge. Sa main droite vola et s'empara de l'épée de Corische posée sur la table dans son fourreau.

Le maître pivota vers le cri furieux qui retentit derrière lui. Sous l'effet de la surprise, il n'écarquilla pas les yeux, mais il les plissa comme un chien énervé et acculé. Il ouvrit la bouche et sa voix commença à émettre un ordre que Rashed ne serait pas en mesure de lui refuser.

Ce dernier tira son bras en arrière et fit un bref mouvement du poignet. Le fourreau glissa de la lame et, avant même que la pointe de l'épée ne soit libérée, l'arme partit en avant.

Tisha entendit un léger craquement quand l'épée passa au travers du cou de Corische. Sa tête rebondit sur le montant de la cheminée et un jet de liquide sombre éclaboussa le mur.

Le fourreau atterrit finalement avec un tintement.

Tisha se recroquevilla contre le mur. Rashed se posa près d'elle sur le bord de la table pendant que le corps de Corische s'écroulait sur place. La tête roula au sol et fut détournée par la botte de Raton.

Tisha cligna à nouveau des yeux. Il ne fallut pas plus de temps.

Après des années de préparation, minute après minute, tout avait basculé en un instant. Tisha regarda le sang presque noir, trop sombre pour appartenir à un être vivant, se déverser du cou du cadavre sur la pierre couverte de paille. Rien d'autre ne bougeait dans la pièce.

Parko fut le premier à venir déranger cette immobilité. Il gloussa tout bas, nerveusement, et il bondit comme un chat pour s'accroupir à côté du corps et le renifler. Il fut pris d'un rire hystérique.

Raton se mit à bégayer.

— Tu… tu l'as tué ?

La rage de Rashed avait disparu. Il était là, les bras ballants, l'épée se balançant dans sa main, et il avait les yeux rivés sur le corps décapité. Son visage était blanc comme la neige. Puis il leva le regard et s'aperçut que Tisha l'observait.

Elle n'allait pas le laisser se retirer et lui échapper maintenant.

— Vous vous en voulez ? demanda-t-elle sur un ton presque accusateur. Regrettez-vous votre geste ?

— Il est trop tard pour cela, répondit Rashed.

Il lâcha l'épée et, de ses deux mains, hissa doucement Tisha sur ses jambes. Elle ne dit rien, mais elle ne le quitta pas des yeux et attendit, comme si elle n'avait pas entendu sa réponse. La colère de Rashed sembla revenir et les muscles de sa mâchoire se crispèrent.

— Non, je ne regrette pas, ajouta-t-il.

Elle s'accrocha à ses avant-bras autant que ses petites mains le lui permettaient. Au-dessus des épaules de Rashed, elle crut voir la silhouette fumeuse d'Édwan flotter dans les airs.

— Nous sommes libres, chuchota-t-elle.

Elle avait réussi. Corische était mort et ils n'avaient plus de maître. Ils étaient libres. La joie la submergea et elle voulut éclater de rire, mais elle se reprit alors que Rashed reculait.

Il leva les bras et décrocha le tableau représentant la côte.

— Que tout le monde emporte ce qu'il veut avec lui. Nous partons cette nuit.

— Nous partons ? balbutia Raton. Il était toujours sous le coup de la stupeur et fixait du regard le corps sans tête de Corische. Qu'est-ce que tu racontes ? Où allons-nous ?

Tisha s'approcha de lui avec un sourire, d'un pas encore mal assuré. Raton la dévisagea avec ses yeux marron écarquillés. D'un geste délicat, elle l'entraîna vers l'escalier qui menait à leur chambre souterraine, pour la dernière fois.

— À la mer.

***

ÉDWAN SE DÉGAGEA brusquement de l'esprit de Tisha, loin des souvenirs qu'il ne supportait plus de revivre. Dans le silence, ni l'un ni l'autre n'entendait les vagues s'écraser sur la côte de Miiska.

— Pourquoi ? demanda-t-il de sa voix vide et angoissée. Pourquoi me montrer ces vilaines images ? Retourne plus tôt… à la taverne.

— Non.

— Au jour de notre rencontre, à la première fois où nous…

— Non, mon amour. Elle secoua la tête. Pour comprendre où tu es, tu dois voir par où tu es passé et pas uniquement les meilleurs moments.

— Je suis tourmenté ! cria Édwan, tirant ainsi Tisha complètement du passé et la replongeant dans le présent.

— Mon amour, susurra-t-elle en compatissant à sa douleur. Promenons-nous dans les rues sombres et faisons comme si nous étions dans le grand nord, encore enfants, comme aux jours anciens.

— Oui.

Il flotta à côté d'elle, instantanément apaisé, et elle lui tendit la main. Bien qu'elle ne puisse serrer la sienne, la brume froide enveloppa ses doigts fins.

RATON CONTEMPLAIT UNE fille endormie à travers le volet détaché d'une maisonnette. Elle avait ses cheveux noirs étalés sur son oreiller et son souffle était calme et régulier. Elle ne ressemblait en rien à la fille qu'il avait égorgée et vidée de son sang quelques nuits plus tôt, mais son goût lui revint sur la langue à l'évocation de ce souvenir… et du marchand sur la route, si facile à prendre.

Qui avait inventé ces règles absurdes qui interdisaient de tuer des mortels ? Tous ceux de leur espèce suivaient-ils de telles lois ? Parko ne l'avait pas fait.

Tout d'abord, Corische avait imposé ses directives strictes pour obtenir le pouvoir et la noblesse parmi les mortels. À présent, Rashed dominait tous les aspects de leur existence. Rashed, avec son sens de l'honneur écœurant, son obsession pour la sécurité et les entraves humaines. N'étaient-ils pas des Nobles Morts ? Cela ne suffisait-il pas ? Aucun mort-vivant sain d'esprit n'aurait voulu devenir un seigneur mortel ou posséder un hangar et gagner sa vie comme un humain. Depuis peu, Raton commençait à se dire que les fous, les détraqués, étaient Corische et Rashed, et non lui et Parko.

La fille se retourna dans son sommeil et posa son joli bras bronzé sur sa tête. À ce geste, Raton se tendit en sentant le sang chaud couler sous sa peau.

— Que regardes-tu, mon ange? s'enquit une voix étouffée derrière lui.

Il ne sursauta pas et ne se retourna même pas pour regarder. Ce n'était que Tisha. Il tendit le doigt vers la fenêtre.

— Elle.

— Il n'est pas prudent de se nourrir dans leurs maisons. Tu le sais.

— Je sais beaucoup de choses. Je ne suis plus sûr d'être d'accord.

Elle leva la main et passa ses doigts dans les cheveux de Raton.

— Chut, murmura-t-elle. L'aube ne va pas tarder. Viens chercher une proie plus facile. Tu dois penser à ton foyer. Tu dois penser à moi.

Le jeune vampire ferma les yeux pour savourer sa caresse et il se glissa loin de la fenêtre. Oui, il serait prudent pour elle. Cependant, alors qu'ils repartaient ensemble vers la rue, il repensa à la jeune fille endormie aux bras bronzés.

VIII

QUATRE NUITS PLUS tard, Magirie se tenait derrière le bar du Lion de Mer, un peu plus à l'aise avec son emploi du temps quotidien. Lorsqu'ils étaient sur les routes, Lihsil et elle s'étaient installés dans une espèce de routine qui consistait à voyager, à établir leur campement, à faire des plans, à mettre au point leurs faux combats et à tout recommencer encore et encore. Ce programme était parsemé d'expériences dans les villes et les villages et des jeux d'argent de Lihsil. Désormais, les choses étaient différentes. Tout le personnel de Magirie restait éveillé la moitié de la nuit pour servir des clients et dormait tard dans la matinée. Lihsil passait ses après-midi à travailler sur le toit, pendant que Beth-Raé cuisinait, que Caleb faisait le ménage et que Magirie s'occupait des provisions et tenait les comptes. Chap surveillait Rose. Ils dînaient toujours tôt ensemble avant d'ouvrir aux clients. Magirie était toujours propre et réchauffée et dormait dans un lit toutes les nuits.

Le bien-être physique et son sentiment nouveau de structure n'étaient pas les seuls aspects de cette nouvelle vie qui l'apaisaient. Pour la première fois, elle échangeait avec une communauté au lieu de la ruiner. Les marins, les pêcheurs et les commerçants qui fréquentaient Le Lion de Mer s'y amusaient et y trouvaient un espace de détente après leurs dures journées de travail. La jeune femme s'inquiétait lorsque Lihsil lui rapportait les chuchotements qui lui parvenaient souvent aux oreilles à propos de Magirie, « la chasseuse de morts ». Peut-être était-elle devenue une attraction locale. Elle ne pouvait qu'imaginer comment de telles rumeurs étaient nées, bien qu'elle n'ait revu ni Welstil ni l'impressionnant aristocrate. Magirie soupçonnait Lihsil de continuer à se soûler pour s'endormir certains soirs, mais tant qu'il restait sobre à la table de faro et ne faisait les poches de personne, elle ne se plaignait pas.

Beth-Raé se rendit au bar avec un plateau de chopes vides et un air un peu las. Quelques mèches de ses cheveux argentés tombaient mollement de sa tresse.

— Quatre autres bières pour le régisseur Ellinwood et ses gardes, annonça-t-elle.

Magirie jeta un coup d'œil à la table des hommes bruyants, mais elle ne fit aucun commentaire alors qu'elle remplissait leurs verres. S'il y avait un client sur lequel elle pouvait souvent compter, c'était Ellinwood. Cependant, son mépris pour cet individu imbu de lui-même grandissait avec le temps.

Elle reposa les verres sur le plateau de Beth-Raé. À cet instant, la porte d'entrée s'ouvrit et un vent frais s'engouffra dans la pièce. Personne n'entra, mais Magirie vit une tête coiffée de cheveux roux lumineux et portant une barbe rasée de près de la même couleur flamboyante et cachant son menton, ses joues et sa lèvre supérieure. C'était un homme de forte carrure, peut-être proche de la trentaine, qui portait une veste en cuir et restait à moitié dedans, à moitié dehors, hésitant. Il explora la pièce du regard et s'arrêta quand il vit le régisseur Ellinwood. Il serra les dents et Magirie comprit qu'il allait y avoir du grabuge.

L'étranger passa la porte sans se donner la peine de la fermer, puis il fila à grands pas vers la table d'Ellinwood avec un regard furieux alors que la chope du régisseur se figeait en plein air, tout près de sa bouche.

— Que puis-je faire pour vous, Brendèn ? s'enquit Ellinwood en essayant de redresser son corps trop lourd.

— Ma sœur est morte il y a presque une semaine et vous êtes assis là à picoler avec vos hommes ! Est-ce ainsi que vous attrapez les meurtriers ? cracha l'homme en colère. Si c'est le cas, je peux nous trouver un meilleur régisseur avec une bouteille de gnôle dans un caniveau !

Les gens cessèrent de parler, même ceux qui jouaient à la table de faro, et les têtes se tournèrent pour assister à la scène. Lihsil leva une main à l'attention de Chap avant que le chien ne fasse un mouvement, pour lui faire signe d'attendre.

Les bajoues charnues d'Ellinwood rosirent.

— L'enquête est en cours, mon garçon. J'ai découvert plusieurs indices importants aujourd'hui même, et maintenant, comme tout le monde, je fais ce que je veux de mon temps libre.

— Des indices ?

La voix de Brendèn prenait des accents dangereux.

Les solides muscles du bras du forgeron se contractèrent quand il se pencha sur la table et, d'après sa carrure, Magirie se dit qu'il pouvait briser la nuque d'Ellinwood sans le vouloir. Ses accusations étaient peut-être justifiées, mais elle ne voulait pas que du sang soit versé dans sa taverne. Elle lança un regard à Chap et Lihsil en se demandant si elle devait prendre les devants ou attendre que le demi-elfe s'en charge. Son partenaire était plus doué pour résoudre ce genre d'affaires par la manière douce.

— Quels indices avez-vous trouvés ? poursuivit le forgeron. Vous avez dormi jusqu'à midi, puis vous avez passé l'après-midi à manger des gâteaux chez Karlin. Et maintenant vous êtes ici, dans vos plus beaux atours, à boire de la bière avec vos larbins. Quand exactement avez-vous pu trouver vos nouveaux éléments ?

Le rose des joues d'Ellinwood s'intensifia, mais un garde mal rasé et vêtu d'une chemise froissée se leva, lui épargnant la peine de répondre.

— Ça suffit, forgeron, intervint l'homme. Rentrez chez vous.

Pour réponse, il y eut un craquement sonore lorsque le poing de Brendèn s'abattit sur la mâchoire du garde et le projeta sur une autre table. Un deuxième entreprit de se lever, mais le forgeron l'attrapa par ses cheveux noirs et gras et lui cogna deux fois la tête contre la table avant que quiconque n'ait eu le temps de bouger. L'homme glissa du vieux meuble et s'étala au sol, inconscient. Lihsil sauta par-dessus la table de faro alors que Magirie dégainait son fauchon et le sortait de sous le bar.

— Chap, ne bouge pas ! lança le demi-elfe.

Si le chien s'en mêlait, du sang finirait par couler.

Magirie contourna vivement le bar et se planta devant en attendant. Lihsil réussissait généralement à arrêter un combat en infligeant peu de blessures.

— Messieurs... intervint-il.

Enragé, Brendèn envoya un poing vers le demi-elfe, mais son coup se perdit dans le vide. Lihsil plongea, appuya ses mains au sol et frappa l'arrière du genou de son agresseur. Le massif forgeron perdit l'équilibre et se retrouva cloué au sol, ventre à terre. Lihsil était assis sur son dos, un avant-bras contre sa nuque et l'autre lui immobilisant le bras. Bien que Brendèn soit beaucoup plus lourd que son agile adversaire, aucune de ses ruades ne put le désarçonner. À chaque fois que le forgeron essayait de glisser une jambe sous lui afin de se mettre à quatre pattes, Lihsil lui mettait un coup de pied derrière le genou comme s'il éperonnait un cheval et Brendèn s'étalait de nouveau au sol.

— C'est bon, répétait Lihsil. C'est fini.

Le premier garde que le forgeron avait frappé se dépêtra de la table sur laquelle il avait atterri. Du sang coulait le long de sa joue et de son menton depuis ses narines. De toute évidence, Brendèn lui avait cassé le nez. Sa main tomba sur l'épée courte qu'il portait dans un fourreau à sa hanche, mais il leva les yeux et vit Magirie. Elle avait le fauchon posé sur l'épaule de l'homme, le bord tranchant tout près de sa gorge. Elle ne dit pas un mot. Il mit les mains en l'air et recula lentement.

Finalement, Brendèn cessa de se débattre et resta figé en une masse fumante et haletante.

— Mon ami va vous laisser vous relever, lui dit Magirie sans quitter des yeux les gardes d'Ellinwood. Ensuite, vous sortirez de chez moi. Compris ?

— Qu'il sorte ? pouffa le régisseur. Il est en état d'arrestation pour avoir attaqué les hommes qui protègent Miiska. C'est un criminel.

Bien que Magirie ne soit pas d'accord, cela ne la regardait pas. Tout ce qu'elle voulait, c'était qu'ils sortent tous de chez elle.

— Ce n'est pas un criminel, protesta Lihsil. Ayez un peu pitié, espèce de grosse baleine !

L'un des gardes, un autre que celui au nez cassé, tira une corde de sa ceinture et s'accroupit pour lier les mains de Brendèn. Lihsil tendit le bras pour l'en empêcher, mais Magirie l'attrapa par l'épaule. En jurant dans sa barbe, le demi-elfe se leva et s'écarta de leur chemin. Lorsque Brendèn fut brutalement remis sur ses pieds, il fusilla Magirie du regard comme si elle était responsable de ce qui lui arrivait.

— Ne revenez pas, lui dit-elle. Cette taverne est un endroit paisible.

— Paisible ? cracha Brendèn d'une voix où se disputaient le chagrin et la colère. Comment pouvez-vous parler de paix alors que c'est vous qui pourriez faire cesser ces meurtres ? Mais non, vous vous cachez et servez de la bière à des individus comme lui, lui reprocha-t-il en désignant Ellinwood du menton.

— Je ne vois pas de quoi vous voulez parler, nia-t-elle en se crispant.

Les gardes traînèrent Brendèn à l'extérieur de la taverne.

Lihsil se retourna sans un mot et repartit à sa table de faro, mais Magirie savait qu'il n'était plus d'humeur à distribuer des cartes.

LE LENDEMAIN, TARD dans la matinée, Lihsil se tenait devant le corps de garde de Miiska, qui servait également de prison, et recompta le contenu de sa bourse comme s'il espérait que les pièces se seraient miraculeusement multipliées. Il lui avait été assez difficile de rester à distance des passants qui auraient pu l'aider involontairement à résoudre ce problème, mais il avait promis de ne plus voler aucune bourse maintenant qu'ils allaient rester au même endroit. Au réveil, ce jour-là, il avait demandé à Magirie de lui donner en avance sa part mensuelle des bénéfices. Elle la lui avait donnée avec un peu d'appréhension, croyant certainement qu'il en avait besoin pour régler une dette de jeu. Il se moquait de ce qu'elle pensait. Elle ne comprendrait jamais la vérité. D'ailleurs, lui-même n'était pas sûr de savoir ce qu'il faisait.

Quand Lihsil entra dans le corps de garde, la surprise le stoppa net. Il avait espéré régler les choses avec l'un de ces imbéciles de gardes, mais l'énorme masse d'Ellinwood était assise derrière une petite table servant de bureau, installée dans un coin à droite de la pièce, auprès de la fenêtre à barreaux de la façade. Il était absorbé par un parchemin griffonné.

Le demi-elfe avait vu plus d'une prison dans sa vie, aussi bien de l'intérieur que de l'extérieur, et celle-ci ne semblait pas différente des autres. Quelques avis de recherche étaient affichés aux murs et offraient une récompense ou d'autres avantages pour des arrestations et trois portes de cellules se découpaient dans le mur du fond, ce qui suffisait amplement pour la détention des prisonniers d'une ville de la taille de Miiska.

Il tira la porte pour qu'elle se ferme alors qu'il avançait vers les cellules. À ce bruit, Ellinwood leva enfin les yeux.

— Ah, c'est vous, constata-t-il avec une impatience mal dissimulée. Il devait probablement s'attendre à une demande officielle de paiement en réparation de la table cassée à la taverne. Que voulez-vous ?

Lihsil jeta un coup d'œil à travers les œilletons situés à hauteur de regard sur chaque porte et il trouva Brendèn recroquevillé sur la couchette du fond de la cellule centrale.

— Je suis venu payer la caution du forgeron, répondit-il. Combien ?

— Vous voulez… Pourquoi feriez-vous cela ?

Le régisseur avait l'air soupçonneux.

Lihsil haussa les épaules.

— C'était soit venir jusqu'ici, soit rester à la maison et travailler sur le toit. Qu'auriez-vous choisi ? Il attendit un instant et répéta sa question. Combien ?

Ellinwood ne répondit pas immédiatement.

— Six pièces d'argent. Et pas de monnaie étrangère.

Le demi-elfe réprima son envie de gémir. C'était un montant absurde pour un tel délit. Il n'avait que cinq pièces; cette somme étant une estimation de sa part mensuelle et bien supérieure au salaire de la plupart des habitants d'une ville comme Miiska. Le régisseur semblait se faire pas mal d'argent en fixant des cautions si exorbitantes... à moins qu'il n'en veuille personnellement au forgeron et fasse tout pour que personne ne s'en mêle. Toutefois, Lihsil ne renoncerait pas si rapidement et il doutait qu'Ellinwood ait l'intention de passer outre une somme aussi facilement gagnée.

— Et si je vous payais cinq pièces maintenant et que je signais un bon pour la dernière ? proposa-t-il. Je pourrai payer la différence dès le premier jour du mois prochain.

— J'ai le reste, intervint calmement Brendèn depuis sa cellule.

Lihsil tourna la tête et vit les grands yeux du forgeron le regarder à travers la fente de la porte, sa crinière rousse ébouriffée collée autour de son visage. Le demi-elfe s'avança vers la cellule en hochant la tête.

— Du moins, reprit Brendèn, c'était le cas quand je suis entré ici.

Il décocha un regard accusateur à Ellinwood.

— Bien, cela devrait suffire, hein, monsieur le régisseur ? ajouta Lihsil en s'adossant à la porte, les bras croisés.

L'interpellé leur rendit leur regard, comme s'il réfléchissait à une lourde décision. Puis il se tourna et ramassa un petit coffre posé par terre. Il fouina dans un trousseau de clés qu'il sortit de sa tunique, puis il ouvrit le coffre et en sortit un petit sac de monnaie couvert de suie. Il s'approcha, ouvrit la porte de la cellule et tendit la bourse au forgeron.

Brendèn versa un petit mélange de pièces dans la main fine de Lihsil, qui fouilla dedans jusqu'à ce qu'il rassemble suffisamment de pièces de cuivre pour atteindre la somme voulue. Le demi-elfe vida ensuite sa propre bourse afin de compléter le montant.

— Voilà, déclara-t-il en serrant les pièces dans son poing avant de les lâcher dans la paume d'Ellinwood.

Ce dernier retourna à son bureau et compta soigneusement son butin. Il le rangea ensuite dans le coffre, qu'il referma à clé et se remit à examiner les documents posés sur la table, sans un mot.

Lihsil haussa les épaules avec dégoût et fit signe à Brendèn de le suivre à l'extérieur. La rue fourmillait de gens qui se rendaient au marché ou à d'autres affaires. Dans le virage, un petit garçon vendait à la criée des biscuits au poisson fumé et séché. Le soleil cognait entre les rares nuages qui flottaient dans le ciel.

— Je… je vous rembourserai, promit Brendèn d'une voix faible. Dès que possible.

— Non, c'est bon. Je ne dépense que ce que je peux assumer. Lihsil haussa de nouveau les épaules. Il avait le gîte, le couvert et une réserve inépuisable de vin. Il n'avait besoin de rien de plus et ne voulait pas grand-chose d'autre pour l'instant. Je suis désolé pour hier soir, ajouta-t-il.

— Désolé ? Brendèn détourna les yeux. J'ai honte, maintenant. J'ai entendu ce que vous avez dit pour moi, et vous auriez pu lâcher ce loup sur moi. Vu comme vous m'avez mis à terre, vous auriez pu… Je pense que vous auriez pu faire pire.

Lihsil se mit en marche et Brendèn lui emboîta le pas. Le forgeron était bon perdant. Sa compagnie avait un goût étrange pour Lihsil, après ces années d'opérations plus que malhonnêtes avec Magirie, ou seul, avant elle. Il lui était difficile d'expliquer pourquoi il s'était attiré tellement d'ennuis pour un inconnu.

— Ce que vous avez dit à Ellinwood était justifié, dit-il finalement. Il n'a rien fait pour retrouver l'assassin de votre sœur.

— Je ne suis pas sûr qu'il en soit capable, répondit Brendèn en donnant un coup de pied dans la poussière. Je ne suis pas sûr que quiconque ait les capacités, à part votre partenaire. Mais elle refuse d'aider.

— De quoi parlez-vous ?

Lihsil feignit l'ignorance dans l'espoir d'écarter les pensées que le forgeron semblait nourrir.

— Votre partenaire… la chasseuse de morts.

L'estomac de Lihsil se mit à gronder, mais pas à cause de la faim. Il commençait à comprendre l'agacement et la nervosité dont Magirie faisait preuve ces derniers temps.

— Vous prêtez attention à trop de rumeurs, commenta-t-il.

— Peut-être, mais un « trop » cache toujours quelque chose, rétorqua Brendèn. Quand vous entendez encore et toujours la même rumeur, où que vous alliez, il y a forcément du vrai là-dessous.

— Moi, je crois que les gens aiment juste ouvrir leur bouche, répliqua Lihsil. Ils racontent des choses sur n'importe quoi, même… surtout sur ce qu'ils ne connaissent pas du tout.

— Alors pourquoi êtes-vous venu payer ma caution ? aboya Brendèn.

Lihsil n'avait aucune réponse. Du moins, aucune qu'il puisse formuler. Peut-être que la générosité de Magirie à l'égard de Caleb et Beth-Raé était contagieuse. Peut-être que, comme sa partenaire, il étudiait son passé et comprenait pour la première fois quel mal ils avaient dû causer en escroquant les villages les uns après les autres. Pourtant, quel bien pouvait lui faire ce soudain sursaut de conscience ? Comment pouvait-il s'amender ? Malgré cette introspection relativement nouvelle, Lihsil considérait toujours la plupart des gens comme de stupides moutons qui méritaient de se faire avoir par les plus intelligents, ou il les voyait comme les loups qui se nourrissaient des autres grâce au pouvoir et à l'argent. Il semblait absurde de les aider… mais ce forgeron…

Cet homme avait fait irruption dans la salle bondée d'une taverne et s'était confronté à un bon à rien de régisseur pour demander que justice soit faite. Bien que Lihsil ait tendance à contourner les problèmes au lieu de les affronter, il appréciait la bravoure lorsqu'il la voyait et il respectait la loyauté que l'on pouvait accorder aux morts, ceux qui n'avaient plus de voix pour s'exprimer.

Et, pour son courage, Brendèn avait été traité en criminel et enfermé dans une cellule. Ce n'était pas juste. Lihsil avait pleinement conscience que sa notion du bien et du mal était vague, mais il lui avait semblé normal de venir en aide au forgeron.

Ils continuèrent à marcher en silence jusqu'au bout de la rue, où le demi-elfe devait bifurquer vers le centre de la ville en direction de la taverne. Ils s'arrêtèrent ensemble, de nouveau mal à l'aise.

— Ne jugez pas Magirie. Vous ne savez rien de nous, dit doucement Lihsil. Venez quand vous voudrez au Lion de Mer. Je dirai à Magirie que nous sommes amis.

— Sommes-nous vraiment amis ? s'enquit Brendèn entre étonnement et méfiance.

— Pourquoi pas ? Je n'en ai que deux, et l'un d'eux est un chien, d'ailleurs, pas un loup. Lihsil fit une grimace pour feindre un air hautement sérieux. Je suis quelqu'un de très particulier.

Brendèn esquissa un sourire, mais avec une pointe de tristesse.

— Je passerai sûrement… plus discrètement, la prochaine fois.

Sur ce, ils se quittèrent. Dans le vide qui les séparait, une lumière plus brillante qu'un soleil de midi étincela. Quelques passants clignèrent des yeux et tournèrent la tête comme s'ils avaient vu quelque chose, puis ils reprirent leur chemin.

— IL ÉTAIT AVEC le forgeron, annonça Édwan dans le petit salon souterrain de l'entrepôt. Je l'ai vu.

Rashed se rapprocha de son visage sans comprendre pourquoi le fantôme était tellement troublé. Un instant plus tôt, il était en train de faire les comptes avec Tisha et Édwan était brusquement apparu en déraisonnant à propos du demi-elfe de la chasseuse et d'un forgeron.

— Du calme, ordonna Rashed. De quoi s'agit-il ?

— Il faut que vous tuiez cette chasseuse tout de suite, répondit Édwan avec une voix d'une extrême clarté.

— Non. Rashed lui tourna le dos. Des actions irréfléchies du genre de la sottise de Raton ne feraient que les exposer davantage au risque d'être découverts. Nous attendrons qu'elle ait perdu un peu de sa méfiance.

— Tu te trompes. Elle s'est rendue à l'endroit où Raton a tué la fille. Je l'ai vue.

— Pourquoi ne me l'as-tu pas dit plus tôt ? s'emporta Rashed.

— Et aujourd'hui le demi-elfe, son partenaire, a payé la caution de Brendèn. Ils ont discuté ensemble.

Rashed secoua la tête et se tourna vers Tisha d'un air interrogateur.

— Brendèn est le frère de la morte et le forgeron de la ville, expliqua celle-ci depuis son canapé.

— Quoi ?

Rashed fit volte-face vers Édwan comme si cet esprit nerveux était tout à coup devenu la source de leur malchance et non plus son messager. Il se remit à faire les cent pas silencieusement, tournant ses yeux de tous les côtés de manière aléatoire alors que ses pensées s'activaient toutes seules.

— Elle se prépare à chasser, n'est-ce pas ? demanda Tisha. Autrement, pourquoi chercherait-elle une piste et enverrait-elle son demi-sang faire ami-ami avec la famille de la victime ?

Oui, pourquoi ferait-elle cela? s'interrogea Rashed. Il était dangereux de déménager aussi tôt après un meurtre, mais Raton ne leur avait pas vraiment laissé le choix. Si la chasseuse poussait ses recherches trop loin et qu'elles la conduisaient à l'un d'entre eux où à l'entrepôt, ils auraient peu de temps pour se préparer. Raton avait commis une imprudence et ils n'avaient même pas eu le temps de nettoyer derrière lui. Impossible de savoir quels indices avaient été laissés sur les lieux du meurtre de la fille.

— Nous allons devoir aller à sa rencontre, décida-t-il. Tisha, reste ici, mais prépare notre départ au cas où le pire se produirait. Raton viendra avec moi. D'un geste de main, il devança l'objection de la femme. Non, je vais m'en charger discrètement et personne ne trouvera le corps. Elle va disparaître de la circulation. Mais j'ai besoin que quelqu'un surveille les autres, le demi-elfe et le chien.

— Alors c'est moi que tu devrais emmener. Je te serais plus utile que Raton.

— Je le sais, mais… Il se rendit auprès du canapé. Reste ici.

— Quel noble geste, lança Édwan depuis le milieu de la pièce. Mais je suis d'accord. Sois prudent, Rashed. Cela fait longtemps que tu ne t'es pas battu contre un adversaire plus fort que tes erreurs de comptabilité. Il pourrait t'arriver malheur.

Rashed ne répondit pas, mais il sentait les yeux du fantôme sur lui comme les premières lueurs de l'aube lui brûlant la peau. Il se demandait ce qu'il avait bien pu faire pour mériter son venin. C'était Corische qui l'avait faussement accusé et décapité.

— Oui, sois prudent, insista Tisha, soit sans saisir le sarcasme, soit pour l'effacer.

Rashed opina du menton et alla chercher son épée.

IX

Minuit était passé depuis un moment, et quelques clients, principalement de jeunes marins, étaient encore au Lion de Mer en train de discuter et de boire. Magirie se sentit soulagée lorsqu'ils vidèrent enfin leurs bières et lui souhaitèrent bonne nuit. Elle n'avait pas fixé d'heure de fermeture officielle, préférant attendre que les clients partent de leur propre chef. Toutefois, cette nuit avait été plus longue que d'ordinaire et il ne restait plus qu'une poignée d'heures avant l'aube. Elle était fatiguée et Lihsil avait été étrangement silencieux et distant toute la soirée. Elle avait entendu un pêcheur raconter que le demi-elfe avait sorti le forgeron de prison en payant sa caution. Cela l'avait surprise et elle avait eu honte d'avoir cru qu'il passait son temps libre à jouer et qu'il lui fallait de l'argent pour rembourser une dette.

Beth-Raé poussa un profond soupir.

— J'ai cru que ces garçons ne se fatigueraient jamais.

Lihsil était assis au bout du bar, près de la porte, et buvait un verre de vin rouge.

— Nous devrions peut-être commencer à demander aux gens de partir à des heures raisonnables, ajouta-t-il.

— Tu aurais pu monter te coucher, répondit mollement Magirie.

Les derniers joueurs de faro étaient partis plusieurs heures plus tôt et, avec des traînards aussi calmes que ces jeunes marins, elle ne comprenait pas vraiment pourquoi il était resté au bar tout le reste de la soirée.

Lihsil cligna des yeux et fronça les sourcils, comme blessé.

— J'aide toujours pour la fermeture.

Oui, c'était vrai, et ce n'était pas ce qui troublait Magirie. Malgré toutes ses suppositions, elle ne parvenait pas à imaginer pourquoi il avait dépensé un mois de salaire pour libérer cette forte tête de forgeron et cela la dérangeait. En fait, cela la gênait tellement qu'elle ne lui donnerait pas la satisfaction de le lui demander.

Chap dormait paisiblement au coin du feu, roulé en une énorme boule argentée. La moitié des lampes et des bougies de la pièce étant soufflées, la cheminée projetait sa douce lumière rouge dans toute la salle et se réfléchissait sur les cheveux jaune pâle et la peau lisse de Lihsil. Magirie s'aperçut tout à coup qu'elle n'avait aucune idée de l'âge de son associé. Avec son sang mêlé, il devait sûrement vivre plus longtemps que les humains, mais elle ne savait pas combien de temps vivaient les elfes purs.

— Bon, faisons le ménage et allons nous coucher, décida-t-elle.

— Allez-y, vous, mademoiselle, proposa Caleb de sa voix toujours aussi calme. Vous avez travaillé beaucoup plus que nous tous. Nous allons nous occuper de la fermeture.

La jeune femme jeta un coup d'œil à Lihsil, qui hocha la tête et se leva.

— Oui, vas-y. Je vais leur donner un coup de main, insista-t-il. Je suis resté trop longtemps à ne rien faire.

La coloration rosée de ses yeux et la déformation imperceptible de sa voix laissaient supposer qu'il avait déjà bu plus d'un verre, mais Magirie était trop fatiguée pour en débattre. Elle se dirigea donc vers l'escalier. Chap se réveilla et s'étira quand Lihsil vint éteindre le feu. Caleb et Beth-Raé retournèrent à la cuisine. Après tout, c'était une fin de soirée tout à fait ordinaire dans une taverne. Du moins, depuis que Magirie était là.

***

DANS LA RUELLE en face du Lion de Mer, Raton et Rashed étaient tapis dans l'ombre et observaient les dernières lumières s'éteindre derrière les fenêtres. Rashed adressa un regard sévère et insistant au jeune vampire.

— On ne mange pas et, si possible, on ne laisse pas de cadavres, répéta-t-il pour la troisième fois. C'est compris ? Contente-toi de surveiller la salle commune et tiens-toi prêt à m'aider en cas de besoin. Je vais entrer par une fenêtre de l'étage et lui briser la nuque dans son sommeil. Si tu dois tuer, alors fais-le… mais sans bruit et sans remue-ménage. Nous emmènerons son corps à la mer et ce ne sera qu'une « disparition » de plus…

Raton avait du mal à masquer son ressentiment, tout comme son malaise à l'idée de peut-être devoir combattre la chasseuse ou son chien encore une fois. À cet instant, il ne comprenait pas pourquoi il n'avait pas simplement refusé. Même lorsqu'il rôdait ainsi dans les ténèbres, Rashed était aussi resplendissant que d'habitude dans sa tunique bleu foncé, avec son épée lustrée serrée dans sa main sous les plis de son manteau à capuche. Ses iris translucides semblaient briller doucement.

Raton aimait à faire croire que sa propre apparence crasseuse et miteuse était un choix délibéré pour la chasse. En réalité, il savait qu'il aurait beau se baigner, se frotter et porter de beaux vêtements, il n'arriverait jamais à la cheville de Rashed et de sa noble allure. Toutefois, s'il essayait un jour, le contraste serait d'un comique embarrassant, donc il se cachait sous des couches de saleté afin de créer sa propre identité. Il ne pouvait être plus conscient de sa malheureuse différence que lorsqu'ils se retrouvaient seuls l'un à côté de l'autre.

— Et le chien, demanda-t-il, et le demi-elfe, d'ailleurs ? Nous ne savons pas où ils se trouvent, tous. Je pourrais tomber sur ces trois-là en train de boire une tisane en cuisine pendant que tu fouines à l'étage. Dans ce cas, qu'est-ce que je fais ?

— Ne laisse aucun d'eux te voir, siffla Rashed. C'est ton pouvoir, non, de te fondre dans l'obscurité ?

Oui, mais Raton avait peur de la chasseuse. Il se souvenait de la douleur causée par sa lame et de sa panique quand il avait senti ses forces s'écouler par ses plaies béantes avant qu'il ne se gave. Rashed se moquait totalement de ses sentiments. Tout ce qui comptait pour lui, c'était que Raton fasse ce qu'il lui disait.

— Et si la chasseuse te tue ? chuchota Raton. Vu que tu as réponse à tout, dis-moi ce que je devrais faire.

— Ne joue pas les idiots avec moi. Son compagnon lui décocha un regard glacial. Aucune chasseuse mortelle ne me tuera. Maintenant, entre. Nous avons peu de temps et je ne veux pas être en mer quand le soleil se lèvera.

Raton ravala son envie de lui répondre par un sifflement et s'engagea dans la ruelle. C'était l'heure idéale pour attaquer. Si tout se passait bien, ils surprendraient la maisonnée dans son sommeil, accompliraient leur mission, jetteraient le corps de la chasseuse dans la baie, rentreraient chez eux et ce maudit soleil serait déjà presque à son zénith avant qu'on ne se doute de quelque chose. Ce n'était pas l'intelligence de Rashed qui posait problème à Raton, mais seulement ses manières : il traitait tout le monde comme ses servants, à l'exception de Tisha.

Sans ajouter un mot, le gamin se glissa de l'autre côté de la rue et se posta à un coin, près d'une fenêtre de devant. Rashed avait déjà piégé Magirie en lui faisant dire que tous les clients amis du gentilhomme étaient les bienvenus. Bien qu'elle puisse être ambiguë, l'invitation était valable. Il jeta un coup d'œil à travers les volets et ne vit aucune lumière dans la salle commune plongée dans le noir. Dans la cheminée, les braises étaient éparpillées mais elles luisaient doucement et le feu couvait toujours.

Raton tira une dague à la fine lame scintillante et en passa la pointe entre les bords des volets. Il s'en servit de levier sur le loquet intérieur de la fenêtre et ouvrit celle-ci sans un bruit. Trop facile. Il aurait cru qu'une chasseuse avait de meilleures serrures. Raton coinça son couteau entre ses dents et se glissa sur le rebord de la fenêtre. Il n'avait pas l'intention de perdre un autre combat contre le chien, si celui-ci l'attaquait. Il trancherait immédiatement la gorge de l'animal. Rashed avait dit « pas de bruit », mais pour le « pas de sang », eh bien, que Rashed essaie donc de combattre ce sale cabot. Cette grande asperge pompeuse changerait vite d'avis.

Après avoir goûté l'air pour rechercher la moindre trace d'un vivant, Raton trouva que la salle commune était encore trop imprégnée de l'odeur de sueur des marins, de bière et de viande cuite. Les tables étaient vides et il n'y avait personne au coin du feu. À cet instant, Rashed était sûrement déjà passé de l'autre côté du toit et entré. Peut-être que tout allait se passer selon son plan.

Le jeune vampire se laissa silencieusement tomber sur le plancher, s'accroupit et regarda par-dessus les tables, de l'autre côté de la pièce. Du coin de l'œil, il perçut un scintillement et tourna la tête en se tordant le cou.

Les cheveux argentés étaient suffisamment clairs pour être visibles dans le noir. À l'extrémité du bar la plus proche de lui, le demi-elfe était assis face à l'escalier et buvait dans une coupe en étain terni. Il s'apprêtait à reprendre une gorgée, mais il sembla se raviser et reposa son verre. Ses mains glissèrent du bar.

Il tourna la tête et regarda directement vers l'endroit où Raton se tapissait dans le noir.

Ce dernier sentit ses tripes se retourner. Il était sûr que la vision nocturne du demi-elfe était presque aussi bonne que la sienne. Il se demanda s'il pouvait lancer sa dague assez rapidement pour tuer le sang-mêlé avant qu'il ne lance l'alerte. Puis il entendit l'air se fendre vers lui et il se plaqua contre le mur.

Un stylet frappa la table à l'endroit exact où sa tête se trouvait un instant plus tôt, la pointe profondément enfoncée, et la lame vibrant brièvement après l'impact. Un grondement aigu et sinistre emplit la pièce depuis le meuble installé de l'autre côté de la cheminée. Le chien argent jaillit au sommet d'une table, les yeux tout droit rivés sur Raton.

RASHED RENGAINA SON épée et escalada le mur de la taverne sans effort, grâce à ses ongles endurcis qui lui permettaient de s'accrocher aux fentes et aux trous des planches.

Toute cette affaire était beaucoup trop précipitée, sans précautions, sans qu'ils aient eu le temps d'y réfléchir et d'établir un plan. S'il avait pu, il aurait examiné la taverne trois ou quatre nuits de suite et aurait noté toutes les habitudes de ses habitants : qui dormait dans quelle chambre, qui s'enfermait la nuit, qui avait des insomnies et où la chasseuse rangeait son épée. Il aurait appris beaucoup de choses. À présent, il était obligé de pénétrer en aveugle et de chercher sa cible.

Il rampa au bord du toit en quête d'une fenêtre par où entrer, de préférence pas celle de la chasseuse, afin de ne pas la réveiller, ce qui lui aurait donné une chance de se ruer vers la porte et de donner l'alerte. Suspendu par-dessus le bord, il regarda par une fenêtre dont les rideaux n'avaient pas été fermés. La chambre était assez grande pour accueillir un lit double, plusieurs coffres et un fauteuil. Le lit vide laissait entendre que quelqu'un était toujours debout et Rashed sentit la hâte le gagner. Raton avait reçu ses ordres, être silencieux et ne pas verser de sang, mais ce ne serait pas la première bourde qu'il ferait de sa vie s'il tombait sur quelqu'un au rez-de-chaussée et réveillait toute la maison. Rashed vit alors une petite tête blonde endormie sur une paillasse au pied du lit. D'après le rythme de sa respiration, elle sommeillait profondément et ne se réveillerait pas quand il entrerait. De toute façon, elle n'avait rien à craindre de lui. Il n'avait jamais ressenti le besoin de chasser des enfants.

La fenêtre n'avait pas de serrure. Il ne lui fallut donc qu'une seconde pour entrer dans la chambre. Il passa devant la fillette et entrouvrit la porte pour regarder dehors. Le couloir était vide. Il n'y avait que deux autres portes et l'escalier qui descendait, donc ses recherches seraient rapides. Rashed sortit et ferma la porte derrière lui.

Un grognement plaintif et surnaturel s'éleva dans les marches depuis l'étage du dessous et lui donna la chair de poule. Ce son fut suivi de grondements frénétiques et du bruit du bois qui claquait et craquait.

Au bout du couloir, la porte s'ouvrit brusquement. Rashed se figea.

Elle avait les cheveux lâchés sur les épaules, mais elle portait toujours ses hauts-de-chausses et sa veste en cuir. Les cris, les grognements et les échos d'un combat acharné dans la salle commune étaient désormais clairs et sonores. La chasseuse écarquilla les yeux.

— Vous… lâcha-t-elle, surprise.

Avant qu'elle n'ait fini sa phrase, Rashed parcourut la distance qui les séparait et s'abattit de tout son poids sur la porte qu'elle essayait de fermer. Ils tombèrent ensemble dans la chambre.

UN PEU HONTEUX d'être surpris ainsi, Lihsil sortit son autre stylet de sa manche. À demi accroupi, il se fraya un passage entre les tables et se dirigea indirectement vers la fenêtre ouverte. Le rôdeur avait traversé toute la pièce avant qu'il ne le remarque. Peut-être n'était-il simplement pas sur ses gardes. Ce ne pouvait être à cause de la boisson.

Alors que Chap était dans les airs pour se jeter sur l'intrus, ce dernier essaya de mettre une table en travers de sa route d'un simple coup de pied. Le chien fut dévié de sa trajectoire et heurta la table branlante avec ses pattes avant. Les pieds tordus de la table cédèrent sous ce poids soudain et Chap s'écrasa sur l'étranger dans un amas de bois cassé. Le fracas et les grognements enragés de l'animal martelèrent dans les oreilles de Lihsil et furent suivis d'un glapissement de douleur.

— Chap, recule ! Va-t'en ! cria le demi-elfe en poussant les chaises pour rejoindre la bagarre.

Le chien obéit et recula, mais seulement parce que son adversaire l'avait frappé du pied, faisant tournoyer l'animal au sol sur le dos jusqu'à ce qu'il renverse deux chaises et s'y empêtre.

— Reste là ! lui ordonna Lihsil avant de s'avancer vers la fenêtre en essayant de regarder par-dessus les débris de la table.

L'intrus se leva en un mouvement anormalement fluide. La lumière de la lune filtrait suffisamment à travers les volets ouverts pour dévoiler les traces sombres qui lui sillonnaient le visage : les griffures de Chap. Lihsil se figea lorsqu'il reconnut les traits du rôdeur.

C'était Raton, le clochard crasseux qu'ils avaient rencontré sur la route de Miiska. Lihsil fit un pas en arrière, le stylet suspendu en l'air et prêt à frapper.

— Tu n'en as pas eu assez de nous l'autre nuit ? s'enquit le demi-elfe.

Raton se passa une main sur la joue et laissa ses doigts courir le long des blessures comme s'il n'était pas sûr de leur existence. Puis il examina le sang dans sa paume.

— Mon… mon visage, murmura-t-il.

Le choc et la douleur déferlèrent sur sa figure.

Il tourna des yeux aussi inanimés que ceux d'un cadavre, et Lihsil se rappela que, la dernière fois déjà, le jeune mendiant lui avait donné l'impression d'être une créature plus étrange qu'un humain… et d'autant plus déroutant de par son apparence humaine. Au milieu du fracas des chaises renversées, Chap se remit sur ses pattes et s'élança pour un nouvel assaut.

— Chap, non ! l'arrêta Lihsil en essayant de ne pas quitter Raton des yeux tout en tournant légèrement la tête pour vérifier que le chien obéissait.

Raton se jeta sur le demi-elfe, une dague ensanglantée pointée vers lui.

Lihsil esquiva la lame et recula, tenant son adversaire à distance par de grands coups de stylet. De toute évidence, le garçon n'était pas un adversaire à sa taille dans un combat au couteau, mais il n'oubliait pas leur dernière rencontre. L'étrange petit homme avait retiré une flèche de son ventre comme s'il ne s'agissait que d'une écharde gênante. Lihsil ne le laisserait pas s'approcher suffisamment de lui pour l'attraper. Il abattit de nouveau son bras et sentit l'avant du bar contre son dos. D'un bond rapide, il roula de l'autre côté du comptoir et plongea à terre.

La première fois, un carreau d'arbalète n'avait pas suffi, mais, devant le peu de choix qui se présentait à lui, il saisit l'arme que Magirie gardait chargée en permanence. Le temps qu'il se relève, la créature était en l'air et, en un bond exceptionnel, elle survola le bar sans même le toucher. Lihsil agrippa son stylet et son arbalète puis il fit feu.

Avec un craquement, la flèche s'enfonça dans le front de Raton au-dessus de son œil droit, ce qui le projeta en arrière sur le comptoir. À cause de l'impact, sa dague rebondit loin de sa main et tomba du même côté du bar que Lihsil, à l'autre extrémité, hors de la vue du demi-elfe.

Ce dernier se pencha en avant pour regarder par-dessus le meuble, mais il ne voyait pas clair, dans cette obscurité. Chap se remit à avancer depuis le centre de la salle, mais son maître leva une main pour l'arrêter. Il était en train de contourner le coin du bar lorsque le chien reprit ses grognements.

À l'extrémité opposée, une main sale s'abattit sur le comptoir. Sous la force du coup, le rebord en bois se fendit. Instinctivement, Lihsil recula vers les tonneaux de vin alignés le long du mur.

Raton se hissa sur ses pieds et arracha la flèche de son front. Du sang coula sur son œil.

En règle générale, faire des plans et réfléchir n'étaient pas les points forts de Lihsil. Par conséquent, il fit la seule chose à laquelle il pensa.

— Pourquoi n'es-tu pas encore mort ! s'écria-t-il en utilisant son arbalète comme une massue.

Le centre de l'arme frappa Raton en pleine tête et celui-ci tomba du bar avant de faire quelques pas chancelants vers l'escalier. Le gamin saisit de nouveau le rebord du comptoir pour ne pas basculer. Il lança un regard furieux à Lihsil et repartit lentement vers le demi-elfe.

— Tu vas saigner pour moi, cracha-t-il d'une voix rauque.

C'est alors que le rideau de la porte de la cuisine fut rejeté sur le côté.

Beth-Raé entra dans la salle, à l'autre bout du bar, dans le dos de Raton, chargée d'un seau qui débordait d'une substance liquide. Lihsil lui hurla de fuir, mais elle n'en eut pas le temps. Alors que l'adolescent se retournait vers sa nouvelle cible, Chap chargea et enfonça ses crocs dans le mollet du môme pour le retenir. Beth-Raé jeta le contenu du seau sur l'intrus qui se débattait devant elle. Avant que Lihsil n'ait eu le temps de l'injurier pour un geste aussi futile, il fut stoppé par un cri de Raton à percer les tympans.

La créature se mit à gesticuler violemment, son corps percutant le bar et les chaises pendant qu'il tapait et déchirait ses propres vêtements et sa peau. Il dégageait une fumée sifflante de filaments gris brumeux qui s'élevaient de sa chair noircie.

Lihsil perçut à peine le cliquetis de deux armes se croisant sous les cris stridents de Raton. Il lui fallut un moment pour comprendre que cela venait de l'étage. Il leva les yeux vers les marches et cet instant d'inattention fut celui de trop.

Raton sauta vers Beth-Raé comme une horrible marionnette fumante et il la frappa d'une main. Ses doigts crispés comme des crochets lui attrapèrent la gorge quand elle essaya de reculer. Le corps de la vieille femme pivota et percuta le mur derrière elle. Avant même qu'elle n'ait glissé au sol, la créature hurlante arracha le rideau de la porte et s'engouffra dans la cuisine. Chap s'y jeta à sa suite.

Lihsil courut auprès de Beth-Raé quand il entendit la porte arrière de la cuisine s'ouvrir avec fracas. Il s'accroupit. Une flaque rouge se répandait sur le plancher, alimentée par la plaie que la femme avait à la gorge. Celle-ci gisait, immobile, les yeux écarquillés. À l'inclinaison de sa tête, Lihsil comprit que sa nuque était brisée. Il ne pouvait plus rien pour elle.

Il lâcha son arbalète, prépara son dernier stylet et se dirigea vers l'escalier.

— Magirie ! hurla le demi-elfe en se mettant à courir.

Magirie rampa sur le sol de sa chambre et attrapa le fauchon posé sur son petit bureau.

— Sortez ! cria-t-elle par réflexe sans attendre que le gentilhomme obéisse.

Celui-ci ne répondit pas, mais il s'élança en brandissant brutalement sa propre épée. Le bois vola en éclats et la pointe de la lame s'enfonça dans le plancher. Il l'en retira sans effort.

Personne ne pouvait être aussi fort. La pièce était trop petite pour permettre à Magirie de manœuvrer, mais son adversaire était lui aussi limité dans ses mouvements. Elle pivota sur un genou, contourna le pied du lit et se releva, alors que son ennemi glissait de côté sur le sol pour la rattraper. À la lueur faible de la lampe, les yeux de l'homme semblaient transparents et regardaient calmement dans ceux de Magirie. La colère dépassa la peur. Qui était ce scélérat pour s'imaginer qu'il pouvait s'introduire dans sa maison… dans sa chambre, même ?

— Lâche, aboya-t-elle.

La fureur montait en elle et menaçait de lui faire perdre la raison. Son fauchon se dressa en l'air jusqu'à toucher le plafond et, visant la nuque, elle frappa avec toute la colère qu'elle avait en elle. Il l'arrêta, mais la force du coup le fit reculer et perdre l'équilibre. Leurs deux lames ainsi bloquées, Magirie écrasa son poing libre sur la mâchoire de l'intrus.

Plus déboussolé que blessé, celui-ci se servit de sa main libre pour la pousser en arrière. Magirie bascula sur le lit comme un papillon de nuit qu'il aurait écarté d'une volée de la main.

— Chasseuse, dit-il simplement avant d'abattre de nouveau son épée.

La jeune femme roula de l'autre côté du lit au moment où la longue épée frappait son édredon avec un bruit mou. Dans cette pièce, elle n'avait pas la place de manœuvrer contre lui. Il finirait par la tuer grâce à sa force. Cette pensée aurait suffi à terrifier n'importe qui, mais elle accrut si rapidement la rage de Magirie que celle-ci n'eut pas le temps de comprendre ce qui lui arrivait.

La haine se mua en une force qui déferla en elle et rendit ses mouvements plus rapides que jamais. Elle se déplaça instinctivement en cherchant les moindres ouvertures afin de trouver le moyen de passer derrière lui et de lui faire perdre l'équilibre. Il ne cessait de tourner pour rester face à elle. Ils se déplaçaient d'avant en arrière dans tout l'espace de la petite chambre, s'infligeant mutuellement des coups tranchants. Toutefois, il n'y avait aucune ouverture, aucun moment pour courir vers la porte ou s'accroupir sous ses coups pour remonter sur son flanc ou dans son dos.

Magirie se ramassa de nouveau au bord de son lit et s'y appuya pour passer de l'autre côté. Cette fois encore, le gentilhomme s'élança à travers la pièce pour la suivre. Quand il l'eut rejointe, elle s'arrêta net, accroupie sur le lit, et joua si rapidement de son fauchon qu'il n'eut pas le temps de contrer. Il trébucha en essayant de reculer et en rejetant son buste en arrière, hors de portée de la jeune femme. Le coup manqua sa clavicule mais lui entailla superficiellement le torse.

— Qu'est-ce que…

La fin de sa phrase se perdit dans un hoquet. Ses yeux écarquillés tombèrent sur l'épée de Magirie. La douleur lui fit plisser le front et serrer brusquement les dents. Le choc triompha de lui et il lâcha presque son épée, dont la pointe tomba dans les débris du bureau.

Magirie était incapable de lui répondre, incapable de parler. Elle ne voulait plus le blesser avec sa lame. Elle voulait lui trancher la gorge. Sa mâchoire commençait à lui faire mal et ne se fermait plus complètement, comme si ses dents bougeaient, ou poussaient. Troublée, elle perdit l'avantage qu'elle avait gagné.

Quand elle s'élança enfin vers lui, il avait retrouvé son équilibre mais ne serrait plus son épée dans son poing. De sa main droite, il lâcha son arme et, de la gauche, saisit le poignet de Magirie du côté où elle tenait son épée. Il utilisa son poids et sa vitesse pour tourner et la plaquer contre le mur, entre la porte et l'armoire. Sa main droite désormais vide se referma sur la gorge de la jeune femme.

Celle-ci eut le réflexe de s'accrocher à son poignet avec sa main libre. L'homme cogna son bras armé le long de l'armoire à deux reprises, mais Magirie ne lâcha pas son fauchon.

— Je n'ai pas besoin d'arme pour te tuer, susurra-t-il avec une vraie émotion dans la voix pour la première fois. Tu as besoin de respirer.

Elle s'arqua violemment en essayant de le repousser, mais il était aussi solide qu'un roc et attendait qu'elle suffoque.

Magirie ne s'aperçut pas qu'elle avait arrêté de respirer. Le manque d'air lui laissait désormais la place de grandir, comme si la poigne de l'homme sur sa gorge retenait sa rage et lui permettait de s'intensifier en elle. Elle le dévisagea sans ciller de ses yeux écarquillés jusqu'à ce qu'ils commencent à pleurer.

Quand la première larme coula sur sa joue, un hurlement plaintif résonna depuis le rez-de-chaussée et le gentilhomme tourna brusquement la tête, surpris. L'espace d'un instant, Magirie sentit sa poigne se desserrer autour de sa gorge. Elle lui lâcha le poignet et attrapa l'arrière de sa tête avant de pencher la sienne en avant et de lui mordre le cou.

Elle sentit les vibrations du cri paniqué de l'homme fourmiller sur son visage quand elle se serra encore plus contre sa peau froide et laissa le sang se déverser dans sa bouche. Une sensation de faim lui noua brusquement l'estomac. Son adversaire leva les deux mains et essaya de repousser sa tête. Magirie retira sa bouche avant qu'il ne puisse réellement la saisir et elle abattit son fauchon vers le bas. Cette fois, la lame frappa avec un craquement dur quand l'acier rencontra l'os de son épaule gauche.

— Magirie !

Cette voix lui parvint d'un endroit invisible et lointain... d'en bas.

Le gentilhomme rugit et projeta son poing droit en un geste qui aida la lame à s'enfoncer plus profondément. Le coup frappa Magirie à la mâchoire.

La douleur que la jeune femme ressentit était aussi lointaine que la voix distante qu'elle venait d'entendre. La pièce tourna autour d'elle jusqu'à ce qu'elle voie le sol se rapprocher d'elle rapidement et la heurter. Au moment où sa tête rebondit à terre, elle crut entendre un bruit de verre et de bois cassés. Elle s'efforça de s'asseoir alors que les murs penchaient anarchiquement dans son champ de vision. Incapable de viser, elle brandit son épée autour d'elle à l'aveuglette. Quand la chambre cessa de se balancer devant ses yeux et que sa tête commença réellement à la faire souffrir, la pièce était vide.

Magirie avait du mal à respirer. La rage et la haine s'échappèrent d'elle alors que chaque inspiration, soudain plus difficile que la précédente, semblait chasser ses forces. Ses bras et sa tête étaient lourds et elle se recroquevilla de nouveau sur le plancher. Alors qu'elle gisait là, essayant de respirer, elle commença à se rendre compte de ce qu'elle venait de faire.

Le sang qu'elle avait dans la bouche n'appartenait pas entièrement à ce maudit gentilhomme, mais elle y avait goûté; elle avait goûté son sang. Et ce souvenir remplaça sa rage disparue par de la peur.

Des pas dans l'escalier firent redoubler son inquiétude : le gentilhomme. Elle resserra sa main sur la garde de son fauchon et tenta de se remettre debout avec effort.

Lihsil apparut au-dessus d'elle. Il tomba à genoux et posa le haut du corps de Magirie sur ses cuisses. Le soulagement de sa présence fit disparaître la peur de la jeune femme, mais, pour une raison quelconque, elle ne voulait pas qu'il la voie. Elle s'écarta et cacha son visage avec sa main libre.

— Magirie, regarde-moi, dit-il. Tu vas bien ?

— Ce n'était pas moi, murmura-t-elle quand elle retrouva sa voix. Ce n'était pas moi.

— Magirie, s'il te plaît, supplia-t-il d'un ton désespéré. Beth-Raé est morte et Chap est gravement blessé. Je dois redescendre. Est-ce que tu vas bien ?

La honte, l'horreur et la réalité la frappèrent d'un seul coup. Pourquoi se cachait-elle devant Lihsil ?

Elle s'assit, son ami la poussa pour l'aider et elle se retourna pour le regarder. Quand elle retira sa main de son visage, il fit une grimace à la vue du sang qui couvrait sa mâchoire. Il tendit la main pour examiner sa lèvre inférieure, là où le poing du gentilhomme avait atterri.

Lihsil retira brusquement sa main et lui décocha un regard furieux, comme s'il se méfiait d'elle.

— Quoi ? demanda-t-elle d'une voix insistante. Qu'est-ce que j'ai ?

Il hésita avant de répondre.

— Des canines.

Le vent de la nuit s'engouffra dans la pièce par la fenêtre brisée et balaya la dernière étincelle de colère qui brûlait dans le corps de Magirie.

LA SCÈNE QU'ILS trouvèrent dans la salle commune abattit Lihsil au point qu'il ne fut presque plus capable de faire quoi que ce soit.

Une lanterne allumée était posée au bout du bar et Caleb était agenouillé auprès du corps de Beth-Raé. Il leva ses yeux désorientés vers le demi-elfe pour que quelqu'un lui explique tout. Chap était également assis près de la défunte et gémissait en poussant l'épaule de Beth-Raé avec son museau. Sur son buste, sa fourrure était tachée de sang, mais sa façon de bouger laissait supposer qu'il n'était pas aussi grièvement blessé que Lihsil l'avait craint.

— Je suis sorti chercher de l'eau fraîche, expliqua le vieil homme d'un air hébété. Quand je suis revenu…

— Caleb, je suis désolée, murmura Magirie depuis le bas de l'escalier.

La jeune femme semblait toujours bouleversée, mais, au moins, elle avait de nouveau pleinement conscience de ce qui l'entourait.

S'il n'y avait pas eu ce sang sur son menton et sa lèvre ouverte, Lihsil ne l'aurait pas trouvée plus amochée qu'après l'une de leurs fausses bagarres données aux frais de villageois apeurés.

La gorge de Beth-Raé était déchiquetée d'une oreille à l'autre. Lihsil savait que l'arme du crime était un ongle sale.

— C'était lui, dit-il finalement. Ce sale petit clochard crasseux que nous avons combattu sur la route de Miiska. Il parla sans regarder Magirie. Il nous a attaqués… En fait, c'est Chap qui l'a attaqué, mais il s'était introduit par cette fenêtre. Beth-Raé lui a renversé quelque chose dessus et il s'est mis à crier et sa peau a noirci.

— De l'eau à l'ail, commenta doucement Caleb en caressant les cheveux de son épouse.

— Quoi ? demanda Magirie.

— Nous en gardons un baril dans la cuisine, répondit-il mollement. Si l'on fait bouillir de l'eau avec de l'ail pendant plusieurs jours, on obtient une arme efficace contre les vampires.

— Arrêtez, lança sèchement la jeune femme en s'avançant. Je ne veux pas entendre ça maintenant. Je ne sais pas ce qu'ils voulaient, mais ce n'étaient que des hommes. Vous comprenez ?

Pour la première fois depuis leur rencontre, Caleb regarda Magirie avec une expression semblable à de l'antipathie. Avec peine, il souleva soigneusement sa femme dans ses bras.

— Si vous arrêtiez de vous mentir à vous-même et affrontiez la vérité, peut-être que Beth-Raé ne serait pas morte.

Il porta le corps de l'autre côté du rideau, dans la cuisine. Chap le suivit sans cesser de gémir.

Magirie s'effondra et s'assit sur la première marche de l'escalier en cachant ses yeux dans ses mains. Des mèches de cheveux ébouriffés se collèrent au sang séché sur son menton.

— Que se passe-t-il ? demanda Lihsil. Tu le sais ?

— L'homme sur le bord de la Vudrask était pareil, dit-elle tout bas.

— Qu'est-ce que tu racontes ?

— Il était identique : pâle, les os durs comme la pierre, extrêmement fort et surpris que mon arme le blesse. Il était pareil.

— Tu veux dire: comme le petit clochard sur la route, celui qui était ici cette nuit, ajouta Lihsil, de plus en plus en colère. Il y a autre chose que tu aurais oublié de me dire, hein?

Il inspira plusieurs fois profondément. Il ne servirait à rien de lui crier dessus, donc il se retourna. Il voulait boire un verre. Il se rendit au bar, trouva sa vieille coupe et la remplit.

— Je ne les sens pas, reprit Magirie. Lihsil leva les yeux et la vit se passer un doigt hésitant au bout des dents, une par une. Elle retira sa main. Tu as peut-être juste imaginé…

— Je n'ai rien imaginé! nia-t-il d'une voix de plus en plus forte à chaque mot. Il posa violemment son gobelet sur le comptoir et revint s'accroupir à côté d'elle. Ce n'est pas seulement dans ta tête, et encore moins dans la mienne.

Il tendit vivement la main pour lui saisir la mâchoire. Magirie entreprit de se dégager, mais elle resta finalement immobile tout en fixant sur son ami du regard. Tout d'abord, son visage resta neutre et inexpressif face à la proximité de sa main, puis ses traits changèrent. Son expression laissa comprendre à Lihsil qu'elle le défiait de retrouver ce qu'il pensait avoir vu.

Ce dernier fit des gestes lents. Magirie garda la bouche fermée, mais elle ne résista pas quand il appuya délicatement ses doigts sur sa mâchoire inférieure pour l'ouvrir. Il ne toucha pas ses dents, pour la bonne raison que ce ne fut pas nécessaire. Il n'y avait aucune trace de l'allongement de ses canines supérieures. Lihsil laissa tomber sa main du visage de Magirie, mais il ne détourna pas le regard.

— Nous devons informer le régisseur de cette attaque, décida-t-il. La nouvelle de la mort de Beth-Raé risque de se propager rapidement.

Magirie s'affaissa en arrière en fermant lentement les yeux.

— Lihsil? appela une petite voix depuis le haut de l'escalier.

Les yeux de la jeune femme s'ouvrirent brusquement.

— Rose? répondit-elle doucement en pivotant pour la regarder.

Une petite silhouette vêtue d'une chemise de nuit en mousseline se frottait les yeux en bâillant.

Lihsil gravit les marches deux par deux.

— Où sont grand-mère et grand-père ? demanda la petite fille à demi réveillée. Sa lèvre inférieure tremblait légèrement. J'ai entendu des bruits dans le noir.

— Tu as fait un mauvais rêve.

Lihsil la prit rapidement, mais délicatement, dans ses bras et la souleva en la serrant contre son épaule.

— Où est grand-mère ?

— Les gens qui dorment dans mon lit ne font jamais de mauvais rêves, répondit-il. Il est trop grand et trop moelleux pour ça. Tu veux te coucher dedans ?

Elle battit encore des paupières, essayant difficilement de garder ses yeux ouverts encore un peu.

— Et toi, où vas-tu dormir ?

— Je vais m'asseoir sur une chaise et rester auprès de toi jusqu'au lever du soleil. D'accord ?

Rose sourit et s'agrippa aux cheveux de Lihsil tout en posant sa tête au creux de son cou.

— Oui. J'ai peur.

— Il ne faut pas.

Avant de se tourner vers sa chambre avec l'enfant fatiguée, il regarda en bas. Magirie était debout au pied des marches, lourdement appuyée à la rampe. D'une voix douce et claire, il chuchota à l'oreille de la petite.

— Tout ira mieux demain matin, mentit-il.

X

Dans un état de nervosité proche de la panique, Rashed faisait les cent pas dans la grotte située sous son hangar. Il était rentré chez lui en courant pour y retrouver Tisha et Raton, pensant que celui-ci avait dû revenir au pas de course lui aussi, et dans l'intention de les faire déménager dans un endroit sûr. La chasseuse avait clairement vu son visage, et beaucoup de gens en ville connaissaient son nom ou savaient qu'il était le propriétaire de l'entrepôt. L'aube était imminente, et non seulement Raton n'était pas là, mais Tisha était également absente.

Était-elle partie à leur recherche, ou avait-elle emmené Raton en lieu sûr ? Elle était capable des deux, mais Rashed n'en était pas certain. Il se rendit dans la partie la plus basse de la caverne, prêt à ressortir chercher Tisha, mais il pouvait sentir l'heure avancer. Après de longues années nocturnes, tous les vampires étaient pleinement conscients de l'heure et de la course invisible du soleil. Ceux qui ne parvenaient jamais à ressentir ce mouvement finissaient vite par être réduits en cendres par la lumière du jour. Rashed savait que l'astre pointait à l'horizon. Par conséquent, il renonça à sortir et se remit à faire les cent pas de long en large dans le noir.

Où était Tisha ?

Il leur avait soigneusement construit un monde dans un endroit où ils pourraient vivre prospères en se nourrissant intelligemment, sans s'inquiéter d'être découverts. Cela ressemblait à un foyer, mais pas sans Tisha. Avec le temps, il avait même espéré qu'elle serait un jour libérée de son fantôme de mari qui s'accrochait à elle dans cette vie après la mort. Et si elle était partie à la recherche de Raton et de lui-même et qu'elle avait été rattrapée par le jour ? Alors il valait mieux que l'adolescent ait brûlé avec elle, sinon Rashed le réduirait en miettes lentement, petit à petit, et l'affamerait pendant de longues années sans jamais accorder à ce sale petit scélérat une seconde mort.

Que cette chasseuse soit condamnée à une tourmente éternelle, elle aussi ! Quel imbécile il avait été !

Du sang coulait abondamment de la plaie à l'épaule de Rashed, qui avait, par conséquent, du mal à bouger son bras gauche. Sa clavicule s'était cassée net. La coupure superficielle de son torse suintait. Toutes ses blessures le brûlaient comme si elles lui avaient été infligées par de l'eau bénite. Elles ne guérissaient pas du tout. Il se rappelait la panique de Raton quand il était rentré après son combat sur la route avec la chasseuse, et il comprit qu'il devrait bientôt se nourrir pour que ses plaies se referment.

Il avait dit à Raton « pas de bruit ». Ce concept était-il si difficile à comprendre ? En l'espace d'un instant, il avait perdu le dessus dans son combat contre la chasseuse, et l'adolescent avait réussi à mettre toute la maison en alerte. À présent, la jeune femme avait la confirmation qu'au moins deux morts-vivants habitaient en ville. La situation aurait difficilement pu être pire.

Et puis, par tous les démons des enfers, que lui était-il arrivé, à lui, pendant son combat ? Si l'épée de la chasseuse n'avait pas été forgée à l'aide de la magie, elle était au moins ensorcelée. C'était évident. Où l'avait-elle trouvée ? Même une lame protégée ou de fabrication ésotérique en vue de combattre les morts-vivants n'aurait pas dû l'emporter sur les attaques ouvertes de Rashed : il était trop fort et trop habile. Ce n'était ni de l'arrogance ni de la fierté, mais du réalisme. Il aurait dû être en mesure de la battre, voire de la tuer, et de ressortir par la fenêtre avec son corps en quelques secondes. Au lieu de s'épuiser, les forces et la vitesse de la chasseuse avaient augmenté et égalé chacune de ses attaques.

De plus, elle l'avait mordu comme si elle était l'une d'entre eux.

Il avait senti la chaleur de son corps, avait entendu le battement de son cœur et avait humé le sang d'humain qui coulait dans ses veines. Ce n'était assurément pas un vampire ni une autre sorte de mort-vivant. Que s'était-il passé ? Et elle avait vu son visage. Ce n'était qu'une affaire de temps et d'investigations avant que la chasseuse ne fasse le lien entre lui et l'entrepôt.

— Il faut que nous partions d'ici, marmonna-t-il.

— Rashed ! s'exclama la voix de Tisha depuis l'autre côté de la caverne.

Au son de cette voix, le soulagement envahit le vampire. Toutefois, lorsqu'il se retourna pour la voir avancer vers lui, trébuchant dans le noir, il lut sur son visage autant de peur qu'il en avait lui-même ressentie quand il s'était jeté par la fenêtre de la taverne pour sauver sa peau. Il courut vers elle et la colère lui revint rapidement face à l'image qui s'offrit à lui.

Tisha traînait la forme à demi inconsciente de Raton en la tenant par le col de sa chemise. Elle avait l'air épuisée. Elle n'avait jamais eu la force physique dont étaient dotés la plupart des Nobles Morts. Peut-être était-ce le revers de ses plus importantes capacités mentales et oniriques, qu'elle utilisait pour chasser. Rashed avait lui aussi parfois ressenti l'apaisement le submerger au son de ses paroles mélodieuses.

— Quelqu'un a jeté de l'eau à l'ail sur Raton, expliqua-t-elle. Je l'ai retrouvé en train de ramper au bord de l'eau. Il se servait du sable mouillé pour s'en débarrasser. J'ai dû tuer un marchand sur la côte pour le nourrir rapidement. Dans la hâte, je n'ai pas été très discrète, mais Raton avait besoin de beaucoup de sang. J'ai enterré le corps dans le sable, pour l'instant. Nous sommes rentrés juste avant le lever du soleil, mais son état est grave.

En guise de réponse, Rashed saisit Raton par le devant de sa chemise, le souleva du sol et le plaqua contre le mur de terre de la grotte. La peau de ce petit garnement était encore partiellement noircie et carbonisée par endroits, craquelée et déchirée. Cela lui apprendrait à être irresponsable.

— Maintenant, nous sommes coincés ici à cause de toi, siffla Rashed. Cette chasseuse pourrait venir pendant la journée et brûler cet endroit et nous avec.

Les yeux de Raton n'étaient plus que des fentes, mais la haine y flamboyait clairement.

— Quel dommage, réussit-il à répondre d'une voix éraillée.

— Je t'avais dit « pas de bruit » ! Tu m'as obligé à sortir avant d'avoir fini mon travail.

Ce n'était qu'à moitié vrai… mais Raton et Tisha n'étaient pas censés le savoir.

— Qui t'as entaillé l'épaule ? L'adolescent écarquilla les yeux pour feindre la surprise. Vous a-t-elle fait mal, mon cher capitaine ?

Rashed le lâcha et leva le poing pour le frapper.

Tisha l'arrêta. Le simple contact de ses mains suffit à le faire réfléchir.

— Cela ne nous aidera en rien, dit-elle. D'une légère pression à laquelle il aurait facilement pu résister, Tisha tira son bras vers le bas. Il faut que nous installions tous nos pièges et que nous nous cachions le plus profondément possible.

Bien sûr, elle avait raison. Ils n'avaient nulle part où s'enfuir avant la tombée de la nuit. C'était maintenant lui qui se comportait comme un imbécile, et ce, juste devant elle. La maladresse de Raton lui avait fait perdre le contrôle, et bien plus. Il se reprit en vitesse.

— Oui. Toi, aide Raton. Je vais préparer le matériel et je vous rejoins en bas.

De ses petits doigts, elle lui caressa le visage comme si elle était heureuse qu'il reprenne les choses en main.

— Laisse-moi soigner ton épaule.

— Non, c'est bon. Allez-y, descendez.

Peut-être survivraient-ils jusqu'à la tombée de la nuit.

LIHSIL ET MAGIRIE attendaient l'arrivée du régisseur Ellinwood dans la salle commune. À l'aube, le demi-elfe avait arrêté un garçon qui passait dans la rue et l'avait payé pour qu'il coure au corps de garde et y porte la nouvelle du meurtre de Beth-Raé. Son premier réflexe avait été de ranger le désordre qui régnait dans la pièce, mais Magirie l'en avait empêché.

— Tout ceci prouve que nous avons été agressés, avait-elle expliqué.

Chaque objet était donc resté là où il était tombé durant la nuit, à l'exception de deux choses. Caleb avait emporté le corps de Beth-Raé dans la cuisine et n'était pas revenu. Et puis, il y avait la dague à fine lame de Raton.

Lihsil ne s'en souvenait même pas avant de passer derrière le bar pour y ranger son arbalète. C'est là qu'il la trouva, abandonnée par terre. Il ramassa discrètement l'arme à l'insu de Magirie.

Raton avait dû s'en servir pour ouvrir le loquet de la fenêtre de la salle commune. La lame était large et anormalement plate, assez fine pour qu'on la glisse entre des volets ou le long du chambranle d'une porte, et sa largeur la rendait assez solide pour pousser sur un crochet métallique ou n'importe quel mécanisme de clenche. En examinant la dague, Lihsil la trouva bien entretenue et aiguisée, mais avec une pointe étrange. Ce n'était pas flagrant, peut-être que quelqu'un d'autre ne l'aurait pas remarqué, mais le demi-elfe s'était introduit par suffisamment de fenêtres dans sa vie pour reconnaître ce qu'il avait sous les yeux.

Près de la pointe, les bords n'étaient plus droits, mais légèrement dentelés. L'usage répété de l'objet comme outil avait usé le métal et un aiguisage régulier avait creusé les deux bords de la lame. Raton n'était pas un voleur quelconque, quelle que soit sa nature, car Lihsil constatait que le petit clochard avait l'habitude des entrées par effraction. Les lames comme celle-ci étaient choisies soigneusement, parfois forgées à la demande ; par conséquent, des objets chers à leur possesseur. Cependant, de toute évidence, Raton ne s'était pas introduit dans la taverne pour voler quoi que ce soit et il n'avait pas le comportement d'un assassin. Cette petite créature était peut-être fourbe et furtive, mais elle n'avait aucune finesse.

Lihsil doutait sérieusement qu'Ellinwood puisse comprendre de telles choses sans qu'elles soient évoquées ouvertement et expliquées. Le demi-elfe n'était pas non plus sûr de leur rapport avec les événements encore plus inhabituels de cette nuit. Si cela s'avérait nécessaire, il montrerait la dague. Toutefois, pour l'instant, il la gardait dans son dos, sous sa chemise. Magirie ne serait pas d'accord, mais il s'occuperait de ce problème en temps voulu, s'il se présentait. Il revint de l'autre côté du bar, dans la salle, en observant les ruines des tables et des chaises cassées, les cicatrices du comptoir et les flaques de sang séchées.

Les paroles de Magirie étaient sensées : tout devait rester tel quel afin qu'Ellinwood puisse visualiser ce qui s'était passé, mais il détestait l'idée de ne rien faire. Le plancher taché de sang ne cessait d'attirer son attention. Pourquoi n'avait-il pas dès le début tenu sa position et rechargé l'arbalète ? Pourquoi n'avait-il pas attaqué la créature dès que Beth-Raé l'avait arrosé d'eau à l'ail ? La scène repassait en boucle dans sa mémoire et il analysait tous les gestes qu'il aurait pu faire différemment. Des scénarios que son père et sa mère lui avaient enseignés, qu'il avait jusque-là gardés bien cachés, resurgirent dans son esprit conscient. Il avait commis tellement d'erreurs, et maintenant Caleb était veuf et Rose n'avait plus de grand-mère.

Le buste de Chap était presque guéri, ce qui, en soi, était au-delà de la compréhension de Lihsil, si on l'ajoutait à tout ce qui leur était arrivé d'insensé ces derniers temps. La blessure au visage de Magirie semblait vieille de plusieurs jours, non de quelques heures. À chaque fois que son amie et son chien se battaient contre ces étranges agresseurs, ils guérissaient à une vitesse surnaturelle. Avaient-ils toujours cicatrisé aussi vite ? Lihsil s'aperçut que, depuis toutes ces années, il ne s'était jamais retrouvé dans une telle situation avec l'un ou l'autre. Il n'avait donc aucun moyen d'en être sûr. Il n'avait envie de parler d'aucune de ces choses, mais que devraient-ils dire au régisseur ?

— Magirie ?

— Quoi ?

— Cette nuit… tes dents, commença-t-il. Sais-tu ce qui s'est passé ?

Elle s'approcha de lui avec ses cheveux noirs toujours emmêlés et ébouriffés autour de son visage. La faible lumière qui filtrait à travers les fenêtres l'éclairait par-derrière, et les reflets de ses cheveux prenaient leur habituelle teinte rouge, presque comme le sang. Cette comparaison mit Lihsil mal à l'aise. Magirie avait son air sérieux, comme si elle voulait ou attendait une raison, ou le moment propice, ou un encouragement pour lui dire quelque chose.

— Je ne sais pas. Pas vraiment, répondit-elle.

Elle serra ses paupières et secoua lentement la tête.

Lihsil remarqua un mouvement dans sa mâchoire alors qu'elle devait sûrement se passer la langue sur les dents pour guetter encore une fois le retour de ce qu'il y avait vu. La voix de la jeune femme se fit basse, presque comme un murmure, bien qu'il n'y ait personne d'autre dans les parages pour l'entendre.

— J'avais tellement faim, plus que jamais. Tout ce à quoi je réussissais à penser, c'était à le tuer. J'éprouvais une telle haine pour lui…

Ils furent interrompus par un coup à la porte d'entrée. Entre frustration et dégoût, Magirie fronça les sourcils et poussa un soupir.

— Ce doit être Ellinwood. Finissons-en avec cette histoire.

Avec un rapide coup d'œil et un signe de tête à l'adresse de son amie, Lihsil alla ouvrir la porte. À sa surprise, la personne qu'il trouva sur le seuil n'était pas Ellinwood, mais Brendèn.

— Que faites-vous ici ? lança Magirie.

— Je lui ai dit qu'il pouvait passer, intervint le demi-elfe, qui avait jusque-là oublié cette affaire.

— J'ai entendu parler de ce qui était arrivé, dit tristement le forgeron. Je suis venu vous aider.

Lihsil n'avait jamais vu de cheveux d'un roux aussi flamboyant que ceux de Brendèn, qui, avec sa barbe assortie, avait l'air d'une énorme tête en feu au milieu de l'entrée. Sa veste en cuir noir était étrangement propre pour quelqu'un qui travaillait toute la journée avec le fer et les chevaux. Magirie regardait le forgeron comme si elle se moquait en fait pas mal qu'il reste ou qu'il s'en aille.

— Ellinwood ne sert à rien, poursuivit Brendèn de la même voix triste. Si vous lui dites ce qui est réellement arrivé, il enterrera l'affaire et n'en reparlera plus jamais, à moins que vous ne l'y forciez. Rien ne sera fait.

— Bon, dit Magirie en se retournant. Restez si vous voulez, partez si vous voulez. Nous n'attendons aucune aide de la part de ce régisseur, de toute façon. Beth-Raé a été assassinée cette nuit, et la loi exige que nous en informions les autorités.

Lihsil garda le silence pendant leur échange, dans l'espoir que Brendèn et Magirie finissent par vraiment se parler et découvrent leurs personnalités respectives. Le forgeron était une des rares personnes, parmi celles qu'ils avaient rencontrées jusque-là, qui acceptait de discuter de tout ce qui avait un rapport avec leur attaque sur la route ou avec les événements de cette nuit. Sa présence n'eut pas pour résultat tout ce que Lihsil avait escompté, mais au moins Magirie ne l'avait pas sommé de quitter les lieux. Le demi-elfe libéra le chemin et l'invita à entrer.

— Je vais nous faire du thé, décida-t-il.

— Comment va Caleb ? s'enquit Brendèn, les yeux rivés sur la tâche de sang près du bar.

— Je ne sais pas. Nous ne l'avons pas vu depuis…

L'atmosphère de la taverne sembla soudain plus froide. Lihsil s'activa donc à allumer un feu et à mettre de l'eau à bouillir pour le thé. Il aurait pu le préparer à la cuisine, mais il ne voulait pas abandonner Magirie. De plus, Caleb se trouvait dans la cuisine avec le corps de Beth-Raé, et Lihsil ne pouvait pas encore se résoudre à voir ce spectacle.

Ils réussirent à tenir une petite conversation tous les trois. Brendèn semblait hésiter à leur poser trop de questions concernant les événements de la nuit, comme s'il ne voulait pas tout gâcher maintenant que sa présence était mieux tolérée. Magirie évitait de donner des réponses complètes aux quelques questions qui lui étaient posées : cela suffisait, sachant qu'elle devrait tout répéter quand Ellinwood serait là. Entre Magirie, qui répondait de manière évasive, et Brendèn, à court de questions acceptables, un silence oppressant envahit petit à petit la pièce, jusqu'à ce qu'un nouveau coup retentisse à la porte.

— Ce doit être lui, dit Magirie avec dégoût. Lihsil, peux-tu aller ouvrir ?

Cette fois, le visiteur était bien Ellinwood, qui s'éclaircit la gorge au lieu de le saluer et qui semblait penser qu'on abusait de son rôle. Sa large silhouette bariolée remplissait la porte comme un géant d'émeraude qui se serait ramolli à force d'années d'oisiveté.

— Il paraît que vous avez des ennuis, dit-il sur le ton de quelqu'un qui espère prendre le commandement, mais qui préférerait se trouver ailleurs.

Des cernes sombres sous ses yeux laissaient supposer qu'il n'avait pas bien dormi et ses bajoues charnues semblaient encore plus molles que d'habitude.

— On peut le dire, confirma froidement Lihsil. Il fit demi-tour sans adresser un seul geste au régisseur pour l'inviter à entrer. Beth-Raé est morte. Un détraqué lui a ouvert la gorge avec ses ongles.

Ellinwood, qui entrait derrière lui, piétina à l'annonce de la nouvelle. Puis il remarqua la tache noire sur le plancher, à l'extrémité du bar.

— Où est son corps ?

— Caleb l'a emporté dans la cuisine, répondit Lihsil. Je n'ai pas eu le cœur de lui dire non.

— Pourquoi ne leur demandez-vous pas ce qui s'est passé, avant de chercher des « indices » d'un meurtre dont vous ne savez rien ? lança Brendèn, les bras croisés.

— Que fait-il ici ? s'enquit Ellinwood.

— Je l'ai invité, répondit Lihsil en une semi-vérité.

Jusque-là, Magirie s'était rapprochée de la cheminée et s'était contentée d'observer et d'écouter. À ce moment, elle tourna le dos aux trois hommes.

Lihsil ressentit une vague de pitié, puis d'inquiétude. Il avait beaucoup de questions sans réponses concernant Magirie, mais elles pouvaient attendre un meilleur moment. Son amie avait trop de choses à gérer en peu de temps. C'était leur cas à tous, dans cette affaire. Et il avait beau vouloir des réponses, il ne voulait pas la voir davantage poussée à bout.

— C'est toi qui commences, Lihsil, décida-t-elle doucement. Dis-lui juste ce que tu as vu.

Le demi-elfe commença à tout raconter le plus clairement possible. En gros, cela semblait être à peine plus qu'une histoire de voleur interrompu en plein milieu d'un cambriolage bâclé… si l'on excluait la flèche que ce petit clochard avait retirée de son propre front. Assez étrangement, ce détail ne provoqua pas plus qu'un haussement de sourcil de la part d'Ellinwood. Puis Lihsil arriva au moment où Beth-Raé était sortie de la cuisine en courant.

— Elle lui a jeté un seau d'eau entier et il s'est mis à fumer.

— À fumer ? répéta Ellinwood en transférant tout son énorme poids sur un seul pied. Que voulez-vous dire ?

— Sa peau a noirci et a commencé à fumer.

— De l'eau à l'ail, l'interrompit Brendèn. C'est un poison pour les vampires.

Le régisseur ne lui prêta aucune attention.

Lihsil était de plus en plus suspicieux. Il n'avait toujours pas accepté l'idée des vampires et il n'avait rien dit ni sous-entendu de ce genre, mais les détails parlaient d'eux-mêmes. Ellinwood n'avait pas l'air le moins du monde choqué, ne niant ni n'acceptant les conclusions de Brendèn. Lihsil garda cette pensée pour lui pour l'instant.

— Et ensuite, que s'est-il passé ? demanda Ellinwood.

— Il l'a attaquée, l'a frappée, lui a déchiré la gorge avec ses ongles et lui a brisé la nuque, poursuivit le demi-elfe. Et puis il s'est enfui par la porte de derrière, dans la cuisine.

Il y eut quelques autres questions-réponses, toutes aussi terre à terre et du style « Et ensuite ? », aucune n'appelant davantage d'informations utiles. Le régisseur était distrait, presque ennuyé, et mettait toujours du temps à enchaîner ses questions. Au bout d'un moment, Lihsil remarqua qu'Ellinwood n'avait rien demandé sur l'éventuel mobile de l'intrus. Le concept du cambriolage ou du vol n'avait pas du tout été mis sur le tapis. Ce n'était pas indispensable, puisqu'il était évident qu'il ne s'agissait juste de cela, mais le régisseur n'avait même pas essayé de faire passer l'intrusion pour telle. Quand Lihsil décrivit l'agresseur, il nota qu'Ellinwood s'agita légèrement avant de reprendre son attitude suffisante.

C'est alors que le demi-elfe décida qu'il garderait pour lui l'histoire de la dague. Le désintérêt du gros homme était évident. Il jouait son rôle et n'accomplissait son devoir que pour la forme… et il cachait quelque chose. Quoi ? Lihsil était incapable de le dire, mais la dague serait certainement plus utile si elle était en sa possession que remise entre les mains du régisseur, qui la rangerait et l'oublierait.

Ce dernier se tourna vers Magirie.

— Et pendant tout ce temps, vous vous faisiez agresser à l'étage ? demanda-t-il.

— Oui, réussit-elle à répondre. Elle pivota et planta son regard dans celui d'Ellinwood pour lui répondre. Il était très grand et impressionnant, avec des cheveux noirs coupés ras et des yeux presque transparents avec une teinte de bleu. Il était habillé comme un gentilhomme avec une tunique bleue, une cape et de grandes bottes. Et il portait une longue épée qu'il manipulait comme s'il était entraîné et qu'il avait l'expérience du combat.

Magirie continua, essayant de se remémorer les moindres détails de son agresseur. Ses expressions et son air supérieur, sa façon de bouger, de parler. Progressivement, le régisseur sembla moins s'ennuyer. Son visage changea et pâlit, jusqu'à ce que son teint devienne d'un blanc maladif. Brendèn, en revanche, avait de plus en plus de rides sur le front et les yeux plissés comme s'il tentait de se représenter la description de Magirie dans son esprit et y mettait petit à petit un visage.

Lihsil commençait à voir que la jeune femme, elle aussi, avait compris qu'Ellinwood avait perdu tout intérêt pour son récit. À présent, il avait l'air nerveux. Elle se fit plus attentive et se mit à poser des questions au lieu de donner des réponses.

— Combien d'hommes correspondent à cette description, dans cette ville ? demanda-t-elle. Je ne sais pas pourquoi cela ne m'est pas venu à l'esprit plus tôt. Vous devez connaître tout le monde ici, non ? Cet homme était trop bien habillé pour être un vulgaire voyou à la recherche de quelques pièces à se mettre dans la poche.

— C'est le propriétaire du plus gros hangar de Miiska, répondit doucement Brendèn. Je ne connais pas son nom, mais j'ai vu…

— Silence ! hurla Ellinwood au forgeron d'une voix grinçante de tension qui les surprit. Gardez vos stupides conclusions pour vous. Il y a des centaines d'hommes grands aux cheveux noirs dans cette ville et il en arrive de nouveaux tous les jours.

— Des centaines ? demanda Lihsil sur un ton railleur.

Ellinwood passa outre la pique et se concentra sur Brendèn.

— Je n'accuserai pas un homme d'affaires respectable uniquement pour vous faire plaisir !

— Vous êtes un lâche, cracha Brendèn plus par résignation que par colère. Je n'arrive pas à croire à quel point vous l'êtes.

— Taisez-vous, tous les deux ! aboya Magirie.

Lorsqu'elle vint se poster entre le régisseur et le forgeron, elle ressemblait déjà plus à la tigresse dont Lihsil se souvenait. Ellinwood recula avec une mine renfrognée en essayant de conserver une expression d'indignation justifiée, mais elle ne le remarqua même pas.

— Je ne vous fais pas part de ceci parce que j'attends ou espère une aide quelconque, lui expliqua-t-elle. Je me comporte juste en citoyenne respectueuse des lois. Si vous ne voulez pas vous en mêler, vous êtes libre de retourner à votre corps de garde, à votre petit-déjeuner ou à vos occupations matinales, quelles qu'elles soient. Elle fit ensuite face à Brendèn. Et personne ne vous a demandé votre avis, forgeron.

Ellinwood ne fit pas mine de poursuivre son enquête. Il n'inspecta pas la pièce et ne fit même pas semblant d'aller regarder le corps ni l'étage supérieur de la taverne. Il vint à l'esprit de Lihsil que le régisseur n'avait besoin d'aucune de ces investigations. Cet homme écœurant en savait certainement plus que tous ceux qui se trouvaient dans cette pièce. Il était assez tentant de lui soutirer la vérité, mais cela ne ferait que leur attirer de nouveaux ennuis. Du moins, pour l'instant.

Désireux de reprendre le contrôle de la situation, le gros homme gonfla les joues et soupira.

— Je vais dire à mes hommes de ratisser la ville à la recherche de tous ceux qui correspondront à la description que vous avez fournie. Vous serez informés dès que nous découvrirons quelque chose.

— Oui, faites donc, répondit Magirie pour le congédier.

Après le départ du régisseur, les trois derniers occupants de la salle commune se regardèrent les uns les autres.

— Je doute sérieusement que nous en entendions de nouveau parler, déclara Lihsil. En tout cas, nous ne serons pas les premiers à être ignorés.

Brendèn répondit par un simple grommellement.

Plusieurs tables gisaient en morceaux autour d'eux, ce qui rappela à Lihsil qu'ils devraient remplacer la porte et la fenêtre de la chambre de Magirie. En attendant, il l'installerait dans sa propre chambre et dormirait sur le bar ou devant la cheminée.

— Ce n'est pas fini. Nous devons les chasser nous-mêmes, dit Brendèn à Magirie. Vous le savez, n'est-ce pas ?

Oh ! Par tous les saints, avait-il perdu la tête ? La contrariété, ou peut-être plus, frappa Lihsil pour la première fois.

— Laissez-la tranquille, avec ça ! cria-t-il à moitié avant de se reprendre. Elle en a eu assez pour la journée.

— Je le sais, répondit Magirie dans un murmure sans prêter attention à l'explosion de Lihsil. Je le sais.

Raton avait toujours cru que les vampires dormaient obligatoirement le jour, tout comme les plantes ou les fleurs fonctionnaient à l'envers. Bien sûr, il gardait cela pour lui et n'évoquerait jamais une idée aussi fantasque devant Rashed et Tisha.

Quand le soleil se levait, il tombait toujours dans un sommeil sans rêves. Sauf aujourd'hui. Aujourd'hui…

Depuis quand n'avait-il pas réfléchi au sens de ce terme qui contenait le mot « jour » ? Il ne s'en souvenait pas. Étendu dans son cercueil, dans la terre de son pays natal, au fond des tunnels creusés profondément sous l'entrepôt, il ne réussissait pas à dormir. Son corps était toujours brûlé par l'eau à l'ail, bien que Tisha l'ait nourri, et son esprit brûlait à cause des mots durs de Rashed.

Cet arrogant rejeton des sables assumerait-il un jour ses propres erreurs ? Raton en doutait. Tout ce que Rashed faisait et décidait était motivé par son amour dévorant pour Tisha. Dans tout cela, le comique et le tragique résidaient dans son incapacité à reconnaître d'où venait cette force qui le guidait. Il jouait les pères et les protecteurs, mais il n'assumerait jamais un sentiment aussi pathétique que celui qu'il éprouvait pour elle. Surtout pas à lui-même.

Il n'avouerait même jamais l'amour qu'il avait eu pour Parko

Dans l'obscurité de son cercueil, Raton laissa ses pensées repartir à l'époque de leur départ du fort de Corische. Grâce à la prévoyance de Rashed, le voyage n'avait pas été inconfortable. Le grand vampire avait chargé leurs cercueils, empilés deux par deux et tous soigneusement recouverts d'une toile, dans de grands chariots. Il s'était également introduit dans les quartiers privés de Corische, où il avait pris énormément d'argent. Raton n'avait jamais demandé combien, mais c'était tout son paradoxe : il laissait toujours les détails, les plans et les soucis à Rashed, et il marchait constamment sur un fil fragile entre sa haine et sa dépendance à son égard.

Une nuit, sur la route qui s'ouvrait devant eux, ils entendirent des grognements rauques au moment où leur chariot atteignait un virage envahi par les herbes. Un instant plus tard, trois loups affamés surgirent des arbres et attaquèrent leurs chevaux.

Deux des bêtes bondirent à l'arrière du chariot. Parko eut le réflexe d'en éjecter un d'un coup de pied. Quand d'autres silhouettes sortirent de la forêt, Raton comprit à quel point ils étaient en sous-nombre. Il n'avait pas vraiment peur des loups, mais la faim pouvait rendre ces animaux redoutables, et leur effectif grossissait à vue d'œil.

Les chevaux hennirent. D'un coup de pied, Raton chassa l'autre loup hors du chariot et chercha une arme autour de lui. Puis l'attaque cessa.

Tisha tenait les rênes des chevaux et luttait pour les empêcher de courir. Rashed était à la place du conducteur, les yeux fermés. Il avait l'air de chuchoter, mais, même d'aussi près, Raton n'entendait pas un seul son sortir de sa bouche.

Les grognements s'évanouirent et les loups reculèrent. Certains poussèrent même des gémissements.

Les uns après les autres, ils repartirent furtivement sous le couvert des arbres.

— Que leur as-tu fait ? s'enquit Raton.

Rashed haussa les épaules.

— C'est l'un de mes pouvoirs. Je ne l'utilise pas souvent.

— Tu peux contrôler l'esprit des loups ?

— Et des félins du désert et d'autres prédateurs.

Raton était incapable de contrôler les esprits des prédateurs. Il savait que tous les Nobles Morts développaient des pouvoirs légèrement différents, mais pourquoi Rashed semblait-il avoir tous les plus utiles ? Bien que Raton n'aimât pas dépendre autant de lui, il était forcé de faire confiance à leur chef, qui savait toujours exactement quoi faire.

Cette dichotomie s'était pleinement révélée à mi-chemin de Miiska.

Avant que leur existence de morts-vivants ne commence, Parko et Rashed étaient des frères extrêmement proches. Raton avait appris cela grâce aux bribes de souvenirs que Rashed confiait à l'occasion. Parko était un être doux qui avait besoin de la protection de son aîné. Et, encore une fois, bien que Rashed ne semble pas reconnaître ses propres sentiments, Raton avait compris que le besoin de protéger était dans sa nature même. Toutefois, quand leur vie de Nobles Morts avait débuté, Parko était devenu une personne complètement différente, sauvage et souvent incohérente; il était déjà de plus en plus difficile à maîtriser.

Quand ils avaient quitté Fort Gäestev, le fragile contrôle de Rashed sur le comportement de son frère s'était encore affaibli. Leur chef planifiait soigneusement le voyage de chaque nuit et consultait souvent plusieurs cartes qu'il avait emportées. Ils arrivaient généralement bien avant le lever du soleil dans une ville ou un village où ils trouvaient une auberge. Rashed payait généreusement pour des chambres à la cave s'il y en avait et, sachant qu'ils ne pourraient jamais décharger leurs cercueils sans attirer l'attention, il demandait simplement à sa petite «famille» de garder sur eux un sac de terre. Chacun d'entre eux dormait auprès de ces sacs jusqu'à la tombée de la nuit, puis ils reprenaient la route. Rashed racontait toujours le même genre d'histoire aux aubergistes: ils avaient voyagé jusqu'à l'aube et avaient besoin de calme et de repos. Tisha se montrait faible et épuisée, et Parko et Raton jouaient les domestiques. Bien qu'il refuse de l'admettre, l'adolescent se sentait en sécurité grâce à la prévoyance de Rashed et à la facilité avec laquelle il manipulait les mortels et leur monde.

Cependant, le comportement sauvage de Parko avait quelque chose d'attrayant. Détestant les règles de Rashed les obligeant à dormir à l'intérieur et à ne se nourrir qu'en cas d'absolue nécessité, Parko se rebellait à la moindre occasion.

Un jour, sur la route, ils durent dormir dans une église abandonnée. Parko se glissa hors du chariot à l'insu de tous. Quand il s'aperçut de son absence, Rashed arrêta immédiatement le véhicule.

Il descendit et fouilla furieusement les ténèbres des yeux. Il arrêta son regard directement sur la route, plus bas.

Habituellement, seul un maître comme Corische pouvait localiser de cette manière l'un de ses sujets. Peut-être parce qu'ils avaient été frères dans la vie, Rashed pouvait sentir où se trouvait Parko. Apparemment, son frère voyageait devant eux. Ils s'arrêtèrent donc au village suivant pour voir s'il s'y trouvait.

Quand ils arrivèrent, le hameau était pris d'une hystérie générale. Un petit groupe de paysans était attroupé autour de la porte ouverte d'une taverne et maintenu à distance par quelques hommes armés. Les voix étaient fortes et chargées de colère. Il leur fut donc facile d'entendre que l'aubergiste et sa femme avaient été retrouvés morts dans leur lit. Raton vit un garde sortir de l'établissement en courant et se mettre à vomir dans le caniveau.

Des étrangers ne seraient pas bien accueillis dans ce village, et Rashed ne prit pas la peine de faire ralentir le chariot. Une fois hors de vue, il fouetta les chevaux pour les faire accélérer. Le jour arrivait.

La chapelle qu'ils trouvèrent sur le bord de la route avait l'air ancienne, comme si personne ne l'avait entretenue ni visitée depuis des années, mais cette situation précaire ne plut pas à Rashed. Il enrageait à l'idée que Tisha dorme dans un endroit aussi peu sûr. Quand Parko les retrouva, juste avant le lever du soleil, son visage et ses mains étaient couverts de sang et il ne gloussait pas en souriant comme d'ordinaire.

Rashed était furibond contre son frère et lui cria dessus. Parko recula simplement dans un coin avec son sac de terre, les yeux furieusement rivés sur son aîné. Raton le soupçonnait d'avoir agi par rancune, lassé d'être contraint et forcé de réprimer en permanence ses pulsions et ses instincts. Raton se demandait également quel effet cela lui ferait de se laisser aller, de se délecter d'un meurtre comme Parko l'avait fait. Ce dernier dévisageait toujours son frère quand Raton ferma finalement les yeux beaucoup plus tard pour essayer de se reposer.

Tisha gardait son opinion pour elle-même lorsqu'il s'agissait du frère de Rashed, mais Raton sentait la tension monter au sein du groupe. Parfois, il avait le sentiment que Parko était trop sauvage, alors que Tisha et Rashed étaient de toute évidence trop civilisés. Trois nuits après l'incident de l'auberge, leur chef arrêta le chariot à minuit près d'un petit village afin qu'ils puissent chasser. Tisha resta assise un moment à observer les volutes de fumée qui s'échappaient des maisonnettes, au-dessus des arbres, avec une expression mélancolique.

— Rashed, l'océan est-il encore loin ? demanda-t-elle. Je suis si fatiguée. Trouverons-nous bientôt notre maison ?

L'interpellé se tenait à côté du véhicule et attachait son épée. Il remonta rapidement dans le chariot, où il s'assit à côté d'elle.

— Il nous reste encore un long chemin à parcourir, mais nous avons les cartes que j'ai prises au château. Avant de nous coucher ce matin, je vous montrerai où nous sommes et où se trouve l'océan, proposa-t-il d'une voix douce et inquiète.

Soudain, Parko poussa un hurlement de rage.

— Maison ! Océan ! cria-t-il. Ses yeux noirs se tournèrent vers Tisha. Toi ! Sa peau blanche semblait tirée sur son visage fin et ses cheveux détachés se dressaient dans tous les sens. Pas maison, lança-t-il. Chasse !

La douleur s'imprima sur le visage de son frère. Cela n'échappa pas à Parko, qui fit volte-face et partit en courant dans la forêt.

Rashed regarda Raton.

— Tu veux bien aller avec lui ? Assure-toi qu'il ne fera rien pour nous mettre en danger.

Il était rare que leur chef demande quoi que ce soit à Raton. Par conséquent, il hocha la tête et se glissa entre les arbres sur les traces de Parko. En fait, ce fut un soulagement de courir dans les bois derrière lui et de laisser Rashed et Tisha dans leur monde privé.

Raton tendit son esprit pour essayer de localiser Parko comme son frère l'avait fait, mais il ne perçut rien. En revanche, il eut recours aux méthodes de pistage ordinaires. Parko était dans une telle rage qu'il avait laissé une trace assez facile à suivre. Il ne fallut pas longtemps pour que Raton rattrape sa proie derrière un petit bosquet de l'autre côté du village. Il s'accroupit auprès de l'autre vampire.

— Tu vois quelque chose ? demanda-t-il.

— Sang, répondit Parko.

En dépit de l'heure tardive, une petite bande d'adolescents était assise à l'extérieur de ce qui semblait être une écurie. Ils riaient et se faisaient passer un pichet. Ils avaient sûrement dû voler de la bière ou de l'eau-de-vie et devaient se prendre pour des petits rebelles. Cette vision raviva des souvenirs de la «vie» que Raton avait laissée loin derrière lui il y avait bien longtemps. Dans sa jeunesse, il avait assez souvent fait la même chose.

— Non, Parko, dit-il. Il y en a trop et ils sont trop exposés. L'un d'eux pourrait alerter le village. Allons chercher ailleurs.

Le vampire se tourna vers lui.

— Tu n'es pas Rashed, lança-t-il avec une clarté surprenante. Nous tuons. Nous chassons. Nous ne craignons aucun cri d'alerte. Aucun garçon. Aucun homme. Il reporta son regard sur les jeunes qui buvaient. Tu ne devrais pas être comme Rashed. Bois avec moi.

Sur ces mots, il s'élança de la rangée d'arbres. Surpris, l'adolescent le regarda se déplacer en silence et en vitesse le long de l'écurie. Dans le doute, il le suivit jusqu'au coin du bâtiment.

Les garçons étaient presque à portée de main. Raton entendait leurs moindres paroles : principalement des critiques sur leurs pères, interrompues par des rires et des gorgées de leur boisson. Le jeune vampire pouvait sentir le contenu du pichet : de l'eau-de-vie.

En un éclair, Parko disparut et Raton entendit les rires cesser pour être remplacés par des cris.

Affamé et excité, il sortit du coin de l'écurie et vit trois garçons étendus par terre, morts, la nuque brisée, et Parko en train de boire à la gorge d'un gamin aux cheveux blonds et sales. Ce dernier était toujours vivant et agitait les bras, terrorisé.

Un petit brun un peu grassouillet hurlait sans bouger. Pourquoi ne fuyait-il pas ? Raton se sentait libre. Il n'était pas comme Rashed. Il était comme Parko. Il attrapa donc le garçon et planta ses crocs directement dans son cou, dans sa gorge pulpeuse, jusqu'à ce qu'un dernier hoquet le réduise au silence. La peur et le sang de la victime se déversèrent en lui de manière égale; Raton se sentit euphorique et vraiment vivant.

Des cris plus rauques commencèrent à résonner dans la rue. Après avoir bu son content, Raton laissa le cadavre tomber au sol avec un bruit sourd. Il savait qu'il devait s'enfuir. Le bon sens lui dictait de courir, mais il ne le fit pas.

Parko finit son blondinet et éclata de rire.

Au lieu de lâcher la carcasse, il se mit à danser et à gambader avec. Couvert de sang, ses yeux noirs écarquillés, il avait l'air complètement fou, mais Raton s'en moquait. Il riait aussi.

Deux hommes armés de fourches en bois tournèrent au coin de l'écurie, où ils s'arrêtèrent, choqués. L'un d'eux tenta d'abattre son outil sur Raton. L'homme avait l'air plus effrayé que dangereux. Le vampire n'eut qu'à esquiver l'arme et à trancher la gorge de son agresseur avec ses ongles. Il observa avec plaisir la compréhension, puis l'horreur, se dessiner sur le visage du mortel alors qu'il lâchait sa fourche pour compresser sa blessure. Raton entendit un craquement dans son dos et se retourna pour voir Parko lâcher le second homme à terre.

Il semblait être d'humeur à rompre des cous.

Raton avait encore envie d'éclater de rire. Ils étaient invincibles, libres. Pourquoi avaient-ils toujours craint d'être découverts par les mortels ?

Puis un mouvement attira son attention. Rashed se tenait à un pas de lui, totalement incrédule. Il en avait même la bouche entrouverte.

L'euphorie disparut. Cinq garçons et deux hommes morts gisaient autour d'eux. D'autres villageois devaient être au courant, mais restaient cachés.

Rashed sembla chercher ses mots.

— Qu'avez-vous fait ?

En guise de réponse, Parko feula comme un félin. En deux pas, Rashed parcourut la distance qui les séparait et abattit violemment son poing.

Raton n'avait jamais vu leur chef taper son frère. Il ne l'en croyait pas capable. il percuta sa mâchoire, Parko se ramassa et tomba. Il essaya de se relever mais Rashed le frappa une deuxième fois, si fort que son frère vola en arrière pour aller s'écraser sur la clôture de l'écurie. Il s'étala, immobile et silencieux, dans la boue et la paille.

— Toi, suis-moi immédiatement.

Raton s'exécuta sans dire un mot. Il était bel et bien effrayé, pas par Rashed, mais par ce qui les attendait. Quand ils arrivèrent au chariot, Rashed jeta Parko à terre. Ensuite, il grimpa à l'arrière du véhicule, détacha le cercueil de son frère, le sépara des autres et le poussa en dehors du chariot. L'objet atterrit avec un bruit sourd et glissa au sol au moment où Parko commençait à remuer.

Raton regarda Tisha, qui ramenait parfois un peu de raison dans ce genre de scène, mais qui restait à présent silencieuse de l'autre côté du véhicule en observant la scène.

Rashed jeta une bourse pleine de pièces à son frère.

— J'en ai assez de toi. Tu n'iras pas plus loin avec nous. Engage-toi sur la Voie Sauvage si c'est ce que tu souhaites. Peut-être que la foule qui se rassemble dans ce village te chassera, toi, au lieu de nous tous.

Il se rendit à l'avant du chariot, s'assit sur son siège et saisit les rênes.

— Tisha, montez. Puis il se tourna vers Raton. Tu as le choix. Je sais que ta désinvolture irréfléchie de cette nuit n'était pas de ton initiative, mais tu lui as cédé. Soit tu viens avec nous, soit tu restes avec lui, mais décide-toi maintenant.

Parko siffla sans bouger du sol et Raton dévisagea Rashed.

Il n'était pas doué pour prendre des décisions et il s'agissait là du choix le plus difficile qu'il ait jamais eu à faire. L'idée de rester avec Parko et de suivre la Voie Sauvage, d'assassiner et de boire du sang sans penser à des règles, ne se préoccupant que de la chasse… cela l'attirait. Il lui était difficile de résister à l'envie de se libérer des entraves mortelles pour devenir un glorieux prédateur.

Toutefois, Rashed les protégeait et savait toujours quoi faire, et Tisha était capable de leur offrir un foyer digne de ce nom. Raton n'était pas prêt à abandonner tout cela. Pas encore. Il avait peur de rester seul avec Parko. Il eut honte de cette pensée. Il jeta un nouveau coup d'œil à la forme sifflante et tordue du vampire, puis il grimpa dans le chariot et s'assit à côté de Tisha.

Quand ils avancèrent, Rashed ne regarda pas en arrière une seule fois. Lui seul fixa les points lumineux des yeux de Parko disparaître au loin. Les deux nuits qui suivirent, Rashed ne dit pas un mot.

Étendu dans son cercueil sous le hangar, Raton s'interrogeait sur la sagesse du choix qu'il avait fait ce soir-là. Il essaya de vider son esprit, de ne simplement plus rien voir. Au bout d'un moment, il finit par trouver le sommeil.

XI

Magirie sortit de sa taverne tôt dans l'après-midi. Comme elle s'avançait dans la rue, elle remarqua une pancarte « fermé » accrochée à la porte, et elle y reconnut l'écriture de Lihsil. Pourquoi n'y avait-elle pas pensé elle-même ? Elle remercia silencieusement son partenaire et se rendit directement à l'auberge la plus proche.

Bien que la jeune femme parle souvent du Lion de Mer comme telle, ce n'en était pas une au sens strict, puisque l'établissement n'avait pas de chambres à louer. L'étage avait peut-être été utilisé à une époque pour accueillir des pensionnaires, mais le propriétaire devait alors résider ailleurs. En réalité, Miiska ne comptait que trois vraies auberges, mais il n'en fallait pas plus à une aussi petite ville. La plupart des marins et des bateliers dormaient à bord de leurs navires, et Magirie n'imaginait pas beaucoup de voyageurs s'arrêter volontairement dans cet endroit reculé. Même les rares revendeurs, marchands ambulants ou fermiers de la campagne environnante avaient plus de chances de camper avec leurs marchandises sur le marché ouvert au nord de la ville.

Cette auberge était un établissement miteux et délabré, dont la salle commune était peu meublée et sentait le poisson et le pain moisi. Magirie commença à poser des questions sur Welstil, et à décrire cet homme étrange à une femme squelettique vêtue d'un tablier taché, qu'elle supposa être la tenancière de l'endroit.

— On n'a personne de ce genre ici, répondit celle-ci avec mauvaise humeur après avoir écouté Magirie et avec l'air de penser qu'elle perdait son temps. Essayez donc à La Rose de Velours. C'est là que vous trouverez les types comme lui.

Magirie remercia la vieille et sortit. Tout semblait normal autour d'elle. Le soleil était suspendu comme une boule orange brûlante dans le mince voile de nuages hauts. Les gens parlaient et riaient en s'occupant de leurs affaires. De temps en temps, un client du Lion de Mer lui faisait signe ou lui lançait des salutations. Elle hochait alors la tête ou levait brièvement la main en réponse. Elle avait parfois l'impression que les gens la regardaient et chuchotaient quelque chose à leurs compagnons en la pointant du doigt. Pourtant, dès qu'elle se retournait, c'était comme si personne ne l'avait remarquée. La face du monde avait changé, quelles que soient les apparences. Et le seul qui semblait vraiment comprendre la situation était un forgeron nerveux avec plus de muscle que de cerveau.

Magirie voulait parler à Lihsil et essayer de lui expliquer ce qui lui passait par la tête. Et si le destin, ou les divinités, enfin ce qui maintenait l'équilibre de ce monde avait fini par les rattraper… ou juste elle ? Elle ne préférait pas imaginer ce que Lihsil penserait d'une telle idée. Un mois plus tôt, il lui aurait ri au nez et tendu sa gourde de vin. Aujourd'hui, leur monde s'était transformé, et soit son ami était en train de s'adapter, soit il avait simplement caché certains aspects de sa personnalité. Magirie lui permettait de gérer de plus en plus de situations qui relevaient habituellement de sa propre responsabilité. Ce matin, c'était surtout lui qui s'était occupé d'Ellinwood et, cet après-midi, il s'était chargé de peindre un écriteau « fermé » pour la porte de la taverne. De plus, elle était en ce moment même sortie toute seule, le laissant réconforter Caleb et Rose.

Non, elle ne lui ferait pas porter le poids grandissant de sa propre culpabilité, de sa confusion et de ses doutes. Il n'avait certainement pas besoin de nouvelles sources d'inquiétudes.

Cependant, l'heure était venue pour elle de régler personnellement certaines questions. Elle avait voyagé jusqu'à cette ville pour y trouver la paix, et quelqu'un l'avait poussée dans une bataille. Brendèn avait raison: les cartes étaient à présent entre ses mains.

Elle s'éloigna des quais et poussa plus loin dans la ville. Peu de gens la connaissaient de vue, aussi loin de sa taverne, et elle ne reçut aucun salut chaleureux de la part des passants. Elle s'arrêta devant La Rose de Velours. L'endroit était plutôt charmant, avec un extérieur à l'image de son nom, avec ses rideaux rouges en soie damassée visibles à travers les vitres reluisantes et les volets blanchis à la chaux.

Bien que ses cheveux soient tirés en arrière en une tresse serrée, Magirie ne se sentait pas assez bien habillée, avec ses hauts-de-chausses et ses bottes, sa chemise en mousseline et sa veste noire.

Un énorme bureau en acajou attendait juste dans l'entrée. Elle trouva l'homme assis derrière étrangement attirant, même dans son état d'esprit actuel. Elle avait vu quelques elfes purs au cours de ses voyages, bien qu'ils ne soient pas communs dans ce pays. Ses cheveux châtain clair avaient l'air doux comme du duvet et tombaient derrière ses oreilles allongées et pointues. Toutefois, son visage était plus mince et son menton plus fin que ceux de l'ami de Magirie, et ses yeux brun ambré et ses fins sourcils remontaient sur les côtés selon une inclinaison plus prononcée que chez Lihsil.

Quand l'elfe leva les yeux sur elle, la jeune femme vit que sa peau était foncée, d'un teint uniforme et plus lisse que chez tous les humains qu'elle avait jamais vus.

— Puis-je vous aider? demanda-t-il doucement.

— Oui, répondit Magirie. Elle n'était soudain plus sûre de l'attitude à adopter, ne sachant même pas si elle serait autorisée à entrer plus avant dans cet endroit. J'espérais trouver ici l'un de mes amis: un certain Welstil Massing. Il fait à peu près ma taille, il est bien habillé et il a les tempes grisonnantes.

Sans réfléchir, elle désigna ses propres tempes comme pour illustrer sa description, puis elle se trouva idiote. Elle détestait se sentir aussi nerveuse et désespérée.

— Oui, maître Welstil réside actuellement ici, répondit l'elfe d'une voix posée avec une élocution claire et distincte. Toutefois, il reçoit rarement de la visite, et jamais sans m'en avoir informé au préalable. Je suis désolé.

Il reporta son attention sur le parchemin posé sur son bureau, comme si ces mots suffisaient à la congédier.

— Non, c'est moi qui suis désolée. Je n'ai peut-être pas de rendez-vous, mais il est venu me voir plusieurs fois et, maintenant, c'est à mon tour de lui rendre visite.

Les yeux marron et bridés revinrent sur elle en reflétant un éclair de surprise.

— Jeune demoiselle… reprit-il froidement avant de réfléchir un instant comme si un détail lui revenait en mémoire. Êtes-vous Magirie, la nouvelle propriétaire de chez Danction ?

— Oui, répondit-elle prudemment. Cela s'appelle Le Lion de Mer, maintenant.

— Je vous prie de m'excuser. Il se leva prestement. Je m'appelle Loni. Maître Welstil m'a parlé de vous. Je ne sais pas s'il est là en ce moment, mais je vais vérifier. Veuillez me suivre.

Cet elfe élégant qui, au fond, remplissait la fonction de garde, ne savait même pas si Welstil était chez lui ou pas. Cela parut étrange à Magirie, mais elle laissa cette pensée de côté pour l'instant.

Comme ils pénétraient plus avant dans l'auberge, l'endroit apparut encore plus luxueux que ce à quoi la jeune femme s'attendait, avec ces murs peints d'un blanc de nacre. Des tapis rouges, si épais qu'on aurait pu dormir dessus, couvraient les sols du rez-de-chaussée et des couloirs et grimpaient l'escalier qui partait de l'autre extrémité de l'entrée. De grands tableaux aux couleurs sombres représentant des batailles, des décors maritimes et des paysages paisibles étaient accrochés avec goût à des endroits stratégiques, et on avait parfaitement choisi des roses de mer aux nuances foncées en guise de vases en ivoire, simples et ravissants.

— Pas mal, commenta-t-elle pour Loni. Il vous faudrait une table de faro.

— Eh bien… répondit-il. Oui, certainement.

Magirie esquissa un sourire, sachant qu'il avait soigneusement étudié son image guindée. Il devait être aussi doué que Lihsil pour les relations en tête à tête, ou il ne travaillerait pas seul à la réception d'un établissement. Elle le suivit au bas des marches, mais, au lieu de les gravir, l'elfe sortit une clé d'une poche de sa veste et déverrouilla une porte située sur le côté. Quand il l'ouvrit, Magirie se retrouva devant une autre cage d'escalier menant vers le bas.

Le plus difficile était à venir. Son apparence fruste donnerait l'impression à Welstil qu'elle était venue quémander de l'aide. D'un certain point de vue, elle était persuadée que cela lui plairait. Si elle avait eu le choix, elle aurait choisi une autre option ; n'importe laquelle.

Loni descendit et Magirie le suivit. Les marches les conduisirent à un petit couloir qui se terminait par une unique porte. Loni gratta doucement à celle-ci.

— Messire, si vous êtes là, la jeune femme est venue vous voir.

Tout d'abord, il n'y eut aucune réponse. Puis la voix distincte de Welstil retentit.

— Entrez.

L'elfe ouvrit la porte et recula.

Étonnée par cette appréhension, Magirie déglutit et entra dans la pièce. Le battant se referma derrière elle avec un cliquetis et elle entendit Loni remonter l'escalier d'un pas léger. Elle s'attendait à ce que le décor de cette chambre soit à l'image du luxueux rez-de-chaussée de l'auberge, mais elle fut surprise par la décoration de cette pièce.

Sur une table ordinaire, à côté d'un petit lit fait avec soin, un globe en verre dépoli était posé sur un socle en fer. À l'intérieur du globe, trois lueurs brillaient d'une lumière assez forte pour éclairer la moitié de la chambre. Un petit coffre de voyage meublait un coin et trois livres couverts de cuir étaient posés sur la table. Chacun des ouvrages portait des inscriptions dans une langue que Magirie n'avait encore jamais vue et était maintenu fermé par une lanière et un cadenas.

Welstil était assis sur une simple chaise en bois, où il lisait un autre des livres. Il offrait un spectacle si frappant que quiconque l'aurait observé en premier lieu n'aurait pas remarqué la monotonie de la pièce. Sa chemise blanche de belle facture, parfaitement repassée, et son pantalon noir semblaient être plus que de simples vêtements et faire partie de lui. Ses cheveux noirs étaient tirés derrière ses oreilles, laissant ainsi apparaître ses tempes poivre et sel qui lui donnaient un air à la fois sage et noble. Et, même sans ces éléments, la douce lumière du globe qui illuminait son visage semait le doute sur son âge. Avec ses mains osseuses délicatement posées sur le livre, il ne semblait pas être conscient qu'il lui manquait une phalange, même lorsque la jeune femme y lança un regard.

— Quel bonheur de vous voir, dit-il d'une voix qui n'exprimait ni le plaisir ni l'étonnement face à son arrivée.

Magirie supposa qu'il se prenait pour un riche gentilhomme passant son temps libre à étudier les traditions et la magie anciennes. Cependant, pourquoi un aristocrate vivrait dans une cave alors qu'il devait y avoir des appartements plus classiques et plus confortables à l'étage de La Rose de Velours ? Si cet homme était un autodidacte tellement érudit, que faisait-il dans un endroit tel que Miiska ? Il était plus probable qu'il ne soit qu'un bon à rien croyant savoir des choses sur la partie sombre du monde et s'étant seulement retrouvé par hasard sur le chemin de Magirie. Peut-être ne pourrait-il pas l'aider comme elle l'espérait.

— Je ne suis pas passée pour échanger des banalités, dit-elle brusquement. Ou vous savez effectivement des choses, soit vous pensez en savoir à propos des meurtres et des disparitions qui ont lieu en ville. Ma taverne a été attaquée cette nuit et l'une des concierges est décédée.

Welstil hocha imperceptiblement la tête.

— Je sais. J'en ai entendu parler.

— Déjà ?

— Les nouvelles vont vite, à Miiska. Surtout quand on sait où écouter.

— Ne jouez pas les mystérieux avec moi, Welstil, rétorqua-t-elle en s'avançant un peu plus dans la chambre. Je ne suis pas d'humeur.

— Alors cessez de nier ce que vous voyez de vos propres yeux et commencez à accepter la réalité, répliqua-t-il aussi brusquement.

— Que voulez-vous dire ? Qu'est-ce que cela a à voir avec moi ?

Il posa son livre et se pencha en avant en montrant le cou de Magirie.

— Ces amulettes, cachées sous vos vêtements, et le fauchon que vous portez d'habitude sont des signes révélateurs de votre nature. Si j'étais un vampire, je vous traquerais dès l'instant où vous poseriez le pied sur mon territoire.

La jeune femme souffla exagérément avec le nez.

— Ne recommencez pas avec ces histoires.

Cependant, sa voix feignait une assurance qu'elle ne ressentait plus. Si elle croyait réellement que rien de surnaturel ne se produisait en ville, alors pourquoi était-elle venue voir Welstil, qui tenait toujours ce genre de discours ?

Il examinait son visage comme s'il s'agissait de la couverture d'un de ses livres, espérant surprendre un soupçon de ce qui se cachait derrière.

— Vous ne pouvez pas vous dérober. Ils vous voient comme une chasseuse. Par conséquent, ils voudront être les premiers à vous chasser. Déclarez-leur la guerre.

Magirie n'avait plus la force ni l'envie d'argumenter et elle s'assit lentement au pied du lit.

— Comment ? Comment puis-je les trouver ?

— Servez-vous de ce dont vous disposez déjà. Utilisez le chien et les informations que vous avez rassemblées. Mettez à profit l'habileté de votre demi-elfe et la force du forgeron.

— Chap ? s'étonna-t-elle. En quoi peut-il m'aider ?

— Ne soyez pas bouchée ! Faites-le chasser. N'avez-vous pas encore compris cela ?

Il se moquait d'elle et elle sentit une soudaine pointe de colère vis-à-vis de ses airs supérieurs. Comment pouvait-il être au courant d'autant de choses qu'elle ne soupçonnait pas ?

— Si vous en savez autant, pourquoi n'avez-vous pas chassé ces créatures vous-même ?

— Parce que je ne suis pas vous, répondit-il calmement.

Magirie se releva et se mit à faire les cent pas.

— Je ne sais même pas où chercher. Par où commencer ?

Sans prévenir, le visage de l'homme se ferma, comme s'il était un livre vivant tout d'un coup fatigué de fournir des informations. Il se leva, se rendit à la porte, l'ouvrit et répéta :

— Utilisez le chien.

La peur que son destin inspirait à la jeune femme menaçait de refaire surface alors que les liens se resserraient entre toutes ces coïncidences. Quel rôle jouait Chap dans tout ceci ?

En ouvrant la porte, Welstil lui signifiait que la visite était terminée. De plus, il était apparemment très déterminé, et davantage d'insistance de la part de Magirie n'aurait servi qu'à aliéner la seule source extérieure d'informations dont elle disposait jusqu'à présent. Elle sortit dans le couloir avant de se retourner vers lui.

— Comment puis-je les tuer ?

— Vous le savez déjà. Cela fait des années que vous vous entraînez.

Sans un mot de plus, il ferma la porte.

Magirie remonta rapidement l'escalier et s'empressa de traverser le vestibule en jetant un coup d'œil à Loni quand elle sortit du hall. De toute cette mystérieuse conversation avec Welstil, seuls deux points l'inquiétaient vraiment. Premièrement, d'après ce qu'elle savait, il n'avait même jamais entrevu Chap, mais il en savait beaucoup sur le chien. Et deuxièmement, il connaissait, ou prétendait connaître, des aspects de son histoire inconnus d'elle. Bien que cette dernière question la trouble quelque peu, elle n'avait jamais accordé d'importance à son passé : peu de choses valaient la peine qu'elle s'en souvienne.

Toutes les années qui avaient précédé Lihsil, tout ce qu'elle avait possédé était sa solitude, qui s'était changée en dureté, qui à son tour s'était muée en une haine froide pour tous les superstitieux. Une mère qu'elle n'avait jamais connue était morte depuis longtemps et son père l'avait abandonnée au milieu de paysans qui la punissaient parce qu'elle avait été engendrée par lui. Pourquoi voudrait-elle se souvenir de telles choses ? Son passé n'avait rien d'intéressant.

Comme elle se dirigeait à grands pas vers sa maison, elle remarqua que le soleil était un peu plus bas. Elle eut soudain hâte de retrouver Lihsil. De toutes les étranges paroles de Welstil, une était vraie : ils devaient abandonner leur position défensive et partir à la poursuite de leurs ennemis, et ils n'avaient que quelques heures pour se préparer avant le coucher du soleil.

***

ASSIS SUR SON lit, dans sa chambre, jouissant de la solitude la plus totale, Lihsil s'aperçut qu'il détestait l'incertitude plus que tout au monde, peut-être même plus que la sobriété. En cet instant, il était aussi sobre qu'un dieu de vertu, et cet état rendait ses idées claires… le mettait encore une situation désagréable.

Contrairement à Magirie, il n'avait ni pris un bain ni dormi, et l'odeur du sang, de la fumée et du vin rouge lui emplissait les narines. Il savait qu'il devrait descendre se laver, mais quelque chose le retenait là, dans sa chambre.

Brendèn avait quitté la taverne pour rentrer chez lui en promettant de bientôt revenir avec des armes appropriées. Caleb avait emmené Rose dans leur chambre quelques heures plus tôt afin de discuter avec elle. Il avait fermé la porte et n'était plus ressorti. Chap était toujours couché à côté du corps de Beth-Raé, que Caleb avait soigneusement lavé et étendu dans la cuisine au cas où quelqu'un viendrait lui rendre un dernier hommage. Magirie, quant à elle, avait disparu en plein milieu de l'après-midi.

Lihsil était seul et sobre. Il ne savait lequel de ces états lui plaisait le moins.

Il se rendit à un petit coffre que Caleb lui avait donné pour ranger ses affaires. Depuis l'inspection, ou plutôt le manque d'intérêt, du régisseur Ellinwood sur la scène du crime, Lihsil s'était accordé quelques instants en privé pour prendre la dague de Raton qu'il cachait dans ses vêtements, nettoyer sa lame du sang de Chap et la ranger ailleurs. Il la sortit du coffre en la tenant prudemment par la lame, non par le manche. Même lorsqu'il l'avait nettoyée, il avait pris soin de ne pas toucher la poignée, car c'était le seul endroit où il pouvait être sûr que Raton l'avait touchée. Il aurait besoin de toutes les traces de présence que ce sale petit envahisseur avait laissées derrière lui.

De nouveau, l'incertitude se mit à le ronger. Lihsil tomba à genoux et souleva deux lattes du plancher qu'il avait descellées la nuit de leur arrivée. Dessous, il y avait une longue boîte rectangulaire dans laquelle il l'avait cachée. Le simple fait de toucher l'écrin lui donna un frisson de dégoût, mais, de toute sa vie, il n'avait jamais envisagé une seule fois de le jeter. Il le sortit et l'ouvrit.

À l'intérieur, il conservait des armes et des outils de facture elfique d'une qualité incomparable qu'il avait reçus de sa mère le jour de son dix-septième anniversaire. Cela ne ressemblait en rien à ce qu'un garçon de cet âge aurait aimé se voir offrir. Deux stylets aussi fins que des aiguilles à repriser étaient posés sous un fil à étrangler avec deux fines poignées en métal. Il y avait également une lame courbe et tranchante pour couper des os sans trop d'efforts. Il avait caché dans le couvercle, derrière un double fond, un ensemble de fines piques métalliques qui, entre ses mains, pouvaient déverrouiller n'importe quelle serrure. Ce n'était rien que des objets inanimés, mais leur vue lui donna presque envie de retourner à son baril de vin et à son verre.

Lihsil ferma les yeux et respira profondément pendant un long moment. Ivre, il n'était d'aucune utilité à Magirie, mais la proximité de ces objets alliée à sa sobriété actuelle firent remonter à la surface une vague de souvenirs qu'il s'était efforcé de tenir à distance pendant la moitié de sa vie. Les yeux toujours fermés, il ressentit la douleur.

Les riches nuances de verts des arbres gigantesques de son enfance apparurent. Quelle beauté ! Les voyages de Magirie ne l'avaient jamais entraînée aussi loin au nord que Doyasag, l'endroit où Lihsil était né, et celui-ci n'avait jamais pris la peine de le lui décrire. En s'associant à elle pour sa comédie, il avait commencé une nouvelle vie et fait table rase du passé. Il avait tout laissé derrière lui dès la nuit de leur rencontre.

Les parfums frais et les paysages de son pays natal n'étaient qu'un joli tableau qui dissimulait une foule d'hommes assoiffés de pouvoir se battant pour la domination. Au lieu d'être dirigé par un roi, le pays était géré par un dénommé Darmouth, un seigneur de guerre qui voyait des trahisons partout autour de lui. Pour régner, les seigneurs de guerre avaient besoin d'espions et d'autres serviteurs de l'ombre. Lihsil avait dû atteindre l'âge de quinze ans dont sept années d'entraînement pour comprendre que ses parents n'étaient pas simplement au service du seigneur Darmouth : ils lui appartenaient.

La peau bronzée et les cheveux dorés de la mère de Lihsil, qui constituait son héritage exotique elfique, faisaient d'elle une arme utile. En effet, elle pouvait facilement passer pour une grande et délicate jeune femme ou une rare beauté étrangère. Le père de Lihsil, pour sa part, pouvait se fondre dans les ombres comme s'il était constitué de poussière, et il ne faisait ni marques ni bruits sur son passage. Ils dénonçaient tous ceux qu'on leur demandait de trahir et tuaient tous ceux qu'on leur demandait d'assassiner. Et ils avaient enseigné à Lihsil tout ce qu'ils savaient. C'était l'art et la magie de leur famille et il était l'unique héritier de ce lignage.

— Notre poste ici est précaire, *Lìsill*, lui murmurait sa mère tard dans la nuit. Nécessaire, hautement qualifié... et accessoire. Si nous refusons ou hésitons, nous serons les prochains à mourir mystérieusement dans notre sommeil, à moins que nous ne soyons mis en place publique et exécutés pour nos crimes. Comprends-tu, mon fils ? Dis toujours oui et fais ce qu'on te demande.

Quelles qu'en soient les récompenses pécuniaires, Lihsil n'avait pas le tempérament requis pour une vie de servitude isolée. Les espions et les assassins ne se faisaient pas d'amis. Sa mère avait dû ressentir sa solitude. Le jour de ses quinze ans, elle lui avait offert un gros chiot bleu argenté qui lui avait sauté dessus avec une agitation non contenue en lui léchant le visage. C'était le seul moment de pur bonheur dont Lihsil se souvienne.

— C'est un chien spécial, avait-elle dit en ouvrant ses gracieuses mains. Son arrière-grand-père protégeait mon peuple autrefois. Il veillera sur toi.

D'après ses souvenirs, c'était tout ce qu'elle lui avait jamais dit à propos de Chap et de sa terre natale, quel que soit cet endroit. Et Lihsil accordait peu d'attention aux paroles de sa mère, à cette époque. S'il n'avait pas été aussi heureux ce jour-là, il aurait peut-être posé davantage de questions ou aurait pensé à l'interroger plus tard, mais tout ce qui comptait pour lui était qu'une partie de sa vie ressemblait à celle des autres garçons : il avait un chien.

Lorsque Lihsil avait eu dix-sept ans, son père avait décrété que son entraînement était terminé, à moins que le seigneur Darmouth en décide autrement. Sa mère lui avait alors offert cette boîte remplie d'instruments qui lui serviraient pour accomplir son devoir.

— Désormais, tu es *anmaglâhk*, avait-elle déclaré d'une voix basse et creuse, en un constat empreint de fierté.

Au cours de toute la partie de sa vie qu'il avait passée avec elle et dont il se rappelait, sa mère avait rarement parlé dans sa langue maternelle. Bien qu'il ait appris plusieurs dialectes du pays, elle ne lui avait jamais enseigné le langage elfique en dehors de quelques mots qu'il avait entendus et retenus de lui-même. Un jour où il l'avait suppliée de le lui enseigner, elle s'était mise dans une colère froide.

— Tu n'auras jamais besoin de le parler, avait-elle répondu.

Quand il l'avait quittée rapidement pour sortir de sa chambre, il avait cru voir quelque chose : au moment où elle s'était assise sur le rebord de la fenêtre en regardant à l'extérieur, le visage détourné de lui, un frisson avait parcouru son corps comme si elle sanglotait en silence.

En regardant dans la boîte qu'il tenait entre ses mains, celle qu'elle lui avait offerte pour son anniversaire, il n'avait pas eu besoin de demander ce que signifiait le mot qu'elle avait employé. Il avait compris ce qu'il deviendrait. Ce même jour, il avait reçu l'injonction d'assassiner un baron accusé de comploter contre Darmouth. L'ordre était venu de son père.

Cette nuit-là, Lihsil avait escaladé le mur de la forteresse du baron Progaeh, s'était faufilé devant une dizaine de gardes et avait descendu la tour en rappel pour pénétrer dans la chambre de sa cible. Il avait enfoncé un stylet à la base du crâne de l'homme endormi, exactement comme son père le lui avait montré, puis il était reparti comme il était venu. Personne n'avait découvert le corps avant le lendemain midi. Quel domestique aurait volontairement dérangé la grasse matinée de son seigneur ?

Les terres de Progaeh avaient été confisquées. Sa femme et ses filles avaient été mises sur le trottoir. Plus tard, Lihsil avait recherché des informations sur cette famille. L'une des enfants les avait été choisie comme quatrième maîtresse d'un baron fidèle au seigneur de guerre. La femme et les deux plus jeunes étaient mortes de faim car tout le monde craignait de leur venir en aide. Lihsil ne s'était plus jamais renseigné sur les familles de ses victimes. Il se contentait de s'introduire par la fenêtre, ou de forcer des serrures généralement considérées comme infaillibles, d'exécuter ses ordres et de ne jamais regarder en arrière.

À vingt-quatre ans, il ressemblait toujours à un humain à la fin de l'adolescence. Une nuit, le seigneur Darmouth l'avait convoqué en personne. Lihsil avait horreur de se trouver en présence de cet homme, mais il n'avait jamais songé à refuser.

— Cette fois, je ne veux pas que vous tuiez, mais que vous rassembliez des informations, lui avait expliqué Darmouth à travers une épaisse barbe noire. L'un de mes ministres me laisse à penser que j'ai des raisons de douter de la sincérité de sa loyauté. Il se passionne pour la formation de jeunes scribes. Votre père m'a dit que vous parliez et écriviez plusieurs de nos dialectes. Est-ce vrai ?

— Oui, messire, avait répondu Lihsil avec mépris à l'égard des mains brutales et du visage sale de cette créature qui possédait sa famille entière.

— Bien. Vous vivrez comme l'un de ses étudiants et me rapporterez ses activités, ses remarques, ses habitudes quotidiennes et ainsi de suite.

Lihsil s'était incliné et était sorti.

On lui avait permis d'emmener Chap dans sa nouvelle résidence, ce qui était source de réconfort, le chien étant son seul lien avec une vie dénuée de ses responsabilités. Toutefois, sa première rencontre avec le ministre Josiah avait été troublante, après tant d'années de complots, de plans et de morts discrètes. Petit, les cheveux blancs et les yeux violets et rieurs, Josiah avait serré la main de Lihsil avec une chaleur et une sympathie non dissimulées. Au lieu d'une armure et de vêtements de camouflage, l'homme portait une toge couleur crème.

— Approche, approche, mon garçon. Le seigneur Darmouth m'a dit que tu étais un étudiant plein d'avenir. Nous allons te trouver à manger et un lit chaud.

Lihsil avait hésité. Il n'avait jamais rencontré quelqu'un comme Josiah. Le joyeux ministre s'était mépris sur ce temps de réflexion.

— Ne t'inquiète pas. Ton chien est le bienvenu aussi. C'est une belle bête, un peu hors du commun. Je ne crois pas en avoir jamais vu de ce genre. Où l'as-tu trouvé ?

Au garrot, Chap arrivait désormais à la cuisse d'un homme adulte. Son poil long et bleu argent, ses yeux pâles et presque bleus et son museau fin étaient souvent sujets de compliments pour ceux qui le voyaient. Le chien avait trottiné directement vers le vieux ministre et s'était assis devant lui en remuant la queue dans l'attente de caresses. C'était la première fois que Lihsil avait vu Chap se comporter ainsi avec un autre que lui et sa mère.

Incertain de ce qu'il devait répondre, Lihsil avait rapidement essayé de deviner le but de cette question et quelles intentions pouvaient se cacher derrière.

— Ma mère, avait-il fini par répondre.

Josiah avait levé les yeux de la tête du chien qu'il était en train de gratter délicatement.

— Ta mère ? Eh bien, je l'aurais plutôt vu comme le cadeau d'un père, mais peu importe. Il avait ri doucement et souri. Les cadeaux d'une mère sont encore mieux.

Sur ce, le vieux ministre avait fait entrer Lihsil et son chien dans sa maison et dans sa vie.

La loyauté de Josiah s'était révélée évidente dès les premiers jours et durant les premières semaines. Il ne projetait aucune insurrection, mais il avait fait de ses grandes terres paysannes un asile pour les personnes chassées par les guerres civiles et les intrigues incessantes de Darmouth. Des baraquements et de petites chaumières avaient été construits pour les réfugiés. Lihsil consacrait une partie de ses journées à étudier avec Josiah et le reste du temps à nourrir les pauvres et à s'occuper d'eux. Ces dernières occupations lui semblaient futiles, puisque ces gens seraient inévitablement toujours démunis le lendemain. Les défavorisés le restaient pour toujours. Les riches avaient les biens. Les personnes intelligentes et malignes survivaient. C'était dans l'ordre des choses.

En revanche, son attitude vis-à-vis du ministre Josiah était assez différente. N'ayant jamais eu l'occasion d'admettre ou de reconnaître l'admiration, il n'avait pas compris le sentiment protecteur qu'il éprouvait à l'égard du vieil homme. Au contraire, il avait tout d'abord été assez stupide pour croire qu'il pourrait se sauver, ainsi que sa famille et Josiah en se contentant de ne rien rapporter au seigneur Darmouth. Après tout, il n'aurait pas désobéi aux ordres, n'aurait refusé aucune mission, et il n'y avait rien à redire.

— Que voulez-vous dire par « il vous est fidèle » ? lui avait demandé le seigneur barbu quand Lihsil était un jour parti « en visite chez lui ».

Le demi-elfe était resté droit et concentré, dans les appartements privés de Darmouth. Malgré la fatigue et la soif dues à son voyage, on ne lui offrit ni siège ni eau.

— Il n'a aucune mauvaise intention à votre égard et ne parle pas de trahison, avait-il répondu avec confusion.

La colère avait voilé les yeux de Darmouth.

— Et tous ces paysans qui affluent dans ses champs ? Les autres ministres ne constituent pas une armée de pauvres. Votre père prétend que vous êtes doué. Se tromperait-il ?

Lihsil ne répondait jamais à aucune question avant d'avoir mûrement réfléchi, mais, à cet instant, il s'était senti divaguer. En quoi le fait que Josiah nourrisse les pauvres pouvait constituer une trahison ?

— Cette tâche est-elle en dehors de vos compétences ? avait continué Darmouth après avoir bu une grande gorgée et vidé une coupe en étain remplie de vin qu'il avait ensuite posée violemment sur la table.

— Non, messire, avait répondu Lihsil.

— Il me faut des preuves, et vite. Ses hordes de paysans grossissent. Si vous êtes incapable de me rapporter des informations aussi simples, j'en déduirais que votre père est lui aussi un imbécile et je vous ferais remplacer tous les deux.

Le choc avait glacé Lihsil quand il avait enfin compris que le seigneur Darmouth ne voulait pas la vérité. Il désirait seulement une raison pour justifier l'élimination de Josiah. Si Lihsil avait refusé, lui et son père auraient été remplacés ; des serviteurs de leur espèce ne pouvaient pas se contenter de quitter leur poste. Au mieux, ils disparaîtraient une nuit et on ne les reverrait jamais... cela étant la première étape de leur remplacement.

Lihsil était reparti pour le nord auprès de son chaleureux professeur et il avait dîné de rôti d'agneau et de pêches fraîches en inventant des histoires lorsque Josiah lui avait demandé de lui raconter son voyage.

Cette nuit-là, il s'était faufilé au rez-de-chaussée, dans le bureau de Josiah. Il avait forcé un simple cadenas fermant le coffre du vieil homme et commencé à lire ses dernières correspondances. Il s'était arrêté lorsque son regard avait parcouru une lettre pas encore envoyée.

Ma chère sœur,

La situation est de pire en pire chaque mois et je crains une perte de la vue et de la raison en haut lieu. Je démissionnerais de mon siège au conseil s'il n'y avait pas mon travail ici avec toutes ces personnes dans le besoin. Je prie tous les soirs pour que le matin nous apporte un signe de changement; un changement légitime pour que le bien revienne à la tête de notre pays; car un remplacement est nécessaire. Ces interminables guerres civiles nous détruiront tous…

LA LETTRE SE poursuivait ainsi, relatant le quotidien simple et routinier de Josiah, posant des questions sur les amis et la famille et évoquant d'autres sujets personnels. Elle mentionnait également un jeune demi-elfe comme un nouvel élève prometteur. Lihsil ne prêta pas attention au reste de la lettre. Bien qu'il ne cite pas clairement le seigneur Darmouth, ce courrier suffirait à quelqu'un comme lui pour justifier des accusations de trahison. Lihsil avait glissé le parchemin sous sa chemise, était allé retrouver Chap et avait repris la route la nuit même pour le château de Darmouth.

Trois jours plus tard, des soldats avaient investi les terres de Josiah et l'avaient arrêté. Ils avaient dispersé les réfugiés et en avaient tué une poignée au passage. Après un court procès mené par le conseil de Darmouth, composé, bien qu'ils jugent l'un des leurs, de ministres résolument fidèles à leur seigneur, Josiah fut pendu dans la cour du château pour trahison. Une lettre adressée à sa sœur avait prouvé sa culpabilité.

Lihsil avait reçu une bonne paie pour ses services, mais il s'était couché tout tremblant, ce soir-là, sans parvenir à se réchauffer. Il avait essayé de ne penser qu'à sa fidélité envers ses parents, et non à ses vagues notions d'éthique et de morale enseignées par maître Josiah. L'éthique était pour ceux qui pouvaient se permettre le luxe de consacrer du temps à des idées philosophiques, et la morale aurait dû être laissée aux clercs et à leurs doctrines. Cependant, Lihsil avait détruit un homme qu'il admirait, quelqu'un qui avait aimé et accueilli un jeune demi-elfe étranger sous son propre toit, et ce, sur les ordres de l'homme qu'il méprisait le plus au monde.

Non, ce n'était plus vrai. À présent, il se dégoûtait encore plus que Darmouth.

Ses tremblements n'avaient pas cessé.

Ce même soir, Lihsil avait laissé à ses parents une grande part de l'argent taché de sang qu'il avait gagné, sachant qu'ils en auraient besoin quand sa disparition serait découverte. Il avait pris quelques pièces d'argent, ses stylets de tous les jours et sa boîte d'instruments, et il avait fui vers le sud, en direction de Stravina, Chap à ses côtés.

Malgré son entraînement et son talent, Lihsil avait trouvé la vie sur la route beaucoup plus dure qu'il ne l'avait imaginée. Avec Chap, ils se nourrissaient des produits de leur chasse et dormaient à la belle étoile. Et, chaque nuit, des rêves de son passé emplissaient les ténèbres de ses yeux clos jusqu'à ce qu'il se réveille trempé de sueur avant l'aube.

Quand ils étaient arrivés à la première ville, une nouvelle possibilité s'était présentée à lui lorsqu'il avait vu une énorme bourse accrochée à la ceinture d'un gentilhomme.

Pour lui, le vol à la tire était simple comme bonjour. Il avait coupé la bourse en un battement de cœur et avait disparu dans la foule. Affamé, il s'était directement rendu dans une auberge et avait commandé de la nourriture. À la vue de l'argent du demi-elfe, l'aubergiste avait souri.

— Vous voudrez quelque chose pour rincer tout ça ? avait-il demandé.

— Du thé, ce sera parfait, avait répondu Lihsil.

L'aubergiste avait ri et lui avait apporté une grande coupe de vin rouge. Aucun des parents de Lihsil n'avait jamais bu d'alcool. Par conséquent, il n'y avait jamais vraiment pensé. La voie qu'ils suivaient exigeait un esprit vif et alerte à chaque instant. Le liquide avait bon goût, donc il l'avait bu. Il en avait commandé une deuxième coupe, puis une autre.

Ce soir-là, il avait vécu sa première vague d'oubli et ne s'était pas débattu dans un cauchemar pendant presque toute la nuit. La nausée et le mal de tête du lendemain matin, ce n'était pas cher payé pour un lourd sommeil sans rêves... puis un autre, et encore un.

Une nouvelle vie venait de commencer pour Lihsil le voleur à la tire, qui se soûlait jusqu'à tomber dans un sommeil engourdi. Fréquenter des tavernes, des auberges et les établissements de ce genre l'avait exposé aux cartes et aux jeux de hasard, et il avait ainsi appris à compléter son gagne-pain en jouant. Bien sûr, c'était risqué... surtout s'il trichait et buvait en même temps. Il s'était d'ailleurs fait arrêter à deux reprises, mais aucune prison ne l'avait gardé longtemps, même sans les outils qu'il rangeait avant de sortir pour ses affaires du soir. Les années avaient passé.

Il ne vivait nulle part, n'avait d'autre ami que Chap. Juste au moment où cette vie commençait à lui sembler aussi ridicule que la précédente, il avait vu une grande jeune femme dont les cheveux noirs étincelaient de rouge à la lumière des lanternes de la rue. Un étrange désir de lui faire les poches l'avait obsédé.

C'était une mauvaise idée, mais il avait hésité en essayant de s'éloigner. Les jeunes femmes en armure de cuir et armées d'une épée ne rapportaient pas gros. De plus, ces femmes étant rares, celle-ci devait être douée pour se défendre et elle lui causerait certainement plus d'ennuis que le butin n'en méritait si les choses tournaient mal. Son armure était usée et ternie par le temps et le soleil. Il en avait déduit qu'elle ne devait pas être fraîchement sortie d'une ferme à la recherche d'une vie plus palpitante que le mariage et la traite des vaches. Il n'avait jamais approché de filles dans son genre, mais il lui était vite devenu impossible d'ignorer sa voix intérieure, qui le harcelait encore et encore.

Ce serait facile. Ce serait rapide. Et cette femme avait peut-être vraiment quelque chose qui vaille le coup. Silencieusement, il s'était approché d'elle, dans son dos.

Elle n'avait pas de bourse visible, mais elle portait un gros sac sur une épaule. Calant prudemment son pas sur celui de la jeune femme, Lihsil avait observé le léger balancement du sac de droite à gauche et en dehors de son dos. Il n'avait pas eu de peine à choisir son moment. Il avait tendu la main, l'avait suspendue pendant que le sac rebondissait sur le dos de sa propriétaire et sa main s'était glissée à l'intérieur. Il avait bien pris garde à ne pas perturber le balancement et le rythme quand il avait lentement et prudemment fouillé dedans. Le sac avait rebondi deux fois de plus sur le dos de la jeune femme sans qu'elle ne s'aperçoive de sa présence.

Et puis, d'un seul mouvement, elle s'était tournée et lui avait attrapé le poignet.

— Eh ! Mais qu'est-ce que... ? avait-elle commencé à dire.

Il aurait facilement pu se dégager et s'enfuir, mais ses yeux noirs l'avaient retenu. L'espace d'un clin d'œil, elle avait eu l'air furibonde, puis elle était restée là à le dévisager à son tour. Il savait avec certitude qu'il ne l'avait jamais vue avant, mais, inexplicablement, il ne s'était pas enfui et elle n'avait pas appelé la garde. Tout d'abord, aucun d'eux n'avait parlé.

— Tu te débrouilles plutôt bien, avait-elle fini par dire.

— Pas assez, avait-il répondu.

C'est ainsi qu'il avait rencontré Magirie et commencé ce qu'il considérait comme la troisième et la meilleure de ses vies. Il ne se souvenait pas exactement à quel moment ils avaient convenu de sa participation dans la « comédie de la chasseuse », mais l'approbation contenue de Magirie après leur premier essai avait procuré à Lihsil un étrange sentiment de satisfaction qu'il ne connaissait pas. Après cela, il avait eu peu de contraintes en dehors du rôle de vampire qu'il jouait plusieurs fois par lune et de la marche en compagnie de Magirie, qui gérait le voyage et le rendait confortable.

Il revint à la réalité.

Lihsil était agenouillé dans sa chambre, les yeux rivés sur les restes métalliques de sa première vie, celle qui était inconnue de son entourage actuel. Combien d'années étaient passées ? Il ne s'en souvenait vraiment pas. Et il comprit que ses compétences, jadis affûtées et haïes, lui seraient de nouveau nécessaires s'il voulait pouvoir aider Magirie, voire pour lui sauver la vie.

Il claqua le couvercle de la boîte et la rangea sous sa chemise. Un léger grattement et une plainte derrière la porte attirèrent son attention.

— Chap ? Il traversa la pièce et alla lui ouvrir la porte. Entre, mon garçon.

Quand il baissa les yeux, il vit que le chien tenait un morceau du châle ensanglanté que Caleb avait retiré à Beth-Raé avant de l'habiller pour les visites et l'enterrement. Les yeux d'un bleu transparent de Chap luisaient de chagrin. Il gémit de nouveau et appuya sur le pied de Lihsil avec sa patte.

Troublé, le jeune homme s'accroupit et m'examina. Il savait que les chiens étaient capables de pleurer à leur manière les gens qu'ils avaient perdus, mais Chap était venu le trouver avec une pièce précise des vêtements d'une femme morte.

— Qu'est-ce ? Que veux-tu ?

Il semblait ridicule de poser une question à un animal. Puis il s'aperçut qu'il n'avait pas besoin de demander. Il savait ce que voulait le chien. Chap voulait chasser le meurtrier de Beth-Raé.

Des pas dans l'escalier firent lever les yeux à l'animal et au demi-elfe.

— Qu'est-ce qu'il a? s'enquit Magirie en apparaissant dans le couloir en haut des marches.

Elle était propre, calme et avait de nouveau son air responsable.

Lihsil esquiva la question.

— Où étais-tu ?

— Partie chercher des réponses. Elle remarqua alors le morceau de tissu dans la gueule de Chap. Elle plissa le front d'un air confus et dégoûté. N'est-ce pas le châle de Beth-Raé ?

— Si, acquiesça Lihsil. Il l'a monté de la cuisine.

— La créature qui a tué Beth-Raé l'a-t-elle touché ?

— Je ne sais pas, mais...

Lihsil hésita. Pour une raison ou pour une autre, Magirie suivait la même logique que lui. Le moment était peut-être venu de mettre en œuvre ce qu'il gardait dans un coin de son esprit depuis qu'il avait caché la dague de Raton en ne la remettant pas à Ellinwood. Il retourna à son coffre et en sortit la lame que l'assassin de Beth-Raé avait abandonnée, en prenant soin de ne pas en toucher le manche afin de ne pas masquer d'éventuels restes d'odeur.

— Tiens Chap, sens.

— Où as-tu trouvé ceci ? lança Magirie en tendant la main vers la lame. Et pourquoi ne l'as-tu pas montrée à Ellinwood ?

Lihsil repoussa sa main en secouant la tête.

— Nous savons que ce petit clochard a certainement touché cette dague. Par ailleurs, Ellinwood n'a personne comme Chap.

— Tu aurais dû le lui dire, déclara Magirie.

Elle suivit Lihsil et s'accroupit à côté du chien.

— J'ai pris le risque… tout seul, répondit le demi-elfe. Tu ne peux pas être tenue pour responsable de ce que tu ne savais pas.

Il tendit le manche de la dague et Chap en renifla impatiemment le moindre centimètre carré.

— À ton avis, pouvons-nous les traquer ? l'interrogea la jeune femme.

— Je n'en suis pas sûr, répondit Lihsil. Mais, oui, je crois que nous le pouvons.

Magirie inspira.

— Dans ce cas, préparons-nous. Il ne nous reste pas beaucoup de temps.

Lihsil la regarda d'un air médusé.

— Le soleil ne va pas tarder à se coucher, dit-elle en réponse à sa question muette.

Ni l'un ni l'autre ne prononça le mot « vampire ». Pendant que Magirie allait chercher son épée, Lihsil cassa la chaise de sa chambre et improvisa des pieux de fortune avec ses pieds. Il les plaça dans son sac avec sa boîte et descendit au rez-de-chaussée pour y rassembler d'autres instruments en prévision de la bataille.

UN MOMENT APRÈS que Magirie l'eut quitté, Welstil resta assis dans son fauteuil en tentant d'épingler mentalement un visiteur indésirable. Il inspecta lentement chaque centimètre de la chambre, mais son œil acéré ne vit rien de plus que ses livres, ses étagères et sa table.

— Je sais que vous êtes là, murmura-t-il, plus pour lui-même que pour le visiteur.

Il le percevait. Pourquoi était-il venu ici, et que voulait-il ? Les trois lueurs de son globe produisaient suffisamment de lumière. Peut-être plus que nécessaire.

— Nuit, commanda Welstil.

Les lueurs s'éteignirent immédiatement.

Tout éclairage ayant disparu, il remarqua tout de suite un scintillement jaunâtre flottant de l'autre côté de la pièce, mais seulement l'espace d'un instant, avant de disparaître en laissant derrière lui un léger résidu de peur et de colère.

Les possibilités étaient trop nombreuses et variées pour apaiser l'esprit de Welstil. Il pouvait s'agir autant d'un esprit que d'un être astral, ou de n'importe quoi de ce genre. La question était de savoir pourquoi ? Il ferma les yeux et essaya de sentir une piste, un indice, dans les résidus de cette présence invisible. Les traces de peur et de colère n'étaient plus là. La présence s'était évaporée. Il n'y avait rien à suivre.

Welstil se renfrogna.

XII

Accompagnée de Lihsil et Brendèn, Magirie se tapit à l'extérieur de l'immense entrepôt tourné vers l'océan. Cette construction en solides et coûteux panneaux de pin lui sembla assez récente.

— Pourquoi ne pas simplement le brûler ? murmura Lihsil.

— Je vous l'ai déjà dit, répondit Brendèn. Cet endroit permet à des centaines d'habitants de vivre d'une manière ou d'une autre.

— Oui, mais si nous tuons son propriétaire, cela ne mènera-t-il pas au même résultat ? Lihsil transféra son poids pour avoir une meilleure prise sur le chien qui trépignait. Chap, tu veux bien arrêter ça ?

Toute conversation était difficile si Lihsil était occupé à retenir le museau du chien ainsi que son corps très agité.

— Peut-être... Brendèn hésita. Peut-être pas. Au moins, leurs marchandises resteront intactes pendant un moment, si quelqu'un d'autre se présente et reprend l'endroit en charge.

En traversant la ville, Chap les avait baladés dans des ruelles et des rues transversales en reniflant le sol. Au croisement de deux rues, il avait fait une embardée et s'était mis à éternuer comme s'il avait trouvé quelque chose qui mettait tous ses sens en éveil. Il était parti au petit trot, puis au galop. Ils avaient tous dû presser le pas derrière lui et s'étaient fait remarquer de façon ridicule. Magirie s'était maudite de ne pas lui avoir attaché une corde autour du cou.

Chap avait couru droit vers le hangar, dont il avait reniflé le plancher extérieur en grognant. Welstil avait dit d'utiliser le chien. S'il avait raison, alors il s'agissait bien du bon endroit. Lourdement armés, ils étaient à présent cachés derrière une pile de caisses et réfléchissaient à la suite du programme en essayant d'éviter d'être vus par des dockers. Le soleil était bas dans le ciel.

Magirie écoutait silencieusement dans l'espoir que Lihsil et Brendèn cesseraient de se disputer et la laisseraient penser. Il semblait logique de commencer par le hangar, d'autant plus que Brendèn prétendait que son propriétaire était celui qui l'avait attaquée. La réaction de Chap semblait confirmer leurs soupçons.

Magirie était en partie d'accord avec Lihsil. Ils n'avaient qu'à attendre l'heure de la fermeture pour que les ouvriers rentrent chez eux et n'auraient alors qu'à recouvrir le plancher d'huile pour y mettre le feu. L'inquiétude de Brendèn était également sensée. Et si le gentilhomme et le garnement crasseux n'étaient pas à l'intérieur ? Si Chap ne réagissait qu'à de vieux ou faibles résidus de l'un ou de l'autre qui serait simplement passé par là ? Elle ne savait pas à quel point le chien était en mesure de traquer ces créatures et ne connaissait pas l'étendue de ses capacités.

Oui, le premier obstacle à franchir était de trouver leur proie, et une fois que cela serait fait, Magirie et son petit groupe s'étaient préparés à combattre les morts-vivants, bien qu'aucun d'eux n'ait prononcé ce mot. Welstil avait mentionné la force de Brendèn. Elle avait supposé qu'il parlait de sa force physique, mais elle n'en était plus sûre, à présent. Son compagnon à la barbe rousse était accroupi calmement, sans peur, une main tenant une arbalète et l'autre posée sur la terre battue pour se maintenir en équilibre. Il avait trempé toutes ses flèches dans de l'eau à l'ail et avait coincé six pieux acérés en bois dans sa ceinture à côté de quelques outres d'eau. Dans son dos, il portait un pieu plus long qui ressemblait davantage à une demi-lance. Magirie ne le connaissait pas du tout, mais elle commençait à croire qu'il était beaucoup plus que ce que ses yeux ne voulaient bien voir.

Lihsil était maintenant alourdi par un sac lesté autour de son épaule gauche et qui pendait dans son dos. Elle l'avait regardé le bourrer plusieurs fois. Il avait apporté une arbalète, plusieurs carreaux imbibés d'ail et une longue boîte en bois. Il avait également rempli quatre flasques avec de l'huile, les avait fermement rebouchées et les avait placées dans son sac avec une pierre à briquet. Puis il avait préparé deux petites torches qu'il avait également accrochées dans son dos. Magirie savait qu'il portait toujours plusieurs stylets et d'autres armes blanches quelque part dans ses habits.

Elle, en revanche, voyageait léger, sans rien de plus que son fauchon. Son rôle dans cette comédie macabre était de combattre Rashed pendant que les autres s'occuperaient de la créature plus petite dénommée Raton, s'ils découvraient leurs deux cibles en même temps.

— Comment allons-nous entrer ? demanda-t-elle finalement en observant le mur du hangar de haut en bas. Nous ne pouvons pas vraiment entrer par la porte principale et demander aux ouvriers : « Au fait, où dorment vos maîtres ? ». Et je n'ai pas très envie d'entrer à la nuit tombée.

— Il doit y avoir une porte cachée à l'arrière, répondit Lihsil.

Magirie cligna des yeux.

— Comment le sais-tu ?

Il hésita.

— Parce que j'ai déjà vu ce genre de bâtiment. Je sais ce qu'il faut chercher.

Il s'était déjà introduit dans des entrepôts ? Il venait de piquer la curiosité de Magirie, mais ce n'était ni l'heure ni l'endroit.

— D'accord, dit-elle. Restez derrière les caisses.

Les piles de cageots en bois longeaient le côté du bâtiment, ce qui permettait de se rendre à l'arrière à l'abri des regards. Tous les ouvriers se trouvaient à l'intérieur et peu de gens se promenaient sur la jetée. Quand Magirie fut en position, Lihsil lui passa Chap, que la jeune femme attrapa par la peau du cou.

Ils observèrent les mains de Lihsil se déplacer avec légèreté le long de la base de l'entrepôt. Apparemment troublé, Brendèn se pencha en avant.

— Que cherchez-vous ? Il n'y a pas de porte, ici.

Lihsil ne répondit pas et continua de passer ses doigts sur le bois. Au bout d'un moment, Magirie commença à remuer, ce qui lui rendit la tâche plus difficile avec le chien, très agité lui aussi. Elle ne quitta pas Lihsil des yeux, même si elle plissa les paupières d'un air dubitatif en essayant de deviner ce que son partenaire était en train de faire. Finalement, Lihsil s'arrêta et resta immobile, les mains fermement appuyées à un endroit précis. Puis il pencha légèrement la tête de côté, les yeux à demi clos.

Magirie tendit le cou pour essayer de voir ce qu'il avait découvert. Ce n'était qu'une portion de mur lisse. Le demi-elfe retira ses mains mais resta accroupi et fouilla dans son sac, duquel il sortit la longue boîte en lançant un regard inquiet à son amie.

— As-tu confiance en moi ? s'enquit-il.

La franchise de sa question la prit par surprise la fit hésiter.

— Bien sûr, répondit-elle.

Les longs cheveux jaune pâle de Lihsil lui tombèrent en travers du visage quand il se pencha en avant.

— Alors ne me demande pas de m'expliquer là-dessus.

Quand il ouvrit la boîte, Magirie regretta d'avoir accepté sa requête.

Les premiers objets qu'elle vit furent un fil muni d'une petite poignée à chaque extrémité et deux stylets aux lames aussi fines que des aiguilles à repriser. À la vue du fil, sa gorge se serra. Elle n'avait jamais vraiment vu un tel outil de près, mais elle avait un jour assisté à l'exécution d'un criminel par strangulation et devinait à quoi servait cet instrument.

Les fins stylets étaient d'un autre registre. Trop minces pour les combats lame contre lame que Magirie pouvait visualiser, cette dernière n'était pas sûre de leur fonction. Toutefois, quand elle étudia de nouveau le fil, elle se dit qu'elle n'avait pas spécialement envie de la connaître. Ce qu'elle voulait savoir, c'était comment et pourquoi Lihsil était entré en leur possession, et elle se moquait des suppositions qui lui traversaient l'esprit.

Le métal du fil et des lames était trop clair et brillant pour être du simple fer. Il s'agissait d'objets précieux de nature suspecte, façonnés dans un autre matériau, et qu'il était impossible de se procurer ouvertement chez un armurier. Ces lames polies n'avaient que de minuscules imperfections. Bien que soigneusement entretenues à une époque, elles n'avaient clairement pas été sorties depuis longtemps. Ces instruments appartenant à son compagnon avaient beau rendre Magirie nerveuse et méfiante, voire la mettre en colère, elle ressentit paradoxalement une soudaine bouffée d'inquiétude pour Lihsil. Bien que cachés et laissés de côté, ces objets répugnants avaient suffisamment d'importance aux yeux de son ami pour qu'il les ait gardés sous clé pendant un nombre d'années inconnu.

Lihsil hésita et Magirie vit son dos se soulever et s'abaisser en une profonde respiration avant que ses doigts n'appuient sur un point caché à l'intérieur de la boîte. Il saisit ensuite la base du couvercle à côté de la charnière et un panneau se déplia pour révéler un compartiment à l'intérieur même du couvercle. Là, enveloppé dans des bandes de tissu, se trouvait un assortiment de fils, de crochets longs et fins comme des aiguilles et d'autres petits objets aussi délicats, recourbés, pliés et façonnés comme de minuscules outils dont Magirie ne pouvait imaginer l'utilité. Cette fois encore, le métal avait la teinte de l'argent fourbi mais était trop clair pour être de l'acier.

— Qu'est-ce que c'est ? demanda Brendèn.

Lihsil ne lui répondit pas et choisit un fin cordon qui se terminait en angle droit. Le bout plié dépassait d'à peine la moitié d'un ongle et était aplati de sorte qu'il était plus mince que son manche ou sa poignée. Le demi-elfe se laissa prudemment glisser le long du mur en bois, puis il appuya ses doigts sur un point qui ressemblait exactement à tout le reste de cette immense paroi. Il tenta d'insérer le fil directement au-dessus de son ongle.

À la surprise de Magirie, l'embout du cordon s'enfonça directement dans le bois et une planche large et haute comme son bras s'ouvrit sur un passage.

— Laissez-moi passer devant, décida Lihsil. Il y a peut-être des pièges.

Il était si tendu et si grave que la jeune femme le reconnaissait à peine. Il savait ce qu'il faisait, mais, quelque part, toute cette opération avait l'air de lui coûter, comme s'il se forçait.

Les pensées de Magirie se figèrent et revinrent en arrière. Il agissait en connaissance de cause. Comment ?

— Lihsil…

Quand il se retourna, ses yeux ambre et bridés étaient implorants.

— Fais-moi confiance, dit-il.

Il claqua le couvercle de la boîte, la glissa dans son sac et rampa à travers la porte secrète. Magirie n'avait pas tellement d'autre choix que de le suivre.

QUAND BRENDÈN SE fut faufilé dans la trappe après Magirie et qu'il émergea dans un somptueux salon, la première chose qu'il remarqua fut une bougie en forme de rose d'un rouge intense. Il ne s'était pas vraiment attendu à des roses de cire. Lihsil fouillait déjà du regard et du bout des doigts les murs et le sol. Deux lampes à huile attachées au mur produisaient des petites flammes lumineuses. L'été précédent, si on avait dit à Brendèn qu'il traquerait bientôt les assassins morts-vivants de sa sœur en compagnie d'une chasseuse de vampires et d'un voleur professionnel, il aurait pris son interlocuteur pour un dément. En fait, cela ressemblait vraiment à une histoire de fou et cette pensée fit se dresser ses cheveux.

La première fois qu'il avait vu Magirie, il l'avait prise de haut, pensant qu'elle n'était qu'une femme froide et égoïste dont le seul intérêt était de tirer profit de sa taverne. Depuis ce jour, son opinion sur la jeune femme avait beaucoup changé. Malgré sa force et ses airs soigneusement impassibles, il distinguait de la douleur et de l'incertitude profondément enfouies en elle. Elle ne se cachait pas dans sa taverne par égocentrisme, mais pour fuir autre chose; cependant, il ne la connaissait pas assez pour lui demander de quoi il s'agissait. À présent, elle avait surmonté ce mystérieux obstacle et se tenait à ses côtés avec une épée, prête à tuer ou à périr au combat. Il admirait son courage, et la finesse de ses traits ainsi que sa longue tresse noire, tout ceci ne le laissait pas indifférent. Il était rare qu'il trouve chez une seule personne la force, la beauté et l'habileté au combat.

Puis, quand il reporta ses pensées sur Éliza, sa fragile petite sœur, la colère qui couvait dans sa poitrine le poussa à se concentrer sur leur objectif du moment.

Et sur cette pièce : des canapés arrondis recouverts de velours vert, un beau tableau de la côte du nord, des tapis tissés et de nombreux bibelots posés sur une table polie apparurent à la vue de Brendèn d'un seul coup. Il traversa la salle et ramassa un panier à couture. À l'intérieur, il trouva de fines broderies. Les travaux en cours ressemblaient plus à des scènes colorées et vivantes qu'à de simples ouvrages de couture. Il tenait un morceau de mousseline inachevé qui représentait un énorme soleil entouré de nuages et se couchant dans l'océan.

Chap arpentait furtivement la pièce et reniflait tout en grondant doucement.

— Il y a une femme, constata mollement Brendèn.

— Pardon ?

Magirie avait l'air troublée par cette nouvelle.

— Nous n'avons pas seulement affaire au gentilhomme et à ce gamin des rues. Et les objets de cette pièce sont trop personnels pour appartenir à une domestique. Les servantes ne restent pas assises pendant des heures à faire du crochet.

Lihsil cessa de soulever les tapis.

— À moins que l'un d'eux ne soit un artiste avec un très bon goût pour la décoration.

Sur cette remarque désinvolte, Magirie esquissa un sourire et Brendèn secoua la tête. Il devinait maintenant ce que la jeune femme cachait souvent derrière un masque froid et hostile, et ce que Lihsil dissimulait derrière son humour, qu'il soit caustique ou autre genre. Il comprenait que Magirie se protège, mais bien qu'il en soit venu à apprécier le demi-elfe, les changements d'humeur de celui-ci, entre insolence et compassion inattendue, entre sa rapidité d'attaque et ses dons de voleur, commençaient à devenir agaçants.

Lihsil étudiait une trappe clairement visible au milieu du plancher.

— Qu'attends-tu ? s'enquit Magirie.

— Celle-ci est différente, répondit-il presque pour lui-même. Ceux qui ont construit cet endroit ne s'attendaient pas à ce que quiconque trouve cette porte de derrière, et ils ne l'ont sûrement jamais utilisée, donc il n'y avait pas de réel besoin de la faire garder activement. Il leva la tête jusqu'à ce que son regard se pose sur Magirie. Il faut que nous descendions. Je n'en sais pas plus que toi sur ce genre de chasse, mais je suis sûr qu'ils doivent dormir quelque part là-dessous.

— Qu'est-ce que vous ne savez pas ? l'interrogea Brendèn avant de regarder Magirie. N'est-ce pas ainsi que vous gagniez votre vie avant de venir à Miiska ?

Le demi-elfe sourit faiblement.

— Pas le temps d'expliquer. Vous deux, reculez.

Brendèn fit un pas en arrière, puis un autre, jusqu'à ce que son dos soit presque contre le mur. Lihsil contourna lentement la trappe comme pour en mémoriser les moindres détails. Le forgeron ressentit une vague de malaise quand un certain temps se fut écoulé et que Lihsil continuait son étude.

— Nous devons faire vite, intervint Brendèn. Le soleil va bientôt se coucher.

— La lumière du jour ne nous sera d'aucune utilité, si nous sommes morts, répondit Lihsil.

Un petit trou avait été pratiqué sur un bord du battant pour servir de simple poignée. Il suffisait de glisser ses doigts dedans et de le soulever. Lihsil s'accroupit pour fouiller dans son sac. Toutefois, au lieu d'en sortir sa boîte d'instruments, il en tira un pieu.

— Baissez-vous tous les deux derrière le canapé et tenez bien Chap, ordonna-t-il. Je vais utiliser un pieu pour entrebâiller un peu la trappe. Quand je le ferai, une aiguille empoisonnée s'enfoncera dedans. Après cela, j'essaierai de soulever le battant, mais il y aura peut-être d'autres surprises. Il marqua une pause. Un jour, j'ai vu un général introduire du gaz empoisonné derrière une porte de cette manière. Si je crie, ressortez par le trou, quoi qu'il arrive.

Brendèn regarda à tour de rôle ses deux compagnons, qui se toisaient l'un l'autre. Il était évident que Lihsil dévoilait des talents et un savoir jusque-là méconnus de Magirie. L'expression de celle-ci reflétait plus qu'un léger trouble, mais elle recula pour se cacher derrière un canapé couvert d'un tissu précieux. Brendèn l'imita en surveillant à côté de lui.

— Sois prudent, lança Magirie.

— Non, tu crois ? répondit Lihsil avant de passer délicatement le pieu dans l'ouverture.

Un claquement sonore retentit tout de suite après.

— J'ai l'aiguille, dit-il. Il s'aplatit au sol, une jambe repliée sous lui, probablement pour pouvoir plonger sur le côté si besoin. Baissez la tête.

Il enleva l'outil pour soulever le bord du battant, puis il tira vivement et recula quand la trappe s'ouvrit.

Deux craquements retentirent depuis l'ouverture. Correctement protégés par les canapés, Brendèn et Magirie n'en eurent pas moins le réflexe de s'accroupir tous les deux lorsque deux carreaux d'arbalète surgirent. Le premier passa au-dessus de Lihsil, là où une personne aurait dû se tenir en ouvrant le battant. L'autre dépassait à présent à l'avant du canapé derrière lequel se cachaient Magirie et Brendèn. Ce dernier le contempla au-dessus du dossier.

— Attendez, dit Lihsil en levant une main. Je ne suis pas sûr que ce soit tout.

Il disparut dans le trou.

Magirie ne lui obéit pas. Elle contourna la banquette en rampant et se dirigea vers la trappe en jetant un coup d'œil prudent par-dessus le bord.

— Que fais-tu ?

— Je vérifie juste. La voix de Lihsil, sourde et étouffée, venait de quelque part plus bas. Je crois que vous pouvez descendre, maintenant.

Brendèn rejoignit Magirie en réfléchissant à la manière de faire se baisser Chap, mais le chien résolut le problème en bondissant et en atterrissant à côté de Lihsil. Magirie le suivit, puis le forgeron passa en dernier.

Celui-ci se redressa dans un tunnel étroit. Depuis toujours intéressé par les instruments et les gadgets, il examina les deux arbalètes fixées à des supports en fer et soigneusement dirigées vers l'ouverture, plus haut.

— C'est un piège assez simple, en fait, déclara Lihsil. Il suffit de les attacher solidement, de les charger et de relier la porte au mécanisme de tir avec un cordon ou un fil.

— Si vous avez fini d'admirer ces armes soi-disant meurtrières, tous les deux, intervint Magirie d'une voix basse et agacée, nous devons avancer. Allumez une torche.

ÉDWAN REVINT EXTRÊMEMENT nerveux dans les tunnels souterrains de l'entrepôt. Il avait écouté chaque mot qui s'était échangé entre la chasseuse et l'étranger qui vivait dans la cave de La Rose de Velours. Bien qu'il ne saisisse pas parfaitement ce qui s'était passé, Édwan comprenait que la chasseuse était plus dangereuse que ce que pensait Rashed, et que l'étranger connaissait beaucoup de choses sur les morts-vivants. De plus, cet étranger la poussait à les traquer. Édwan repensa à la nuit où Magirie avait visité le lieu où la sœur du forgeron était morte. L'étranger était apparu et lui avait parlé. Il l'avait appelée « *dhampir* ». Comment avait-il dit ? « Les personnes douées pour chasser les morts ». Avant cette nuit-là, la chasseuse ne s'était pas intéressée à Tisha et Rashed. Des bribes de pensées et des liens traversèrent l'esprit confus d'Édwan. Il s'obligea à réfléchir.

Et si, d'une certaine façon, l'étranger manipulait la chasseuse ? Elle semblait si fière et pourtant elle cherchait des conseils.

Édwan savait qu'il devait en parler à Tisha. Elle comprendrait ce que tous ces mots signifiaient… du moins, ceux dont il se souvenait. Elle saurait quoi faire.

Il avait décidé de voler directement vers son cercueil quand il sentit une présence et hésita… Non, c'était plus qu'une présence. Mû par l'instinct, il descendit le tunnel en flottant et aperçut la chasseuse, son demi-elfe, le forgeron et le chien. Ils tenaient des torches et des armes et ils se dirigeaient vers les grottes où Tisha, Rashed et Raton dormaient. Édwan en fut choqué, puis il se le reprocha. Il aurait dû s'attendre à les trouver là. L'étranger n'avait-il pas dit à la fille de les chasser et d'utiliser le chien ?

Quelque temps plus tôt, Édwan avait supplié Tisha d'éloigner son cercueil de celui de Rashed, afin qu'il puisse avoir un peu d'intimité avec elle quand elle se retirait ou quand elle se réveillait. Ce qu'elle avait accepté. À cet instant, il se pressait de la rejoindre. Dans un éclair lumineux, il se rendit visible au milieu de sa chambre souterraine privée, frustré par son incapacité à ouvrir le couvercle de son cercueil.

— Ma chérie, dit-il tout fort. Il faut te réveiller.

Édwan essaya de remonter dans ses souvenirs de lorsqu'il était en vie, à l'époque où il aurait au moins pu tenter de la protéger. Qu'aurait-il fait ? Ses pensées étaient enfermées depuis si longtemps entre le monde des mortels et celui des esprits qu'il lui était déjà difficile de se concentrer sur quoi que ce soit d'autre que les détails de l'instant présent ; alors sur une époque depuis longtemps révolue...

— Tisha. Cette fois, il essaya d'utiliser ses pensées, laissant sa forme incorporelle passer à travers le couvercle lisse du cercueil. Il put ainsi voir son visage endormi. Réveille-toi.

Les yeux de son épouse restèrent clos comme ceux d'une douce enfant perdue dans le sommeil. Le soleil commençait juste à se coucher. Elle se réveillerait bientôt toute seule, mais il avait besoin qu'elle se lève tout de suite.

Édwan se retira de la chambre, dans le tunnel de pierre et de terre battue que Rashed avait fait creuser par douze hommes avant la construction du hangar. Ce travail avait pris presque un an. Il avait embauché des hommes de l'extérieur de la ville et personne n'avait jamais su ce qu'il était advenu d'eux quand ils eurent terminé. Le fantôme essaya désespérément de se rappeler chaque mot prononcé à cette époque révolue. Certaines zones avaient besoin de supports en bois, se remémora-t-il, et le guerrier avait dessiné un passage à creuser qui mènerait à l'un de ces endroits en cas d'intrusion. Où se trouvait-il ?

La rapidité de mouvements étant une des rares capacités qu'on lui ait laissées, il se concentra et disparut.

LIHSIL GARDAIT LE sac chargé de son équipement sur son épaule. Il brandissait une courte torche devant lui, mais il tenait à garder une main complètement libre. Chap marchait juste derrière lui, suivi de Magirie et de Brendèn, qui fermait la marche en portant l'autre torche. Il les avait avertis tous les deux de ne toucher à rien, même les murs, sauf s'il leur confirmait qu'il n'y avait pas de danger.

Beaucoup de temps s'était écoulé depuis la dernière fois où il avait dû localiser une cible endormie, et cette tâche exigeait habituellement de grimper en hauteur, non de s'enfoncer dans des profondeurs. Sans détourner son attention de son objectif présent, il se déplaçait lentement, examinait prudemment le sol, les murs et le plafond avant chaque pas en avant. Il ne prêtait pas attention aux remarques incessantes de Brendèn quant à la nécessité de faire vite.

Il évitait aussi de parler avec Magirie ou de la regarder, ce qui n'était pas très difficile en cet instant. Là-dessous, leurs torches étaient leur seule source de lumière et, après tout, il était assez occupé.

Chap grogna doucement et ses yeux se firent plus brillants et même plus transparents que d'habitude.

— Nous approchons, commenta Magirie. Je crois.

Aucun d'eux ne savait quoi que ce soit des capacités de Chap, mais Lihsil trouva sa remarque sensée. Il lui lança un regard pardessus son épaule et, dans la faible lumière, autre chose attira son attention. Elle avait tellement rampé que ses amulettes étaient ressorties de sous sa chemise et pendaient bien en vue autour de son cou. Une lueur émanait de la topaze.

— Regarde, dit-il en tendant le doigt.

La jeune femme baissa les yeux et toucha la pierre avec un léger étonnement.

— Elle n'est pas chaude. Elle brille simplement.

Chap gémit.

— Est-ce déjà arrivé ? s'enquit Lihsil.

— Quand je me suis battue contre ce villageois, sur le bord de la Vudrask, et…

Sa voix s'éteignit et ils se fixèrent mutuellement du regard.

— Tu devrais peut-être la laisser sortie, avança-t-il.

— Il faut faire vite, répéta Brendèn avec une frustration évidente.

Le tunnel était petit, à peine assez haut pour s'y tenir debout et grossièrement creusé. Lihsil ne voyait rien d'autre que les parois, ses pieds et quelques mètres devant lui.

— Comment ont-ils fait pour creuser ces tunnels sous l'entrepôt ? s'interrogea Magirie.

— Cela fait un moment, mais je me souviens que la construction avait eu l'air de traîner en longueur, répondit Brendèn. Les tunnels ont peut-être été conçus avant et le hangar bâti dessus.

Cela semblait plausible. Lihsil commença à distinguer des panneaux au-dessus de leurs têtes.

— Il y a des supports en bois, ici, annonça-t-il en s'engageant dessous. Faites attention en passant.

Un petit scintillement au sol attira son attention. Il s'arrêta en tendant sa main afin que les autres l'imitent et il s'accroupit pour regarder de plus près. Un mince fil traversait le tunnel à une largeur de main du sol.

— Un fil déclencheur, conclut-il. Si vous regardez, vous le verrez. Avancez prudemment.

Ces pièges étaient plus ennuyeux que dangereux pour Lihsil. Son œil affûté ne manquait rien et ses vieilles habitudes lui revenaient naturellement, même après tant d'années à avoir tenté de les oublier. Il se tournait pour s'assurer que Chap ne marchait pas sur le fil, lorsque, tout à coup, une lumière brillante apparut devant lui.

Les couleurs se solidifièrent en l'espace d'un battement de cœur.

Lihsil se retrouva face à un homme décapité qui se trouvait non loin. La tête partiellement coupée du mort était appuyée en angle droit sur son épaule, sa gorge ouverte et sanglante totalement exposée. Son buste se tourna brusquement, envoya sa tête en direction du visage de Lihsil, ses lèvres retroussées en un grognement.

Le demi-elfe s'éloigna de cette vision terrifiante en titubant, et il se souvint du fil.

Son premier pas avait été assez haut pour éviter le piège, mais il perdit l'équilibre en le redescendant. Son talon suspendu accrocha le cordon quand il chancela en arrière. Instinctivement, il se couvrit la tête avec ses deux bras.

Deux panneaux se détachèrent au-dessus de lui; l'un d'eux le frappa de plein fouet en tombant. Au-dessus de leurs têtes, le plafond explosa alors que les racines et la terre bouillonnante prenaient vie. Il essaya de voir si Magirie était assez en retrait pour éviter d'être ensevelie, mais il n'en eut pas le temps. La terre et la pierre qui lui tombaient dessus dans un grondement de tonnerre devinrent trop lourdes. Il fut projeté à terre et percuta le sol avec une force écrasante.

MAGIRIE VIT LIHSIL se tourner vers elle avant de tomber dans le tunnel, une expression horrifiée sur le visage, comme s'il avait eu une terrible vision. Presque immédiatement, une avalanche de bois, de roches et de terre sablonneuse se déversa du plafond.

— Lihsil ! hurla-t-elle.

Elle tendit une main pour le retenir, mais Brendèn la saisit par la taille et la tira en arrière.

— Non ! cria-t-il. C'est trop tard.

Un nuage de poussière les enveloppa et aveugla momentanément Magirie.

Aussi vite qu'il avait commencé, l'éboulement cessa. La terre tournait toujours lourdement autour d'eux dans l'air, mais Magirie put distinguer la queue et l'arrière-train de Chap et elle l'entendit gémir. Après s'être essuyé les yeux du revers de sa main, elle vit que le chien était déjà en train de creuser désespérément.

— Écoutez le chien et prenez ma torche, commanda Brendèn.

L'espace n'était pas suffisant pour permettre à deux personnes de bouger en même temps. Brendèn était potentiellement le plus fort. Magirie attrapa les hanches de Chap et tira fort et rapidement.

— Recule, Chap !

Le chien lui grogna méchamment dessus, soit à cause de sa brutalité, soit parce qu'il avait été interrompu dans ses efforts désespérés. Sans lâcher l'animal, la jeune femme prit la torche de Brendèn, qui la dépassa avant d'arracher et de faire voler les panneaux sur les côtés du mieux qu'il put.

Pendant ce temps, Magirie ne pouvait rien faire d'autre qu'attendre et regarder.

Elle détestait ne pas avoir le contrôle. Il lui était arrivé de pester contre les responsabilités qu'elle s'octroyait souvent. Cependant, debout dans ce tunnel à regarder le forgeron creuser furieusement pour chercher Lihsil, elle s'aperçut qu'il était bien pire de n'être qu'un spectateur inutile qu'à la place de ceux qui agissaient. Les observateurs avaient le temps de réfléchir.

Et si Lihsil mourait? Quel intérêt aurait-elle à se battre pour son foyer et son affaire si elle n'avait personne avec qui partager ses projets et son quotidien? Lihsil était la seule personne avec laquelle elle avait été capable de passer autant de temps sans le regretter. Qu'est-ce que cela signifiait pour elle? S'il mourait?

Elle lutta contre l'envie de jeter la torche, de pousser Brendèn et de creuser elle-même. Au lieu de cela, elle retint Chap sans vraiment savoir si le tremblement qu'elle sentait venait de son propre corps ou de la vibration produite par les grognements plaintifs du chien. De son autre main, elle essayait de tenir la torche sur le côté afin de fournir de la lumière au forgeron et de voir ce qui se passait.

Le tunnel n'était pas complètement bouché. Les débris et la terre ne l'obstruaient que sur la moitié de sa hauteur. Le problème était que Brendèn n'avait nulle part où jeter ce qu'il retirait. Son visage rougi brillait dans l'effort, mais il ne ralentit pas.

— Pouvez-vous le voir? demanda Magirie.

— Non, je ne... Attendez, un pied!

— Tirez! Sortez-le de là!

Elle recula rapidement, entraînant Chap avec elle. Brendèn tira fort et lui rentra presque dedans en soulevant un petit nuage de poussière. La terre alliée à la peur de Magirie lui donnèrent l'impression que le forgeron venait de créer le demi-elfe à partir de rien et qu'il lui avait donné vie en le tirant ainsi.

C'était maintenant à elle d'agir. En se pressant contre le mur, elle contourna Brendèn. Elle lui tendit la torche afin de pouvoir s'agenouiller à côté de Lihsil, posa son oreille sur sa poitrine, puis sur sa bouche.

— Il ne respire pas.

Ainsi étendu, Lihsil avait l'air plus frêle que jamais. Son corps tout entier avait la couleur de la terre, excepté là où du sang s'écoulant de ses coupures ou d'écorchures au visage et aux mains noircissait la crasse qui le recouvrait. Un jour, Magirie avait vu tante Bihja sauver un enfant, qui était tombé dans un puits, en soufflant de l'air dans sa bouche.

La jeune femme détourna la tête de la terre et prit une profonde inspiration. Elle pinça le nez fin de Lihsil, plaqua sa bouche contre la sienne et expira. La poitrine de son ami se souleva et retomba, toujours immobile.

— Que faites-vous ? s'écria Brendèn en l'attrapant par l'épaule.

Magirie se dégagea et rejeta le bras du forgeron avant de répéter le processus encore et encore. Elle ne se laisserait pas arrêter par le désespoir. Quand la poitrine de Lihsil se souleva pour la cinquième fois, il toussa dans la bouche de la jeune femme.

Celle-ci recula vivement et le dévisagea.

— Lihsil ?

Il gisait, sans un geste. Puis il toussa de nouveau et de la terre s'éleva de sa bouche, suivie par un hoquet sonore quand il inspira de l'air. Magirie s'effondra au-dessus de lui et le soulagement la submergea.

— Tenez, dit Brendèn en lui tendant une gourde d'eau qu'il venait de décrocher de sa ceinture. Essayez de lui rincer la gorge et ensuite nous verrons s'il a des os cassés.

Avant que Magirie n'ait le temps de prendre l'outre, Lihsil tendit le bras et la saisit tout seul. Il but une gorgée, roula sur le côté et cracha l'eau. Puis il essaya de s'asseoir.

— Je vais bien, annonça-t-il d'une voix râpeuse en clignant des yeux pour en chasser la poussière. Où est le fantôme ? Est-il parti ?

— Quel fantôme ? s'enquit Magirie. Ne bouge pas, lui ordonna-t-elle. Avec ses doigts, elle lui examina rapidement les mains, les bras et les jambes. Je crois qu'il n'est pas blessé.

— Je me sens bien, radota Lihsil. Où est ce foutu spectre ? J'ai cru qu'il était réel… mais ce n'est pas possible… il avait la tête coupée.

Magirie se tourna vers Brendèn.

— Il faut faire demi-tour. Il a des hallucinations.

— Non ! aboya Lihsil. Je n'hallucine pas. Oh, oubliez ça ! C'est trop tard. Si nous renonçons maintenant, ils sauront que nous sommes venus. Serons-nous en sécurité chez nous cette nuit ? Et Rose et Caleb ? Nous devons en finir.

Il avait raison et Magirie le savait, mais son premier réflexe était toujours de le sortir de cet endroit. Elle défit un pan de sa chemise, en déchira un morceau et l'imbiba d'eau pour lui nettoyer le visage et les yeux. Tout d'abord, il protesta et repoussa ses mains, mais, voyant qu'elle refusait d'abandonner, il la laissa terminer tranquillement. Sa peau bronzée était zébrée par des coupures et des éraflures, mais aucune n'avait l'air grave.

— Tu as eu de la chance, commenta-t-elle.

— Les dieux veillent sur les fous, répondit-il en essayant de sourire.

— Oh tais-toi, rétorqua Magirie.

Toute sa panique se mua en irritation dès la première de ses habituelles remarques déplacées.

Brendèn secoua la tête. Magirie savait qu'il les trouvait bizarres, tous les deux. Elle ne lui en voulait pas.

— Bon ! Et maintenant ? demanda-t-elle à son partenaire.

Lihsil regarda par-dessus son épaule vers le monticule de débris qui obstruait la moitié du tunnel.

— Nous allons devoir ramper et traîner notre équipement là-dedans, répondit-il. Je pense que nous touchons au but. Ce fantôme devait être une sorte de gardien.

Il se mit alors à vérifier que rien dans son sac n'était cassé ou abîmé. Une flasque d'huile avait explosé, rendant les autres glissantes, ainsi que son étrange boite d'instruments. Il essuya le mieux possible son arbalète et d'autres objets avec le morceau de chemise de Magirie.

— J'ai perdu la torche, déclara-t-il. Nous allons devoir faire avec une seule.

Pour quelqu'un qui venait de frôler la mort, il se comportait avec un calme et une attitude responsable qui rassurèrent et agacèrent Magirie.

— Passe de l'autre côté et Brendèn te la donnera, ajouta-t-il. Mais ne t'engage pas dans le tunnel tant que je ne serai pas passé devant vous.

— Attendez, intervint Brendèn. Magirie, ne bougez pas. J'ai apporté quelque chose pour vous. Il retira une petite flasque de sa ceinture. Tendez les bras.

— Qu'est-ce que c'est ? demanda la jeune femme.

— De l'eau à l'ail, répondit-il. Je l'ai prise dans votre cuisine. En combat rapproché, cela pourrait vous protéger, ou du moins faire réfléchir ces créatures à deux fois avant qu'elles s'en prennent à vous.

Il versa le liquide sur ses bras, ses épaules et son dos. Elle fut impressionnée par sa prévoyance, mais elle ne dit rien avant qu'il n'ait fini.

— Prêt ? s'enquit-elle.

Il hocha la tête.

Un par un, ils rampèrent par-dessus l'éboulement et reprirent leur marche dans le tunnel. Peut-être était-ce son imagination, mais Magirie eut l'impression que Lihsil ressentait le chemin car, bien qu'il s'assure de l'absence de pièges, ses inspections restaient rapides.

— Je vois une ouverture, annonça-t-il.

Une seconde vague de soulagement envahit Magirie quand le tunnel déboucha sur une caverne souterraine et qu'ils purent de nouveau se tenir de front.

— Là-bas, dit Lihsil en pointant le doigt vers l'autre côté de la salle.

— Quoi ? demanda Brendèn.

Le demi-elfe avança en levant la torche, puis il se retourna.

— Des cercueils.

INVISIBLE, ÉDWAN FLOTTAIT au-dessus du cercueil de Rashed. Il était déchiré entre la joie et la frustration. Sa première tentative pour pousser les chasseurs à se tuer avait échoué et il pensait que faire une nouvelle apparition maintenant ne ferait que réduire ses chances de les prendre par surprise plus tard.

Toutefois, ils avaient vu le cercueil du guerrier et de Raton, mais pas celui de Tisha. Que ces deux-là se battent contre ces chasseurs ; il n'en avait rien à faire. Pour l'instant, sa femme était en sécurité.

Il se concentra de nouveau sur sa propre forme et se transporta jusqu'à la petite grotte de sa bien-aimée.

— Réveille-toi, ma douce, murmura-t-il. S'il te plaît.

Cette fois, elle remua.

XIII

Certains vampires dormaient plus profondément que d'autres durant la journée. Rashed ne l'avait jamais avoué à personne, pas même à Tisha, mais il luttait toujours pour ne pas s'évanouir dès le lever du soleil et il ne reprenait ses esprits qu'au crépuscule. Peut-être était-ce propre à lui, sans aucun rapport avec le fait qu'il soit un mort-vivant. Il considérait cela comme une faiblesse, mais il n'avait encore trouvé aucun moyen d'y remédier.

Cette fois, toujours perdu dans son sommeil, une sensation très proche des rêves des mortels effleura sa conscience. Il avait l'impression qu'une chose invisible l'observait dans le noir. Il pouvait mieux voir dans l'obscurité qu'un mortel, mais la vue nécessitait toujours une once de lumière. Ces ténèbres étaient si profondes que même son regard ne pouvait les percer. Il sentait pourtant cette présence dans le noir, qui ne cessait de bouger et de se déplacer en essayant de l'attraper par-derrière.

Il n'avait pas repensé aux rêves depuis de nombreuses années. Ces visions et ces préoccupations étaient pour les vivants, pas pour les morts-vivants. Quelle était cette chose qui le tirait ? Avec une soudaine bouffée d'inquiétude, il sentit la présence s'avancer vers lui et il ouvrit les yeux.

Avant qu'il n'ait le temps de réagir, le couvercle de son cercueil s'ouvrit de l'extérieur.

Une torche illuminait la salle derrière une silhouette sombre perchée au-dessus de lui, mais il pouvait voir clairement, dans cette lumière. La chasseuse était penchée sur lui et brandissait un pieu pointu. Elle écarquilla légèrement les yeux. Surpris, ils se figèrent tous les deux, puis elle abattit son arme vers lui.

De colère plus que de peur, il saisit son poignet en grognant et la pointe du pieu s'arrêta juste au-dessus de son buste. Elle avait la manche et le bras mouillés, et la main de Rashed se mit à fumer.

Un cri de douleur lui échappa et il la lâcha en projetant ses pieds en l'air. Il roula immédiatement hors de son cercueil et se remit debout. Que lui avait-elle fait ?

Une odeur âcre lui monta aux nez et lui piqua les yeux. De l'ail.

Il se rappela les plaintes de Raton à propos de ce que la vieille femme de la taverne lui avait infligé. La chasseuse s'était aspergée d'eau à l'ail.

Rashed pouvait un peu bouger son bras gauche, mais pas suffisamment pour l'utiliser au cours d'un combat; sa main droite était à présent gravement endommagée elle aussi. La chasseuse transféra le pieu dans sa main gauche et tira son fauchon de l'autre. Rashed réagit immédiatement et, les dents serrées, il brandit sa propre épée de sa main brûlée.

La fille était couverte de terre et de crasse et des mèches de cheveux détachés étaient collées à son visage pâle comme si elle avait rampé dans la poussière, mais ses traits n'exprimaient que dureté et colère. C'était effectivement une chasseuse : froide et sans pitié, une intruse qui pénétrait dans sa maison pour le tuer ainsi que ceux auxquels il tenait. Il n'avait jamais ressenti une haine aussi réelle et puissante qu'à cet instant depuis la nuit où il avait arraché la tête de Corische.

Un chien au pelage argenté hurlait et grognait sauvagement de l'autre côté de la grotte, où un homme à la barbe rousse le tenait à distance. À côté d'eux, le demi-elfe aux cheveux clairs était à genoux, en train de charger son arbalète.

— Raton, appela Rashed. Lève-toi !

La chasseuse se jeta sur lui en brandissant son sabre. À sa propre surprise, il esquiva au lieu de parer, laissant ses réflexes agir à sa place. Il ne pouvait pas permettre à cette lame de le toucher. S'il était de nouveau sérieusement blessé, c'en serait fini de lui et il n'y aurait plus personne pour protéger Tisha. Désarmer la chasseuse était son unique priorité. Il devait la faire reculer dans le tunnel, là où elle ne pourrait pas balancer son arme ; Rashed retrouverait alors l'avantage de sa force. Malheureusement, la blessure qu'elle lui avait infligée à l'épaule lors de leur dernière rencontre le brûlait toujours. Quelque peu déséquilibré par son bras gauche presque inutile, il prit appui sur le sol et chargea vers elle.

— Oui, ma chérie, dit Édwan. La tête enfoncée à travers le couvercle du cercueil, il regardait Tisha battre des paupières. Réveille-toi. Nous devons fuir.

Elle portait une jupe en velours rouge foncé, comme un vin généreux, et ses épaisses boucles chocolat étaient étalées sur le matelas du cercueil, encadrant son joli visage ovale. Il se rappelait encore la première fois où elle lui avait souri. C'était l'un des rares vieux souvenirs qui lui étaient restés après sa mort.

Comme Rashed, Tisha refusait de dormir dans la poussière et étendait un drap de satin blanc sur la terre de son pays natal. Quand elle s'assit en repoussant le couvercle, Édwan recula. Elle cligna des yeux et il remarqua à quel point la pâleur du rembourrage de son cercueil rendait la couleur de sa robe plus vive.

— Nous devons fuir, répéta-t-il.

— Pourquoi ? demanda-t-elle. Qu'y a-t-il ?

Il commença à lui parler de l'étranger résident à La Rose de Velours, puis il s'aperçut qu'il était idiot de lui raconter cela. Il devait d'abord lui dire que la chasseuse était là et qu'elle devait s'enfuir avec lui. Rashed était en train de se battre contre la jeune femme. Si la chance était de leur côté, cette dernière se ferait tuer et Édwan aurait de nouveau Tisha pour lui tout seul.

— La chasseuse est entrée dans les tunnels, déclara-t-il. Elle a amené le chien, d'autres mortels et beaucoup d'armes. Nous devons partir.

L'inquiétude altéra les jolis traits de Tisha.

— Où est Rashed ? Tu ne l'as pas réveillé ?

— La chasseuse l'a trouvé en premier, avec Raton. Ils peuvent la combattre. Maintenant, viens avec moi.

Elle passa rapidement par-dessus son cercueil et courut dans le tunnel qui menait à la grotte du guerrier.

— Non ! s'écria Édwan, choqué. Il la dépassa dans les airs et s'arrêta en plein milieu de son chemin. La chasseuse est là-bas. Tu cours vers elle. Nous devons fuir par les tunnels de l'autre côté.

— Pousse-toi, Édwan, cria-t-elle. Je dois aider Rashed… nous avons besoin de lui.

Le fantôme fut encore plus choqué lorsqu'elle s'élança tout droit à travers lui. Il ne pouvait pas croire ce qui se passait et la suivit dans la confusion la plus totale. Des grognements, des cris et le bruit de l'acier contre l'acier s'intensifiaient à mesure qu'ils approchaient de la caverne de Rashed. Tisha s'arrêta et s'appuya contre la paroi du tunnel dans l'entrée de la salle.

Édwan vit Rashed se battre contre la chasseuse. À chaque pas et à chaque coup, ces deux-là se rapprochaient de l'ouverture située de l'autre côté de la grotte. Le guerrier essayait de repousser son adversaire dans cette galerie. Tout à droite, derrière le cercueil de Rashed, le demi-elfe et un gaillard à barbe rousse, qui retenait le cabot argenté, s'apprêtaient à ouvrir le cercueil de Raton.

Les yeux de Tisha allaient de la chasseuse à ses compagnons.

— Édwan, appela-t-elle. Va aider Raton, tout de suite !

Le fantôme resta suspendu derrière elle. Elle ne l'avait même pas regardé. Elle s'était contentée de le commander.

— Non.

Surprise, Tisha se retourna pour le dévisager. Elle ouvrit la bouche, mais pas un mot ne sortit. Quand elle regarda de nouveau dans la grotte, Rashed tenait la chasseuse à deux pas de l'entrée. Il bondit soudain en avant, dans le but de se rapprocher, et il lui infligea une violente coupure avec son épée.

La chasseuse sauta sur sa droite contre l'ouverture de la caverne, abattit sa lame sur celle de Rashed et la projeta au sol. De son autre main agrippant un pieu, elle prit son élan et frappa l'épaule blessée du vampire.

L'immense guerrier tourna sur lui-même et aplatit son dos contre la paroi de la salle, exposant totalement sa poitrine. Au même moment, la moitié supérieure du couvercle du cercueil de Raton vola en l'air. La chasseuse revint à l'intérieur de la grotte et fit face à Rashed, prête à le frapper de nouveau avec son pieu.

Avant que le guerrier n'ait le temps de réagir, Tisha s'élança brusquement dans la salle et bondit sur le dos de la chasseuse. Édwan vit sa femme, si belle, se mettre à hurler quand ses bras commencèrent à fumer.

LIHSIL RAMPA PLUS près du bout du cercueil en pointant son arbalète vers le bas pour clouer le petit clochard du premier coup. Accroché à une sangle en travers de son épaule, son sac pendait le long de sa hanche opposée. Le bruit du fauchon de Magirie s'abattant sur la longue épée du gentilhomme retentit derrière lui, mais il ne pouvait pas se retourner pour regarder. Il devait la laisser occuper son adversaire, exactement comme elle lui faisait confiance pour qu'il se charge du petit clochard. Si l'un d'eux échouait, l'autre finirait par se faire attaquer par-derrière.

Lihsil fit un signe de tête à Brendèn, qui tenait à la fois la torche et Chap par la peau du cou.

— Lâchez Chap et soulevez le couvercle, commanda le demi-elfe.

Brendèn entreprit d'obéir, mais avant que sa main ne touche le bois, le dessus du cercueil explosa alors que Raton se frayait un passage avec fracas. Lihsil sursauta, perdit sa cible et recula.

Le petit clochard attrapa le poignet de Brendèn et le tira brusquement. Le forgeron perdit l'équilibre et tomba en travers de la moitié inférieure du cercueil, en plein dans la ligne de mire de Lihsil. Quand Brendèn bascula, Chap fut forcé de reculer et le forgeron lâcha la torche. La lumière en partie cachée par le cercueil, les ombres se projetèrent sur les murs devant Lihsil.

Entre le soudain changement d'éclairage et la chute de Brendèn, l'arme du demi-elfe se détourna de sa cible. Raton se ramassa en arrière, fit une roulade et se propulsa à l'arrière de son cercueil. Il atterrit au sol, assis.

Lihsil essaya de le viser, mais Raton lança ses deux pieds contre le bout le plus proche du cercueil. Celui-ci glissa brusquement au sol et percuta les jambes de Lihsil.

Dans sa chute, le demi-elfe essaya de se rattraper sur une main et tomba sur le côté. Le haut du couvercle étant à moitié fracassé, il se retrouva le buste à l'intérieur du cercueil. Ses vêtements s'accrochèrent dans les éclis de bois. Raton fut alors sur lui avant qu'il ne puisse se retourner et se redresser.

Lihsil aperçut un visage d'albâtre sombre et crasseux aux yeux ronds rougis et qui souriait de toutes ses dents. Les dents étaient jaunes et les canines dépassaient en haut et en bas. Lihsil pivota et baissa la tête en un éclair.

Une main griffue frappa, manquant de peu sa gorge. Elle le toucha à la joue et à la bouche. Lihsil sentit son propre sang éclabousser son visage avant même de sentir la douleur.

— Personne ne reconnaîtra ton cadavre, siffla Raton.

Lihsil voulut refermer ses mains sur son arbalète, mais elle avait disparu : il l'avait lâchée en tombant. La main de Raton fendit de nouveau l'air et le demi-elfe tressaillit, un bras levé pour protéger sa tête et l'autre attrapant sa ceinture pour prendre un pieu, un stylet ou la première arme qu'il y trouverait.

Le visage et la main de l'adolescent disparurent dans un éclair gris argenté.

Lihsil se dégagea du cercueil, roula sur le côté et faillit tomber sur l'arbalète qu'il avait lâchée au sol.

— Tirez ! hurla Brendèn en se relevant, un filet de sang s'écoulant d'une coupure à son front. Tirez-lui dessus !

Lihsil s'accroupit, l'arbalète prête, et il vit Chap sur Raton. Le chien et le mort-vivant étaient serrés en un nœud de crocs, de membres, de griffes et de grognements qui se déplaçait si rapidement que Lihsil ne parvenait pas à le suivre du regard. Les dents de Chap claquaient et mordaient encore et encore et, bien que Raton ne puisse pas lui rendre la pareille, ses mains griffues lacéraient le chien, lui arrachant des touffes de fourrure.

— Je ne peux pas. Je vais toucher Chap, répondit Lihsil à travers ses dents serrées.

— Imbécile ! cracha Brendèn.

Celui-ci s'empara de la torche et l'envoya ricocher en direction de Raton.

— Non ! Ne… commença Lihsil.

Il eut à peine le temps de voir la torche frapper Raton à la hanche. Le chien et le mort-vivant tentèrent aussitôt d'échapper à la flamme.

Du coin de l'œil, Lihsil vit l'immense gentilhomme faire reculer Magirie vers l'entrée du tunnel, les deux adversaires usant de leur épée. Magirie envoya l'épée de son ennemi à terre et frappa l'épaule blessée de ce dernier avec son pieu. Le gentilhomme se tourna contre la paroi de la grotte et Magirie revint à l'intérieur. Leurs deux visages étaient déformés par une haine au-delà de la raison, chacun n'ayant plus conscience de rien en dehors de l'autre. Les traits de la jeune femme s'étirèrent en une grimace qui révéla ses canines alors qu'elle brandissait son fauchon pour l'abattre sur le gentilhomme.

Lihsil reportait son attention sur son propre adversaire lorsqu'un éclair rouge prit Magirie à revers.

Une femme. Brendèn avait vu juste.

Une masse de cheveux châtains et une robe rouge enveloppèrent son amie quand la femme bondit sur son dos et enroula ses bras autour des épaules et du cou de Magirie. L'étrangère hurla quand elle se mit à fumer, brûlée par l'eau à l'ail. Son amie envoya son coude gauche dans le flanc de la femme et, pivotant à demi, elle la frappa au visage avec la poignée de son fauchon. L'autre bascula en arrière. Quand elle tomba au sol, Magirie abattit son sabre en un seul coup.

Ce geste fit perdre l'avantage à Magirie. Le gentilhomme retrouva l'équilibre et leva sa longue épée pour frapper.

Tout le reste échappa à Lihsil.

Il leva son arbalète et tira.

« MONSTRE. »

Ce mot résonna et se répercuta dans l'esprit de Magirie alors qu'elle tailladait, chargeait et esquivait la grande créature face à elle.

Elle était vaguement consciente de son apparence physique, avec ses courts cheveux noirs et ses yeux clairs.

Rashed. Elle sut qu'il s'appelait Rashed. Son nom apparut simplement dans sa tête, mais elle ne comprit pas comment. À mesure que la rage et la force de la jeune femme s'intensifiaient et que sa mâchoire devenait douloureuse, elle reconnut des images qui surgissaient de sa mémoire.

Il la voyait comme une tueuse, une intruse, mais elle savait ce qu'il était, lui.

Un monstre, pensa-t-elle encore en leva son fauchon pour frapper.

Son nom importait peu. Sa tête détachée de son corps : voilà ce qui comptait. Elle était forte, tellement puissante... et rapide. Sa bouche lui faisait mal et elle était incapable de parler.

Un cri retentit dans ses oreilles alors qu'un poids s'abattait sur son dos et ses épaules. Des bras forts et minces enveloppèrent son cou et le hurlement se changea en une plainte de douleur. De la fumée s'éleva autour de sa tête et obscurcit sa vision.

Magirie frappa en arrière avec son coude, qui s'enfonça dans un buste, et elle sentit avec plaisir des os se briser sous la chair. Quand les bras la relâchèrent, Magirie fit volte-face et projeta le manche de son sabre sur l'individu qui venait de se jeter sur elle, sans être sûre qu'elle avait atteint sa cible. Elle ne vit qu'un tissu rouge ondulé et assombri par des volutes de fumée, mais elle frappa violemment avec son fauchon. La lame toucha sa cible, mais Magirie ne s'arrêta pas pour regarder son adversaire ; elle tourna la tête.

L'épée de Rashed tombait vers elle. La jeune femme eut le réflexe de pivoter pour tenter d'esquiver.

Un carreau d'arbalète sortit tout à coup du ventre de Rashed et la trajectoire de sa lame fut légèrement détournée. Elle passa tout près de l'épaule de Magirie et partit à côté.

La jeune femme sentit la haine monter en elle comme une exultation brûlante. Elle se retourna en levant son bras armé et sa lame décrivit un arc de cercle au-dessus de sa tête avant de descendre sur sa proie.

Le monstre inversa le sens de son coup avant qu'elle ait le temps de se retourner.

Magirie ressentit plus de surprise que de mal quand la pointe sortit de son champ de vision, juste sous sa mâchoire. Sous la piqûre sourde qu'elle éprouva à la gorge, sa haine et sa force se déversèrent d'elle. Une chaleur humide coula sur son corps, sous ses vêtements.

Elle tomba à genoux, lâcha son pieu et serra son cou. La même chaleur coula entre ses doigts.

Rashed recula d'un pas chancelant, retira la flèche fumante de son ventre, puis il s'avança de nouveau, les lèvres retroussées en un grognement.

LIHSIL BAISSA LES yeux juste le temps de prendre un autre carreau dans le carquois de l'arbalète. Il ne pouvait pas se permettre de se mettre entre deux adversaires dans cet état de folie sans se faire couper par l'un ou par l'autre. Il se prépara donc à faire feu. Cela ne tuerait pas le gentilhomme mais pourrait assez le ralentir pour que Magirie reprenne l'avantage. Il mit sa flèche en place et leva les yeux en tirant sur la corde.

Magirie était agenouillée au sol, la main au cou. Son visage n'était plus déformé par la rage, mais son front était plissé en un air troublé et ses yeux étaient exorbités. Ses doigts étaient déjà noirs de sang.

— Chap ! cria Lihsil sans même regarder si le chien s'était libéré de son ennemi. Chap, ici ! Attaque !

Le gentilhomme tira la flèche de son ventre dans un geste très proche de ce à quoi Lihsil avait assisté avec Raton sur la route de Miiska. Chap accourut auprès de son maître en un éclair. Les pattes du chien ne touchèrent le sol que deux fois et il fut assez près pour bondir sur le gentilhomme.

Comme Lihsil faisait demi-tour, il entendit plus qu'il ne vit Chap percuter son adversaire. Il y eut des grognements, le son du métal tombant au sol et un hurlement de colère à peine intelligible. Le demi-elfe se concentra sur Raton.

Noir et en sang, le petit mort-vivant tapait sur les dernières flammes de ses habits en loques, là où la torche de Brendèn avait atterri. Le forgeron chargeait déjà en brandissant le plus long de ses pieux imbibés d'ail entre les mains. Il se jeta de tout son poids sur son adversaire, plus petit que lui, et enfonça le pieu dans la poitrine de Raton.

Celui-ci ouvrit brusquement la bouche pour crier, mais aucun son ne sortit. Le mort-vivant ne s'effondra pas et ne mourut pas. Il se débattit violemment, frappa Brendèn à la tête et aux épaules avec une main, tout en essayant d'attraper l'arme avec l'autre. Malgré sa corpulence, c'était tout ce que Brendèn pouvait faire pour maintenir son ennemi au sol.

— Vous avez raté le cœur, s'écria Lihsil avant de murmurer : Nous allons tous mourir... Nous allons perdre... Magirie !

Le monde s'écroulait autour de lui. Il pouvait s'emparer du fauchon et tenter d'en finir avec Raton, ou le gentilhomme, avec l'aide de Chap, mais il ne voyait pas comment il pourrait être assez rapide pour les avoir tous les deux. Il ne s'était jamais entraîné à l'épée. Ce n'était pas son arme de prédilection. Et même s'il avait de la chance, Magirie pouvait mourir avant qu'il ne la rejoigne.

Lihsil fouilla dans son sac, en sortit une flasque d'huile et l'écrasa contre le cercueil cassé de Raton. Il dut y mettre deux coups de pieds pour le faire glisser près de celui du gentilhomme, constituant ainsi une barrière basse autour du forgeron et de Raton qui luttaient au sol contre la paroi de la salle. Franchissant les cercueils d'un bond, l'arbalète toujours en main, il sortit un stylet de sa manche et entailla la dernière outre d'eau à l'ail accroché à la ceinture de Brendèn. Il n'avait aucun moyen de tenter un coup rapide avec le pieu si le forgeron restait ainsi au-dessus de sa cible. Lihsil espérait que la chance serait de son côté.

L'eau éclaboussa les deux silhouettes en train de lutter au sol et le demi-elfe vit de la fumée s'élever. Il attrapa Brendèn par la chemise et redressa le forgeron en y mettant toute sa force.

— Rejoignez Magirie ! hurla-t-il au forgeron. Sortez-la d'ici tout de suite !

Libéré du poids du forgeron, Raton agrippa des deux mains le pieu planté en travers de sa poitrine. Un frisson parcourut son corps quand l'eau à l'ail le brûla de l'intérieur. Brendèn recula et courut en direction de Magirie.

De sa main armée du stylet, Lihsil empoigna la torche de Brendèn qui gisait toujours au sol et il sortit du couvert des cercueils. Quand il se tourna, Raton se hissait sur ses pieds en tremblant toujours de douleur bien que la fumée se soit alors dissipée en un nuage fin autour de lui. Lihsil n'hésita pas. Il pointa son arbalète sur le vampire et tira. Ensuite, il frappa le cercueil recouvert d'huile avec la torche. Le vieux bois s'embrasa comme un bûcher, piégeant Raton derrière lui. Lihsil ne prit pas la peine de regarder si son carreau avait touché le mort-vivant et il jeta l'arbalète afin de pouvoir chercher une autre flasque d'huile dans son sac.

De l'autre côté de la salle, Chap, ensanglanté, tentait d'acculer le gentilhomme désarmé ou de le faire reculer loin de l'entrée de la caverne et de Magirie. La stratégie du chien face à Raton avait été de faire basculer le vampire et de se jeter sur lui. En revanche, même blessé, le gentilhomme était trop imposant et trop fort pour ce stratagème. Chap devait se limiter à claquer des mâchoires et à mordre les jambes et les mains de son adversaire, réussissant tout juste à le tenir en respect. Et cela ne durerait plus très longtemps.

Brendèn portait déjà Magirie dans ses bras. Il avait déchiré une manche de sa chemise pour arrêter les saignements de son cou. En se levant, il ramassa son fauchon.

— Maintenant, allez-y ! commanda Lihsil avant de reculer dans la bouche du tunnel derrière eux et de jeter une flasque d'huile à terre. Chap, reviens !

L'interpellé menaça une dernière fois de mordre son adversaire, puis il fit volte-face et partit à toute vitesse vers la galerie. Le gentilhomme suivit immédiatement le chien, mais ce dernier était trop rapide. Lorsque Chap s'engagea dans le tunnel, Lihsil frappa l'huile avec sa torche et se hâta de reculer dans le tunnel. L'entrée de la salle s'enflamma.

— Courez ! hurla Lihsil.

Brendèn et Chap ne se firent pas prier. Le forgeron, devancé par le chien et Magirie sur l'épaule, était déjà loin dans le tunnel quand le demi-elfe le rattrapa. Sur le dos de Brendèn, Lihsil voyait déjà du sang s'écouler de la blessure de la jeune femme.

Les ténèbres, la poussière et la peur les accompagnaient dans leur fuite.

Quand ils atteignirent l'éboulement, Chap rampa immédiatement dans le passage au-dessus des débris. Brendèn le suivit et commença à tirer la forme toujours immobile de Magirie derrière lui. Lihsil entendit des pas précipités à leur suite. Il ne prit pas le temps de se demander comment quelqu'un avait pu traverser les flammes.

— Dépêchez-vous, insista-t-il.

Les pieds de Magirie disparurent dans l'ouverture. Lihsil passa la torche de l'autre côté et s'y engagea. En glissant de l'autre côté de l'éboulement, il s'arrêta pour fouiller dans son sac. Il ne lui restait plus qu'une flasque d'huile. Il ramassa la torche, retira le bouchon de la bouteille avec ses dents, cracha et versa la moitié de l'huile sur les panneaux en pièces. Il fourra ensuite son sac imbibé d'huile dans le passage et y mit le feu. Le trou par lequel il venait de se faufiler fut scellé par les flammes.

— Cela le retiendra un moment, déclara le demi-elfe en essayant de ne pas respirer la fumée et en serrant précieusement la dernière demi-bouteille d'huile. Allons-y !

Il ne vit presque pas passer la fin du trajet à travers le tunnel, en dehors du fait que chaque pas vidait un peu plus Magirie de son sang. Brendèn allait aussi vite que possible dans cet espace exigu. Les halètements de plus en plus forts de Chap laissaient entendre qu'il était au bord de l'épuisement. Lihsil ne cessait de lui répéter « Continue, mon garçon. On y est presque ». Lui-même sentait les coupures infligées par Raton lui brûler le visage.

Quand ils arrivèrent à la trappe, dans le luxueux salon, Lihsil posa la torche et la flasque à moitié vide sur le sol de la galerie et empoigna Brendèn par les épaules.

— Donnez-la-moi et sautez, le pressa-t-il. Il va falloir que vous les souleviez tous les deux, elle et Chap.

Brendèn laissa tomber les pieds de Magirie à terre, puis Lihsil attrapa son corps inerte et la tira vers lui. Quand le puissant forgeron prit Chap sous son bras et grimpa à l'échelle, le chien gémit doucement mais ne se débattit pas.

S'il en avait eu le temps, Lihsil aurait reposé Magirie par terre. Au lieu de cela, il s'adossa à la paroi du tunnel afin de libérer une de ses mains dans l'intention de lever le visage de la jeune femme vers le sien. Elle avait le visage presque blanc et sa blessure saignait toujours à travers son bandage de fortune. Il la serra contre lui et pencha la tête pour approcher son oreille de la bouche de Magirie.

Elle avait le souffle court et faible, mais elle respirait.

— Est-elle vivante ?

Brendèn était penché dans l'ouverture et lui tendait une main.

— Oui, répondit Lihsil.

— Je ne sais comment elle fait, avec la gorge tranchée.

Lihsil poussa Magirie auprès de l'échelle. Il leva les bras de son amie jusqu'à ce que Brendèn puisse l'attraper par les poignets. Monté sur le premier barreau, il s'apprêta à la soulever lui aussi, mais dès que le forgeron eut agrippé sa chemise avec son autre main, il la hissa sans gros effort.

— Ça va aller, dit Lihsil à la silhouette inconsciente. Je te demande juste de ne pas mourir.

Il ramassa la torche et l'huile avant de grimper à l'échelle. Le temps qu'il sorte du tunnel et referme la trappe d'un coup de pied, Brendèn avait remis Magirie sur son épaule.

— Pourquoi emporter la torche ? s'enquit le forgeron. Nous n'en avons plus besoin.

Lihsil ne répondit pas. Il n'avait pas le temps de discuter avec Brendèn de ce qu'il prévoyait pour la suite. Au lieu de se diriger vers le trou par lequel ils étaient entrés, Lihsil traversa la pièce et ouvrit la porte principale.

— Nous ne pouvons pas sortir Magirie par ce trou, donc nous allons passer par-devant. Ce couloir doit conduire quelque part dans le hangar. Maintenant, allons-y.

Brendèn écarquilla légèrement les yeux, mais il hocha la tête et partit vers la porte, Chap sur ses talons.

Lihsil hésita juste un instant. Il n'y avait pas d'autre façon de s'assurer que personne ne les suivrait. Peut-être aurait-il de la chance et ferait-il périr ces créatures dans les flammes. Quoi qu'il en soit, il se moquait désormais éperdument de détruire le gagne-pain de certains et de nuire à l'économie marchande; surtout après ce que cela venait de coûter à Magirie.

Il aspergea d'huile le tapis et la trappe. Il éclaboussa également les canapés, mit le feu à la pièce et courut vers la porte. Il n'interrompit sa fuite que pour jeter de l'huile sur les murs au hasard jusqu'à ce que la flasque soit vide. Quand il arriva à l'immense étage de l'entrepôt, il trouva Brendèn qui l'attendait entre les piles de caisses prêtes à être embarquées ou récupérées par un marchand local.

Lihsil jeta un rapide coup d'œil autour de lui et trouva des paquets de tissu empilés. Quand le demi-elfe jeta sa torche dessus, Brendèn écarquilla les yeux.

— Nous y sommes, dit mollement Lihsil. Trouvons une porte.

Brendèn regarda les tissus s'embraser lentement et la fumée s'évacuer par le couloir.

— Par là, lança-t-il avec colère.

Lihsil suivit le forgeron, qui les conduisit à une porte simple et banale. Elle était verrouillée de l'intérieur. Par conséquent, ce n'était pas la sortie utilisée par les ouvriers à la fin de leur journée de travail. Le demi-elfe souleva la barre et la jeta sur le côté avant d'ouvrir la porte d'un coup de pied.

Une fois dehors, Lihsil vit que Chap haletait, affaibli par l'épuisement et ses nombreuses petites plaies. Il se baissa et prit le chien dans ses bras. À part au visage, Lihsil n'avait aucune blessure, mais il était fatigué. La force que lui avaient procurée la panique et la colère le quittait.

— Je ne m'y connais pas bien en médecine, déclara-t-il. Il faut vite trouver quelqu'un qui pourra les aider.

Brendèn se tourna vers lui, la tristesse prenant la place de la colère sur son visage.

— Chez moi. Ce sera plus sûr pour vous tous.

XIV

Quand Brendèn eut étendu Magirie sur son propre lit et qu'il l'eut recouverte d'un drap, ses mains se mirent à trembler sans qu'il parvienne à les en empêcher. Lihsil déchira des bandes de draps et s'en servit de bandages pour tenter de ralentir le lent saignement de la blessure de la jeune femme. Sa coupure partait d'un côté de son cou jusqu'au milieu de sa gorge. Brendèn ne savait ni comment ni pourquoi elle était toujours en vie, mais il ne doutait pas un instant qu'elle était mourante. Lihsil le savait-il ?

Chap était tout aussi immobile que Magirie, sur un tapis près du lit, et il avait du mal à respirer.

La petite maison à pièce unique de Brendèn avait été construite à l'arrière de son écurie et de sa forge. Sa maison avait jadis été un endroit chaleureux et confortable rempli des fredonnements de sa sœur et du parfum du pain chaud. Éliza aimait les bougies ; c'est pourquoi Brendèn lui ramenait souvent du marché de la cire et des huiles parfumées afin qu'elle puisse en confectionner elle-même. À première vue, elle n'était pas belle : elle était un peu maigre et ses cheveux étaient d'un brun terne et ordinaire. Pourtant, il avait toujours pensé qu'elle se trouverait un jour un mari et qu'elle le quitterait. Sa beauté était évidente par d'autres aspects. Ses yeux noisette riaient des plaisanteries de Brendèn et elle dégageait cette gaieté que tant d'hommes recherchaient chez une femme. Elle entretenait la maison, l'aidait à la boutique et préparait de bons petits plats. Quel homme n'aurait pas voulu d'elle ? Elle ne pouvait pas et ne devait pas passer sa vie à s'occuper de son grand frère. Bien qu'il ne soit pas lui-même intéressé par le mariage, il s'était préparé au jour où elle épouserait quelqu'un et le laisserait pour fonder sa propre famille.

Et puis, ce matin-là, cet horrible jour où il l'avait retrouvée à côté du tas de bois, quelque chose avait changé en lui.

Éliza était petite et fragile, pas comme cette femme forte qui agonisait maintenant dans son lit. Sa sœur ne pouvait pas se défendre et il n'avait pas su la protéger, même malgré toutes les annonces de disparitions qui lui étaient revenues aux oreilles. Aimant leur maison et le commerce de leur forge, ils avaient choisi de ne pas prêter attentions aux rumeurs et aux bavardages. Après tout, il ne leur était jamais arrivé malheur.

Maintenant, elle était morte. Il n'y aurait ni mari ni enfants. Pourtant, Brendèn n'éprouvait aucune joie d'avoir détruit ses assassins. Au lieu de cela, il restait assis là, sur son lit, à regarder mourir la chasseuse de vampires.

Le forgeron ne savait pas comment se rendre utile et ses mains n'arrêtaient pas de trembler. Il se disait qu'il aurait dû ressentir de la satisfaction, que la boucle était bouclée, mais ce n'était pas le cas. Cette nuit ne s'était en rien passée comme il l'avait imaginé.

Le visage émacié et féroce du gamin crasseux nommé Raton ne cessait d'apparaître devant lui. Était-ce cette créature qui avait tué sa sœur ? Peut-être était-ce le grand qui avait des airs nobles. Ou la femme. Brendèn ferma les yeux puis les rouvrit en vitesse quand le noir ne lui apporta que davantage de précision sur les traits de Raton.

Lihsil finit de faire ses bandages et mit ses doigts dans la bouche de Magirie.

— Ses dents sont normales, déclara-t-il.

Cette remarque troubla Brendèn. Que voulait-il dire par là ?

— Elle est mourante, Lihsil. Elle aurait dû mourir avant que nous ne sortions de l'entrepôt.

Le demi-elfe leva brusquement la tête.

— Allez-vous nous trouver de l'aide, oui ou non ?

— Cela dépasse les compétences des guérisseurs de Miiska.

Lihsil inspira avec colère. Les longues griffures qui traversaient son visage avaient complètement cessé de saigner.

— Elle ne va pas mourir. Réfléchissez ! Il doit bien y avoir une personne en mesure de l'aider.

— Moi, je peux, intervint une voix basse de l'autre côté de la pièce.

Surpris, Brendèn se retourna, les poings serrés. Il s'attendait à trouver une créature échappée du hangar en flammes qui les aurait suivis jusqu'à chez lui. En revanche, un homme élégant, d'une cinquantaine d'années et aux cheveux blanchis sur les tempes, se tenait dans l'encadrement de la porte. Le fin travail de son manteau dénotait richesse et culture.

— Welstil ? demanda Lihsil, plus sur le ton de la déduction que de l'interrogation. Pouvez-vous nous aider ?

— Si vous faites ce que je vous dis.

— Tout ce que vous voudrez, s'empressa de répondre le demi-elfe. Je ferai n'importe quoi.

Au loin, Brendèn entendit des cris et des cloches d'alarme. Les gens de la ville avaient été réveillés par l'alerte et allaient maintenant se battre contre les flammes de l'entrepôt. La culpabilité serra le cœur du forgeron. Bien qu'il soit d'accord avec la décision de Lihsil, le travail de beaucoup de personnes en subirait de lourdes conséquences.

SUR LA PLAGE, après le lever de la lune, la côte explosa en un endroit et fit voler en éclats l'illusion de paix dont la nuit était toujours porteuse.

Rashed sortit en rampant du trou étroit, ouvrant davantage la terre lorsqu'il en sortit délicatement Tisha derrière lui. Des années plus tôt, il avait fait creuser ce tunnel secret entre leurs cavernes sous l'entrepôt et une grotte de la falaise. L'entrée était assez petite et presque entièrement recouverte de sable. Personne n'avait jamais essayé d'entrer dans leurs tunnels depuis l'extérieur. Il avait donc repoussé la barrière de sable de l'intérieur et était sorti à l'air libre.

La plage n'était que quelques mètres plus bas, mais il était blessé et épuisé. Il serra fort Tisha de son bras valide, sauta et atterrit sur ses pieds.

— Tout va bien, dit-il en l'allongeant sur le sable. Je vais vite te trouver du sang.

Elle hocha la tête et le gratifia même d'un sourire, mais il savait que la coupure infligée par le fauchon de Magirie avait gelé le corps de Tisha de la taille jusqu'aux pieds. Cela présageait le pire.

Il la laissa là et escalada la paroi rocheuse.

— Raton, as-tu besoin d'aide ?

Pour seule réponse, il l'entendit ramper et creuser. Il entreprit alors de dégager davantage la sortie du tunnel.

Raton apparut dans l'ouverture. Il était tellement brûlé, amoché et pitoyable que Rashed l'aida sans rechigner et sans se fâcher. Ils avaient tous les deux été incapables de faire fuir ou de détruire la chasseuse. Cette fois, il n'avait rien à reprocher à Raton.

— Grimpe sur mon dos, lui proposa Rashed. Je vais te porter.

Le jeune vampire se passa de ses habituels sarcasmes et s'agrippa silencieusement aux épaules de Rashed avec ses mains noircies. Ainsi, l'aîné descendit aussi vite que possible pour étendre son faible camarade à côté de Tisha.

La vue de cette dernière l'emplit d'émotions qu'il ne sut reconnaître ou définir. Bien que seules ses mains et son épaule soient grièvement touchées, l'entaille qu'elle avait au ventre semblait profonde et sa force vitale s'écoulait dans le sable. Pourtant, elle ne se plaignait pas et ne s'énervait pas non plus.

— Restez ici sans faire de bruit, leur dit-il. Je reviens. Il dégaina son épée et la laissa tomber à côté de Raton. Pour vous protéger.

Il partit alors sur la plage vers un groupe de bateaux amarrés au port. Il ne se souciait plus d'épargner la vie de ces mortels de Miiska et de cacher son identité. Lorsque Rashed approcha du port, il vit deux marins assis sur un petit tronc, en train de s'échanger une bouteille. Ils avaient tous les deux l'air jeune et en bonne santé. Il n'y avait personne d'autre en vue.

Sans bruit, Rashed les attaqua par le flanc. À la façon dont ils écarquillèrent les yeux, il sut qu'il devait ressembler à un monstre sortit des profondeurs de la terre, avec sa tunique imbibée de sang et son visage noirci par la fumée. Il frappa du poing droit.

Il toucha le marin le plus proche en pleine mâchoire, si fort qu'il l'assomma et que l'homme en eut presque le souffle coupé. Le second eut tout juste le temps de pousser un cri et de reculer en crabe avant que Rashed ne l'attrape par les cheveux et ne lui plante ses canines dans la gorge.

Le guerrier ne se nourrissait pas ainsi. Il ne l'avait jamais fait de cette manière.

Pendant qu'il serrait le marin sans effort, le vidant de la moindre goutte de vie possible, la force, le pouvoir et l'euphorie emplirent tout son être. Dans un éclair de lucidité, il entrevit une lueur de compréhension envers Raton… et Parko. Le fait de se sustenter impliquait peut-être davantage que le nécessaire plein d'énergie vitale.

Il finit, lâcha le cadavre sur la dune et l'abandonna là. De quoi aurait-il dû s'inquiéter ? Une once de peur et un soupçon de vérité avertiraient ces mortels de rester loin de lui et des siens. Depuis combien d'années se battait-il et s'efforçait-il de garder son secret et son anonymat ? Cette chasseuse glaciale avait détruit le monde qu'il avait soigneusement construit. Eh bien, soit !

Il resta un moment sans bouger, avec la sensation que la vie du marin traversait son corps. Puis il concentra cette vague et la dirigea là où il en avait le plus besoin. La blessure à son épaule commença à se refermer et ses os en morceaux à se ressouder. La brûlure de ses mains s'atténua. D'autres blessures plus petites disparaîtraient vite grâce à la vie d'un unique et insignifiant mortel. Il saisit l'autre homme inconscient par le col et le traîna sur la plage. Le poids mort du marin n'était désormais plus rien pour lui.

La peur le gagna lorsqu'il arriva auprès de Tisha et vit que ses yeux étaient fermés. Elle gisait, immobile. Il alla à côté d'elle et lâcha son fardeau. Une nuit, Corische lui avait dit que, dans de rares cas, les vampires pouvaient être blessés assez grièvement pour tomber dans une sorte de sommeil sans vie. Rashed ne savait pas si c'était vrai et il ne voulait pas le vérifier.

— Regardez-moi, lui intima-t-il.

Comme elle ne répondait pas, il prit le marin par le poignet et le lui déchira avec ses dents. Il souleva la tête de Tisha dans ses bras, appuya la plaie béante contre sa bouche et laissa le liquide couler sur sa langue.

— Buvez, murmura-t-il.

Tout d'abord, elle ne réagit pas, mais le sang sembla ensuite lui redonner des forces. Les coins de ses lèvres remuèrent, se serrèrent et se couvrirent de sang. S'oubliant, Rashed se mit à caresser les cheveux de Tisha sans réfléchir en lui chuchotant « c'est bien, c'est bien » encore et encore.

Il resta assis là un long moment pendant qu'elle buvait, puis il leva les yeux et croisa le regard glacial de Raton. Il se sentit honteux. Il avait deux compagnons et il n'avait pourtant pensé qu'à Tisha.

— Attends, dit-il à Raton. J'arrive.

Délicatement, il détacha la bouche de Tisha. Elle ouvrit les yeux pour protester, mais il vit que ses blessures avaient déjà cessé de saigner.

— Raton aussi a besoin de se nourrir, expliqua-t-il en essuyant le rouge sur sa bouche avant de reposer sa tête lentement.

La compréhension s'afficha sur son visage et elle opina du menton.

— Oui, bien sûr. Je me sens mieux.

Rashed traîna le marin, qui respirait toujours, jusqu'à Raton, dont les traits avaient repris leur habituelle expression fâchée et moqueuse.

— Quelle touchante amabilité, murmura-t-il d'une voix rauque. Mais fais attention, sinon les dieux de la pitié pourraient être jaloux.

— Bois, répondit Rashed. Ainsi, tu pourras nous aider à réfléchir à un plan.

Une légère surprise traversa le visage de Raton. Puis il se jeta voracement sur la gorge du marin.

Rashed se retourna vers Tisha, qui était maintenant assise en train de s'examiner. Elle avait repris son teint pâle habituel.

— Cette robe est fichue, commenta-t-elle. C'était ma préférée.

Il s'approcha et se laissa tomber dans le sable, à côté d'elle.

— Pourquoi avez-vous essayé d'avoir cette chasseuse en lui sautant sur le dos ? Si ce n'est pas une façon idiote d'attaquer...

— J'espérais lui briser la nuque, répondit-elle. Comment étais-je censée savoir qu'elle était couverte d'eau à l'ail ?

La colère recommençait à monter en Rashed.

— Ils ont brûlé notre foyer.

— Je voulais l'achever ici, ajouta-t-elle doucement. Mais, maintenant, je pense que nous ferions tous mieux de quitter cet endroit.

Il n'en crut pas ses oreilles.

— Non, la chasseuse est mourante. C'est elle qui a déclenché cette bataille. Nous ne partirons pas en rampant au milieu de la nuit.

— Tisha a raison, intervint Raton. Le cadavre du marin gisait à côté de lui. Nous ne pouvons pas rester ici. De toute façon, toute la ville doit nous croire morts. Restons-le. À moins que tu ne préfères ajouter à tes talents celui de renaître de tes cendres.

Rashed bondit sur ses pieds. Ces deux-là ne saisissaient pas la situation.

— Cette nuit, nous n'avons plus nulle part où dormir. La terre de notre pays natal se trouvait dans nos cercueils.

Une lueur scintillante apparut devant lui, dont les couleurs prirent la forme tragique d'Édwan.

— Pauvre mort-vivant superstitieux ! lâcha ce dernier avec un mépris non dissimulé.

Rashed avait toujours ressenti de l'antipathie, voire du dégoût, à l'égard d'Édwan, mais il avait désormais une impression différente. La voix caverneuse du fantôme avait des inflexions plus dures.

— Que veux-tu dire, mon amour ? s'enquit Tisha.

Rashed perçut du malaise et de la froideur dans ses intonations. Que s'était-il passé entre eux ?

Édwan pivota.

— Ce que je veux dire, ma « chérie », c'est que vous n'avez pas besoin de dormir dans la terre de votre pays natal. C'est un conte de bonne femme auquel même ceux de votre espèce croient souvent. Je ne suis pas le seul être désincarné en ce monde. Je parle avec les morts. Malgré le peu de chose que je saisis, je suis sûr de cela. Vous pouvez me croire.

Raton se hissa maladroitement sur ses pieds. Ses brûlures n'étaient pas complètement guéries, mais il semblait en grande partie rétabli.

— Tu en es sûr ? demanda-t-il sérieusement.

— Oui, répondit Édwan sans le regarder.

Rashed se pencha et aida Tisha à se relever. L'idée de dormir ailleurs que dans son cercueil le perturbait, mais il dissimula ce sentiment pour ne pas inquiéter les autres.

— Dans ce cas, je connais un endroit sûr où je me rends pour réfléchir. Il se tourna vers Édwan. J'ai profondément coupé la gorge de la chasseuse. Elle devrait être morte, mais nous n'avons aucun moyen de le vérifier. Peux-tu te renseigner ?

Suspendu en l'air, Édwan lui lança un regard noir.

— Tout ce que vous voudrez, messire.

Il disparut.

— Nous devons nous reposer et nous nourrir encore… et guérir, déclara Rashed à ses compagnons. Si la chasseuse survit, c'est elle qui sera surprise dans son sommeil, la prochaine fois.

WELSTIL RESTAIT PLANTÉ sur le seuil de la maison de Brendèn. Lihsil décida de ne pas l'inviter à s'approcher. Quoi qu'il ait à dire, il pouvait le dire de loin.

En recevant le regard calme et froid de l'homme, Lihsil se mit à haïr encore plus sa propre inutilité. La respiration de Magirie était saccadée, faible et irrégulière, et sa peau était plus blanche qu'un parchemin décoloré par le soleil. Il ne savait pas comment la sauver, et pourtant l'idée de laisser Welstil venir aussi près d'elle lui faisait horreur. Le beau visage et les vêtements élégants de cet homme étrange ne trompaient pas Lihsil : il ne fallait pas faire confiance à cet homme.

— Que dois-je faire ? demanda finalement Lihsil.

— Faites-lui boire votre sang, répondit simplement Welstil.

Malgré toutes les instructions auxquelles le demi-elfe s'attendait, il n'avait pas envisagé celle-ci. Il se retrouva donc abasourdi et sans voix.

— Qu'est-ce que vous racontez ? s'enquit le forgeron dont le visage s'empourprait de colère.

— C'est une *dhampir,* l'enfant d'un vampire, née pour chasser et détruire les morts-vivants. Elle partage certaines de leurs faiblesses et de leurs forces. Pourtant, elle est mortelle et elle pourrait succomber à cette blessure si elle ne boit pas le sang d'un autre mortel. Welstil jeta un coup d'œil à Lihsil. Et, à part vous, qui d'autre tient à elle ?

— Vous êtes fou ! cracha le demi-elfe furibond. Aussi fou que le seigneur de guerre de mon pays.

— Et puis vous n'avez rien à perdre en la nourrissant de votre sang. Sinon, vous pouvez rester assis à la regarder périr. J'ai cru vous entendre dire que vous feriez n'importe quoi.

Lihsil baissa les yeux vers Magirie. Ses bandages étaient trempés et l'oreiller était déjà imbibé de son sang. Si seulement elle avait pu ouvrir les yeux et se moquer de lui, l'insulter et le traiter de fou d'envisager Welstil... mais ses yeux restaient clos et il n'entendait plus sa respiration.

— C'est vous qui me faites faire cela. Je vous déteste, déclara Lihsil à Welstil à voix basse mais clairement. Et elle vous haïra encore plus.

À ces mots, il sortit brusquement un stylet de sa manche.

— Lihsil, non ! s'écria Brendèn. Ne l'écoutez pas. Cela ne l'aidera pas.

— Reculez ! l'avertit Lihsil.

— Il y a une autre chose que vous devez faire, intervint Welstil comme si Brendèn n'était pas là. Sortez son amulette d'os et d'étain et placez la face en os contre sa peau. L'os doit être en contact avec sa peau.

— Pourquoi ? demanda Lihsil.

— Vous avez peu de temps. Faites ce que je vous dis.

Le demi-elfe passa sa jambe au-dessus du ventre de Magirie et s'assit à califourchon sur elle. La paillasse bougea légèrement et s'affaissa sous son poids, mais il fit attention à ne pas s'appuyer sur la jeune femme. Il sortit l'amulette de sous sa chemise et la tourna vers le haut pour placer le côté en os sur sa gorge béante. Il remarqua alors que la topaze brillait encore. Ensuite, il se pencha près de son visage.

D'un seul mouvement, il s'entailla le poignet, lâcha sa lame et utilisa sa main valide pour soutenir la tête de Magirie. Même couverts de fumée et de poussière, ses cheveux étaient étrangement doux.

Le sang coula le long de son visage quand il se servit de sa main dont le poignet était coupé pour lui ouvrir la bouche. Oubliant la présence de Welstil et de Brendèn, il appliqua sa coupure entre ses dents.

— Bois, murmura-t-il. Goûte un peu.

Tout d'abord, son sang se contenta de dégouliner dans la bouche ouverte de la jeune femme. Un filet coula sur le côté et le long de sa mâchoire, puis dans son cou. Il fut absorbé par le bandage en lin et se mélangea à celui de Magirie.

Celle-ci remua, puis, sans prévenir, l'une de ses mains agrippa le bras de Lihsil et enfonça davantage son poignet dans sa bouche. Il ne s'était pas préparé à la douleur, et sa soudaine force le prit au dépourvu.

Une chaleur trop intense, comme s'il était brûlé de l'intérieur, lui donna instinctivement l'envie de dégager son bras, mais il tint bon et la laissa continuer à se nourrir de lui. C'était perturbant, mais captivant, de par la douceur humide de ses lèvres autour de ses dents pointues plantées dans sa chair. Le corps de Magirie tremblait et se contractait sous Lihsil. Il ressentait à la fois de la peur, de la colère, de la douleur et du chagrin, mais il n'était pas certain que tous ces sentiments lui appartiennent. Elle était proche, juste sous lui, si près que tout ce qu'il éprouvait pouvait venir d'elle et monter directement en lui.

La respiration de la jeune femme se fit plus forte et plus profonde. Lihsil se sentit soudain fatigué et réchauffé en même temps.

La douleur commença à s'évanouir, et tout ce qu'il pouvait percevoir maintenant était la proximité de Magirie, sa bouche sur son bras, ses cheveux dans sa main et son souffle chaud sur son visage. Le visage du demi-elfe bascula jusqu'à ce que leurs fronts se touchent.

La jeune femme écarquilla ses grands yeux sombres dont les iris étaient totalement noirs et sans reflets, mais elle ne sembla pas le reconnaître. De son autre main, elle le saisit par l'épaule et le tira vers elle afin que leurs deux corps soient serrés. Il voulait qu'elle continue de boire tant qu'il n'était pas sûr qu'elle vivrait.

Qu'elle continue de boire.

À ses yeux, le visage de Magirie se fit moins net, ses ombres plus noires, et se troubla.

Puis elle le repoussa au-dessus d'elle de ses deux mains appuyées sur ses épaules. Le poignet ouvert de Lihsil tomba mollement sur le buste de la jeune femme. Dans sa bouche ouverte, il vit des canines ensanglantées, mais ses yeux, toujours totalement noirs, s'écarquillèrent soudain de peur et de confusion. L'amulette tomba de sa gorge tranchée et pendit contre l'oreiller, au bout de sa chaîne.

— Non... bois encore, susurra Lihsil. Il se sentait si fatigué qu'il avait du mal à parler. Tu as besoin de mon sang.

Au loin, il entendit un cri, comme si quelqu'un lui hurlait dessus, mais il s'en moquait.

— Arrêtez ! Ça suffit !

Lihsil se sentit tiré des bras de Magirie et eut l'impression que le visage de la jeune femme tombait loin de lui. Il y avait de la rage dans son regard quand elle lui tira la chemise pour essayer de le ramener à elle. Il leva une main dans sa direction.

Puis elle disparut de sa vue.

Brendèn était à présent devant lui et le secouait.

— Cela suffit ! Vous m'entendez ?

Même dans son état actuel, Lihsil put voir pâlir le visage de Brendèn. Son masque de peur fut suivi par du dégoût, puis par l'horreur, et enfin par le chagrin. De quoi avait-il à se plaindre ?

Lihsil s'aperçut petit à petit qu'il était contre le mur, au pied du lit, immobilisé par Brendèn. L'une de ses mains repoussait faiblement le buste du forgeron pour essayer de le faire reculer. L'autre, avec son poignet couvert de sang mêlé à la salive de Magirie, était tendue vers le lit. Celle-ci, désormais accroupie sur le matelas, adressa un grognement au forgeron, mais ses yeux étaient rivés sur Lihsil. Quand il la regarda, il ressentit une soudaine vague de supplice pour l'avoir abandonnée là. À part elle, autour de lui, tout était flou et trouble.

Elle lui lança un regard affamé, puis sa bouche se referma doucement. Quand ses prunelles noires se rétrécirent, Lihsil remarqua leur couleur pour la première fois. Elles étaient d'un marron profond, aussi riche que la terre de son pays natal. Elle déplaça son regard sur la main qu'il tendait et sur son poignet en sang.

— Lihsil ?

Magirie recula loin de lui et se recroquevilla à l'autre extrémité du lit, au coin du mur. Elle se mit à trembler sans pouvoir détacher son regard du poignet de son ami tant qu'il ne l'eut pas abaissé.

— Bien, intervint une autre voix. Bon garçon.

Lihsil tourna la tête vers le son de cette voix et trouva Welstil toujours debout dans l'entrée de la maisonnette. Ce dernier tira un petit pot de la poche de son manteau, qu'il lança à Brendèn. Le forgeron lâcha l'une des épaules de Lihsil pour attraper le récipient avec sa grosse main.

— Appliquez ce baume sur son visage et son poignet, ainsi que sur les blessures du *majay-hì*, expliqua Welstil au forgeron. Ils guériront tous les deux plus vite. Faites-leur manger autant de viande, de fromage et de fruits que vous pourrez, ces prochains jours, et assurez-vous que le demi-elfe ne consomme ni vin ni bière. Cela ne ferait que diluer son sang, alors que la *dhampir* pourrait avoir besoin de lui.

Lihsil se sentit tout à coup fatigué et malade. Que venait-il de faire ? La sensation de la bouche de Magirie sur son bras était toujours présente. Il essaya de prendre la parole.

— Qu'est-ce qu'un *majay-hì* ? parvint-il à marmonner.

Welstil regarda Magirie un long moment avant de reposer ses yeux sur Lihsil.

— Le chien. C'est un mot elfique désignant les chiens comme le vôtre.

Lihsil s'aperçut que Brendèn l'avait fait s'abaisser et qu'il était maintenant assis par terre. Il se retourna de nouveau vers le lit.

Magirie était désormais assise et confuse. Elle porta ses mains à sa gorge et, quand elle sentit les bandages, elle se mit à les retirer. Elle passa alors ses doigts sur sa peau nue. Bien qu'il y ait encore des croûtes de sang autour de son cou, Lihsil ne vit plus aucune trace de sa blessure en dehors d'une mince ligne rouge sur sa peau.

La jeune femme regarda Lihsil, puis son poignet, où Brendèn était en train de passer du baume. Elle se passa les doigts sur le coin des lèvres, sur la trace humide. Son visage reprit une expression apeurée.

— Qu'as-tu fait ? demanda-t-elle. Lihsil, qu'est-ce que tu as fait ?

Le demi-elfe se tourna vers Brendèn.

— À manger. Allez-y. Trouvez-nous à manger. Je m'occupe de Chap.

Comme incapable de supporter davantage cette scène, Brendèn lâcha Lihsil et sortit en trombe. Welstil était déjà parti. Personne ne l'avait vu s'en aller.

À l'aide de ses deux mains, le demi-elfe se leva en chancelant, mais sans perdre l'équilibre. À l'exception de Chap, il était seul avec Magirie.

— Qu'as-tu fait ? répéta celle-ci.

— Tu étais mourante. J'ai fait ce qu'il m'a dit.

Elle eut l'air de mieux comprendre l'aspect du visage et du poignet de Lihsil.

— Tu es blessé.

— Ce n'est rien. Je peux me faire un bandage.

Les souvenirs semblaient lui revenir et elle toucha de nouveau sa gorge.

— J'étais en train de me battre. Il m'a coupée et… que s'est-il passé, ensuite ?

L'histoire dans son intégralité était trop lourde pour Lihsil. Tout cela le dépassait. Il lui fut encore plus difficile de rester debout.

— C'est une longue histoire, murmura-t-il. Trop pour cette nuit.

Magirie se détourna de lui. Elle paraissait faible et pâle, mais, mis à part cela, elle semblait aller bien. Lentement, elle descendit du lit, mais elle ne s'approcha pas de lui. Se rappelait-elle qu'il l'avait nourrie ? Il voulait qu'elle se souvienne de tout.

Elle se mit à faire les cent pas. Elle jeta de nouveau un coup d'œil vers son poignet et son expression vira à… de l'embarras. Était-ce ce qu'elle ressentait ?

— Je ne peux pas… Je ne peux pas rester ici, dit-elle. Si tu vas bien… Et Chap ?

Lihsil se sentait trop vide pour discuter.

— Je vais m'occuper de lui.

Sans se faire prier, Magirie récupéra son fauchon qui gisait au sol, là où Brendèn l'avait laissé tomber, mais elle ne toucha à aucune autre arme, ni à rien de ce qui se trouvait autour d'elle. Ses longues jambes l'emmenèrent vers la porte et elle fuit la maison du forgeron comme un prisonnier s'évade de sa cellule.

Lihsil réussit à faire quelques pas et à ramasser le pot de baume. Il s'agenouilla à côté de son chien pour appliquer l'épaisse pommade sur les blessures de Chap. Celui-ci resta profondément endormi.

Pour la première fois depuis des années, Lihsil se sentit seul.

QUELQUES MOIS PLUS tôt, alors qu'il se promenait dans la forêt, Rashed était tombé sur un frêle esquif échoué dans une petite crique. Les broussailles et les arbres couvraient une bonne partie de sa coque et aucune trace ne laissait penser que quiconque était monté à bord depuis des années.

— Nous devrions être en sécurité, ici, déclara-t-il.

Il se chargea d'installer Tisha et Raton à l'intérieur, puis il ressortit pour vérifier que la lumière ne pourrait passer par aucun interstice et les brûler quand le soleil se lèverait. Il était de son devoir de s'occuper de tout cela. C'était son rôle dans leur famille. Toutefois, le souvenir du feu et des tunnels effondrés l'emplissait d'une fureur silencieuse. Il n'y avait même pas un drap sur lequel allonger Tisha. Cette pensée le dérangeait. Il aurait dû avoir un drap pour elle.

Tous les parchemins, les livres, les robes et les broderies de sa compagne avaient disparu. Il savait qu'elle ne s'en plaindrait jamais. Elle ne dirait pas un mot, mais Rashed se sentait presque submergé par ce sentiment de perte.

— Venez vous allonger, lui lança-t-elle à travers l'écoutille.

— Je vous ai dit de rester à l'intérieur, répondit Rashed.

Cependant, il la rejoignit promptement et la suivit sous le pont.

Raton était déjà endormi au sol. Il n'y avait pas de couchettes. Tisha s'allongea également dans le ventre de bois du bateau et tendit sa main vers Rashed pour l'inviter à la rejoindre. Il s'étendit à côté d'elle sans la toucher. Il ne le faisait que lorsque c'était nécessaire. Non pas qu'il la considère comme trop précieuse ou trop fragile, mais il avait toujours estimé, même de son vivant, qu'un guerrier ne devait pas avoir de gestes d'affection. Il voyait cela comme une faiblesse. Il avait l'impression que, si un jour cette vanne s'ouvrait, le flot serait impossible à arrêter et qu'il perdrait toute sa force. Il se devait d'être fort.

En revanche, cela ne le dérangeait pas qu'elle le touche. Pas du tout.

Ses boucles couleur chocolat tombèrent sur son petit minois quand elle roula sur le dos.

— Dormez, lui dit-il.

Ses bougies en forme de roses avaient disparu, elles aussi.

Les pensées de Rashed revinrent à la nuit où elle avait vu Miiska pour la première fois et au plaisir qu'il avait lu sur son visage. Ils avaient voyagé pendant des semaines, à la recherche d'un endroit qu'elle pourrait considérer comme chez elle. Il ne lui avait jamais dit à quel point ce périple avait été difficile pour lui. La culpabilité de la mort de Corische le hantait. Tout comme l'abandon de Parko. Il avait détesté rester si longtemps dans la nature et parcourir autant de routes inconnues. Toutefois, il se souvenait aussi de ce que Tisha avait fait pour le fort et quel bel endroit confortable elle avait créé à partir de ce bâtiment vide. Il voulait retrouver cela. Elle lui rappelait la vie et la sensation de faire partie des vivants.

Peut-être était-il coincé entre les deux mondes, mais elle aussi et, d'une certaine manière, Raton aussi. Sinon, le gosse aurait suivi Parko.

Quand ils avaient atteint la côte, il s'était dit que le voyage serait bientôt terminé, mais aucune des villes qu'ils avaient traversées n'avait plu à Tisha. Elles étaient soit trop grandes, soit trop petites, soit trop bruyantes, soit trop étranges en comparaison de ce qu'elle avait connu de son vivant. Lorsqu'ils étaient arrivés à Miiska, elle était descendue de la charrette, s'était lancée dans une petite course au bord de l'eau et était revenue vers lui en souriant.

— C'est ici, avait-elle déclaré. C'est chez nous.

Rashed s'était senti soulagé et, dès la nuit suivante, il s'était mis au travail. L'argent n'était pas un problème : la charrette contenait la fortune de Corische. Le fait de construire une maison à Tisha et de créer un endroit dans ce monde pour sa petite famille soulageait sa culpabilité. Il était convaincu d'avoir fait et d'être en train de faire ce qu'il fallait. Il avait établi des règles et attendait de Raton qu'il les respecte. Ici, le seigneur du fort et sa loi ne les protégeaient pas. Ils ne bénéficiaient pas de la même protection légale que les citoyens ordinaires. Par conséquent, s'ils voulaient rester dans cette maison, la discrétion était essentielle.

— Pas de corps, avait-il décidé.

La plupart du temps, Raton obéissait, mais, comme Parko, il ressentait l'appel de la Voie Sauvage, ce qui l'avait poussé à commettre des erreurs. Au lieu de rejeter Raton, le guerrier avait passé un marché, très coûteux, avec le régisseur de la ville. Répugnant, mais nécessaire.

Tisha avait de nouveau fait de leur foyer un lieu beau et confortable. Et voilà qu'il avait disparu.

Rashed était allongé sur le plancher d'un bateau abandonné, sans même un drap pour la couvrir.

— Vous n'arriverez jamais à vous reposer si vous n'arrêtez pas de réfléchir, chuchota-t-elle dans l'obscurité qui se dissipait.

— Tout notre argent était dans l'entrepôt, répondit-il. Je ne sais pas encore quels sont les dommages, mais nous devons être ruinés.

— Ce n'est pas grave. Vous trouvez toujours une solution pour tout arranger. Maintenant, reposez-vous.

Elle tendit sa petite main et la posa sur le torse de Rashed.

Il ferma les yeux et laissa sa main là où elle se trouvait.

XV

Au point du jour, Lihsil prit Chap dans ses bras et l'emmena chez eux. Bien que le chien soit alors à demi éveillé, il semblait si malade et faible que Lihsil voulut le déposer à l'endroit qu'il préférait, auprès de l'énorme cheminée du Lion de Mer. La maison de Brendèn était froide et inconnue.

Il ne vit presque personne sur le chemin de la maison et se demanda un instant où se trouvaient la plupart des commerçants. Il eut la réponse lorsqu'il vit la fumée qui s'élevait toujours dans les airs au-dessus de la ville depuis les quais. Une grande partie des habitants avait dû passer la moitié de la nuit à essayer de maîtriser le feu. Lihsil prit volontairement une route qui traversait la ville afin de ne pas s'approcher du hangar en ruine.

Quand il entra dans la salle commune de la taverne, Lihsil soupira presque de soulagement en la trouvant vide. Il ne pouvait pas affronter Caleb ou Rose pour le moment, et il espérait de tout cœur qu'ils dormiraient toute la matinée. Le feu était bas mais brûlait toujours, et tout, dans la pièce à peine éclairée, emplit Lihsil de la certitude que ce monde était toujours sensé; du bar en chêne jusqu'aux chaises usées de sa table de faro.

Épuisé d'avoir porté Chap à travers la moitié de la ville, Lihsil tremblait désormais sous le poids du chien. Le demi-elfe savait qu'il manquait de force à cause de la perte de sang et des événements de la nuit. Même la nourriture que Brendèn lui avait rapportée n'avait pas eu l'air de lui redonner beaucoup de forces. Le forgeron était reparti peu de temps après cela.

Chancelant presque de fatigue, il traversa la pièce et étendit Chap sur le petit tapis au coin du feu. La plupart des blessures du chien étaient vilaines mais superficielles.

Lihsil caressa le duvet des oreilles de son chien.

— Je vais faire chauffer un peu d'eau et je reviens.

Chap se contenta de gémir et essaya de lui lécher la main.

C'est alors que le vacarme commença.

Il n'entendit d'abord qu'un grondement sourd à l'extérieur. Il partit vers la fenêtre pour regarder dehors, et le bruit étrange se changea en des voix qui criaient tout près de la taverne. Il se dirigea vers la porte ouverte. Plusieurs images le frappèrent en même temps.

Le dos large et couvert de cuir de Brendèn était à portée de main. Le forgeron retenait une foule conduite par le régisseur Ellinwood. Le visage rond de ce dernier était rouge de colère.

— Comment osez-vous intervenir dans mon travail ? rugit-il.

— Cela fait des années que vous ne faites pas votre travail, cracha Brendèn.

— Que se passe-t-il ? demanda Lihsil avec étonnement.

Brendèn le regarda par-dessus son épaule.

— Je suis désolé. Je n'ai pas pu les retenir. Il croisa les bras et se tourna vers le régisseur. Mais je les empêcherai d'entrer.

Le forgeron était hagard et fatigué, toujours sale d'avoir rampé dans les tunnels de l'entrepôt. Parmi le groupe d'une vingtaine de personnes, Lihsil reconnut trois gardes de la ville. De quel nouveau malheur s'agissait-il ? Un dieu pervers semblait penser qu'il avait déjà besoin d'un nouveau litige.

— Brendèn, ici présent, a reconnu que lui, vous et votre associée aviez brûlé le meilleur hangar de Miiska, déclara Ellinwood en pointant un doigt boudiné en direction de Lihsil. Avez-vous la moindre idée de ce que vous avez fait ?

La compréhension eut l'effet d'un coup de masse sur le demi-elfe.

— Ah ! L'entrepôt. C'est donc de cela qu'il s'agit. Vous devriez nous remercier. Votre ville est beaucoup plus sûre, maintenant.

— Vous remercier ? répéta avec ahurissement un homme de la quarantaine qui se tenait au premier rang. Où vais-je travailler ? Comment vais-je nourrir mes enfants ?

Lihsil avait pitié de ces dockers, mais sa capacité à ménager à toutes les émotions était épuisée. Il n'avait aucune envie de poursuivre cette conversation inutile.

— Si le propriétaire de l'entrepôt désire se plaindre officiellement, qu'il s'adresse au régisseur, dit-il. Mon chien est malade et je dois le soigner.

— Vous avez tué le propriétaire ! hurla Ellinwood. Vous et votre associée êtes en état d'arrestation. Le forgeron aussi.

Les bras croisés de Brendèn se contractèrent et Lihsil se demanda pourquoi il n'avait pas déjà été embarqué. Puis il remarqua que les gardes se tenaient en retrait et n'essayaient même pas d'approcher le forgeron. Les traits d'Ellinwood prirent alors un air proche de l'hystérie.

Avec des mots clairs et précis, Brendèn prit la parole à voix haute.

— Le propriétaire dormait dans un cercueil, dans la terre de son pays natal, si loin sous terre que nous avons dû ramper dans un tunnel pour l'atteindre.

La peur et le malaise firent taire les murmures de colère de la foule. Brendèn fit un pas en avant, obligeant Ellinwood à reculer.

— Si quelqu'un doute que cette ville était hantée par des morts-vivants, cria le forgeron, qu'il déterre ma sœur et regarde ce qui lui a été infligé. Les voleurs et les assassins ne laissent pas des marques de morsure. Ils ne boivent pas de sang.

Il se dressait désormais au milieu de la foule.

— Ce lâche que vous considérez comme votre régisseur connaît ces créatures depuis des années et il n'a rien fait pour vous protéger ! Le hangar a peut-être disparu, mais au moins vos enfants sont en sécurité. Vous devriez remercier l'homme qui se tient derrière moi. Vous devriez remercier cette femme.

Il pointa son doigt au-delà l'attroupement.

Quand Lihsil regarda derrière les dockers, il vit Magirie, seule au milieu de la rue. Il ne l'avait jamais vue avec une telle allure de guerrière. Grande et souple dans son armure de cuir, son fauchon accroché à la taille, elle observait le groupe avec des yeux hagards. Ses joues étaient traversées par des traces de crasse et de fumée. Une fine ligne rouge saillait sur sa gorge.

Nul ne dit mot. Puis, avec une expression glaciale, l'un des gardes s'éloigna de l'attroupement et partit vers elle.

Lihsil regarda attentivement son amie. Il n'avait aucune chance de traverser la foule assez vite si ce garde essayait de déchaîner sa colère sur elle, qui était à bout.

Le jeune garde s'approcha de Magirie. Dans la rue, tout le monde se tut et attendit de voir ce qui allait se passer. L'homme se planta devant elle en la regardant dans les yeux.

— Mon frère a disparu il y a deux ans, déclara-t-il. Je n'arrêterai personne.

Il ne dit rien de plus, mais il fit demi-tour et s'en alla. Les deux autres gardes réfléchirent et le suivirent.

Ellinwood souffla trois fois et Lihsil comprit que le régisseur avait perdu son autorité. Si ses gardes refusaient d'agir, il était lui-même inutile. Cela dit, pourquoi le gros homme était-il tellement en colère ? Il ne s'était pas présenté là pour le plaisir d'accomplir son devoir. Et cet animal joufflu ne se préoccupait pas de la classe ouvrière de Miiska. Dans ce cas, d'où venait ce coup de sang à cause de la perte de l'entrepôt ?

Magirie avança droit au milieu de la foule. Lihsil se rangea rapidement sur le côté pour la laisser passer. Elle ne parla pas.

Brendèn était toujours hérissé devant le régisseur. Lihsil se tourna vers les dockers et secoua la tête.

— Rentrez chez vous, s'il vous plaît. Si vous voulez boire une bière ou jouer aux cartes, nous ouvrons au coucher du soleil. Il jeta un coup d'œil à Ellinwood. Réjouissez-vous. À partir de maintenant, vous n'avez plus à couvrir personne.

Pour la première fois depuis des jours, il ressentit un pincement de réel plaisir lorsque la moitié de l'assemblée regarda le régisseur avec un dégoût affiché. Les gens commencèrent à se disperser et à s'éloigner. Ellinwood, quant à lui, n'en avait pas fini.

— Il y aura des sanctions, déclara-t-il de la voix la plus sérieuse que Lihsil l'ait jamais entendu employer. Même si, pour cela, je dois confisquer votre argent et vendre cette taverne et la forge.

La fureur de Brendèn augmenta. Lihsil eut alors peur que son ami ne se jette sur Ellinwood, tout aussi énervé et furibond.

— Ne le tuez pas, intervint le demi-elfe d'une voix lasse. Sinon, vous vous ferez vraiment arrêter et je n'ai plus assez d'argent pour payer votre caution.

L'ironie était la seule arme qui lui restait, mais elle fonctionna. Brendèn ne bougea pas et se détendit légèrement.

— Faites ce que vous avez à faire, dit Lihsil au régisseur. Mais je doute que le conseil de la ville vous laissera vendre ce qui nous appartient après cela.

À ces mots, Ellinwood eut l'air choqué et Lihsil décida que la discussion était terminée. Il prit Brendèn par le bras pour le tirer dans la taverne, laissant au milieu de la rue le régisseur et les quelques personnes encore présentes. Il verrouilla ensuite la porte.

— Qu'il frappe s'il en a envie.

Cependant, il n'y eut aucun bruit.

À l'intérieur, la salle commune était vide. Magirie avait dû monter à l'étage. Lihsil était seul avec Brendèn.

— Il faut que quelqu'un nettoie ces griffures sur ton visage, annonça Brendèn sur le ton de l'évidence. Sinon elles vont cicatriser comme ça.

Lihsil soupira sans relever cette remarque.

— Comment cette cohue a-t-elle commencé ?

— Je suis allé voir l'entrepôt, pour m'assurer qu'il s'était effondré. Quand Ellinwood et ses hommes sont arrivés, les dockers ont commencé à réclamer qu'ils fassent quelque chose. J'ai essayé d'être honnête à propos de ce qui s'était passé, et de ce qui vous avait poussé à faire cela, mais ils voulaient seulement un coupable. Il s'est servi de vous et de Magirie comme des boucs émissaires pour déchaîner la foule. Je n'ai pas pu les arrêter avant qu'ils n'arrivent à la taverne.

Lihsil alimenta le feu. Bon, au moins Brendèn était toujours de leur côté. Vu la réaction qu'il avait eue la nuit précédente, son changement de camp n'aurait pas étonné Lihsil.

— Brendèn, pouvez-vous vous occuper de Chap pendant que je vais voir si Magirie va bien ?

Son ami réfléchit avec hésitation.

— Qu'est-elle, au juste ?

— Je ne sais pas. Je n'en sais vraiment rien, et elle non plus.

— Elle ressemble tellement à une femme. J'avais même pensé à... Sa voix s'estompa. Mais, maintenant, je ne sais plus quoi penser.

Lihsil sentit son corps se raidir. De quoi parlait Brendèn ? Avait-il imaginé faire la cour à Magirie ? Comme si c'était possible. Comme si elle pouvait avoir un petit ami. Lihsil eut une soudaine envie pressante et inamicale de faire partir Brendèn. Il se calma et comprit combien il avait été idiot. Le forgeron était son ami. Or, il n'en avait pas beaucoup.

Là où elle était habituellement d'un rouge flamboyant, la barbe de l'homme était brunie et presque noire de poussière et de terre. Lihsil se dit qu'il devait être exténué. L'idée de le laisser prendre soin de Chap ne plaisait pas au demi-elfe, mais Magirie était revenue et il devait lui parler.

— Pouvez-vous vous occuper de Chap ? répéta-t-il.

Le forgeron opina du chef. Alors que Brendèn mettait de l'eau à chauffer, Lihsil monta dans la chambre de Magirie, se posta devant la porte à moitié cassée et frappa un coup.

— C'est moi. J'entre.

Elle était assise sur son lit, silencieuse, la tête baissée et les cheveux tombant en avant. Lihsil, qui ne se réjouissait pas plus qu'elle d'avoir une conversation franche, resta un moment dans l'entrée.

— Ce qui est fait est fait. Viens avec moi à la cuisine. Nous devons commencer à nous laver et à faire le point sur nos blessures respectives. Il est impossible d'évaluer les dégâts sous toute cette crasse.

— Je n'ai aucune blessure, répondit-elle tout bas. Je n'en avais qu'une et tu l'as guérie.

Épuisé ou pas, il ne fuirait pas cette discussion.

— Magirie, ils sont morts. J'ai brûlé cet entrepôt au-dessus de leurs têtes et il s'est effondré. Ce qui t'arrive, quoi que ce soit, ne se produit que quand tu combats des morts-vivants. Ils sont morts, désormais. C'est fini.

Elle leva la tête.

— Ton visage. Regarde ce qu'ils ont fait à ton visage.

— Ne t'inquiète pas. Je serai toujours bel homme.

Elle ne sourit pas.

— Tu dois me dire ce qui s'est passé.

Lihsil se redressa et essaya de dégager une fermeté inflexible.

— Brendèn est en bas. Viens à la cuisine avec moi pour que nous nous lavions. Ensuite nous ferons du thé et prendrons un petit-déjeuner. Pendant que tu mangeras, je te raconterai tout. Marché conclu ?

Elle entreprit de protester, mais elle se ravisa.

— D'accord.

— Prends ta robe de chambre, lui conseilla-t-il. Le pantalon que tu portes est tellement sale et usé que, même moi, j'ai envie de le brûler… et c'est toi la tatillonne de la bande.

MAGIRIE EUT BEAU être agacée par l'insistance de Lihsil pour qu'ils se lavent et mangent avant de discuter, elle reconnut plus tard qu'il avait eu une bonne intuition. Quand elle fut propre, coiffée et vêtue de sa chaude et épaisse robe de chambre, elle prépara du thé et coupa du pain pendant que son ami se débarrassait de sa propre saleté. Ces occupations simples lui donnèrent le temps de se reprendre et de se sentir plus en forme et en mesure de faire face à ce qu'ils pourraient lui apprendre.

Cette nuit, elle s'était retrouvée couverte de sang qui ne lui appartenait pas entièrement. Au cours de sa promenade qui avait précédé l'aube, elle avait eu l'impression que son estomac était dur comme la pierre.

En songeant à tout le sang qu'il avait perdu pour elle cette nuit, elle avait déniché du mouton froid et du fromage pour Lihsil. Puis elle avait soigneusement nettoyé les vilaines balafres qu'il avait au visage et y avait appliqué l'onguent fourni par Welstil. Ainsi assise sur un tabouret à étaler délicatement la préparation sur sa peau, elle avait commencé à se sentir un peu mieux. Le simple fait de faire quelque chose pour son ami, quoi que ce soit, lui faisait du bien. Il aurait quelques cicatrices, mais il allait bien et ses traits fins seraient toujours aussi beaux.

Pendant ce temps, Brendèn était entré pour se préparer. Aucun d'eux trois ne fit allusion à la nuit qu'ils venaient de vivre jusqu'à ce qu'ils soient tous confortablement installés autour d'une table de la salle commune. Le thé était bon. Ayant soif, Magirie en but une tasse entière avant de prendre la parole.

— Allez-vous vous mettre à parler ?

Jusque-là, Brendèn et elle avaient réussi à éviter toute discussion, mais ses regards interrogateurs en coin étaient difficiles à manquer.

Lihsil avala une bouchée de mouton.

— De quoi te souviens-tu ? s'enquit-il.

— Je vois des bribes du combat, mais la dernière chose que je me rappelle clairement est d'avoir ouvert le cercueil de Rashed. Ses deux compagnons s'agitèrent sur leurs chaises à la mention du nom du mort-vivant. C'est son nom, insista-t-elle. Il a dû me le dire.

Lihsil but une gorgée de son thé chaud. Magirie remarqua que la peau de son visage était moins déchiquetée et enflée. Le baume réduirait peut-être ses cicatrices.

— Après cela, expliqua-t-il sur le ton de l'évidence, Raton est brusquement sorti de son cercueil en passant à travers le couvercle.

Il poursuivit son récit pendant un long moment en narrant toute une suite d'événements. Elle savait qu'il n'était pas du genre à raconter des histoires aussi clairement ; elle apprécia donc sa concentration et les détails qu'il apporta. Cependant, l'embarras la gagna et ne la quitta plus dès qu'il en vint au moment où Brendèn avait dû la porter jusqu'à l'apparition de Welstil. Le forgeron détourna les yeux quand Lihsil hésita. Ce dernier mentionna à peine ce qui s'était passé quand il l'avait nourrie.

— Je ne savais pas quoi faire d'autre, se justifia-t-il. Tu étais mourante.

Lihsil lui avait fait boire son propre sang, ce qui lui avait sauvé la vie. Elle ne savait pas comment réagir à son sacrifice. Sans prévenir, de brefs souvenirs lui revinrent des doigts de son ami glissant délicatement derrière sa tête, de son poignet dans sa bouche, de la fermeté dont il avait fait preuve en gardant leurs deux corps aussi près l'un de l'autre jusqu'à ce que cette force lui soit transmise à elle.

— Tu m'as insufflé de l'air et tu m'as réanimé après l'éboulement, lui rappela-t-il. Je ne vois pas la différence.

Magirie trouvait cette comparaison trop facile. Tous les vivants avaient besoin de respirer. Ils n'avaient pas besoin de boire du sang pour survivre. Qu'était-elle exactement ?

— Il y a autre chose, ajouta Lihsil. Mais je ne sais pas ce que cela signifie. Il désigna le cou de la jeune femme. Welstil m'a dit de sortir une de tes amulettes et de poser la face en os contre ta peau. Sais-tu pourquoi ?

Encore plus troublée, elle secoua la tête.

— Non. Il a l'air d'en savoir beaucoup plus que nous. Mais il parle par énigmes et nous ne savons pas ce que nous pouvons croire. Tu dis qu'il a employé le mot « *dhampir* ». Il a déjà dit cela une fois, quand je me suis rendue là où... Elle regarda Brendèn. Là où Éliza est morte.

— Un *dhampir* est le rejeton d'un vampire et d'un mortel, intervint finalement Brendèn. Mais ce n'est qu'une légende, un conte populaire. Le peuple de ma mère vient du grand nord, où sa mère était la sage-femme du village. Elle pratiquait la sorcellerie, les sortilèges champêtres et les choses de ce genre. J'ai entendu pas mal d'histoires sur les morts-vivants. Mais ils ne peuvent pas créer ou concevoir des enfants. Une telle progéniture ne peut pas exister.

— Alors comment expliquez-vous que ma gorge ait guéri ? l'interrogea Magirie sans vraiment attendre de réponse. Mon arme ? Les amulettes ? Ce qui m'arrive quand je me bats contre Rashed ?

— Eh bien, nous ne pouvons pas croire tout ce que dit Welstil, souligna Lihsil. Il a appelé Chap « *majay-hì* » et je sais que c'est ridicule.

— Pourquoi ? Qu'est-ce que cela signifie ? demanda Brendèn.

— Je ne connais pas très bien le langage elfique, mais j'y ai réfléchi. Je crois que cela signifie quelque chose comme « chien magique ». Enfin, peut-être plutôt « chien-fée ». Mais les fées et les esprits de la nature dont j'ai entendu parler dans les livres n'étaient pas tout à fait des créatures sympathiques. Non, Welstil en sait peut-être plus que nous. Et il nous est peut-être utile d'une certaine façon, mais soit il est fou, soit il est juste aussi superstitieux que les villageois de Stravina.

— Vous ne pouvez pas nier que Chap est un peu particulier, murmura Magirie. Il est différent, comme moi, dès qu'il se bat contre l'un de ces…

Sa voix s'éteignit.

Le sérieux gagna un peu plus Lihsil.

— J'y ai vraiment pensé. Ma mère m'avait dit quelque chose un jour à propos de Chap, comme quoi il serait né pour protéger. Peut-être que les morts-vivants étaient plus nombreux il y a longtemps et que le peuple de ma mère a essayé de concevoir une race de chiens capable de combattre ces monstres.

Surprise, Magirie leva les yeux vers lui et cligna des paupières. Cela faisait longtemps que Lihsil n'avait pas parlé de son passé ; de plus, il ne parlait jamais de sa famille.

— As-tu connu ta mère ?

Il se raidit.

— Oui.

Un coup retentit à la porte.

— Oh ! Pour l'amour des ivrognes ! s'exclama Lihsil. Brendèn, si Ellinwood essaie encore de nous arrêter, je vous autorise à le tuer.

Brendèn se leva avec une mine renfrognée et alla ouvrir la porte, mais ce n'était pas Ellinwood qui attendait derrière. De l'autre côté, ils trouvèrent une adolescente que Magirie n'avait jamais vue et un garçon qui lui sembla vaguement familier.

— Geoffroy ? appela Lihsil. Que fais-tu ici ?

Magirie resitua alors le garçon. C'était le fils de Karlin, le boulanger.

— Bonjour Brendèn, salua la fille en tendant une petite sacoche verte. Nous avons amené l'argent pour payer la chasseuse.

La jeune fille devait avoir quinze ans, elle avait de grands yeux et un visage sympathique, et il lui manquait une dent de devant. Elle parlait d'une façon étrange que Magirie n'avait jamais entendue.

— J'vous ai entendus avec eux, ajouta-t-elle. J'ai toujours su que vous êtes bien.

— C'est Aria, déclara Geoffroy en guise de présentations. Sa famille est arrivée de l'est il y a quelques années. Elle était amie avec Éliza.

Aria entra dans la salle commune et regarda autour d'elle. Geoffroy la suivit.

— Mon père a fait une collecte pour vous payer, expliqua-t-il, et il nous a envoyés ici.

Magirie ne comprit pas tout de suite. Puis elle examina la sacoche qu'Aria lui donna. Alors, son estomac se serra : ils la payaient pour avoir tué les morts-vivants de Miiska.

— Prenez-le, mademoiselle, insista Geoffrey. C'est du vrai argent, pas seulement des babioles et de la nourriture. Nous savons que vous ne travaillez pas gratuitement. Le régisseur est peut-être un imbécile, mais beaucoup de gens ici vous sont reconnaissants.

— C'est chouette, ici, complimenta Aria en touchant le bar en chêne. J'étais jamais venue.

Magirie essaya de se lever, mais elle en fut incapable. Elle lâcha la sacoche sur la table et la poussa rapidement vers l'adolescente.

— Prenez ces pièces et rendez-les à tous ceux qui ont participé. Nous n'avons pas fait cela pour l'argent.

Aria et Geoffroy la dévisagèrent d'un air confus, voire déçu. Peut-être avaient-ils réclamé qu'on leur accorde l'honneur d'apporter sa récompense à la chasseuse. Magirie imaginait très bien d'où venait l'argent. Dans sa tête déferlèrent des images de boulangers, de poissonniers et d'ouvriers de l'entrepôt, désormais sans emploi, vidant leurs poches de leurs dernières pièces.

Elle se sentit mal et son petit-déjeuner menaça de remonter. C'était comme un cauchemar duquel elle ne pouvait pas se réveiller. Son passé ne cessait de la suivre pour se répéter encore et encore.

Brendèn mit poliment les jeunes visiteurs à la porte. Magirie entendit des phrases et des mots comme « apprécie », « remercie ton père » et « la chasseuse est fatiguée ». Toutefois, quand Aria et Geoffroy eurent disparu dans la rue, le forgeron se tourna vers elle, décontenancé.

— Ils essayaient juste de vous remercier. Et ce n'est pas comme si vous n'aviez pas l'habitude d'une telle gratitude. Avec Lihsil, vous avez déjà abattu de nombreux morts-vivants et accepté beaucoup de paiements.

Magirie se détourna de lui. Elle ne put pas s'en empêcher. Puis elle regarda son partenaire en quête d'une réaction, quelle qu'elle soit. Lihsil vida sa tasse de thé, se rendit derrière le bar et la remplit de vin rouge.

— Bien sûr, confirma-t-il. Très souvent.

XVI

Ne sachant que faire, Ellinwood quitta Le Lion de Mer et rentra vite chez lui, à La Rose de Velours. Il avait besoin de réfléchir et il y arriverait mieux dans sa chambre.

Quand il fut bien installé dans ses appartements somptueux, la porte fermée, il se laissa gagner par la panique. Qu'allait-il faire ? Sa première idée fut de vendre les beaux meubles qui l'entouraient, mais il se souvint ensuite qu'ils ne lui appartenaient pas. C'était la propriété de La Rose de Velours. Il possédait peu de choses en dehors des vêtements précieux qu'il portait, de ceux qui étaient rangés dans sa garde-robe, d'une épée qu'il n'avait jamais vraiment utilisée et de quelques objets personnels tels que des peignes en argent et des bouteilles de parfum en cristal.

Rashed était mort. Ellinwood ne ferait donc plus aucun bénéfice grâce au commerce de l'entrepôt.

Le reflet du régisseur lui renvoya son regard dans le miroir ovale et cerclé d'argent, et une partie de sa panique disparut. Il voyait un personnage élégant dans ses atours verts. Bien sûr, certains le trouvaient trop gros, mais les maigres étaient toujours intimidés par les hommes de sa stature. Il avait dominé Miiska pendant des années. Il saurait surmonter cette situation.

Ellinwood se rendit à son armoire en bois de cerisier, déverrouilla le tiroir du haut et regarda à l'intérieur. Rashed ne l'avait pas laissé sans le sou et le régisseur n'avait pas dépensé tous ses gains. De plus, s'il mettait de côté un peu de l'argent destiné à son opiacé et à son eau-de-vie épicée, il pourrait vivre confortablement encore six mois.

Puis une pensée le frappa. Le marché qu'il avait passé avec Rashed n'était pas si unique. Après tout, en tant que régisseur de Miiska, il était au courant de beaucoup de choses. Il avait récemment découvert que la femme du plus gros marchand de la ville le trompait avec le chef d'une caravane qui passait par là six fois par an. Combien serait-elle prête à payer pour qu'il garde son secret ? Et Dévon, un membre du conseil, avait dépensé une grande partie de l'argent des impôts pour rembourser une dette de jeu pas si longtemps auparavant.

Les pensées d'Ellinwood commencèrent à fuser. Il n'avait aucune raison de s'inquiéter. Quand les gens puissants avaient des secrets, ils payaient généreusement pour le silence des autres. Il savait exactement quoi faire.

Toutefois, pas dans l'immédiat.

Il devait d'abord changer de tactique dans cette histoire avec Magirie. Il allait la flatter. Il lui apporterait tout son soutien, maintenant qu'il n'y avait plus rien d'autre à faire, et il regagnerait la confiance et la fidélité de ses gardes. Pour l'instant, il était dans une posture relativement inconfortable. Il deviendrait le régisseur idéal pendant quelques mois… et ensuite, il procéderait discrètement à de nouvelles manœuvres d'extorsion. Au final, il y aurait très peu de changement dans la partie, en dehors des participants.

Avec un sentiment de sécurité et de satisfaction, il ouvrit le fond de son tiroir et en sortit l'opiacé et l'eau-de-vie épicée. Il ne s'était jamais accordé ce plaisir dès le matin, mais ce jour n'était pas comme les autres. Il avait besoin de réconfort.

Son verre en cristal vite rempli, Ellinwood s'assit confortablement dans son fauteuil pour le boire.

La journée entière passa rapidement.

***

TISHA FUT LA première à se réveiller, ce soir-là. Elle s'assit, étrangement désorientée, puis des images de la nuit précédente lui revinrent en mémoire et elle revit Rashed l'installer dans le ventre d'un vieux bateau.

Il reposait sur le sol à côté d'elle. Elle lui toucha l'épaule.

— Rashed, réveillez-vous.

Ses yeux transparents s'ouvrirent. Une brève étincelle de confusion passa sur ses traits parfaits, si rapidement que Tisha la perçut à peine. Il s'assit lui aussi, reprenant ses airs de commandant. Elle avait bien fait de le choisir comme champion de sa petite famille, mais il pouvait faire preuve d'une telle force de volonté ! Quelle ironie qu'un tel trait de caractère soit son unique vraie faiblesse. Tisha était maintenant confrontée à la difficile mission de le manipuler afin de fuir de nouveau. Cela n'avait pas été facile la première fois.

— Comment vous sentez-vous ? s'enquit-il.

— Je ne serais pas mécontente d'avoir du fil et un crochet, répondit-elle en souriant.

Il ne lui retournait jamais ses sourires, mais elle savait que ses plaisanteries le mettaient toujours à l'aise. Et, d'une certaine manière, elle éprouvait un certain réconfort à le rassurer.

Plus alerte que la nuit précédente, elle observa les environs. Apparemment, Rashed était tombé sur ce bateau abandonné une nuit alors qu'il explorait les lieux. Son équipage n'avait pas dû réussir à le libérer, car ils l'avaient simplement abandonné et, à présent, les arbres, les buissons et la mousse le masquaient presque entièrement. Les planches du pont étaient vieilles mais intactes, aucune lumière ne filtrant à travers pour les brûler. Cet endroit était plus sûr que ce à quoi Tisha aurait pu s'attendre.

Rashed traversa la pièce et secoua Raton.

— Réveille-toi. Nous devons partir.

D'eux trois, Raton semblait toujours être le plus faible et le moins bien guéri. Bien que la plupart des morsures du chien se soient refermées, le mélange de feu et d'eau à l'ail avait fait des dégâts. Il aurait bientôt besoin de se nourrir encore.

— Où allons-nous ? demanda Tisha à Rashed.

— Nous retournons à l'entrepôt.

— Comment ? Mais pourquoi ?

— Parce que nous n'avons plus rien et que nous ne savons pas s'il a complètement brûlé, répondit-il. Et si les dockers avaient éteint le feu ? Aucun de nous ne pourrait se mêler à la foule dans cet état. Il nous faut des vêtements et des armes. Tout ce que nous avions se trouvait dans le hangar.

Tisha secoua la tête.

— C'est trop dangereux. Des gardes doivent inspecter les lieux. Nous devrions simplement partir cette nuit. Je sais que c'est risqué, mais nous pourrons nous nourrir pendant le voyage et voler ce dont nous aurons besoin par la même occasion. Quand nous aurons visité plusieurs maisons, nous devrions être suffisamment remis, sinon complètement.

Raton se leva avec difficulté.

— Je suis d'accord.

— Les gardes ne valent rien face à nous, plaida Rashed.

— Si nous disparaissons, la ville pensera que nous sommes morts, insista Tisha. La chasseuse nous laissera tranquilles.

Pour la première fois, d'après ses souvenirs, Rashed lui répondit avec colère et brusquerie.

— Elle n'arrêtera de nous chasser que quand elle sera dans sa tombe !

Raton lui-même sembla estomaqué par cette explosion et il s'agita, mal à l'aise. Rashed ouvrit l'écoutille.

— Venez. Nous devons voir ce qui est arrivé au hangar.

Tisha n'était pas fâchée. Elle ne pourrait jamais ressentir de la colère envers Rashed, mais son comportement la déstabilisait. Elle voulait qu'il sorte de cette ville et qu'il s'éloigne de la chasseuse. Elle ne voulait plus que la lame de cette chasseuse approche son ami.

Ils devaient partir discrètement tous les trois. C'est ce qu'il y avait de plus logique à faire. Cependant, c'était lui qui commandait et, bien sûr, elle était en partie responsable de la position qu'il occupait dans leur famille.

Sans vraiment avoir le choix, Raton et Tisha le suivirent dehors.

***

Il semblait impossible à Raton de ressentir la moindre sympathie pour Rashed. Toutefois, alors qu'ils étaient tous les trois en train de contempler les ruines de ce qui avait été leur foyer, il s'aperçut vaguement que la colère et le sentiment de perte qu'il éprouvait n'étaient qu'une partie infime de ce qu'avait l'air de vivre le grand guerrier, qui observait avec un regard vide d'expression.

Il ne restait rien. Ils étaient à l'abri des regards, cachés par un énorme cageot à moitié calciné, mais la structure de l'entrepôt avait brûlé de l'intérieur, faisant s'écrouler sur elles-mêmes les lourdes poutres. Les tunnels souterrains n'existaient sûrement plus, désormais. Si Rashed n'avait pas prévu cette galerie secrète débouchant sur la plage, ils seraient tous les trois écrasés sous un tas de terre et de poutres. Ou réduits en cendres.

Et, au milieu de tout cela, il y avait toujours le dilemme de Raton.

En son for intérieur, tout lui criait que Tisha avait raison. Ils devaient quitter Miiska cette nuit et tenter leur chance sur la route en tuant et en se réapprovisionnant au fil du chemin. Cela dit, bien qu'il déteste l'arrogance de Rashed, le chef autoproclamé de leur clan avait toujours une longueur d'avance en matière de survie.

Dans cette histoire, tout résidait dans leur motivation. Rashed affirmait qu'ils ne pourraient assurer leur sécurité qu'en abattant la chasseuse. Si c'était vrai, alors Raton resterait pour se battre. Cependant, cette nuit, Rashed avait l'air moins lucide que d'ordinaire. En effet, il semblait motivé par une pure envie de vengeance. Or il s'agissait d'un luxe; et Raton n'avait aucune attirance pour cela.

Et pourquoi Tisha voulait-elle tellement s'enfuir? Était-ce un simple instinct de survie ou un désir pervers d'empêcher Rashed de se battre à nouveau contre la chasseuse? Raton avait parfois l'impression de la comprendre beaucoup mieux que le guerrier. Leur chef voyait Tisha comme une adorable créature qu'il fallait protéger, comme le cœur fragile de leur petite famille. Raton savait qu'elle avait la faculté de prendre soin des autres, même d'aimer; mais elle avait toujours été guidée par ses propres besoins et envies, et elle savait manipuler Rashed comme un soldat de plomb grandeur nature lui appartenant.

Toutefois, ces derniers temps, ses faits et gestes avaient été difficiles à interpréter. Raton commençait à soupçonner ses sentiments pour Rashed de commencer à prendre le pas sur son instinct de survie.

Malgré tout son ressentiment à l'égard de Rashed, le jeune vampire lui était reconnaissant de tout ce qu'il avait fait. De plus, Raton savait avec certitude qu'il ne voulait pas être seul. Il n'était pas doué pour élucider des mystères. Il voulait suivre le plan qui mettrait fin à cette vendetta avec la chasseuse et qui leur permettrait de continuer à exister, mais quelle voie fallait-il emprunter ? Battre en retraite ou combattre ?

La mer leur apportait de l'air frais, soulevant des nuages de terre noircie par l'incendie.

— Oh, Rashed ! s'exclama Tisha avec des regrets sincères en observant les débris de leur maison. Je suis vraiment désolée.

Elle s'avança et lui posa une main délicate et réconfortante sur l'épaule. Rashed ne bougea pas et ne lui prêta aucune attention.

— Eh bien ! Nous ne trouverons rien d'utile ici, commenta Raton à raison. Et maintenant, allons-nous manger, fuir ou nous mettre à traquer les chasseurs ? Je pense que nous devrions tous nous mettre d'accord sur la suite des événements avant de faire quoi que ce soit.

Tisha le gratifia d'un sourire reconnaissant. Son anxiété vis-à-vis de l'état de Rashed devenait évidente. En fait, Raton commençait à s'inquiéter, lui aussi.

— Vous êtes tous les deux des imbéciles de le laisser prendre les décisions, intervint une voix caverneuse.

L'horrible image d'Édwan apparut près de Tisha. L'apparence macabre du fantôme ne mettait pas vraiment Raton mal à l'aise, mais ce dernier n'avait jamais su voir Édwan comme autre chose qu'une aberration pouvant se montrer utile occasionnellement.

Cette nuit voyait naître de nouveaux visages. Tisha fronça presque les sourcils.

— Mon chéri, dit-elle à Édwan. Nous sommes dans une situation plus que délicate, cette nuit. J'aurais espéré que tu essaierais de nous aider.

— La chasseuse n'est pas un charlatan, répondit-il avec colère. Ses longs cheveux jaunes s'agitèrent quand il tourna brusquement la tête vers sa femme. C'est une *dhampir*, née pour chasser et tuer ceux de votre espèce. Vous ne la battrez pas. Si vous restez ici, vous mourrez tous pour de bon et vous me rejoindrez.

Rashed se détourna de l'entrepôt brûlé.

— Comment le sais-tu ? interrogea-t-il le fantôme. À chaque fois que nous discutons, tu as de nouvelles informations tragiques ou déterminantes à nous annoncer.

— Il y a un étranger qui vit à La Rose de Velours. Il sait beaucoup de choses. Je l'ai entendu en parler à la fille. Édwan balbutia légèrement et Raton comprit qu'au fil des saisons il devenait de plus en plus difficile pour le fantôme de communiquer sur un plan physique. Il est fort… Pas comme les autres. Il a quelque chose de…

— Alors, dans quel état déplorable se trouve la chasseuse ? demanda Rashed sans ménagement.

— Rien de tel, répondit Édwan. Le demi-elfe lui a fait boire de son sang et elle a guéri comme l'un de vous.

Rashed secoua la tête avec un semblant de tristesse.

— Toutes ces années dans le monde physique commencent à te nuire. Les *dhampirs* n'existent que dans les histoires. Les rejetons des mortels et des vampires ? Notre espèce ne peut pas procréer. Tu le sais très bien.

Raton n'en était pas si sûr.

— Corische venait discuter avec moi, parfois, quand il était d'humeur maussade. Son sujet préféré était nos forces, nos faiblesses et nos pouvoirs. Une nuit, il m'a dit qu'il fallait un peu de temps à notre corps pour changer complètement. Je ne sais pas pourquoi. En tout cas, il m'a dit qu'aux premiers temps de la mutation, les morts-vivants pouvaient concevoir et donner naissance à des enfants.

— C'est insensé. Rashed l'écarta du bras comme un insecte gênant. Si elle est plus qu'un être humain, cela ne fait qu'accroître nos raisons de la tuer, pas l'inverse.

— Très bien, « messire », acquiesça Raton d'une voix traînante. Peut-être devrions-nous essayer une autre tactique. La nuit dernière, s'il n'y avait pas eu le demi-elfe, le forgeron et ce maudit chien, nous l'aurions tuée, toi et moi. Personne d'autre ne l'aidera, en ville. Si nous la privons de tout soutien, elle se retrouvera seule.

Tisha hocha la tête, le visage grave. Raton distinguait légèrement son ventre plat et lisse à travers sa robe rouge déchirée.

— Oui, Rashed, intervint-elle. Si nous tuons ses amis et que nous l'abattons ensuite, nous emmènerez-vous loin d'ici ? Nous pouvons construire une maison ailleurs.

La voix de Rashed s'adoucit quand il s'approcha pour se placer derrière la petite silhouette de Tisha.

— Bien sûr. Nous ne pouvons pas rester à Miiska.

— Un par un, c'est la seule solution, proposa Raton. Moins de risques d'être vus.

— D'accord, reprit Tisha, presque joyeuse. Je me charge du forgeron… Non, Édwan, ne t'inquiète pas. C'est un solitaire. Je vais lui chanter une jolie berceuse et, avant qu'il ne comprenne ce qui lui arrive, il dormira.

— Je m'occupe du demi-elfe, décida Raton par dépit. Je peux me servir du chien pour le tromper. Même si, pour utiliser le cabot, je vais sûrement devoir avoir recours à une arme infâme et mortelle comme une arbalète. Il sourit. Ou peut-être une hache.

— Vous êtes sûrs de vous ? demanda Rashed. Je sais que ce ne sont que des mortels, mais ne tentez rien tant que vous ne serez pas certains de pouvoir éliminer le forgeron et le demi-elfe.

— Ne soyez pas si protecteur, rétorqua Tisha. Je sais contrôler les mortels.

Sur ce point, elle disait la vérité, songea Raton. Elle savait également contrôler les immortels. Rashed voulait le sang de la tueuse cette nuit, mais le jeune vampire estimait que ce nouveau plan tenait la route.

— Alors c'est décidé, déclara le grand mort-vivant, plus pour lui-même que pour les autres. Ses amis mourront ce soir et nous la traquerons demain. Ensuite, nous serons libres de partir.

Édwan observa silencieusement tout leur échange, mais un froid émanait de lui au point d'inquiéter Raton, qui n'avait pourtant jamais froid.

— Et que feras-tu pendant qu'ils seront tous les deux en train d'assassiner les compagnons de la chasseuse ? demanda le fantôme à Rashed.

Ce dernier recula d'un pas calme et déterminé. Le vent marin souffla dans sa tunique déchirée.

— Il n'y a qu'un trou dans le ventre du bateau. À part cela, il est intact. Je vais essayer de le réparer et de le remettre à la mer.

TOUT D'ABORD, MAGIRIE avait trouvé absurde l'idée de servir les clients du Lion de Mer. Elle ne pouvait pas croire que Lihsil ait annoncé publiquement l'ouverture des portes de l'établissement ce soir-là.

Caleb avait rapidement préparé une soupe de mouton et Lihsil avait acheté du pain à la boulangerie de Karlin. Ils avaient essayé d'allonger Chap, convalescent, sur le lit de son maître et de fermer la chambre, mais il avait tellement gémi et gratté à la porte que Magirie avait eu pitié et l'avait ramené au rez-de-chaussée. Toutes ses blessures étaient presque guéries, mais il bougeait toujours lentement et prudemment. Tant qu'il resterait étendu calmement à côté du feu et qu'il ferait semblant de monter la garde, il pourrait rester avec tout le monde dans la salle commune.

Quand les gens commencèrent à arriver pour boire une bière et discuter, Magirie changea un peu d'état d'esprit. Les intuitions de Lihsil se montraient encore bonnes. La taverne fut changée en un lieu de vie où la nourriture et les conversations allaient bon train. Elle avait passé trop de temps avec la mort, récemment.

Sa clientèle avait légèrement changé. Il y eut moins de dockers, mais plus de commerçants et de marchands entrèrent en les saluant de bon cœur. Bien entendu, il y avait toujours un certain nombre de marins. Des poissonnières firent toute une histoire autour du visage de Lihsil, qui s'imprégna de leurs attentions comme une éponge desséchée.

Magirie servit des chopes de bières et des coupes de vin dans de nouveaux verres offerts par des gens du coin. Lihsil aida Caleb à servir la soupe jusqu'à ce que la foule venue dîner soit rassasiée, puis il ouvrit une table de faro bruyante. Trop sonore au goût de la jeune femme, peut-être, mais la moitié de l'assemblée jouait et échangeait régulièrement sa place avec l'autre moitié, qui criait et jurait en fonction des cartes qui tombaient.

Il y avait dans l'air comme une atmosphère de célébration. Bien que Magirie ne puisse pas y prendre part, un sentiment prévisible et pas entièrement indésirable de satisfaction commença à chasser la culpabilité et l'horreur qu'elle avait éprouvées plus tôt, quand Geoffroy et Aria avaient tenté de la payer. Miiska était désormais son foyer. Consciemment ou pas, Lihsil et elle avaient fait quelque chose pour protéger la ville.

À cette pensée, elle ne put s'empêcher de détacher ses yeux du tonneau de bière et de regarder la seule personne de la pièce qui ne faisait pas la fête : Brendèn.

Il était resté toute la journée sous prétexte d'aider à remettre la taverne en ordre, mais Magirie avait le sentiment qu'il ne voulait simplement pas rentrer chez lui. Il était à présent assis seul à boire, souriant ou hochant le menton quand quelqu'un lui parlait. Cependant, dès l'instant où il se retrouvait de nouveau seul, la jeune femme voyait une profonde tristesse peser sur ses épaules. Il était propre, maintenant, et il portait une chemise blanche à manches longues et des hauts-de-chausses marron. Sans sa tenue de cuir de forgeron, il semblait plus vulnérable. Magirie voulait le réconforter, mais elle ne savait pas comment.

Pour sa part, elle avait revêtu la robe bleu foncé à lacets que tante Bihja lui avait offerte des années plus tôt. Comme Lihsil l'avait souligné ce matin même, ses vêtements habituels étaient trop usés pour être raccommodés. Elle avait commandé un nouvel ensemble à Baltzar, un tailleur voisin, mais cette robe devrait faire l'affaire en attendant. Par ailleurs, cette tenue faisait sourire Lihsil. Elle lui devait au moins cela, et elle essayait de lui rendre ses coups d'œil ravis. De plus, à chaque fois qu'elle le regardait, des souvenirs brumeux de son teint blême et de son bras ensanglanté lui revenaient violemment.

La porte s'ouvrit de nouveau. Karlin le boulanger, Geoffroy et Aria entrèrent tous en un chœur de salutations et de rires. Les deux jeunes gens allèrent regarder la table de faro, alors que Karlin se rendit au bar en dansant presque.

— Vous êtes ravissante, lança-t-il en souriant.

— Vous de même, plaisanta-t-elle.

— Servez-moi une énorme chope de bière. Je bois rarement, mais ce n'est pas un soir comme les autres.

— Et pourquoi donc ? s'enquit Magirie en se demandant si elle désirait vraiment aborder ce sujet.

— Vous le savez plus que bien. Notre ville est sauvée. Les rues sont sûres. Nos enfants sont en sécurité. Je crois que je vais boire jusqu'à l'aube.

Bien que les pensées de la jeune femme vagabondent encore en des lieux sombres, l'humeur joviale du boulanger était contagieuse.

— Il va me falloir une sérieuse réserve de pain, si vous vous en sentez capable, déclara-t-elle. Au moins pendant un temps.

Il opina du chef et son visage s'éclaira davantage.

— J'ai une meilleure idée. Le père d'Aria est cordonnier. Ses affaires fonctionnent bien, mais il a cinq enfants qui ne peuvent pas faire plus que l'assister. La fille est bonne cuisinière. Je me suis dit que vous pourriez vouloir l'embaucher, maintenant que... enfin, maintenant que Beth-Raé n'est plus là.

Magirie s'aperçut que l'une des choses qu'elle aimait chez Karlin était sa capacité à évoquer la réalité sans jamais paraître grossier ou insensible.

— Est-elle motivée ?

— Oui, nous en avons discuté sur le chemin.

Magirie hocha la tête.

— Je lui parlerai plus tard. Elle marqua une pause et essaya d'avoir l'air enjoué. Pourquoi n'iriez-vous pas rendre visite à Brendèn ? Je vois qu'il est seul.

Karlin prit sa chope.

— J'y vais de ce pas.

Et la nuit se poursuivit ainsi.

Les habitants de Miiska restèrent tard. Magirie n'avait pas abordé d'autres sujets que la taverne avec Caleb. Elle se sentait honteuse que le corps de Beth-Raé ait été emmené de la cuisine au cours de ces deux derniers jours et qu'elle ne sache ni quand, ni où. Il faudrait qu'elle se renseigne plus tard, quand ce serait le bon moment. Elle dirait à Lihsil de se joindre à elle et ils iraient lui rendre un dernier hommage. Il en avait au moins autant besoin qu'elle.

Elle ferait en sorte que des fleurs soient déposées régulièrement sur la tombe.

La petite Rose était assise à côté de Chap, au coin du feu. Elle semblait totalement éveillée, dans son habituelle robe en mousseline. Ses longues boucles blondes détachées tombaient en pagaille. Magirie n'avait pas le cœur à l'envoyer au lit.

Au bout d'un moment, bien après minuit, alors qu'il ne restait que quelques clients, Lihsil se leva et annonça qu'il était l'heure de fermer. Cela surprit un peu Magirie, mais elle était d'accord et l'aida de bon gré à mettre dehors les derniers fêtards... Tous, sauf Brendèn.

— Quelle nuit ! s'exclama le demi-elfe en fermant la porte. Je ne vais pas tarder à m'écrouler.

La grande salle commune semblait vide et trop calme à présent. Magirie entendit le feu craquer et elle se retourna vers Rose qui s'était endormie sur le tapis à côté de Chap, dont la truffe reposait chaleureusement sur la nuque de l'enfant. La jeune femme entreprit d'aller la réveiller, puis elle se ravisa. Que la petite se repose là. Lihsil pourrait la porter à l'étage plus tard.

Brendèn se leva.

— Bon, je ferais mieux d'y aller, moi aussi. Vous avez tous besoin de dormir.

— Je vous raccompagne chez vous, proposa Lihsil. Laissez-moi juste le temps de ranger les cartes. Si tu voyais les gains, Magirie. Ils étaient tous de tellement bonne humeur que je les ai un peu filoutés.

— Je croyais que vous étiez fatigué, s'étonna Brendèn. Vous n'êtes pas obligé de venir avec moi.

— Un peu d'air me fera du bien. On étouffe un peu, ici.

Magirie connaissait trop bien Lihsil pour croire qu'il voulait prendre l'air. Il avait dû lui aussi constater l'humeur du forgeron.

— Allez-y, tous les deux, lança-t-elle. Nous ferons le ménage demain matin.

Brendèn lui lança un regard désemparé, comme s'il voulait dire quelque chose, mais il fit demi-tour et passa la porte.

Lihsil lui emboîta le pas et s'arrêta sur le perron.

— Je ne serai pas long, précisa-t-il.

Magirie esquissa un hochement de tête et ferma la porte. Elle était enfin seule avec Caleb.

Elle trouva le vieil homme dans la cuisine en train de laver la marmite de soupe.

— Laissez cela, dit-elle. Voulez-vous que je porte Rose là-haut ?

— Non, mademoiselle, refusa-t-il. Ses traits étaient toujours aussi calmes et posés. Je peux la monter. Vous devriez vous reposer.

— Vous allez bien ? s'enquit-elle avec une envie inhabituelle de réponse sincère.

— Ça va aller, répondit Caleb. Vous savez que la plupart des gens d'ici vous sont reconnaissants ? Peu importe le prix.

— Oui, ils sont reconnaissants, répéta Magirie. Les gens désespérés sont toujours reconnaissants.

Il la regarda d'un air interrogateur, mais il ne dit rien.

— Combien de personnes savaient réellement que leur ville abritait une bande de morts-vivants ? l'interrogea-t-elle. Et comment le savaient-ils ? Comment le saviez-vous ?

Il parut encore plus étonné par ces questions.

— On ne peut pas simplement disparaître sans laisser de traces, dans une ville de la taille de Miiska. Surtout les personnes comme ma fille et maître Danction. Avant votre arrivée, on trouvait de temps en temps un corps avec des trous dans le cou ou la gorge. Ce n'est pas arrivé souvent. Il se passait parfois une saison ou deux entre de tels événements. Mais les nouvelles vont vite. Je crois que la plupart des gens pensaient que nous étions hantés par une chose surnaturelle. N'était-ce pas le cas de tous les villages où vous avez travaillé avant ?

Les rides nettes de son visage âgé et interrogateur pincèrent le cœur de Magirie. N'ayant jamais eu de père avec qui parler, elle fut prise d'une envie soudaine de tout révéler à Caleb. Cependant, elle savait que cela ne ferait que le blesser davantage. Son épouse était décédée et il croyait que son sacrifice avait aidé la grande « chasseuse de morts-vivants ». Il avait besoin de croire que la vie de Beth-Raé avait été sacrifiée pour la liberté de Miiska, afin que plus personne n'ait à subir la disparition d'une fille ou la perte d'une épouse. Magirie ne serait pas égoïste au point de briser ses illusions uniquement pour soulager sa conscience.

— Si, acquiesça-t-elle. Mais, pour moi, c'est terminé, Caleb. Tout ce que je veux, c'est gérer cette taverne avec vous et Lihsil, dorénavant.

Une bourrasque d'air doux les frappa quand la porte de la cuisine s'ouvrit en claquant contre le mur.

— Terminé ? répéta une voix presque fâchée depuis l'entrée. Et qu'est-ce qui vous fait croire cela, exactement ?

Welstil entra tel un seigneur investissant la maison d'un de ses paysans. Impeccablement vêtu, comme toujours, il avait l'air inquiet, presque nerveux.

— Caleb, appela Magirie. Allez chercher Rose et montez là-haut.

Le vieil homme hésita, mais il finit par sortir de la cuisine.

— Que faites-vous ici ? interrogea-t-elle son visiteur.

Elle trouvait cet endroit étrange pour une conversation avec Welstil, qui se dressait au milieu des casseroles, des poêles et des oignons séchés suspendus aux murs. Bien qu'ils aient déjà discuté dans le jardin de Brendèn, Magirie se le représentait désormais toujours comme un élément de sa chambre insolite à La Rose de Velours, entouré de ses livres et de son globe. Seules deux bougies et une lampe éclairaient la cuisine. Les cheveux blancs sur ses tempes ressortaient très nettement.

— Je me demande si vous êtes vraiment aussi idiote que tous ces simplets qui vivent ici, répondit-il d'une voix profonde et dure. Je m'attendais à vous trouver en train de réfléchir à la prochaine étape, mais vous avez fait le service toute la nuit et célébré une victoire illusoire.

— Qu'est-ce que vous racontez ? s'enquit-elle. J'en ai assez de vos mystères et de vos petits secrets.

— Comment pouvez-vous imaginer que vous avez éliminé ces vampires ? Avez-vous vu leurs cadavres ? Avez-vous compté les morts ?

Un frisson glacé de peur courut le long de sa colonne vertébrale.

— Lihsil a brûlé l'entrepôt, et tout s'est effondré. Rien n'aurait pu y survivre.

— Vous êtes une *dhampir* ! s'emporta-t-il. Vous avez été mortellement blessée la nuit dernière, mais vous êtes toujours là, saine et sauve. Leurs corps guérissent encore plus vite que le vôtre. Ils sont comme les cafards qui grouillent sous ce plancher. Il se rapprocha. Imaginez ce qu'ils peuvent supporter.

Magirie se pencha en avant et se retint à la vieille table en chêne sur laquelle Beth-Raé avait coupé tant de légumes. Elle sentit le poids de la fatigue sur ses épaules et dut s'asseoir sur le tabouret. Ce n'était pas possible. Tout aurait dû être terminé.

— Je n'ai peut-être pas vu leurs cadavres, mais vous n'avez pas non plus aperçu de morts-vivants se promener dans les rues. Si ?

La peau de Welstil s'étira sur ses pommettes.

— Occupez-vous de vos amis.

Il se détourna et disparut rapidement dans les ténèbres derrière la porte.

— Attendez ! hurla Magirie.

Elle courut après lui de l'autre côté de la cuisine, mais l'arrière de la taverne, qui donnait sur la forêt située entre le bâtiment et la mer, était vide. Dans un moment de lucidité cristalline, une seule pensée vint à l'esprit de Magirie.

— Lihsil.

La jeune femme rentra en trombe dans la cuisine, se précipita derrière le bar et s'empara de son fauchon.

ALORS QUE LE demi-elfe arpentait les rues de Miiska avec Brendèn, ce dernier s'étonna du nœud de contradiction que constituait son ami : tantôt un combattant froid, tantôt un papa poule. Lihsil portait un foulard vert autour de la tête pour couvrir ses oreilles légèrement pointues. Il avait ainsi l'apparence d'un humain élancé aux yeux brun ambré un peu bridés. Brendèn s'interrogeait sur ce foulard.

— Pourquoi portez-vous ceci, parfois ? s'enquit-il en désignant la tête de Lihsil.

— Pourquoi je porte quoi ? demanda le demi-elfe avant de se toucher le front. Ah, ça ! Je le portais tout le temps, avant. Quand Magirie et moi jou… Quand nous étions en chasse, nous n'aimions pas attirer l'attention sur nous. Elle estimait qu'il valait mieux se fondre dans le décor jusqu'à ce que nous décidions d'accepter un travail. Les gens comme moi ne sont pas fréquents, en Stravina, donc je couvrais mes oreilles. Cela n'a aucune importance ici, mais les vieilles habitudes ont la vie dure. Et puis, cela dégage mes cheveux de mon visage.

Tout au long du chemin, ils n'abordèrent que des sujets aussi simples et légers. À part quelques marins soûls et un garde en patrouille par-ci par-là, il n'y avait pas un chat. Ils arrivèrent très vite près de la maison de Brendèn.

Finalement, Lihsil l'interrogea.

— Est-ce que vous allez bien ?

Le forgeron avait du mal à répondre à ce genre de question, mais il ne voulait pas blesser son ami.

— À la mort de ma sœur, j'étais tellement furieux contre la conduite d'Ellinwood que j'étais consumé par la colère. Et puis vous êtes arrivés. Quand nous les avons traqués et combattus pour nous venger, j'ai retrouvé ma motivation. Maintenant que tout est fini, je me dis que je devrais enterrer Éliza… et commencer à faire mon deuil. Mais elle est déjà dans sa tombe. Je ne sais pas quoi faire.

Lihsil hocha la tête.

— Je sais. Je crois que je l'ai compris toute la journée. Il réfléchit. Écoutez. Demain, quand vous vous lèverez, vous irez voir Éliza et vous lui direz au revoir. Le soir, vous viendrez au Lion de Mer, vous prendrez votre dîner et vous parlerez avec des amis. Je suis sûr qu'au bout de quelques jours, vous aurez de nouveau le sentiment que le monde tourne rond.

Brendèn se racla la gorge et détourna les yeux.

— Merci, dit-il. Il voulait ajouter quelque chose, n'importe quoi. À demain soir.

Le demi-elfe descendait déjà la rue, comme si les mots justes lui manquaient aussi.

— Si vous êtes à court de fers à cheval, vous pouvez venir m'aider à réparer cette saleté de toit.

Brendèn regarda les longues jambes de son ami s'éloigner à grands pas jusqu'au coin de la rue, puis il entra dans sa maisonnette. Il ne restait que quelques meubles et peu de décorations, depuis qu'il avait emballé toutes les affaires d'Éliza pour les ranger. Il lui était trop douloureux de les voir tous les jours. Une bougie qu'elle avait fabriquée l'été précédent était toujours sur la table, mais il ne l'alluma pas, préférant se déshabiller dans le noir. Alors qu'il commençait à déboutonner sa chemise, les bribes d'une belle chanson muette flottèrent à travers la fenêtre et emplirent ses oreilles.

Y avait-il quelqu'un qui chantait, là dehors ?

Brendèn s'approcha de la fenêtre de derrière et regarda de l'autre côté. Une jeune femme se tenait à côté du tas de bois, dans une robe en velours déchirée. De douces boucles de la couleur du café de Portsmith tombaient sur sa taille fine. Elle lui était vaguement familière. La douce musique s'envolait de sa petite bouche. Quelque chose lui disait de rester à l'intérieur, une envie urgente et irrésistible l'attirait dehors. Il passa le pas de la porte de derrière et sortit sous le porche du jardin.

Quand il s'approcha lentement de ce visage serein, il vit ses mains blanches d'enfant. Pourtant, le corset serré autour de sa taille et sa poitrine rebondie indiquait qu'elle était bel et bien une femme. Il était incapable de définir son âge, avec ce visage de poupée.

— Êtes-vous perdue ? demanda-t-il. Avez-vous besoin d'aide ?

Elle cessa de chanter et sourit.

— Je suis seule et perdue. Voyez la tristesse de mon regard.

Il plongea ses yeux dans ses prunelles sombres et oublia où il se trouvait. Il oublia son nom.

— Venez vous asseoir avec moi, implora-t-elle.

Il s'accroupit à côté d'elle et s'appuya contre le tas de bois. À cause de la délicatesse de ses os, il avait peur de la toucher, mais elle posa sa tête sur son épaule avec contentement.

— Vous êtes si gentil, murmura-t-elle. Vous ne me feriez jamais de mal ?

— Non, confirma-t-il. Je ne vous ferais jamais de mal.

Le visage de la femme se leva vers lui, et elle lui glissa la main derrière la tête.

— Si.

Une forte poigne le retint et elle lui mordit la gorge.

Non, elle ne le mordait pas : elle l'embrassait et il voulait qu'elle continue. Il s'abandonna dans ses bras pour la laisser faire ce qu'elle voulait.

Puis il ferma ses paupières et s'enfonça dans son étreinte.

***

DEPUIS DES JOURS, Raton ne cessait de penser à la fine jeune fille aux bras bronzés. Il se souvenait du moment où il s'était tenu derrière sa fenêtre pour la regarder dormir, savourant son parfum. Et puis Tisha l'avait éloigné d'elle. Il était à présent revenu derrière cette fenêtre.

Rashed voulait sûrement qu'il se nourrisse, qu'il guérisse et qu'il reprenne des forces avant d'attaquer le demi-elfe et le chien. Il en était certain. Cette fois, il ne pouvait pas échouer, donc il devait être au sommet de sa force et empester le sang frais.

La fille avait de longs cheveux châtains clairs assortis à ses bras. Quand elle se retourna dans son sommeil, Raton perçut une bouffée de mousseline fraîchement lavée au savon à la lavande. Il ne put attendre davantage.

Il se servait rarement de son pouvoir mental lorsque ce n'était que pour faire perdre la mémoire à certaines de ses victimes. Pourquoi aurait-il dû ? Ils étaient des tueurs, pas des illusionnistes. Pourtant, il lui arrivait d'admirer, voire d'envier, la facilité avec laquelle Tisha chassait. Et n'étaient-ils pas sur le point de se débarrasser de cette chasseuse et de reprendre la route ? Peut-être devait-il exercer ses pouvoirs pour les améliorer. L'inquiétude de Tisha envers Rashed commençait à dépasser celle qu'elle ressentait pour lui. Il en avait peut-être toujours été ainsi sans qu'il s'en aperçoive. Raton ne serait jamais le guerrier, mais il avait d'autres dons, d'autres capacités. Il devait les développer et l'impressionner pendant leur voyage. Cette pensée le fit sourire.

À cet instant, il eut une irrépressible envie de posséder cette fille aux cheveux châtain, de toucher sa peau, de boire sa vie. Et il devait être au sommet de sa force.

— Viens, murmura-t-il.

Lorsqu'elle ouvrit les yeux, il projeta une pensée dans son esprit. Il y avait quelque chose d'important, dehors. Elle devait se lever et découvrir de quoi il s'agissait. Peut-être qu'elle rêvait, mais même dans ses songes il lui fallait voir ce qui l'attendait.

Elle se leva, vint rapidement à la porte et regarda dehors. Ne voyant rien, elle pencha son buste à l'extérieur.

Raton empoigna ses épaules qui dépassaient de la fenêtre et la tira à l'extérieur. Elle ne cria pas, mais elle le regarda en clignant des yeux d'un air surpris.

Il ne voulait pas l'effrayer, donc il continua à lui envoyer l'idée qu'elle était perdue dans un rêve. Au lieu de se débattre dans ses bras, elle le dévisagea avec curiosité de ses yeux marron légèrement bridés. Un sentiment étrange d'excitation le traversa. Il prit son temps, savourant le parfum de lavande au creux de son cou mélangé à une note de poisson séché sur ses mains. Il glissa ses doigts dans ses cheveux soyeux et sur la peau douce de ses bras.

Il la poussa ensuite lentement au sol où, de ses dents, il perça la source située à la base de son cou, sans cesser de l'apaiser par la force de son esprit.

Les mains délicates de la fille repoussèrent vaguement ses épaules, mais cela ne dura pas. Il la laissa agripper sa chemise.

Une puissance et une force incroyable le submergèrent. C'était une chose de dominer en aveuglant par la peur, mais cette sensation était différente ; une impression dont il n'avait jamais parlé avec Parko.

Il but jusqu'à ce que le cœur de la fille cesse de battre.

Elle n'était maintenant plus qu'une coquille vide et Raton abandonna son corps sur place en regrettant que ce moment soit déjà fini. D'une manière ou d'une autre, il savait que Rashed ne se souciait plus de leur discrétion.

Le demi-elfe et le chien revinrent sur le devant de ses préoccupations. Des armes ? Ne devait-il pas trouver des armes ? Non, sa chair brûlée guérissait vite et il ne s'était jamais senti aussi fort. Aucun piège fait pour les mortels ne serait nécessaire. Il se faufila dans les rues presque désertes de Miiska en direction du Lion de Mer.

Quand il s'en approcha, il ouvrit brusquement l'un des volets de la salle commune. Le chien était seul dans la grande pièce, endormi à côté de l'âtre.

— Ici, petit, petit ! chantonna Raton. Comment le demi-elfe l'avait-il appelé, déjà ? Chap ? Viens ici, Chap.

Sa grosse tête de loup se dressa avec ce que Raton aurait juré être de l'incrédulité. Puis, comme il s'y attendait, le chien retroussa les babines dans un grognement chargé de haine et s'élança vers la fenêtre. Des couinements aigus et sonores sortirent de sa longue gueule.

Raton sourit. Il bondit vers la lisière de la ville et l'orée des bois.

Magirie s'élança dans les rues presque noires vers la boutique de Brendèn, jusqu'à ce que ses poumons menacent d'exploser. Sa longue robe battait ses jambes, mais elle la souleva de sa main libre et poursuivit sa course.

Et si Welstil avait dit vrai ?

La vérité était plus blessante que la douleur de l'effort dans sa poitrine. Comment avait-elle pu se figurer que tous les dangers avaient disparu juste parce que Lihsil et Brendèn croyaient que l'entrepôt en flammes avait fait s'effondrer les tunnels ? Elle ne prêta pas attention à la douleur de ses jambes et continua de courir, fauchon en main.

Dès que l'échoppe du forgeron apparut, elle se mit à hurler « Lihsil ! » sans se soucier du voisinage endormi.

La porte de devant était fermée. Elle la martela.

— Lihsil ! Brendèn ?

Comme personne ne répondait, elle essaya de l'ouvrir. Elle n'était pas fermée à clé.

Magirie la poussa et entra, mais il n'y avait personne dans la pièce unique de la maisonnette. Peut-être que Lihsil et Brendèn n'étaient pas rentrés directement chez le forgeron. Il était possible que le demi-elfe ait voulu remonter le moral de son ami en l'entraînant dans une dernière partie de faro.

Oui, se rassura-t-elle. Lihsil avait emmené Brendèn ailleurs et ils étaient probablement installés dans une pauvre taverne délabrée à jouer aux cartes. Cependant, les espoirs de Magirie n'étaient qu'une tentative convulsive de se tranquilliser, et elle le savait pertinemment. Tante Bihja lui avait toujours dit : « Il ne faut pas s'inquiéter tant qu'il ne se passe rien d'inquiétant. »

Non, Lihsil avait dit qu'il ne serait pas long.

Quand elle passa devant la fenêtre de derrière, un éclat de blanc attira son attention. Elle se tourna et vit la chemise de Brendèn. Il était étendu à côté du tas de bois, non loin des taches de sang d'Éliza.

— Non !

Elle s'élança dans le jardin par la porte de derrière et se laissa tomber au sol à côté du forgeron. Il avait un teint d'albâtre qui contrastait avec le rouge sombre de sa gorge déchirée. Magirie s'accroupit devant lui. Il n'avait pas l'air horrifié, mais plus tranquille que jamais. Ses cheveux roux se dressaient et ressortaient nettement sur sa peau blafarde.

Il y avait peu de sang par terre. En effet, la chose qui avait ouvert sa gorge avait soigneusement absorbé la moindre goutte qui en était sortie. Magirie essaya de s'imprégner de cette image, de la faire pénétrer là où elle pourrait l'intégrer et la gérer. Elle en fut incapable.

Brendèn était le seul membre de cette ville qui fasse vraiment preuve de bravoure ; le seul à les avoir aidés, Lihsil et elle. Et que lui avait apporté ce courage ? Quelle était sa récompense pour les avoir accompagnés ? Cela lui avait coûté la vie.

La jeune femme tendit sa main libre et lui toucha la barbe. Sa main glissa jusqu'à sa gorge et ses doigts pressèrent le côté de son cou, comme pour sentir son pouls. Rien. Elle savait déjà qu'il était mort et que son geste était vain, mais elle faisait désormais partie des gens désespérés et elle en payait le prix.

Magirie se souvint de lui lorsqu'il s'était dressé devant la taverne, ce matin-là, pour empêcher Ellinwood d'y entrer et protéger leur maison.

— Je suis désolée, murmura-t-elle. Je suis désolée pour tout.

Welstil avait raison. Elle aurait dû vérifier. Elle aurait dû chercher les corps et ne pas s'arrêter tant qu'elle ne se serait pas assuré que ces vampires étaient réellement morts. Elle avait laissé Lihsil et Brendèn sortir en pleine nuit. C'était de sa faute.

Elle lâcha son fauchon et enlaça ses genoux en se balançant d'avant en arrière. C'en était trop.

Trop.

Au loin, une sinistre mélopée funèbre interrompit son apathie.

Magirie ramassa son sabre et courut dans la rue, près de la façade de l'écurie et de la forge de Brendèn.

Le cri de Chap résonna de nouveau. Il était en pleine chasse.

— Lihsil.

XVII

QUAND LIHSIL EUT quitté Brendèn, il prit la direction du Lion de Mer, puis il changea d'avis. Les bruits de la mer l'appelaient et il voulait s'accorder un peu plus de temps seul avant de rentrer. Il partit donc vers le front de mer de Miiska au lieu d'emprunter les rues qui l'auraient conduit à la taverne.

Ses pensées étaient pleines de pitié pour Brendèn, mais il était également troublé par son envie de révéler la vérité à son ami. Enfin, peut-être pas toute la vérité, mais juste la façon dont Magirie et lui avaient gagné leur vie pendant plusieurs années. Comment Brendèn réagirait-il quand il comprendrait qu'il avait risqué sa vie en chassant des morts-vivants avec deux personnes qui en savaient peut-être moins que lui ?

Et puis, finalement, ils avaient réussi et tout leur petit groupe avait survécu. La vérité n'importait peut-être pas.

Devant Lihsil, le sable graveleux et l'eau s'étiraient le long de la côte boisée et plus loin sur les quais. La mer qui léchait doucement la plage était étrangement rassurante, sous le clair de lune.

Lihsil essaya de mettre de côté tous les soucis qui n'exigeaient pas une solution immédiate, et il se concentra sur l'instant présent. Bien sûr, certains souvenirs, anciens et profonds, le hantaient quoi qu'il arrive, mais cette nuit la plage était paisible, Magirie était en vie et Brendèn serait finalement en mesure de faire son deuil et de se remettre de la perte de sa sœur. Quant à Chap, il se rétablissait. Que pouvait-il attendre de plus de la vie ?

En flânant le long de la côte d'un pas tranquille, il se mit rapidement à penser au toit de la taverne et à demander une avance à Magirie pour s'acheter de nouveaux vêtements. Elle en avait aussi besoin. N'avait-elle pas évoqué le fait qu'elle avait déjà commandé une nouvelle chemise ? Peut-être.

Magirie.

Alors qu'il s'efforçait de ne pas repenser à la nuit précédente, il se surprit à toucher le bandage autour de son poignet. Il sentait encore le fantôme de ses lèvres et de ses dents sur son bras.

Lihsil se secoua. Tout cet épisode n'avait pas seulement été macabre et grotesque : il avait eu quelque chose de séduisant. Ou peut-être était-ce simplement à cause d'elle et pas juste de ce qu'il avait été obligé de faire pour ne pas la perdre.

Une petite vague roula près de ses pieds et une plainte aiguë retentit près de la rangée d'arbres. Il se figea.

Impossible.

Chap ne pouvait pas être en train de chasser. Ce cri, il ne l'avait utilisé que lorsqu'il s'était battu contre les vampires. Il n'y avait plus rien à traquer.

Lihsil s'élança vers les quais.

— Chap ! cria-t-il. Tiens bon ! Attends-moi.

La petite anse s'agrandissait à mesure qu'il approchait des quais et la plage disparut sous l'eau jusqu'à ce que seuls les rochers et la terre pointent nettement au bord de la ville. Lihsil escalada le remblai escarpé et continua sa course, sans même s'arrêter devant les restes brûlés de l'entrepôt. Quand Le Lion de Mer se retrouva droit devant lui, il s'immobilisa pour écouter.

Lihsil tourna légèrement la tête en attendant un nouveau hurlement de Chap. Quand cet instant arriva, le cri sinistre s'éleva des arbres, derrière la taverne, à l'extrême sud de la ville. Il reprit sa course sans prendre la peine de se demander ce qu'il allait faire quand il aurait rattrapé le chien.

— Chap ! hurla-t-il en courant. Arrête-toi ! Je ne plaisante pas !

La plainte de l'animal s'interrompit brièvement, mais Lihsil n'aurait su dire si cela avait un rapport avec son ordre. Aussi soudainement qu'il s'était arrêté, le hurlement retentit de nouveau, mais depuis une autre direction.

Le demi-elfe s'arrêta dans une petite clairière, haletant au milieu des sapins géants et des broussailles, dans une obscurité presque totale. Bien que la lune brille, ses rayons ne pénétraient pas complètement dans la forêt. Lihsil s'efforça de rester immobile et d'écouter. Les cris, désormais entrecoupés d'aboiements et de grognements, se firent rapidement de plus en plus fort. Puis il comprit que Chap, ou la chose qu'il poursuivait, arrivait droit sur lui.

Presque trop tard, Lihsil tomba à terre et tenta de faire une roulade lorsqu'une silhouette floue sortit de nulle part et se jeta sur lui, le heurtant violemment à la mâchoire. Étourdi et le souffle coupé, il regarda dans tous les sens, sans savoir ce qui l'avait frappé.

— Pourquoi ne fuis-tu pas ? lui demanda une voix vaguement familière avec jubilation. Essaie et je t'attraperai encore.

Malgré de sérieux vertiges, la peur poussa Lihsil à se relever et à regarder la créature qui le narguait : un gamin brun et crasseux au visage squelettique et aux vêtements déchirés.

Raton.

— Comment ? essaya-t-il de murmurer sans réussir à faire fonctionner sa bouche.

Avec une rapidité surnaturelle, Raton s'accroupit comme s'il voulait discuter. Il esquissa un sourire, mais cela n'apaisa en rien la panique de Lihsil.

— Tu sais, reprit Raton, je n'ai jamais été du genre à jouer avec la nourriture, mais là, j'ai envie de prendre mon temps. Son sourire s'évanouit. Où est l'huile ? Et tes pieux ? Et ta chasseuse ?

Lihsil essaya d'avaler sa salive et de réfléchir. En un clin d'œil, il pouvait s'armer d'un stylet dans chaque main. Ses lames lui seraient-elles utiles ? Pourrait-il seulement s'approcher suffisamment de ce… de cette chose qui bougeait trop vite pour qu'il la voie ?

La voix de Chap faisait de plus en plus proche et Lihsil espérait qu'il arriverait bientôt. Comment cette créature avait-elle survécu aux flammes ?

L'espace d'un instant, le visage de Raton attira et retint l'attention du demi-elfe: si humain, si jeune, maigre et anguleux comme son corps; et ses yeux marron, brillants de haine et d'un sentiment de triomphe. Lihsil dut se rappeler à l'ordre. Il n'était pas face à un simple adolescent négligé.

Où était Chap ?

— Nous n'avons qu'à dire que nous sommes quittes, plaisanta Lihsil pour gagner du temps. Je promets de ne pas te faire mal.

— Oh ! Mais moi j'ai envie que tu souffres.

Raton bondit en l'air et le frappa dans les côtes, assez fort pour le faire basculer sur le dos. Un craquement résonna dans le corps de Lihsil, qui sentit au moins deux de ses côtes se casser. La douleur l'aveugla un instant.

Ensuite, comme une chanson interrompue, l'aboiement sinistre cessa, comme si Chap avait disparu.

La tête de Raton pivota vers les arbres et revint en face.

— Est-ce cela, que tu attendais : ton chien ? Je suis assez fort pour lui, maintenant, mais ma jolie partenaire doit en avoir fini avec ton forgeron et elle va venir m'aider. Toutes mes excuses.

Il se pencha en avant et saisit Lihsil par la chemise.

Alors que Raton le hissait sur ses pieds, Lihsil recourba ses mains et détacha les sangles qui retenaient les stylets à ses poignets. Ses armes tombèrent de ses manches dans ses deux mains.

Il les enfonça jusqu'à la garde dans les flancs de Raton.

— Un prêté… pour un rendu, haleta-t-il avant de tordre les deux poignées vers le bas.

Raton ouvrit brusquement la mâchoire quand deux de ses côtes se cassèrent bruyamment. Le manche d'un stylet resta dans la main de Lihsil alors que sa lame se brisa dans le corps du vampire.

Sans effort, Raton envoya le demi-elfe en l'air.

Lihsil ricocha sur un tronc d'arbre et s'écrasa sur une branche basse. Celle-ci se brisa sous son poids et il tomba violemment à terre.

Suffoquant, cherchant de l'air et presque aveuglé par la douleur, Lihsil empoigna le morceau de bois et s'y cramponna.

***

ALORS QU'ELLE COURAIT vers la forêt, guidée par la voix de Chap, Magirie jura contre sa jupe longue : la robe ne cessait de s'accrocher dans les arbustes et de se cogner contre ses chevilles, ralentissant son allure.

Quelque chose lui dit de ne pas crier, de ne pas appeler le chien.

Qui avait assassiné Brendèn ? Combien de vampires avaient échappé à l'incendie déclenché par Lihsil ? Pourquoi avaient-ils attiré Chap dans la forêt ? S'ils voulaient tuer le chien, ils auraient pu le faire pendant qu'il dormait seul près de la cheminée de la taverne.

Le cri de l'animal s'arrêta net. Elle aussi.

Deux respirations plus tard, la plainte reprit dans la nuit et Magirie comprit que Chap avait changé de direction. À moins qu'il ne soit guidé par quelque chose.

Elle s'aperçut que cette course éperdue dans la forêt, digne d'un ours blessé, ne servirait qu'à l'épuiser. Par conséquent, elle prit sa jupe dans une main, serra son fauchon dans l'autre et se faufila plus prudemment entre les arbres.

Maudit Welstil. Comment avait-il su ? Lihsil n'était ni distrait ni idiot ; pourtant, il avait juré que rien ne pouvait avoir survécu à l'effondrement de l'entrepôt en flammes. Autour de Magirie, la végétation était dense, et elle avançait prudemment au-dessus des buissons et à travers les orties humides.

La voix de Chap était désormais plus proche. Un soulagement étrange monta en elle à l'idée de le retrouver dans un ou deux cris seulement. Puis, comme un oiseau abattu en plein vol, le hurlement à la mort s'arrêta. Il ne reprit pas.

Abandonnant toute prudence, Magirie s'élança en direction de sa dernière plainte. Elle chuta dans une petite zone découverte et n'en crut pas ses yeux.

Une charmante jeune femme aux boucles châtain foncé et portant une robe rouge déchirée était là, debout, tendant la main en disant des mots doux. Chap se tenait tout tremblant à un pas d'elle. Il grognait, mais sa voix et son allure manquaient de conviction. S'il avait été un homme, Magirie aurait dit qu'il avait l'air troublé.

— Tout va bien, mon ange, dit la femme en le caressant de sa petite main blanche. Viens t'asseoir à côté de moi. Tu es vraiment exceptionnel.

Le chien et la femme étaient tellement absorbés l'un par l'autre qu'aucun d'eux ne remarqua l'arrivée de Magirie, que l'on ne pouvait pourtant pas vraiment qualifier de discrète.

— Chap ! s'exclama-t-elle. Éloigne-toi d'elle.

Les deux paires d'yeux se tournèrent vers elle et la brume se dissipa du regard de Chap. Il secoua la tête et courut auprès de Magirie. En gémissant, il fit plusieurs pas d'avant en arrière autour d'elle en observant la femme en rouge.

— Est-ce ainsi que vous avez tué Brendèn ? s'enquit Magirie en pointant son fauchon vers son interlocutrice. Vous avez un truc ?

La femme sourit et Magirie sentit son pouvoir la frapper comme un coup de vent. De petites dents blanches brillaient au milieu de son visage si doux, innocent et chaleureux qu'elle aurait pu être l'allégorie de l'amour.

— Vous avez besoin de parler, dit-elle. De confier vos problèmes à quelqu'un. Je vous comprends. Vous avez perdu un ami... Lihsil ? Est-ce son nom ? Venez vous asseoir auprès de moi et je vous écouterai. Dites-moi tout et, ensuite, nous pourrons peut-être le retrouver ensemble.

Dans un coin de sa conscience, Magirie ne désirait rien d'autre que de se laisser tomber à côté de cette femme et de déverser les vingt dernières années de sa vie. Toutefois, elle ne le fit pas. La rage monta en elle et ses canines commencèrent à pousser à une vitesse impressionnante, mais désormais familière.

— Cela ne marchera pas, objecta-t-elle à voix basse. Pas avec moi. Elle avança d'un pas. Êtes-vous armée ? Pour votre bien, je vous le souhaite.

Des images issues de l'esprit de la femme flottèrent dans la tête de Magirie.

Tisha. Cette femme s'appelait Tisha.

— Je ne pense pas, répondit calmement cette dernière. Pourquoi le devrais-je alors que je dispose d'un homme armé.

— Je ne le vois pas, rétorqua Magirie.

Il lui était pourtant difficile de badiner ; elle avait peur de perdre le contrôle.

Il n'y avait ni fureur, ni soif de vengeance, ni folie dans les yeux de Tisha. Tout ce qu'elle faisait et disait était calculé. Les pouvoirs de cette créature étaient différents de ceux de Rashed et de Raton.

Chap gronda et Magirie s'accrocha à une idée rationnelle : Tisha reculait lentement vers les arbres. La femme vampire avait peur.

— Vous ne vous attendiez pas à me trouver ici, n'est-ce pas ? avança Magirie. Sinon, vous vous y seriez préparée. La vérité s'éclaircit. Tout faisait partie d'un même plan qui consistait à éliminer Lihsil et Brendèn. Je peux vous tuer et vous ne pouvez pas m'en empêcher.

Magirie s'avança pour abattre son épée sur elle, mais l'endroit où elle se tenait n'était pas stable. Une voix fuyante résonna dans les arbres.

— Il faudra d'abord me trouver.

Magirie la suivit. Derrière elle, Chap gémissait et se mit à japper plus fort. Elle s'arrêta et se retourna. Immobile et tendu dans la clairière, le chien lui aboyait dessus. Les pensées de Magirie s'éclaircirent de nouveau.

Cette morte-vivante essayait de la détourner de la vraie raison qui l'avait amenée ici.

Magirie balaya ses pensées violentes et rejoignit Chap.

— Vas-y, je te suis.

Le chien fit demi-tour et s'enfonça dans la forêt.

TOUJOURS HALETANT, LIHSIL serrait la branche cassée et se forçait à attendre, à jouer l'oiseau blessé qui attire le renard dans un piège. S'il laissait le désespoir guider ses attaques, il mourrait.

Le plaisir et la confiance de Raton étaient maintenant gâchés. Les lames plantées dans ses flancs n'avaient pas pu le blesser gravement, mais il était désormais vraiment en colère. Et cela le rendrait de nouveau négligent. Il ressemblait plus à un monstre crasseux et sauvage qu'à un humain.

— C'est trop drôle, cracha-t-il d'une voix moins rieuse qu'avant. Je pourrais même te ramener à la maison… sauf que je n'en ai plus. Te souviens-tu de Rashed ? Grand, les cheveux noirs, le regard mort, une grosse épée ? Eh bien, je suis prêt à parier qu'il aimerait discuter avec toi. L'entrepôt était très important pour lui, tu sais, plus qu'une simple affaire. Cet endroit représentait sa liberté et sa capacité à exister en ce monde. Ton petit cerveau peut-il comprendre de telles notions ?

Lihsil avait tellement mal à la poitrine que chaque souffle lui demandait un effort, mais il reprit son calme et essaya de paraître détendu. Il se redressa et bascula en arrière pour s'adosser à l'arbre.

— Si tu arrêtais de bavasser inutilement, nous pourrions aller le voir tout de suite, répliqua Lihsil. Je doute qu'il mettrait aussi longtemps à me tuer.

Toute trace de jubilation disparut alors du visage de Raton.

— Tu veux mourir ?

— N'importe quoi plutôt que de t'écouter.

Lihsil banda ses muscles, prêt à contrer une attaque rapide. Quand celle-ci eut lieu en un mouvement confus, il replongea dans son passé et redevint le produit des enseignements de ses parents, un individu capable de passer outre la douleur, de frapper un point précis avec une fluidité naturelle et une force parfaitement maîtrisée. Sa main partit toute seule juste avant que celle de Raton ne l'atteigne.

Le bout cassé et pointu de la branche s'enfonça au milieu du torse du jeune vampire avant qu'aucun d'eux n'ait le temps de comprendre ce qui se passait. Un petit jet de sang chaud et rouge foncé éclaboussa la joue et l'oreille de Lihsil lorsqu'il tenta de s'éloigner de son adversaire.

Raton poussa un cri de surprise et de ce qui ressemblait à de la peur. Le mort-vivant recula d'un pas chancelant en s'accrochant furieusement à la branche plantée dans son buste.

— Lihsil ! Où es-tu ?

Ces mots étaient sortis de la forêt, non loin de la bouche bée du petit clochard.

Magirie n'était pas loin, derrière les arbres. Le soulagement emplit la bouche de Lihsil comme de l'eau, mais le demi-elfe fut incapable de crier.

— Ici, essaya-t-il de dire. Je suis là.

L'une des mains de Raton trouva une prise autour de la branche et tira, mais son attitude n'avait rien de comparable à la fois où il avait arraché une flèche de son ventre. Il toussait et son corps dégoulinait littéralement de sang. Il avait des hauts-le-cœur et il geignait en appuyant ses deux mains sur le trou qu'il avait à la poitrine.

— Je t'ai frappé en plein cœur, c'est ça ? réussit à marmonner Lihsil. Je ne l'ai pas transpercé complètement, mais je l'ai touché. Que se passe-t-il quand vous perdez votre sang ? Vas-tu t'effondrer, t'affaiblir au point de ne plus pouvoir bouger, et rester allongé là avec ta peur jusqu'au lever du soleil ?

Raton cracha des gargouillis et le regarda d'un air paniqué. Des pas approchaient ainsi que les grognements de Chap. Le vampire s'enfuit en boitant dans la direction opposée aux bruits de plus en plus proches.

Il disparut d'un côté de la clairière quand Chap émergea de l'autre côté. Magirie était sur les talons du chien. À travers la brume causée par l'épuisement, Lihsil sentit une langue lui lécher le visage et la main de son amie posée sur lui à la recherche de blessures.

— As-tu des coupures ? demanda-t-elle. Comme il ne répondait pas, elle répéta plus fort sa question. As-tu des coupures ?

— Suis-le, murmura-t-il. Vite.

— Non, je te ramène à la maison.

— Brendèn, dit-il. Nous devons le prévenir.

Elle ne lui apporta ni réconfort ni sympathie, mais il perçut une pointe de tristesse nerveuse dans sa voix.

— Brendèn est mort.

LE SOUS-BOIS SE faisait plus dense à mesure que Raton se rapprochait de la petite crique qui abritait le bateau échoué. La douleur qu'il ressentait n'était pas comparable à celle des mortels, mais une peur et une fatigue comme il n'en avait jamais connues ralentissaient son allure. Il ne pouvait penser à rien d'autre qu'à Rashed, au bateau et à du secours. Sa force vitale, volée à la fille aux bras bronzés, couvrait chaque feuille et chaque ortie sur lesquelles il passait. Il ne savait pas quelle taille faisait le trou à sa poitrine, mais tout le devant de sa chemise était trempé.

Comment ? Comment ce mortel, ce demi-elfe, avait-il encore pu le blesser ?

Raton s'aidait des arbres en s'y appuyant pour avancer. Il était impatient de retrouver les siens et ne se souciait plus de sa fierté ni de sa honte d'avoir besoin d'aide.

Dans le vert épais et profond qui l'entourait, l'odeur de la vie monta à ses narines. Troublé, il banda ses muscles quand une biche malchanceuse bondit presque juste devant lui. Ses grands yeux limpides et sa queue blanche s'imprimèrent dans la rétine de Raton, qui eut le réflexe de se jeter en avant avec un cri désespéré pour attraper l'animal par la tête et lui mordre le cou.

La biche rua et le traîna sur quelques pas, mais la terreur de la mort définitive qui le menaçait procurait à Raton une force hystérique. Il s'agrippa de ses deux bras et enroula son corps pour tirer la bête à terre. Celle-ci faiblit et se ramollit sous son étreinte. Le sang des animaux ne souffrait qu'une pâle comparaison avec celui des humains. L'énergie vitale des bêtes ne l'emplissait pas de satisfaction ou de plaisir, mais elle lui garantissait toujours la vie et la guérison. Il relâcha la biche quand elle mourut.

Sa panique se calma. Le trou à sa poitrine se referma suffisamment pour faire cesser l'hémorragie. Il abandonna le corps sur place, les yeux grands ouverts, et il reprit la direction du bateau.

Maintenant que sa mort définitive n'était plus imminente, Raton changeait d'état d'esprit. Il était mal à l'aise et gêné par la peur qu'il venait de ressentir… et par son besoin de Rashed. Les morts-vivants vivaient les uns avec les autres par choix, non par nécessité.

La force vitale sauvage et pure de la biche l'envahit, libre de la complexité des relations et des attaches émotionnelles. Il sentait le cœur de la forêt palpiter dans ses oreilles, même si le sien avait cessé de battre de nombreuses années plus tôt. Des loups hurlèrent et une chouette hulula.

Avait-il envie de se cacher dans le ventre d'un bateau pendant des semaines alors que Rashed les obligerait tous à naviguer jusqu'à ce qu'ils s'installent dans une nouvelle ville… exactement comme celle-ci ? Construiraient-ils un nouvel entrepôt pour faire semblant de vivre comme des mortels ?

Raton ralentit. Il baissa les yeux sur son torse et arracha ce qui restait de sa chemise. Son regard rencontra sa chair en lambeaux.

Le sang d'un mortel finirait de le guérir. Il se remit à réfléchir à la meilleure ligne de conduite à adopter.

Tisha avait voulu fuir.

Rashed souhaitait rester et se battre.

Leurs raisons commençaient à être claires. Rashed voulait se venger et s'assurer que Tisha serait définitivement en sécurité. Tisha voulait simplement éloigner Rashed de la chasseuse. Et lui ? Et Raton ? Comptait-il un peu pour eux ? Il était resté avec eux durant toutes ces années parce qu'il n'avait jamais vraiment aimé vivre seul, mais en cet instant, dans la forêt, les yeux rivés sur sa poitrine blessée, il se demanda s'il n'avait pas été seul pendant tout ce temps.

— Ne sois pas l'un des leurs, souffla une voix folle mais familière dans son oreille.

Il regarda dans tous les sens, mais il ne vit personne. Il connaissait cette voix. Sans prévenir, des images de Parko se mirent à danser dans les ténèbres ; la soif de la liberté de chasser, de tuer et de se nourrir s'empara de lui.

Le visage blanc et le rire sauvage de son ancien compagnon le suivirent quand il se remit en marche. Et où était le corps de Parko, maintenant ? Dans le lit d'une rivière parce qu'une vulgaire chasseuse l'y avait abandonné ; la même qui chassait à présent Raton.

Il entendit le bruit d'un marteau frappant le bois et il se cacha silencieusement derrière un arbre. La petite rivière de la crique gargouillait doucement devant lui et Rashed se tenait non loin de là, torse nu, essayant de réparer le trou dans la coque du bateau.

La peau blanche de Rashed était le seul élément surnaturel de son être. Les os épais de ses épaules nues et le balancement expert de son maillet semblaient complètement humains, tout à fait dignes d'un mortel. D'autres outils et d'autres planches gisaient au sol, attendant d'être utilisés.

— Est-ce un vrai Noble Mort ? susurra la voix morte de Parko dans l'oreille de Raton.

— Non.

Raton secoua la tête, puis il recula quand il s'aperçut de la futilité de ce que faisait Rashed. Il comprit l'inutilité du danger qu'ils couraient en restant pour combattre la chasseuse et les regrets qu'il ressentirait après avoir quitté Tisha.

Il n'y avait plus ni indécision ni trouble en lui. Il ne reviendrait pas en arrière. La forêt l'appelait. Il pourrait tuer en route, voler les vêtements de ses victimes et rester fidèle à sa nature.

Il ressentit une dernière pointe de nostalgie en repensant à Tisha. Puis il disparut dans les arbres… en direction du nord.

Bien que le trou dans la coque du bateau soit petit, Rashed commençait à s'apercevoir qu'il ne serait jamais en mesure de le réparer tout seul sans les outils adaptés et, même ainsi, cela lui prendrait plusieurs nuits avant que l'embarcation soit en état de naviguer. Il avait arraché des planches du pont qu'il essayait d'utiliser pour la coque. Ce travail lui avait d'abord plu, car cela l'occupait de manière constructive et lui rappelait qu'il était bel et bien maître de son destin. Désormais, il se disait qu'il faudrait peut-être envisager un autre moyen de s'enfuir. S'ils pouvaient se rendre de nuit à la ville la plus proche en suivant la côte, ils pourraient s'acheter des billets pour un navire.

Il se renfrogna. Cela coûterait de l'argent. Il avait espéré pouvoir repousser encore les soucis pécuniaires.

Ses pensées se tournèrent vers Tisha.

Sa méthode de chasse ne donnait aucune raison à Rashed de s'inquiéter, mais il ne pouvait s'empêcher de regarder en arrière de temps en temps en souhaitant la voir réapparaître.

Ayant souvent été amené à admirer la beauté des choses, il ne put s'empêcher de remarquer la splendeur et la variété de la faune et la flore qui s'épanouissaient sur et autour du bateau. Des grappes de fleurs violettes et blanches en formes de trompettes pendaient à la proue et à la poupe pour se mêler à de gros sapins et à des lilas sauvages. Même sous le voile brillant du clair de lune, on distinguait la mousse verte qui recouvrait les troncs d'arbres et les racines, comme des tapis moelleux. L'idée de fuir un tel endroit ne faisait qu'alimenter la colère de Rashed envers la chasseuse qui avait profané sa vie actuelle.

— Vous auriez pu être charpentier, dit une voix douce derrière lui.

Il se retourna et vit Tisha inspecter son travail, qu'il ne jugeait pas digne de compliments. Avec ses boucles foncées qui formaient comme un nuage autour de son minuscule visage et de ses épaules, les magnifiques couleurs de la nature tombèrent dans l'estime de Rashed. Rien n'était comparable à elle.

— Le forgeron est-il mort ? s'enquit-il d'une voix neutre, sans faire allusion au soulagement de la voir revenir.

— Oui…

Quelque chose n'allait pas. Il abaissa son maillet et s'approcha d'elle.

— Qu'y a-t-il ? Le demi-elfe a-t-il échappé à Raton ?

Tisha leva le menton pour le regarder droit dans les yeux.

— Je crois que Raton nous a quittés. J'ai ressenti son départ.

Rashed ne comprenait pas, mais il savait que les pouvoirs mentaux de Tisha surpassaient les siens.

— Que voulez-vous dire ?

Elle tendit la main et la posa sur le bras de son compagnon. Plus tôt, il avait retiré sa chemise déchirée pour travailler plus librement, et la sensation des doigts de Tisha sur sa peau nue le fit trembler.

— Il est parti, expliqua-t-elle simplement. Il a suivi Parko sur la Voie Sauvage.

Un sentiment de perte frappa Rashed. Ce n'était pas tellement qu'il tenait à Raton ou que celui-ci lui manquait, mais plutôt que son monde protégé s'effondrait autour de lui et qu'il ne semblait pas pouvoir débrouiller l'écheveau de son existence.

Cependant, ce qui importait le plus était toujours là et avait toujours besoin de sa protection. S'il en avait été capable, il aurait enlacé Tisha et lui aurait murmuré des paroles réconfortantes à l'oreille.

Il ne le pouvait pas. En revanche, il se tourna à demi vers le bateau et lui dit :

— Ainsi, il ne reste plus que nous deux.

— Et Édwan.

Oui, Édwan. Pourquoi oubliait-il toujours le fantôme ?

— Bien sûr, répondit-il.

Tisha hésita.

— Nous serons toujours là l'un pour l'autre. Peut-être devrions-nous prendre la décision de Raton comme un signe. Peut-être que nous devrions nous aussi oublier tout ce qui est lié à cet endroit et disparaître.

Un court instant, Rashed hésita. Tisha était sauve. Elle était avec lui. Peut-être pouvaient-ils simplement s'en aller d'ici et s'évanouir dans la nuit. L'instant d'après, l'image de la chasseuse surgit dans son esprit et il se revit en train de traîner Tisha dans les tunnels qui s'effondraient pendant que sa maison brûlait au-dessus de sa tête.

— Non, cette chasseuse doit mourir. Ensuite, nous partirons. Je la tuerai de mes mains la nuit prochaine. Vous, vous resterez ici. Je ne serai pas long. Je ne peux pas courir le risque qu'elle nous suive. Il désigna le bateau. Je ne peux pas le réparer avec les outils et le matériel dont je dispose, mais je vous promets que nous partirons bientôt. J'ai une course à faire, cette nuit. Nous aurons besoin d'argent pour voyager.

Tisha baissa les yeux ainsi que son masque habituel de charme poli.

— D'accord, acquiesça-t-elle à voix basse. Mais sachez que j'ai peur. Or il y a très peu de choses en ce monde qui m'effraient.

L'envie et l'impossibilité de la rassurer devinrent physiquement éprouvantes.

— Je ne laisserai aucun mal vous arriver.

— Ce n'est pas ce qui me fait peur.

RASHED ATTENDIT DEVANT La Rose de Velours jusqu'à ce qu'un client grand et richement vêtu en sorte. Quittant les ombres d'une ruelle transversale, le vampire frappa l'homme au visage, assez violemment pour le faire tomber. Il vola sa bourse, puis son manteau, qu'il revêtit immédiatement en s'assurant que la capuche cachait entièrement son visage. Même à cette heure tardive, La Rose de Velours pouvait parfois regorger de vie, et Rashed ne voulait pas être reconnu.

Quand il entra dans l'auberge, il ne vit que trois personnes : une serveuse, un autre client qui s'apprêtait à partir et Loni, l'elfe qui était à la fois le propriétaire et le réceptionniste de ce lieu. Les pouvoirs mentaux de Rashed pouvaient les leurrer tous les trois.

Par la force de son esprit, il leur suggéra donc de ne pas le remarquer et les convainquit que sa présence ici était normale. Tisha était meilleure que lui à ce petit jeu, mais Rashed savait utiliser ses dons quand il en avait besoin.

Après être passé devant le vestibule et le comptoir, il grimpa l'escalier et frappa à la porte d'Ellinwood. Il n'y eut pas de réponse, mais Rashed sentait la présence du régisseur à l'intérieur.

Il baissa la main et tourna la poignée. Ce n'était pas fermé. Lors de sa dernière visite, le régisseur l'avait invité à entrer, ce qui lui permettait désormais de passer la porte sans problème.

En entrant, il vit l'énorme masse d'Ellinwood affalée dans un fauteuil couvert de soie. Ses yeux à demi ouverts étaient gonflés et auréolés de rose rougeâtre. De la bave coulait au coin de sa bouche et gouttait en une tache humide sur le col de sa tunique verte. À côté de lui, sur une table, étaient posés un verre à pied en cristal, une urne et une bouteille remplie d'un liquide ambré. Rashed traversa la pièce et regarda dans l'urne. Il reconnut l'opiacé jaune. À l'époque où il était un soldat de l'Empire Suman, il en avait souvent vu dans les bars malfamés et les repaires où les miséreux se rassemblaient pour satisfaire leurs besoins. Il soupçonnait depuis longtemps Ellinwood de dépenser ses économies dans de la drogue, mais cela ne l'avait jamais assez intéressé pour qu'il cherche à en savoir plus.

Le dégoût lui monta à la gorge. Pourquoi pleurait-on ces mortels alors qu'ils choisissaient si souvent de se détruire tout seuls ? Et l'opiacé sumane était dangereux. Il consumait ceux qui en étaient dépendants. Bientôt, le régisseur ferait n'importe quoi pour s'en procurer.

— Réveillez-vous, ordonna Rashed.

Les paupières d'Ellinwood battirent plusieurs fois avant de s'ouvrir complètement. Il fut d'abord hébété et incohérent. Puis son expression changea. Quand il reconnut Rashed, sa confusion fut remplacée par le choc.

— Rash… ? parvint-il à balbutier.

Il essaya de se redresser sur son siège, mais les muscles ramollis de son énorme corps ne voulurent pas lui obéir. Sans son chapeau, on voyait ses cheveux châtains collés à son crâne en paquets raides et sales.

— Oui, je suis bien là, répondit tout bas Rashed. Vous ne rêvez pas. J'ai besoin d'argent.

Reprenant le contrôle de son corps, Ellinwood se dressa comme un i dans son fauteuil.

— Vous êtes venu ici pour me demander de l'argent ? Comment vous êtes-vous sauvé de l'entrepôt ? Le partenaire de la chasseuse l'a fait brûler de la cave au grenier.

— Nous avons tout perdu, déclara Rashed sans répondre à sa question. Je dois emmener Tisha loin d'ici. Je crois que vous pouvez partager un peu de votre fortune, étant donné ce que nous vous avons payé.

Il put presque voir les pensées d'Ellinwood passer sur son visage bouffi. L'anxiété laissa place à l'inquiétude, puis à la ruse, et le régisseur finit par sourire.

— Vous ne pensiez tout de même pas que je gardais mon argent ici ? Ses yeux se tournèrent inconsciemment vers le haut de sa commode et revinrent prestement sur Rashed. Une domestique à la main légère pourrait le voler.

Rashed n'avait pas le temps de s'amuser et son dégoût pour cet individu cupide commençait à se muer en haine. Changeant de tactique, il se concentra mentalement.

— Vous êtes en danger, dit-il. Je suis venu vous emmener en lieu sûr. Rassemblez votre argent. Prenez tout ce dont vous avez besoin et suivez-moi.

Ellinwood, déjà faible d'esprit et engourdi par l'opiacé et l'eau-de-vie, fut facile à contrôler. Il se crut subitement en danger et prit Rashed pour son protecteur.

— Oui, oui, obéit-il en tâtonnant avec panique pour s'extraire de son fauteuil. Je ne serai pas long.

— Nous allons sur les quais, déclara Rashed. Vous y serez en sécurité.

— En sécurité, répéta Ellinwood.

Il se rendit hâtivement à sa commode, ouvrit le tiroir du haut et en sortit plusieurs lourdes bourses qui tintèrent entre ses mains.

— Confiez-moi l'argent, suggéra Rashed. Je le garderai pour vous.

Le régisseur lui remit les bourses. Le vampire les attacha à sa ceinture et s'enroula de nouveau dans le manteau.

Ils descendirent l'escalier ensemble et, cette fois, Rashed se contenta de se cacher derrière sa capuche quand ils passèrent devant Loni. Le régisseur vivait ici. Personne ne lui poserait de questions sur le fait qu'il sorte accompagné. Ils traversèrent rapidement la ville silencieuse et se rendirent au port, où Rashed alla se poster sur les dernières planches d'un ponton.

— Voilà, dit-il. Vous serez en sécurité, ici. Ellinwood le rejoignit. Les planches grincèrent sous son poids. En sécurité, répéta-t-il en souriant.

Rashed n'en revenait pas de la facilité avec laquelle il pouvait contrôler l'esprit de cet homme. Cela lui demandait très peu d'efforts, alors qu'il lui était habituellement éprouvant de maîtriser les idées d'un autre tout en lui suggérant des pensées. Il tendit les deux mains et empoigna le visage joufflu d'Ellinwood. Il fit ensuite un geste brusque sur le côté et brisa la nuque du régisseur. La victime n'avait pas eu le temps de souffrir; elle avait simplement perdu la vie.

Au lieu d'essayer de porter le corps lourd, il le laissa basculer en arrière et tomber du quai. Personne ne l'entendrait heurter la surface de l'eau. La mer le rejetterait peut-être, et il s'échouerait peut-être sur la plage. Si quelqu'un le découvrait, il verrait ses yeux rouges et gonflés et trouverait plus tard la poudre jaune dans sa chambre. Quoi qu'il en soit, le temps qu'il refasse surface, Rashed avait l'intention d'être déjà loin.

Il était inquiet à l'idée que Tisha soit seule au bateau. Il quitta donc rapidement les quais en tâtant les bourses accrochées à sa ceinture et sans se retourner vers l'endroit où Ellinwood était mort.

XVIII

MAGIRIE S'AGENOUILLA PAR terre et banda les côtes de Lihsil aussi bien que possible pendant que le demi-elfe attendait d'un air hébété au bord de son lit. D'après les dires de Caleb, il y avait eu un très bon guérisseur à Miiska jusqu'à l'hiver précédent. Son épouse souffrant d'une maladie du souffle, il l'avait emmenée au sud, dans un climat plus sec. Caleb prétendait que les rares prétendus guérisseurs qui restaient en ville étaient probablement moins qualifiés que Magirie pour s'occuper d'os cassés, et que la dernière herboriste compétente était la mère de Brendèn, décédée plusieurs années auparavant.

En plus d'être inquiète du fait que Lihsil soit de nouveau blessé aussi tôt, Magirie se sentait coupable et, de fait, responsable de ses soins. Cela lui permettait d'occuper ses pensées. Son ami n'avait pas prononcé un mot depuis qu'il avait appris la mort de Brendèn, et il gardait les yeux rivés au plafond pendant qu'elle utilisait des lambeaux de tissus comme bandages pour ses côtes. Sa joue était maintenant teintée d'un dégradé de violet et de jaune. Il restait encore un peu du baume que Welstil leur avait donné; elle en appliqua délicatement sur le visage de Lihsil.

Chap faisait les cent pas dans la chambre. À deux reprises, il s'approcha et fourra sa truffe humide dans la main ballante de son maître, qui ne réagit pas.

— Tu vas guérir, affirma Magirie.

— Vraiment ? répondit-il.

— Oui, c'est sûr.

Il resta silencieux un moment et inspira par la bouche en tressaillant légèrement.

— Je croyais qu'ils étaient morts, Magirie. Je jure par tous les dieux que je les croyais morts.

— Je sais. Nous l'avons tous cru. Ce n'est pas ta faute.

Magirie se rappela à quel point elle avait souhaité ne pas être mêlée à tout ceci, au départ. Quelle idiote ! Il n'y avait aucun moyen d'y échapper. Il n'y en avait jamais eu. Et, à présent, ces monstres morts-vivants ne renonceraient pas tant qu'elle et son entourage ne seraient pas morts et enterrés dans un cimetière voisin.

— Je ne vais pas faire semblant de comprendre ce que tu ressens, mais le pire reste à venir, reprit-elle avant que sa voix ne lui manque l'espace d'un instant. J'ai besoin de toi. Es-tu d'accord pour que nous élaborions un plan de défense ?

Lihsil cligna tristement des yeux.

— Franchement, je ne sais pas.

Elle se leva du sol et s'assit à côté de lui sur le lit.

Cette chambre était agréable. Le matelas était en plumes, non en paille, et tout avait l'odeur de Lihsil : un mélange de terre et d'épices. Il y avait aussi comme une odeur musquée qui lui indiqua que son ami n'avait pas aéré ses draps depuis la mort de Beth-Raé. Dans un coin, il y avait une petite table et une chaise, mais, à l'exception d'une grosse bougie blanche, il n'y avait rien dessus. La chambre était sobre et rangée. Bien qu'il soit capable de dépenser de l'argent à une vitesse incroyable, les biens matériels ne l'intéressaient guère.

Magirie portait toujours sa robe bleue, mais la jupe était maintenant déchirée et couverte de boue. La chemise en coton décoloré qu'elle avait retirée à Lihsil et jetée par terre était tachée et trop abîmée pour être raccommodée.

— Nous usons beaucoup de vêtements, dit-elle, plus pour rompre le silence que pour autre chose.

Pendant un long moment, Lihsil ne répondit pas, puis il finit par la regarder.

— Je sais. Il hocha la tête. J'y pensais justement dans la soirée… Il y a une éternité, semble-t-il. Tout était différent.

— À nous trois, nous ne sommes pas assez nombreux pour gérer ceci, insista-t-elle maintenant qu'elle avait de nouveau toute son attention. Il nous faut l'aide des gens de la ville, autant que possible. Je ne sais pas manipuler les gens, mais toi, si. Elle réfléchit un instant et ajouta des excuses. Je considère cela comme un compliment.

Il ne fit même pas semblant de s'irriter ou de se vexer. Son manque de réactivité commençait à ronger Magirie de l'intérieur. Quelle volonté lui restait-il ?

— Que veux-tu que je fasse ? s'enquit-il.

Magirie prit une profonde inspiration, lentement et calmement, de sorte qu'il ne voie pas son malaise.

— Repose-toi d'abord, répondit-elle en se levant. Je vais organiser une réunion avec la ville en bas, dans la journée. Je viendrai te chercher quand il sera l'heure. J'aurai besoin que tu convainques ces gens que nous avons besoin de leur aide. Je dois affronter Rashed seule, mais il faut que nous tendions un piège qui requerra de nombreuses personnes. Quand nous aurons attiré ces créatures à l'air libre, à l'intérieur de la ville, elles ne pourront plus nous échapper à nouveau. Me suis-tu ?

— Oui.

Il hocha de nouveau la tête et Magirie posa délicatement sa main sur son dos pour l'aider à s'allonger.

La jeune femme dégagea les longs cheveux blond platine des yeux de Lihsil et se fit de nouveau la réflexion que les longues griffures sur sa figure ne gâchaient pas vraiment ses traits fins. Avant leur arrivée à Miiska, elle n'avait jamais compris à quel point elle aimait son visage.

— Que vas-tu faire, pour l'instant ? demanda-t-il.

Elle tenta un demi-sourire.

— Je vais te faire un peu de soupe, en espérant ne pas t'empoisonner par la même occasion.

Quelque chose, dans les paroles ou l'expression de Magirie, le fit sortir de sa passivité, et il lui saisit la main. La force de sa poigne la surprit. Elle en eut presque mal.

— Je ne suis pas un lâche, lança-t-il. Tu le sais, hein ?

— Bien sûr, confirma-t-elle. Ne sois pas bête.

— Des bateaux quittent le port en permanence. Personne ne le remarquerait, si toi, Chap et moi filions d'ici. Nous pourrions avoir parcouru la moitié de la côte dans quelques jours et recommencer ailleurs.

L'idée de fuir n'avait à aucun moment effleuré Magirie. Elle réfléchit donc brièvement à la remarque de Lihsil. Naviguer loin de tout ceci, tous les trois sains et saufs, était tout à coup séduisant. Le simple fait d'y penser fit déferler en elle un sentiment de soulagement. Ils avaient assez d'argent pour commencer une nouvelle vie et abandonner cette horreur aux Miiskans.

Toutefois, des visages et des noms refirent surface dans sa tête : Beth-Raé, Brendèn, Éliza.

Ainsi que tous ceux dont ils avaient entendu parler. Le plus gros entrepôt de la ville avait maintenant disparu et de nombreuses vies en étaient affectées.

— Non, refusa-t-elle. Nous ne pouvons pas partir ainsi. Si nous fuyons, tout ce que nous avons accompli ici n'aura servi à rien. Tous ceux qui ont péri seront morts pour rien. Nous devons terminer ce que nous avons commencé.

Lihsil détourna les yeux.

— Et cet endroit est notre maison, continua-t-elle pour l'obliger à comprendre. Je n'ai jamais eu de chez moi. Et toi ?

La résignation balaya un peu de la tristesse qui marquait les traits de Lihsil. Il lâcha la main de Magirie et se détendit contre son oreiller.

— Non, pas vraiment. Toi, ce chien et cette taverne en ruine êtes tout ce que j'ai jamais eu.

La jeune femme partit vers la porte.

— Je vais faire de la soupe. Repose-toi.

Avant qu'elle ne sorte dans le couloir, il l'appela doucement.

— Je veux enterrer Brendèn.

Elle ne répondit pas.

PLUS TARD DANS la matinée, Magirie prépara de grandes casseroles de thé et ouvrit un tonneau de bonne bière pendant que Caleb sortait pour réunir les Miiskans. Il avait promis de convaincre autant de personnes que possible. À midi, quand le vieil homme revint, il avait appris de nombreuses rumeurs qu'il rapporta à Magirie.

Premièrement, les corps sans vie de deux marins avaient été retrouvés sur la plage. L'un avait la gorge littéralement ouverte; l'autre avait été découvert sur la côte, plus près de Miiska. Ses poignets et sa gorge étaient percés. Bien que personne n'en ait parlé, Caleb prétendit que les deux corps étaient si pâles que cela laissait peu de mystère sur la cause de leur mort.

Deuxièmement, il apprit à Magirie la disparition d'Ellinwood. L'un des gardes du régisseur était venu lui rendre compte de la découverte des deux corps des marins. Son bureau était vide, de même que ses appartements à La Rose de Velours. Selon des rumeurs, dont Caleb avait eu vent par des amis gardes, rien ne semblait avoir été emballé ou emporté dans aucun de ces deux endroits. On avait trouvé une urne contenant une poudre jaune, ainsi qu'une bouteille d'eau-de-vie à côté d'un verre sale, mais personne ne semblait connaître la nature de cette étrange poudre. Loni avait déclaré qu'Ellinwood était sorti avec un compagnon assez tard dans la nuit, ou peut-être assez tôt le matin, et qu'il n'était pas revenu. Le régisseur avait tout simplement disparu.

Magirie s'en étonna. Où était-il parti ? En dépit des affaires que l'homme avait laissées derrière lui, elle l'estimait parfaitement capable de fuir.

— Les gardes sont-ils encore à sa recherche ? demanda-t-elle. Il a peut-être juste passé la nuit avec une amie.

Caleb opina du chef.

— Oui, ils ont fouillé Miiska de fond en comble. Personne ne l'a vu depuis hier soir.

De toute évidence, quelque chose remonterait tôt ou tard à la surface, et Magirie avait d'autres préoccupations. Bien que la disparition d'Ellinwood soit troublante, la jeune femme ne la trouvait pas si malvenue. En l'absence inexplicable du chef des autorités, Lihsil aurait sûrement plus de facilités à convaincre les habitants qu'ils devaient se défendre.

La dernière nouvelle que Caleb rapporta ennuya Magirie pour plusieurs raisons. Apparemment, le vieil homme avait demandé à des vendeurs du marché de transporter le corps de Brendèn dans la cuisine du Lion de Mer pour les visites précédant l'enterrement.

— Il ne lui reste plus aucune famille, déclara Caleb. Ce serait correct.

Bien sûr que ce serait correct. Magirie n'avait rien à redire à cela, mais était-ce bien sage ? L'état d'esprit de Lihsil était déjà assez fragile sans la dépouille de Brendèn gisant sur la table de leur cuisine. Et elle pleurait le forgeron, elle aussi. C'était un homme courageux qui aurait toujours été en vie si elle n'avait pas été là. Cependant, plus rien ne pouvait l'aider, maintenant. Magirie devait protéger les vivants.

Cela dit, Caleb ne lui avait pas demandé l'autorisation. Il s'était contenté d'annoncer sa décision et de lui faire comprendre ses raisons. La jeune femme décida d'en faire autant.

— Quand les gens doivent-ils arriver pour la réunion ? s'enquit-elle.

— D'un moment à l'autre.

Quand elle le regarda, elle eut l'impression qu'il marchait avec le dos un plus voûté et que ses cheveux étaient un peu plus gris que le jour de leur rencontre. Pauvre homme. Tant de choses s'étaient produites ces quelques derniers jours.

— Où est Rose ? demanda-t-elle.

— Je crois qu'elle est avec Lihsil. Je ferais mieux d'aller les chercher.

— Non, je vais le faire. Que pensez-vous de me trouver des tasses pour le thé ?

Inexplicablement, Magirie ne voulait pas que Caleb sache à quel point Lihsil était blessé. Le demi-elfe ne pouvait même pas marcher sans qu'on l'aide.

Elle monta l'escalier en trottant et trouva Rose assise sur le lit, près de son ami, en train de lui montrer des dessins qu'elle avait réalisés au fusain sur du vieux papier. Magirie trouva l'ambiance de la pièce trop calme et trop banale par rapport à la situation actuelle.

— J'aime celui avec les fleurs, déclara Lihsil.

La robe en mousseline de Rose était propre, mais personne ne s'était occupé de lui brosser les cheveux depuis la mort de Beth-Raé. Ils commençaient à avoir l'air emmêlés. Son petit visage était un peu rosé. À la façon des enfants, elle acceptait le changement et semblait se tourner vers la compagnie de Lihsil. Le violet de sa joue était presque auréolé de noir et, bien que les balafres de son visage soient en train de guérir, l'origine violente de ces longues griffures était évidente.

Magirie hésita. Peut-être devrait-elle le laisser là et essayer de convaincre elle-même les gens de Miiska… mais c'était lui, le bavard, pas elle.

— Tu es prêt ? demanda Magirie à voix basse.

— Oui, mais aide-moi à me lever.

— Viens, Rose, appela Magirie. Nous allons en bas. Tu pourras rester avec Chap près de la cheminée.

Le gémissement retenu que Lihsil émit indiqua à la jeune femme que le fait de se lever lui faisait plus mal que ce qu'il voulait bien admettre. Elle passa le bras de son ami par-dessus ses épaules et le supporta autant qu'elle put.

— Je sais que tu es blessé, mais essaies de te dépêcher, le pria-t-elle. Je voudrais que tu sois installé dans un fauteuil avant que qui que ce soit n'arrive. As-tu déjà des idées ?

— Oui, répondit-il. Je sais quoi faire.

PEU DE TEMPS après, Lihsil se retrouva assis dans un fauteuil au coin du feu, feignant le confort. Il n'en voulait pas à Magirie de l'avoir ainsi traîné en bas pour affronter une foule de citoyens. Au contraire, il admirait sa force et sa clairvoyance. Toutefois, il avait au moins trois côtes cassées, et il craignait que, quand Raton l'avait jeté contre le sapin, son geste n'ait eu des conséquences plus graves sur son dos qu'une simple ecchymose. Rester assis lui faisait souffrir le martyre.

Quarante hommes et femmes de Miiska étaient maintenant rassemblés dans la salle commune du Lion de Mer. Lihsil savait que

Magirie en avait espéré plus, mais il valait mieux quarante que pas du tout, et la pièce était presque bondée. Caleb servit le thé et Magirie offrit une bière épaisse et brun noisette à ceux qui en voulaient. Toute cette affaire ressemblait plus à un goûter d'anniversaire qu'à une discussion sur le thème de leur survie.

Sa partenaire traversa la pièce et se pencha vers lui. Elle portait toujours la robe bleue déchirée, un plateau de chopes de bière entre les mains, et ses cheveux s'étaient détachés de sa tresse. Elle n'avait plus vraiment l'image d'une guerrière.

— Je vais les obliger à reconnaître la nature de notre ennemi. Ensuite tu leur expliqueras le plan, murmura-t-elle.

Le plan ? Cela ne nécessitait-il pas habituellement qu'on y réfléchisse et qu'on en discute attentivement ? Néanmoins, le temps était un luxe qu'ils ne pouvaient s'offrir. En gros, tout ce qu'il avait à faire, c'était de vendre à ces gens l'idée que, s'ils voulaient être sauvés, ils devraient apporter leur aide.

Magirie se retourna face à l'assistance. Karlin le boulanger et son fils, Geoffroy, étaient assis juste devant elle.

— Hier, commença-t-elle, beaucoup d'entre vous ont donné de l'argent pour nous payer, mon partenaire et moi, pour avoir débarrassé la ville d'un nid de vampires.

Plusieurs personnes tressaillirent et hoquetèrent en entendant le mot « vampire » prononcé à voix haute. Parmi eux, il y avait Thomas, le fabriquant de bougies. Magirie le pointa du doigt.

— Cette réaction est aussi un problème, déclara-t-elle. Vous savez tous ce qui s'est passé, sinon vous ne seriez pas là. Mais personne ne veut ne serait-ce qu'en parler ouvertement, et encore moins prendre l'affaire en mains.

— Dame Magirie, balbutia Karlin. Ce n'est peut-être pas la meilleure façon de…

— Si, le coupa-t-elle. Pourquoi avez-vous tous essayé de me payer ? Parce que vous savez exactement ce qui se passe. La plupart des cadavres que vous avez trouvés ont été enterrés déjà pâles et vidés de leur sang. Certains d'entre vous ont même amené le corps de Brendèn ici, cet après-midi. Et vous avez vu sa gorge. Elle jeta un coup d'œil à Lihsil, puis regarda de nouveau Karlin. Ces tueurs ne sont pas ordinaires et ne peuvent pas être détruits par des moyens ordinaires, mais Lihsil et moi ne sommes pas en mesure de nous en charger seuls.

Thomas la dévisageait.

— Que proposez-vous, au juste ?

Magirie désigna Lihsil.

— Laissez-le vous expliquer.

En voyant les visages pleins d'espoir et pourtant dubitatifs des marchands, des pêcheurs et des dockers miiskans, Lihsil comprit qu'il devrait d'abord gagner leur confiance. Il devrait faire et dire tout ce qu'il pourrait pour qu'ils acceptent de se fier à lui. L'humour avait toujours été son meilleur allié dans ce genre de situation. Il sourit faiblement pour faire bon effet.

— Je sais que je n'ai pas aussi bonne mine que d'habitude, dit-il, pince-sans-rire. Mais je me suis battu quatre fois contre le même mort-vivant et on dirait qu'aucun de nous n'est capable de gagner.

Son attitude joviale détendit visiblement quelques membres de l'assemblée.

— Aucun de vous ne connaît très bien Magirie ou moi, poursuivit-il, mais je veux que vous sachiez que j'ai été aussi bien formé aux stratégies de combat défensif que d'attaque. Par le passé, j'ai été le conseiller d'un seigneur de guerre de l'est, près de mon pays natal.

S'il leur avait expliqué qui était exactement ce seigneur, la simple mention de Darmouth les aurait convaincus. Toutefois, il ne pouvait pas courir le risque de devenir une légende vivante ou que la rumeur de sa présence ici tombe dans de mauvaises oreilles. Et, par conséquent, que quelqu'un révèle qui et ce qu'il avait été exactement dans cette vie.

— Magirie et moi croyons que les trois morts-vivants ont échappé aux flammes, annonça-t-il. La nuit dernière, nous avons vu la femme, qui s'appelle Tisha, et celui qui ressemble à un gamin des rues et qui s'appelle Raton. Le propriétaire de l'entrepôt, que certains d'entre vous connaissent, est leur chef, et nous devrions considérer qu'il n'a pas été éliminé, lui non plus.

— Êtes-vous en train de dire que vous voulez que nous nous battions contre ces monstres ? demanda un docker que Lihsil ne connaissait pas.

— Pas exactement. Magirie et Chap feront le plus gros, dans le combat. Ce que j'attends de vous, c'est que vous établissiez un périmètre de sécurité autour de la taverne. Les vampires ont l'air décidés à nous tuer tous les trois, donc nous servirons d'appâts pour les attirer ici. Si vous êtes suffisamment nombreux à tirer des carreaux d'arbalètes imbibés d'ail, cela les fatiguera ou, du moins, les empêchera de s'échapper. Nous allons les piéger. Il marqua une pause avant d'ajouter à contrecœur : Et nous allons peut-être devoir brûler quelques bâtiments.

Cette remarque déclencha des chuchotements et de clairs jurons de stupeur chez un bon nombre des personnes présentes. La voix de Lihsil se fit plus sonore.

— À quoi serviront ces bâtiments si les Miiskans continuent de disparaître ? Vous voulez la sécurité ? Vous voulez que ce problème soit réglé ? Si tel est votre souhait, vous devez non seulement vous défendre vous-mêmes, mais vous devez nous aider à mener une attaque qui mettra fin à tout ceci une fois pour toutes. J'ai un plan, mais il sera inutile tant je ne saurais pas si assez de gens ici auront le courage de m'aider à le mettre en œuvre. Je dois d'abord savoir si vous vous défendrez.

Il n'avait aucune idée de ce que pensait Magirie du fait que, ces derniers jours, il ne s'était plus tellement comporté comme un ivrogne et qu'il parlait à présent plus comme un chef militaire blasé.

— Je vous aiderai, décida immédiatement Karlin.

— Moi aussi, ajouta Geoffroy.

En revanche, les autres participants se mirent à parler tout bas entre eux. Quoi qu'ils aient pu attendre de cette réunion, ils n'avaient pas prévu qu'on leur demande de se battre contre des vampires.

Lihsil ne s'était pas attendu à tous les convaincre si facilement ; il allait reprendre la parole quand la porte de la salle commune s'ouvrit. L'homme qui y apparut en titubant semblait vaguement familier, puis Lihsil reconnut l'un des gardes qui avaient arrêté Brendèn le tout premier soir où le forgeron était venu à la taverne pour interroger Ellinwood. Plus exactement, il s'agissait du garde qui avait ligoté les mains de Brendèn derrière son dos. Il haletait convulsivement et il avait un regard fou.

— Darien, que se passe-t-il ? s'enquit une jeune femme de pêcheur et sautant sur ses pieds avant de courir vers lui.

— Korina est morte, souffla-t-il. J'étais de service toute la nuit au corps de garde. Quand je suis rentré, je l'ai trouvée derrière notre fenêtre… la gorge déchirée.

Il se tut et se mit à sangloter en silence.

— Qui est Korina ? demanda Lihsil, bien que cette question ait peu d'importance.

— Son épouse, répondit Karlin, impassible. Ils n'étaient mariés que depuis l'hiver dernier.

Lihsil agrippa la table devant lui et réussit tant bien que mal à se lever.

— Ces monstres sont de plus en plus hardis. Magirie et moi ne pouvons pas nous en charger tout seuls.

Plusieurs dockers s'attroupèrent autour de Karlin. Sans entrain, mais simplement résigné, l'un d'eux se manifesta.

— Dites-nous quoi faire.

Quelque temps avant le coucher du soleil, Magirie se trouvait dans la rue devant La Rose de Velours et hésitait à entrer. Elle aurait préféré affronter Rashed dix fois, plutôt que demander à Welstil qu'il l'aide encore ; mais trop de gens dépendaient d'elle, désormais.

Les charmants rideaux de brocart et les volets blancs avaient maintenant l'air d'imitations. Cette jolie façade semblait renforcer l'idée que Miiska était un lieu sûr et qu'aucune créature surnaturelle ne creusait de tunnels dans son sous-sol ou ne se nourrissait du sang des gens la nuit.

Aucun des habitants de cet endroit ne l'aiderait à éliminer les vampires, sans parler d'admettre la vérité… à part Welstil. Cela dit, quelle assistance pouvait-il lui apporter ? Elle était fatiguée des conseils énigmatiques qu'il lui avait donnés lors de leur deuxième rencontre. Il lui fallait des informations précises quant aux faiblesses de leurs ennemis. Peut-être n'avait-elle jamais cru que Lihsil gagnerait l'aide des Miiskans moyens. Malgré son manque d'éloquence, son discours avait été fort, direct et convaincant. Il était presque parvenu à lui faire croire, à elle, qu'il avait été au service d'un seigneur de guerre.

— Eh bien, il a réussi, dit-elle tout fort pour elle-même.

Là-bas, au Lion de Mer, il supervisait les préparatifs d'une attaque. Ce genre de travail était du ressort de Lihsil, même si Magirie ne savait pas comment il faisait pour tenir debout. La tâche qui revenait à la jeune femme était plus personnelle, plus privée. Elle avait besoin de plus d'informations sur elle-même et d'une méthode efficace pour éliminer Rashed.

De plus, il fallait une aide plus conséquente que celle de quelques marchands et ouvriers inexpérimentés, et il y avait quelqu'un qu'elle aimerait avoir à ses côtés, assis à un bureau derrière la porte de La Rose de Velours.

À son entrée, Loni, le bel elfe propriétaire des lieux, leva la tête et la surprit en affichant une expression de soulagement.

— Magirie, la salua-t-il immédiatement comme s'ils se connaissaient bien. Maître Welstil vous attend. Veuillez me suivre.

Elle s'arrêta.

— Il m'attend ?

— Oui, oui, il est venu plusieurs fois s'enquérir de votre arrivée, répondit-il avec un léger ennui comme si davantage de retard serait de trop. Veuillez me suivre.

Quand il se leva, Magirie nota qu'il avait à peu près la même taille et la même corpulence qu'elle. Il portait une chemise blanche en coton, simple mais bien taillée, et d'épais hauts-de-chausses noirs. Il semblait très pressé de s'occuper d'elle en la conduisant à la chambre de Welstil. Puisqu'il était si prévenant, une idée vint à l'esprit de Magirie.

— Loni, pourrais-je vous emprunter quelques vêtements ? demanda-t-elle d'un air las. Si vous voulez, je vous paierai.

Elle n'avait plus le temps d'aller chez un tailleur et elle ne pourrait pas combattre Rashed avec cette robe. S'attendant à ce que Loni la regarde d'un air confus, elle le remercia silencieusement quand il la toisa simplement de la tête aux pieds avec compréhension en constatant l'état de sa tenue.

— Bien sûr, accepta-t-il. Ils seront prêts pour votre départ.

Il savait ce qui se passait, songea-t-elle. Ou, du moins, il savait qu'il se passait quelque chose de grave et que son invité d'honneur attendait Magirie, l'illustre chasseuse de morts. Le fauchon de celle-ci pendait à sa hanche, mais Loni ne lui demanda pas de le retirer.

Loni ouvrit le chemin à travers l'opulente salle commune, devant les tableaux et les bouquets de fleurs, puis jusqu'au bas de l'escalier menant à la chambre de Welstil.

Il frappa doucement.

— Messire, elle est arrivée.

Sans attendre de réponse, il ouvrit la porte et fit entrer Magirie avant de fermer à clé derrière elle.

Welstil était assis dans le même fauteuil que la fois précédente, mais, cette fois, il avait plus l'air de broyer du noir que de lire. La chambre n'avait pas changé. Toutefois, l'homme cilla de surprise en voyant Magirie. Ce qu'il pensait lui importait peu, mais elle savait qu'elle ressemblait à une serveuse qui viendrait de batifoler dans l'herbe.

— Depuis quand n'avez-vous pas dormi ? l'interrogea-t-il.

— Je ne me rappelle pas. Je ne suis pas ici pour parler de mon sommeil.

Elle n'avait encore jamais remarqué comme ses sourcils étaient noirs. Ils contrastaient nettement avec les cheveux blancs qu'il avait sur les tempes.

— Pourquoi êtes-vous venue ? demanda-t-il sans bouger de son siège.

— Je pensais qu'il y avait peut-être une petite chance pour que vous proposiez vraiment votre aide au lieu de vos énigmes habituelles.

L'absence de fenêtres et la lumière artificielle du globe brillant de Welstil la mettaient un peu mal à l'aise, à présent.

— J'ai entendu une rumeur. Évidemment, je suis sûr que ce n'est qu'une rumeur, déclara-t-il, selon laquelle vous auriez engagé des pêcheurs et des dockers.

— Ce n'est pas une rumeur.

Lorsqu'il se leva, une lueur de colère passa sur son visage calme.

— Renvoyez-les chez eux. Tous. Vous êtes une *dhampir.* Mêler des roturiers à ceci ne débouchera que sur le chaos. Toute cette affaire aurait dû être terminée il y a plusieurs jours.

Magirie croisa les bras.

— Très bien, donc vous et Loni, allez tailler quelques pieux et venir vous battre avec moi.

L'étincelle de colère disparut du visage de Welstil, qui sourit.

— J'en ai assez de jouer ! Si vous en savez ne serait-ce que la moitié de ce que vous prétendez connaître, crachez le morceau maintenant.

Les yeux noirs de l'homme se tournèrent vers la pointe du sabre et revinrent sur elle.

— Sentez-vous la colère monter ? Chaque fois que vous combattez l'un de ces parasites, votre force ne grandit-elle pas ? Il se mit à parler tout bas. Avez-vous jamais entendu un vieux fou prétendre que le mal ne peut être vaincu que par le bien ? C'est un mensonge. Le mal ne peut être vaincu que par le mal. Ces monstres assoiffés de sang ne sont pas naturels et n'ont pas leur place dans le monde des vivants. Cependant, il est possible que l'un d'entre eux ait été assez sage et désintéressé pour vous créer.

Elle abaissa son épée.

— Que voulez-vous dire ?

Welstil s'approcha un peu plus.

— J'ai longuement étudié les habitudes des vampires. Aux premiers jours de leur mutation, il leur est toujours possible de concevoir des enfants. L'un de vos parents, certainement votre père, était un mort-vivant. Vous appartenez pour moitié au monde des ténèbres, une contre-existence dans laquelle on doit aspirer et absorber la vie pour continuer à être. Mais votre côté mortel est plus fort. Chez les *dhampirs,* ce déséquilibre génère une haine incontrôlable pour leur propre moitié surnaturelle. En utilisant la force de leur côté sombre, ils deviennent la seule arme vivante capable de combattre et de vaincre des vampires. Comprenez-vous, à présent ?

Ses paroles étaient aussi tranchantes que des lames de rasoir. Magirie ne voulait pas le croire, mais elle ne pouvait pas nier les récents événements.

— Comment avez-vous su ? À propos de moi, j'entends. Qu'est-ce qui vous fait dire cela ?

Il pointa du doigt le cordon de cuir et la chaîne tout juste visibles autour de son cou.

— Ces amulettes cachées sous votre robe. Qui vous les a données ?

Elle réfléchit et plusieurs pièces du puzzle commencèrent lentement à se mettre en place.

— Mon père. Du moins, c'est ce qu'on m'a dit. Il a aussi laissé l'armure et le fauchon. Mais si c'était un vampire, pourquoi m'aurait-il conçue et offert des armes pour détruire son espèce ?

Welstil tendit impulsivement la main avant de s'immobiliser. Peut-être percevait-il la tristesse de Magirie.

— Asseyez-vous, lui proposa-t-il.

Elle ne bougea pas.

— Certains vampires se délectent de leur existence. Ils s'en réjouissent, expliqua-t-il. Mais il arrive que d'autres soient créés contre leur gré. Je crois qu'un vampire peut haïr son espèce.

Il semblait parler avec candeur et Magirie ne savait pas si elle devait lui en être reconnaissante ou le regretter. Elle avait passé sa vie à enterrer son passé autant que possible. D'après ce qu'elle en savait, il y avait peu de choses à retenir. Son père l'avait abandonnée et sa mère était morte. Tous deux sortis de sa vie avant qu'elle ne soit assez âgée pour se souvenir ne serait-ce que de leur visage. Parfois, elle avait même envié Lihsil de savoir qui il était et de qui il descendait, bien qu'il soit réticent à en parler. Maintenant, ce fou arrogant croyait qu'elle était née du même genre de créature que celle qu'elle essayait d'éliminer depuis son arrivée en ville.

Elle ne voulait pas partager ces pensées avec Welstil, mais il semblait la connaître mieux que quiconque. S'il disait vrai, même partiellement, il se pouvait donc que son père… existe encore quelque part.

— Vous pensez que mon père a été transformé contre sa volonté et qu'il m'a créée comme une sorte d'arme ?

— C'est possible.

— Dans ce cas, pourquoi m'aurait-il abandonnée ? Il m'a laissée dans un village de paysans superstitieux que ma présence répugnait.

Elle ne pleurerait pas ; elle n'avait jamais pleuré ; mais sa voix se brisa légèrement. Pourquoi aurait-il fait cela ?

— Je ne sais pas, répondit Welstil. Peut-être pour vous rendre forte.

Elle examina ses traits ainsi que ses yeux intelligents.

— Comment savez-vous toutes ces choses ? S'il vous plaît, expliquez-moi.

Il réfléchit.

— J'étudie, j'observe et j'ai beaucoup voyagé. J'ai entendu dire qu'une chasseuse de morts venait vivre à Miiska. Je devais voir cela de mes propres yeux. La première fois que je vous ai vue, j'ai tout de suite su. Vous en souvenez-vous ? Vous étiez à la taverne, vêtue de cette même robe, qui était dans un bien meilleur état, et vous avez caché vos amulettes.

— Oui, confirma-t-elle. Je me rappelle.

— Asseyez-vous.

Il lui indiqua le pied du petit lit.

Cette fois, elle obéit. Il désigna de nouveau le décolleté de sa robe.

— Avez-vous compris leur utilité, maintenant ? demanda-t-il.

Elle baissa les yeux, mais elle ne sortit pas les amulettes de leur cachette.

— Je ne suis pas sûre. On dirait que la topaze brille quand je suis près d'un vampire.

Welstil hocha la tête.

— Oui. Comme le chien, c'est une sorte de signal d'alarme. Elle détecte la présence de la contre-existence. L'amulette en os est différente. J'ai lu des documents à son sujet, mais la vôtre est la première que je vois en vrai. Les morts-vivants qui boivent du sang se nourrissent en fait de la force vitale. Ce sont des enveloppes vides qui ont constamment besoin d'être remplies. Ils sont une contre-force vitale, si vous préférez. Absorber la vie leur permet de subsister et de guérir facilement. Toutefois, poursuivit-il, vous êtes toujours un être vivant. Cet os a été ensorcelé, enchanté, afin que, lorsqu'il est en contact avec un mortel, celui-ci soit également en mesure d'absorber la force vitale et de l'utiliser de la même façon que les Nobles Morts. La seule créature vivante que je connaisse et qui soit capable de consommer du sang comme vous l'avez déjà fait est un *dhampir*. Grâce à cette amulette, vous ne buvez plus simplement du sang, mais directement les énergies vitales.

— D'où peut venir un tel objet ? l'interrogea Magirie.

Welstil fronça les sourcils.

— Vous avez dit que votre père l'avait laissé pour vous. Je ne détiens pas toutes les réponses. Mais si j'avais les mêmes capacités que vous, je ne resterais pas assis là à bavarder avec moi. Je me préparerais au combat.

— Je perds à chaque fois que j'affronte Rashed. Comment puis-je gagner ? demanda-t-elle.

— Ne résistez pas à vous-même. Devenez l'un d'eux. C'est pour cela qu'ils vous craignent : parce que vous pouvez retourner toutes leurs forces contre eux. Battez-vous sans conscience et sans morale. Utilisez chacun de vos dons.

Ce conseil n'était pas ce qu'elle aurait voulu entendre. Et elle éprouvait tout à coup une certaine colère envers lui du fait de son honnêteté, comme si le fait de condamner le messager la rassurait. Elle savait que Welstil n'y était pour rien, mais il lui était désormais éprouvant de se trouver dans la même pièce que lui. Elle se leva et se dirigea vers la porte.

— Nous ne nous reverrons plus, déclara-t-elle. Après cette nuit, ce ne sera plus nécessaire.

XIX

Vêtue de hauts-de-chausses noirs, d'une chemise blanche et d'une veste en cuir parfaitement ajustée que Loni lui avait prêtés, Magirie était plus libre de ses mouvements que dans sa lourde robe. Quand il le lui avait proposé, elle avait autorisé l'elfe à appeler une femme de chambre afin qu'elle lui peigne les cheveux et qu'elle les attache en queue-de-cheval avec un cordon de cuir. Elle trouva cela plus confortable qu'une tresse.

L'amabilité de Loni ne semblait pas faire partie de ses habitudes, mais plutôt être une contribution à ce qu'il savait ou soupçonnait qu'elle faisait pour la ville : le geste d'un allié plus que d'un ami. Après s'être habillée, elle entreprit de ranger ses amulettes dans sa chemise, puis elle interrompit son geste et les laissa pendre bien en vue. La topaze pourrait peut-être l'avertir du danger.

Juste après le coucher du soleil, Magirie rentra chez elle à travers les rues de Miiska. En dehors du fait que son armure l'attendait au Lion de Mer, elle se sentait prête pour ce qui l'attendait.

Un jour, elle devrait affronter ce qui se cachait dans ce passé qu'elle avait si longtemps tenté d'oublier.

Des guirlandes d'ail étaient accrochées à toutes les fenêtres devant lesquelles elle passa. Combien de fois avait-elle traversé des villages décorés de gousses d'ail, parfois avec les feuilles et les fleurs encore accrochées ?

Cherchait-elle la rédemption ou le pardon ? Et auprès de qui ? Pourquoi l'idée de fuir que Lihsil avait avancée ne lui était jamais venue à l'esprit ?

La voie était déserte et abandonnée. Pendant toutes ses années de voyage avec Lihsil, Magirie avait noté que les chemins des villages et les rues des villes étaient toujours vides avant leur « entrée en scène ». Ceux qui n'avaient pas l'intention de se battre, ceux qui ne cachaient pas leur peur de la menace, se terraient à présent dans leurs maisons. Elle ne pouvait pas le leur reprocher. Quand elle arriva au Lion de Mer, elle le contourna et se dirigea vers la porte de la cuisine. Celle-ci était entrebâillée et une vision étrange accueillit la jeune femme.

Le corps proprement vêtu de Brendèn reposait sur la table. Il portait une tunique verte, des hauts-de-chausses foncés et des bottes cirées. Le col de la tunique couvrait sa gorge. Près de la table, Lihsil était assis sur un tabouret et trempait des carreaux d'arbalète dans un grand seau d'eau brunie. Il bougeait lentement, comme si le moindre effort le faisait souffrir. Son bandage était défait et pendait autour de ses côtes.

— Tu devrais être au lit, lança-t-elle depuis la porte.

Il réussit à sourire.

— Je ne me lancerai pas dans ce débat, mais une longue nuit nous attend.

En entrant, Magirie posa son regard sur les yeux clos de Brendèn.

— On dirait qu'il dort, commenta-t-elle, comme s'il venait d'éplucher des pommes de terre pour une fête et s'était endormi sur la table.

Elle n'avait pas vraiment eu le temps de pleurer Brendèn, mais sa peau pâle et son sommeil sans fin ne permettaient pas à Magirie de se désintéresser de lui.

— Je sais, répondit Lihsil. Cela a été un spectacle macabre. Il y avait une dizaine de personnes à travailler ici avec moi. J'ai tout fait pour essayer de ne pas prêter attention à lui, mais il a ensuite fallu que je renvoie les gens chez eux et, pendant un moment, nous nous sommes retrouvés rien que tous les deux. Je lui ai parlé, en fait : je lui ai reproché de dormir alors que tout le monde travaillait. C'est bête, hein ?

Magirie posa la main sur l'épaule raide de Brendèn.

— Non. Je ne l'ai jamais remercié de m'avoir portée pour sortir des tunnels.

— Il n'attendait pas de remerciements… de notre part.

Toutes les casseroles et les poêles étaient éparpillées, certaines pleines d'eau à l'ail, les autres vides.

La jeune femme soupira.

— Il faut que je mette mon armure. Es-tu prêt ?

— Oui, je crois. Ah ! il y avait une cave cachée sous le plancher de l'écurie qui se trouve sur la route de la taverne. J'y ai fait conduire Rose et les autres enfants… tous les petits qui pouvaient y tenir, en somme.

— Très bien. Et toi, où vas-tu aller ?

— Avec Karlin et nos soi-disant archers. Ils auront besoin d'être dirigés quand le combat commencera.

Magirie plissa les yeux.

— Lihsil, tu peux à peine marcher.

— Tout ira bien. Caleb m'a fait mâchonner une écorce puante qui élimine la douleur. Il faut juste que je patiente quelques heures.

Tout en elle l'incitait à suivre Lihsil et à l'assommer par-derrière. Elle pourrait le cacher sous l'écurie avec Rose. Toutefois, il avait raison : les autres auraient besoin qu'on les dirige et d'une personne aux idées assez claires pour les garder unis. Sans cela la moitié d'entre eux fuirait certainement à la première vue de Rashed.

Lihsil était si calme et supportait tellement de choses !

— Sois prudent, lui recommanda-t-elle simplement.

— Toi aussi.

QUAND RASHED SE réveilla, tous ses sens lui indiquèrent que le soleil était couché depuis longtemps. Le plancher de la coque était dur. Il se retourna et s'appuya sur ses mains pour s'asseoir. Il était seul.

— Tisha ? Immédiatement réveillé, il se hissa maladroitement sur ses pieds. Tisha ? appela-t-il plus fort.

Il se glissa par la trappe sur le pont de l'embarcation et rechercha, par la pensée, la moindre trace de présence. Il n'avait jamais réussi à ressentir la proximité d'un autre membre de son espèce, en dehors de son frère, Parko, mais il essaya malgré tout. Seul le fourmillement discret de la forêt lui répondit.

Il abandonna toute prudence et bondit sur la plage en criant « Tisha ! » sans se préoccuper de qui pourrait l'entendre.

— Elle est partie, murmura une voix caverneuse.

Le visage à l'expression tragique d'Édwan se matérialisa à côté de lui. Bien que Rashed ne puisse s'empêcher de ressentir de la pitié pour le fantôme, il n'aimait pas être obligé de parler avec le défunt mari de Tisha. À cet instant, l'inquiétude dépassait son dégoût.

— Où ? s'enquit-il.

— En ville, pour te défendre.

Édwan ricana avec une haine non dissimulée, sa bouche tordue bizarrement au milieu de sa tête inclinée.

Un frisson parcourut l'échine de Rashed. Il ne reconnut d'abord pas cette sensation, étouffée par l'étonnement. Puis elle disparut et il sentit la peur la remplacer.

— Pourquoi ne l'as-tu pas arrêtée ? demanda-t-il.

— Moi ? L'arrêter ? Les yeux transparents d'Édwan étaient vides, non par manque de sentiments, mais à cause d'une colère et une haine changées en une amertume glaciale. Elle n'écoute que toi et ne s'intéresse à personne d'autre que toi. L'as-tu vue exprimer du chagrin pour le départ de Raton ?

Soudain pris de pitié pour Édwan, Rashed ravala une réponse acerbe. Il était navré que Corische ait exécuté ce pauvre barman sans défense, mais de tels états d'âme étaient insignifiants… à peine une ombre en comparaison de sa volonté d'assurer la sécurité de Tisha.

— Où est-elle allée ? interrogea-t-il avec tout le calme qu'il put simuler.

Pour la première fois, autant que Rashed s'en souvienne, Édwan eut l'air désespéré. Ses longs cheveux jaunes semblaient flotter dans un vent invisible et sa voix se fit suppliante.

— Écoute. Cette chasseuse n'est pas une mortelle. Tu comprends ? Elle est à moitié Noble Morte... à moitié comme vous. Il hésita. Tisha n'a aucune envie de se venger. Retrouve-la et partez d'ici, s'il te plaît. Je ne t'ai jamais rien réclamé et je n'ai jamais rien attendu de toi. Maintenant, c'est tout ce que je te demande.

Rashed croisa les bras, contrarié.

— Édwan, répondit-il en essayant d'avoir l'air patient, je ne peux pas. Si je laisse vivre cette chasseuse, nous ne serons jamais en sécurité.

— Je crois... que je me suis trompé sur les intentions de la chasseuse ! s'écria le fantôme. Elle a reçu les conseils de l'étranger qui vit dans la cave de La Rose de Velours. Et maintenant, vous vous retrouvez tous les deux à vous renvoyer la balle dans un jeu de vengeance. Une tierce personne l'a incitée à agir ainsi et, de ton côté, tu continues à revenir vers elle. Vous êtes tous les deux aveuglément convaincus que l'autre est un ennemi assoiffé de combat. Ne le vois-tu pas ? Retrouve Tisha et emmène-la loin d'ici. Personne ne vous suivra.

Rashed sangla sa longue épée, se munit d'une torche éteinte qu'il avait préparée la nuit précédente, et il agita une main pour congédier le fantôme.

— Va-t'en. Tu ne m'es d'aucune aide.

Dès que ces mots sortirent de la bouche du vampire, la silhouette d'Édwan se mit lentement à tourner et son image se voila en signe de frustration. Rashed crut d'abord que le fantôme essayait de faire quelque chose en utilisant un nouveau pouvoir jamais dévoilé avant. Le tourbillon de brume continua et il devint évident que le fantôme était simplement embourbé dans sa fureur et son impuissance.

— Tu es un imbécile ! cria Édwan.

Rashed le laissa là et partit en courant dans les bois en abandonnant le bateau et tous ses outils. Autour de lui, les arbres noirs palpitaient de vie ; près de la lisière de la forêt, il s'arrêta et ferma les yeux pour sonder les environs. Bien que les capacités mentales de Tisha soient plus précises que les siennes, il possédait quelques talents qu'il avait rarement utilisés. Ses pensées étaient maintenant souillées par ses instincts de chasseur : le sentiment d'urgence, l'odeur que la proie apeurée avait laissée derrière elle, la faim grandissante à mesure que la traque touchait à son terme, et tous les autres sens propres aux prédateurs.

Ses oreilles perçurent un son venant du lointain. Il était si éloigné et si léger que personne d'autre n'avait dû le remarquer au milieu des petits bruits de la nuit.

Un loup poussa un long hurlement guttural.

— Enfants de la chasse, murmura Rashed en se concentrant. Maintenant, venez.

Lihsil s'adossa à la devanture de la boutique d'un fabricant de bougies, juste en face de la taverne. Il se demandait combien de temps il pourrait encore tenir debout.

Karlin le boulanger se tenait près de lui et regardait avec inquiétude de tous les côtés. Lihsil essayait de cacher son état physique autant que possible. Sa douleur à la poitrine et au dos s'était depuis longtemps propagée sous forme d'engourdissement de protestation dans tout son corps. Il craignait que ses jambes ne cèdent et ne le trahissent, mais il devait continuer.

Magirie était à l'intérieur de la taverne, où elle revêtait son armure pendant que lui s'occupait de sa partie du plan. Simple, mais judicieux, celui-ci consistait à armer les Miiskans, si possible avec des arbalètes ainsi que des fourches et des pelles si besoin. Il avait posté la plupart d'entre eux à la surveillance dans des maisons, des cabanes et de petits bâtiments environnant Le Lion de Mer, car ils se seraient trahis s'ils avaient été trop nombreux sur les toits ou dehors. Lihsil avait voulu préparer un piège de feu à l'avance, mais il avait ensuite abandonné cette idée, car les vampires l'auraient trop facilement découvert. En revanche, il avait armé des femmes avec des planches de bois sec, des bouteilles d'huile, des silex et du petit-bois, et il les avait postées entre les bâtiments, prêtes à tout enflammer dès que nécessaire.

Au bout du compte, il s'agissait de tenir les vampires à l'intérieur du périmètre et de les empêcher de s'échapper une fois qu'ils seraient entrés. Il ne savait pas de quoi ces créatures étaient capables exactement, mais il espérait avoir déjà tout vu. Il se souvenait de contes pour enfants à propos des morts-vivants qui volaient ou se changeaient en monstres, petits ou énormes. Il n'en dit rien aux gens de la ville.

À leur avantage, quatre gardes d'Ellinwood, dont Darien, avaient proposé de les aider. Lihsil les avait postés dans une vieille réserve proche de la taverne. Deux d'entre eux étaient même arrivés déjà armés et semblaient pouvoir assumer des combats difficiles. Peut-être avaient-ils perdu un proche, tout comme Darien, à moins qu'ils ne soient simplement déconcertés par la disparition d'Ellinwood et ne veuillent retrouver leur chef. Cela importait peu à Lihsil. Il était juste soulagé de ne pas avoir à ses côtés que des boulangers, des tisserands, des marchands et de simples gens.

Étrangement, son bras droit et «soldat» le plus fiable était Karlin. Cet homme était étonnant d'ingéniosité. Entre la capacité du boulanger à gérer un groupe d'ouvriers apeurés et son don pour dénicher des trésors d'outils pouvant servir d'armes, Lihsil n'aurait rien pu faire sans lui. À présent, alors qu'ils se rendaient tous les deux à l'avant de la taverne, ils apercevaient de temps en temps une personne qui regardait par une fenêtre.

— Tout le monde est prêt? demanda Lihsil en se rappelant trop tard qu'il avait déjà posé cette question deux fois.

Karlin hocha la tête et, l'espace d'un instant, Lihsil lui trouva un air de Brendèn. Bien qu'il soit imberbe, la carrure solide et massive du boulanger et son attitude terre à terre lui étaient familières. Il avait également l'estime des autres et avait apporté au demi-elfe une épaisse chemise bleu foncé qui cachait ses blessures et l'aidait à se fondre dans la nuit. Lihsil avait attaché ses cheveux sous un grand foulard noir dont il replia le dernier pan sur son visage, ne laissant apparaître que ses yeux. En cas de besoin, il pourrait se fondre dans les ombres de la nuit.

— Et s'il y en a un qui s'échappe de la taverne et que Magirie ne peut pas le tuer? s'enquit Karlin.

C'était la première fois qu'il mettait des mots sur ses doutes, maintenant qu'ils étaient seuls.

— J'ai dit aux archers et aux gardes dans cette réserve de frapper autant que possible. Lihsil leva une hache. S'ils peuvent ne serait-ce que l'assommer, je pense que je pourrais lui couper la tête.

Karlin hésita et se mordit la lèvre.

— Cela peut paraître horrible, reconnut Lihsil, mais ce qu'il ferait s'il s'échappait serait bien pire.

— Je ne vous juge pas, répondit doucement Karlin. Vous et Magirie avez plus de courage que ce que je peux imaginer.

— Brendèn aussi.

— Oui, acquiesça le boulanger en opinant du menton. Brendèn aussi.

Lihsil se rappela ce matin-là, quand il avait d'abord proposé à Magirie de trouver un bateau et de disparaître. Si Karlin l'avait su, il n'aurait pas eu une si haute estime de son compagnon.

— Nous devrions rester hors de vue pour l'instant, déclara Lihsil. Tout le monde sait ce qu'il a à faire. Je veux rester près de la taverne. Comme les gardes sont du côté de la mer, restons dans cette cabane, côté terre. Si besoin, nous pourrons nous rapprocher.

Karlin hocha la tête. De manière troublante, Lihsil songea à sa mère, si belle, et aux arbres verts de sa terre natale. Ils étaient nus l'hiver et luxuriants au printemps, si différents de ces sapins froids et de ces arbres à feuilles persistantes qui l'entouraient maintenant et ne changeaient jamais. De toutes les raisons et tous les endroits pour lesquels il avait pu imaginer mourir, défendre une banale petite ville côtière contre des morts-vivants ne figurait pas sur la liste des possibles. Cela dit, Karlin et ces autres ouvriers n'avaient peut-être rien à voir avec ses propres actes. Parmi tous les visages qui se bousculaient à la surface de son esprit, un seul comptait vraiment : un visage à la peau douce et pâle, à l'expression sérieuse et à l'épaisse chevelure noire qui miroitait de reflets rouges à la lumière.

Tisha n'avait jamais parlé et même jamais réellement prit conscience de certains sens qu'elle avait développés après que Corische l'avait transformée. Elle considérait qu'un sens de l'odorat trop développé, sensible en permanence aux moindres odeurs, n'était pas une qualité très distinguée. Néanmoins, comme elle se glissait et approchait de la taverne de Magirie, l'odeur même de la ville avait quelque chose d'anormal. Des parfums de transpiration due à la peur et à la fatigue nerveuse la frappèrent et ne cessèrent de s'intensifier à mesure qu'elle avançait vers Le Lion de Mer. La force de cette odeur démentait le calme des rues désertes.

À l'aide de son esprit, elle sonda les environs et perçut un fouillis de pensées qui prouvaient la présence de vie en ville.

J'ai soif.

Où est maman ?

Joshua se moque toujours de moi parce que je suis petit.

Quand je serai grande, je me marierai avec Lihsil.

Faut pas les laisser échapper à Magirie.

Que les mortels pouvaient être simplets ! Puis Tisha comprit que ces personnes étaient groupées. Elles étaient effrayées, mais leurs pensées étaient simples et claires.

Des enfants. Où étaient-ils ?

Elle pivota dans l'air nocturne, les yeux fermés, à la recherche de la source de ces pensées, comme si celles-ci étaient une brise qu'elle pouvait sentir sur son visage et dont elle pouvait déterminer la direction.

Tisha avança en silence le long des bâtiments et elle s'arrêta lorsque les pensées qui la traversaient se firent plus intenses et plus proches. Elle se retrouva au bout de l'une des plus grandes rues qui menait à une écurie située dans la partie basse de la ville, non loin de la taverne. Sur le toit, elle vit deux hommes adultes accroupis ou assis. Elle perçut leur tension et il lui fut très facile de leur envoyer une pointe d'appréhension qui les fit se tourner vers la côte, comme s'ils avaient cru entendre un bruit. Elle se faufila silencieusement de l'autre côté de la route jusqu'au mur de l'écurie.

Tisha s'attarda là, dehors, en attendant d'avoir soigneusement isolé les pensées et identifié au moins dix... non, douze jeunes esprits à proximité. Elle allait entrer pour les chercher, mais elle s'arrêta.

Des rues vides qui embaumaient la peur.

Des enfants cachés.

Deux gardes sur un toit.

Ils lui avaient tendu un piège.

Elle se glissa par la porte de l'écurie. Quand elle entra, un grand cheval bai balança sa tête et s'ébroua. Tisha pénétra dans ses pensées et l'apaisa.

— Chut, brave bête, fredonna-t-elle doucement. La nuit, il faut dormir.

Le cheval se calma, tapa une fois au sol et s'immobilisa, les paupières tombantes.

Tisha sentit que l'une des plus petites filles se languissait terriblement de sa mère. Lorsqu'elle regarda autour d'elle, elle ne vit que deux balles de foin, de la paille éparpillée au sol, quelques fourches cassées et le hongre dans sa stalle. Les cinq autres enclos étaient vides. Tisha regarda de nouveau autour d'elle et elle resta plantée là, immobile.

— Murika, appela-t-elle d'une voix suave. Où es-tu ?

Un silence suivit, puis :

— Maman ? Je suis là, en bas.

En bas. Ils se cachaient quelque part au-dessous.

Elle fouilla le sol en dégageant la paille aussi silencieusement que possible et elle trouva finalement une trappe. Relativement bien taillée, elle était camouflée par une couche de terre sous la paille. Elle s'ouvrit facilement. Lorsque Tisha regarda en bas, elle trouva une bande de jeunes enfants qui lui rendirent tous des regards curieux. Aucun n'avait plus de huit ans.

Tisha sourit chaleureusement.

— Eh bien, bonjour ! les salua-t-elle. Que faites-vous ici ?

— On se cache, répondit un garçon d'à peu près six ans. Vous devriez vous cacher aussi. Il va se passer quelque chose de grave et il faut qu'on se taise.

— Tu n'es pas en train de te taire, le rabroua une fille plus petite postée à sa droite.

Tisha hocha la tête et leur envoya l'idée que cette remarque n'était qu'un rêve.

— Je vais me taire, moi aussi. Maintenant, dites-moi laquelle d'entre vous veut se marier avec Lihsil.

Une adorable petite fille d'environ cinq ans se leva. Bien que ses cheveux aient terriblement besoin d'être peignés, sa peau couleur crème et ses traits fins dénotaient sa future beauté. Même ses minuscules mains étaient déjà fines et délicates.

— Je m'appelle Rose.

Le sourire de Tisha s'épanouit.

— Ah ! Il m'a envoyée te chercher. Viens, ma chérie.

La petite Rose accourut sans poser de questions et lui tendit ses mains. Tisha les attrapa et la tira de la cachette. Alors qu'elle la portait hors de l'écurie, elle sentit la douceur de la robe en mousseline de l'enfant et la chaleur du petit corps sous le vêtement. Sur le toit, personne ne les vit partir.

Si loin du centre-ville, les rues étaient presque noires. Tisha sortit avec légèreté des ombres épaisses des bâtiments et repartit en longeant la plage. Elle perçut de temps à autre la présence ou les pensées d'une personne épouvantée qui se cachait dans les parages. Et, bien qu'elle ne puisse pas les voir, comme les gardes sur le toit de l'écurie, elle repoussait aisément leurs pensées et détournait leur attention de son chemin. Elle traversa rapidement le dernier espace découvert et contourna Le Lion de Mer pour se rendre à l'arrière.

Tisha installa Rose à califourchon sur sa hanche et enroula son bras autour de la taille de la petite.

— Accroche-toi à mon cou, ma chérie, murmura-t-elle. Nous allons escalader le mur et passer par ta fenêtre.

— J'aime votre robe. J'ai toujours voulu avoir une robe rouge, répondit Rose.

— Eh bien ! tu devrais en avoir une, la plus rouge du monde. Maintenant, accroche-toi à mon cou.

Tisha n'eut aucun mal à grimper. Elle serra prudemment Rose dans ses bras quand elle entra par la fenêtre cassée d'une chambre de l'étage.

— Ce n'est pas ma chambre, dit Rose d'un ton neutre. C'est celle de Magirie.

— Vraiment ? rétorqua Tisha. Que c'est joli !

Elle ne savait pas combien de temps Rashed mettrait à se réveiller et à se lancer à l'attaque. La seule faiblesse de ce dernier était un sommeil irrégulier. Toutefois, pour l'instant, leur objectif commençait à reposer sur Tisha. Elle porta Rose de l'autre côté de la pièce et la posa à terre, directement dans la ligne de mire de la porte ouverte. Ensuite, elle s'agenouilla.

— Regarde-moi, lui demanda-t-elle.

Les yeux marron et ovales obéirent et se tournèrent vers le visage de Tisha… qui se mua brusquement en un masque horrible aux canines saillantes et aux yeux brillants et translucides écarquillés par la faim.

— Crie, ordonna-t-elle.

Rosa hurla.

SON ÉPÉE À la main, Magirie était accroupie derrière le bar et observait par un petit trou qu'elle avait percé à travers sa paroi. Rashed voudrait sûrement la piéger de nouveau à l'étage, où elle aurait moins de place pour brandir son fauchon et où il utiliserait plus facilement sa taille et sa force. Il fouillerait probablement tout l'étage avant de venir au rez-de-chaussée, mais, de là où elle se trouvait, elle le verrait descendre. S'il s'approchait suffisamment de sa cachette, elle serait en mesure de lui couper la tête par surprise. Chap était assis auprès d'elle, poussant parfois le bras de Magirie avec sa truffe mais, en dehors de cela, il gardait sagement le silence. La jeune femme ne doutait plus des comportements étranges et mystérieux qu'il pouvait avoir. Son calme lui indiquait qu'ils devraient encore patienter quelque temps.

Soudain, Chap bondit sur ses pattes en grognant doucement, les yeux rivés vers le plafond.

— Chut, ne nous fait pas remarquer, murmura Magirie.

Elle savait qu'il ne les trahirait pas, mais elle avait eu besoin de le lui rappeler. Tout ce qu'ils avaient à faire, tous les deux, c'était d'attendre que Rashed termine sa fouille et qu'il descende l'escalier. Les planches qu'elle sentait sous ses genoux étaient sa maison, son commerce, et elle les défendrait. Elle se pencha un peu plus vers le trou et regarda vers les marches.

Magirie remarqua une légère lueur qui se réfléchissait sur le bois, près de son visage, et elle baissa les yeux. Sa topaze brillait. Chap gémit sur un ton presque pitoyable, et la jeune femme s'apprêtait à lui dire à nouveau de se taire quand un cri retentit au-dessus: féminin, aigu et plein de terreur. Une voix d'enfant.

Magirie la reconnut. C'était Rose.

Chap contourna le bar et courut vers l'escalier avant qu'elle ait le temps de réagir, l'obligeant à le suivre.

— Attends ! lui ordonna-t-elle dans un chuchotement sonore.

Il s'arrêta, poussa un grognement grave, tremblant de partout.

Magirie avait espéré rencontrer Rashed dans un combat ouvert. Dans la caverne sous l'entrepôt, elle avait senti ses pensées, son instinct pervers de guerrier qui le pousserait à attaquer seul. Le vampire utiliserait-il une enfant comme appât ? Un tel comportement semblait contraire à son tempérament. Elle rejoignit Chap au pied de l'escalier. Rose cria encore ; cette fois, elle ne se tut pas. Magirie empoigna le chien par la peau du cou.

— Lentement, dit-elle. Ouvre l'œil.

Elle détestait se laisser attirer dans un piège, mais elle n'avait pas le choix. Rose était en danger.

Toujours en alerte, ils gravirent l'escalier en direction des cris de la petite fille. À chaque pas, il lui était plus difficile de ne pas courir. Arrivée en haut des marches, elle s'aperçut que la lumière venait de sa propre chambre. Elle jeta rapidement un coup d'œil au coin du mur et recula immédiatement. La porte était grande ouverte.

— Va chercher Rose, susurra Magirie. Tu comprends ? Je vais me battre. Toi, tu vas juste chercher Rose.

Chap passa sa tête au-dessus des marches, en direction de la porte, puis de nouveau vers Magirie, et il grogna.

La jeune femme avança dans le couloir et vit Rose assise sur le plancher de sa chambre et criant à tue-tête. Elle ne semblait pas blessée, mais son visage était couvert de larmes, et elle avait si peur que Magirie dut se forcer à ne pas courir pour la prendre dans ses bras. Autour d'elle, d'après ce qu'elle pouvait en voir, la chambre paraissait vide.

— Viens, murmura-t-elle en espérant que Rose serait en mesure de s'enfuir toute seule. Sors de là maintenant.

Rose se contenta de trembler et de crier plus fort.

Magirie avança prudemment, Chap à côté d'elle. En approchant de la porte, elle s'adossa au mur de droite et elle marcha en crabe le long de la cloison en surveillant le côté gauche de la chambre qui entrait dans son champ de vision derrière le montant de la porte. La jeune femme tendit la main vers Chap pour lui faire signe d'attendre. Quand son épaule frôla le cadran de l'entrée, toute la pièce lui était visible.

Elle était vide et le vent soufflait par la fenêtre toujours cassée où Rashed s'était écrasé plusieurs nuits plus tôt. Magirie se détendit un peu et tendit une main vers Rose.

Les yeux de l'enfant se tournèrent vers le haut.

Magirie s'accroupit quand une main s'abattit au-dessus de la porte. Les ongles lui griffèrent la gorge en essayant de la saisir violemment par le cou en même temps qu'un corps atterrissait dans son dos sur un genou. Les cris de Rose se changèrent en hurlements hystériques qui se mêlèrent aux grognements de Chap.

La main qui lui tenait la mâchoire tentait toujours de lui agripper le cou ; si elle y arrivait, elle lui briserait très probablement la nuque. La force et la rage emplirent Magirie, mais elle s'y attendait, cette fois. Par conséquent, elles ne la submergèrent pas.

Magirie poussa sur ses jambes pliées en enroulant sa tête et ses épaules et elle pivota en un demi-plongeon jusqu'à ce qu'elle glisse sur le dos et sur son adversaire à travers la pièce. Quand elles percutèrent un pied du lit, son ennemie était bloquée entre le meuble et le dos de Magirie.

La couche s'ébranla et Tisha perdit sa prise autour du menton de la jeune femme.

Celle-ci projeta ses coudes en arrière, qui frappèrent le buste de son adversaire. Magirie fut alors en mesure de s'éloigner à quatre pattes avant de se retourner pour s'emparer de son fauchon qu'elle tint en garde devant elle.

Comme dans la forêt, la nuit précédente, la simple vue de Tisha la fit hésiter. Chez cette créature ravissante, tout semblait faire partie d'un rêve, comme irréel. Cependant, Magirie sentait assez bien les griffures à sa gorge pour se souvenir du danger.

Tisha fut immédiatement sur ses pieds. Magirie s'élança en avant, la forçant à contourner le lit et à traverser la chambre. Si la petite femme essayait de sortir par la fenêtre, elle lui entaillerait le dos.

— Chap, maintenant !

Tisha se figea quand Chap entra en trombe, referma ses crocs sur l'arrière de la robe en mousseline de Rose et entraîna la petite, toujours hurlante, dans le couloir, hors de vue.

Une émotion claire et sincère illumina le visage fin de Tisha : de la haine.

— Vous pensiez me briser la nuque quand j'entrerais ? demanda Magirie. Avez-vous une autre idée maintenant ?

— Je bouge plus vite que vous. Je ne vous laisserai pas le blesser de nouveau.

Magirie eut involontairement un moment d'hésitation. La fureur incontrôlable qu'elle ressentait habituellement en combattant ces créatures semblait faible.

Elle observa les boucles châtains, la robe rouge et la taille fine de Tisha. Elle n'avait pas d'épée à la main. Elle donnait simplement l'image d'une charmante jeune femme. Enragée, mais pas un monstre. Et, bien que Magirie ne soit pas dupe, l'apparence de Tisha l'affectait, tout comme ses quelques paroles. Cette créature voulait protéger son… partenaire ? Compagnon ? Conjoint ?

— Je n'ai jamais souhaité cette guerre, déclara Magirie sans vraiment savoir pourquoi elle se justifiait. C'est lui qui a commencé.

— Rashed ? Non, c'est vous.

— C'est lui et Raton qui se sont introduits dans ma maison et qui ont tué la grand-mère de Rose.

— Après que vous avez fait amie-ami avec le forgeron en allant renifler l'endroit où sa sœur était morte et en posant des questions. Vous pouvez vous mentir à vous-mêmes, si cela vous chante, mais pas à moi. Vous nous traquez depuis que vous êtes arrivée.

Magirie menaçait de céder à la confusion. Était-ce ce qu'ils pensaient : qu'elle était venue pour les chasser ?

— Non, Tisha. Je n'ai jamais…

— Vous êtes fatiguée, l'interrompit la vampire d'une voix froide de colère devenant douce et rassurante. Je le vois sur votre visage. Et c'est bien normal, après tout ce que vous avez traversé ces dernières nuits. Pauvre petite.

La chaleur et la sympathie tourbillonnèrent dans la tête de Magirie.

— La vie n'est pas facile pour vous autres, poursuivit la voix compatissante. Non, elle est aussi difficile que la nôtre. Toujours en mouvement, en alerte, à attendre et à surveiller. Venez vous asseoir à côté de moi. Je vais vous écouter. Je vous comprendrai.

Un jour, Magirie avait vu une tapisserie représentant une nymphe, sur le mur d'une riche auberge. Cet ouvrage était si bien réalisé qu'elle se rappelait être restée longtemps devant pour en examiner les moindres détails. Le portrait était si vivant que les bras tendus de la nymphe semblaient en sortir pour accueillir les spectateurs, son abondante chevelure noire tombant sur sa taille, quelques boucles mouillées collées à ses joues creuses.

Devant Magirie, Tisha était assise sur les rochers, des gouttes d'eau de mer plaquées contre la peau nue de ses joues et de son cou. Portait-elle une robe rouge ? Voyait-on sa peau douce et blanche à travers une déchirure de son vêtement ? Ses yeux compatissants regardaient Magirie. Elle tendit les bras pour l'inviter à approcher.

Tout ce qu'elle avait à faire, c'était abaisser son sabre et poser sa tête sur l'épaule de la nymphe. Tisha la comprendrait. Autant que Magirie s'en souvienne, de toute sa vie, personne ne l'avait jamais prise dans ses bras et réconfortée. Pas les amis… elle n'avait jamais eu d'amis… ni la famille ni même tante Bihja.

Lihsil. Il l'avait fait une fois, par une longue nuit passée sur la route. À moins qu'il ne l'ait fait deux fois… Cela était-il vraiment arrivé ?

Magirie fit un pas en avant et en fut récompensée par un sourire reconnaissant.

— Dites-moi tout, susurra Tisha. Je vais m'occuper de vous. Je vais prendre vos chagrins et les puiser hors de vous.

Ses doigts frôlèrent le menton de Magirie et remontèrent pour lui caresser la tempe.

À la porte, Chap grogna.

L'attention de Tisha fut brièvement détournée vers le chien.

La nymphe disparut de la vue de Magirie. Il n'y avait plus que la femme, plus que la créature. Tisha. Magirie fit un pas en arrière en levant son bras armé pour brandir son épée en hauteur.

Le regard de Tisha revint instantanément sur elle.

Magirie ne comprit ce qui venait de se passer que quand elle se retrouva les yeux baissés sur le corps vêtu de rouge étendu mollement en travers de son lit. La tête roulait encore sur le plancher à l'endroit où elle était tombée, un liquide sombre coulant du cou tranché et tâchant le sol et les cheveux ébouriffés. Les yeux étaient grands ouverts, mais le visage pâle était dépourvu d'expression.

Ce ne fut pas un sentiment de victoire, mais de perte et de regret qui frappa Magirie. Deux larmes coulèrent, autant pour la mort de cette créature que pour la fin de l'illusion que Tisha avait projetée dans son esprit.

Chap renifla la tête, puis il aboya tout bas et tout doucement.

— Ramène Rose à l'écurie et protège les enfants, ordonna-t-elle.

Il leva les yeux vers elle avec un léger gémissement de désaccord évident.

— Obéis ! insista-t-elle.

Chap hésita un instant et sortit de la chambre.

Magirie resta là un long moment. Finalement, elle ramassa la tête de Tisha par les cheveux et redescendit au rez-de-chaussée.

XX

Lihsil attendait dans la cabane, tendu, sans savoir que la bataille avait déjà commencé. La bâtisse dans laquelle il se cachait n'était pas une maison. Juste assez grande pour Karlin et lui, elle avait dû un jour servir de cabane à outil. Désormais, seuls des araignées et un râteau cassé habitaient l'endroit.

— Le soleil est couché depuis un moment, murmura Karlin. N'aurait-il pas déjà dû se passer quelque chose ?

— Je ne sais pas, répondit Lihsil en toute franchise. S'ils ont découvert que nous nous étions préparés, ils peuvent attendre longtemps.

— Les gens doivent déjà trembler de peur. Encore un peu et ils seront épuisés.

— Tout à fait. D'où l'attente, s'ils savent que quelque chose se trame.

Lihsil regarda dehors par une fêlure dans la porte en espérant voir un mouvement, ou n'importe quoi d'autre, quand il entendit le cri de Rose. Le son le transperça comme une flèche et il bondit dans la rue sans réfléchir.

— Rose ? appela-t-il en s'élançant vers l'écurie en haut de la rue.

Un autre hurlement retentit et, troublé, Lihsil se tourna vers la taverne. Karlin était maintenant à côté de lui.

D'autres cris résonnèrent dans la ville, autour de lui.

Il pivota et vit deux dockers paniqués sortir de leur cachette en courant. Des grondements et des grognements firent écho à des plaintes d'effroi. Lihsil resta abasourdi sans savoir quoi faire.

Des loups.

Des animaux enragés couraient à toutes jambes dans les rues et attaquaient les Miiskans. Certains sautaient même à travers les fenêtres. Geoffroy, le fils de Karlin, tenait à distance une énorme bête noire à l'aide d'une lance de fortune. Lihsil projeta sa hache, arracha l'arbalète des mains de Karlin et fit feu, touchant le loup à la gorge.

— Va-t'en de là ! hurla-t-il.

Les rues sombrèrent dans le chaos. Son plan simple et bien ficelé volait en éclats à mesure que d'autres canidés apparaissaient dans les rues transversales et délogeaient les gens de leurs cachettes. Tout le monde oublia les morts-vivants, et les armes et la terreur se tournèrent vers ces nouvelles cibles.

Ces loups n'étaient pas des bêtes malades et affamées. Ils avaient l'air de solides animaux des bois, à la différence qu'ils étaient devenus fous et attaquaient tout ce qui ressemblait à un humain en mouvement. Magirie et Lihsil avaient déjà rencontré des loups sur les routes de Stravina, mais le demi-elfe n'en avait jamais vu un seul s'en prendre à quelqu'un, à moins que la faim ou la maladie ne le pousse à agir par désespoir. Ces animaux évitaient les zones habitées par les hommes. Pourtant, ces grandes créatures au poil gris et noir couraient en tous sens et agressaient les gens dispersés. Les cris et les grognements emplissaient l'air nocturne.

— Lihsil ! hurla Karlin. La taverne est en feu.

RASHED ENVOYA LES loups devant lui et les suivit rapidement à travers les arbres en direction de Miiska. Cette fois, ce serait à la chasseuse d'être prise par surprise, tout occupée qu'elle serait par le carnage, et ce serait lui qui bénéficierait des forces les mieux préparées. Bien qu'il ne considère pas les loups comme des créatures complexes, ils devenaient assez simples d'esprit quand il les chargeait d'une mission à leur hauteur. Par la pensée, il leur montra ce qu'ils avaient à faire : attaquer et tuer tout ce qui bougeait. Ils obéirent.

En arrivant en bordure de la ville, Rashed y entra à grands pas, sans hésitation, une torche enflammée dans une main et son épée dans l'autre. À présent, il n'avait ni le temps ni besoin de se cacher dans l'ombre.

Quand les cris commencèrent à résonner, il ne ressentit aucune satisfaction. La violence aveugle était répugnante et déshonorante. Même tuer pour manger était un geste stupide qui attirait les soupçons et réduisait les réserves de nourriture. Cependant, la chasseuse s'était retirée et cachée au milieu de la foule, de sorte qu'il devait occuper la ville entière afin de faire sortir cette femme à découvert et de mettre fin à leur conflit. C'était elle qui l'obligeait à commettre ce massacre.

Plus il s'approchait de la taverne, plus il voyait des gens fuir les bâtiments voisins, ce qui l'étonna. Peu de mortels avaient établi leur foyer si près des quais ou aussi loin au sud de la ville que là où se trouvait Le Lion de Mer. Il vit des hommes armés sauter des toits, soit pour aider ceux qui se trouvaient à terre, soit pour échapper à des loups ayant réussi à monter.

Magirie, cette lâche, avait tendu un piège et se cachait derrière de simples gens ou des ouvriers. Cette idée énerva Rashed.

Personne ne le remarqua quand il se dirigea d'un pas décidé vers la taverne. En fait, ce ne fut que lorsque le bâtiment fut droit dans sa ligne de mire que quelqu'un essaya de l'arrêter. Un jeune garde de la ville pointait une arbalète sur un loup de l'autre côté de la rue quand il vit Rashed et sursauta légèrement. Au lieu de tirer sur l'animal, il visa Rashed et fit feu.

Au maximum de sa puissance et de sa concentration, le Noble Mort n'eut qu'à attraper la flèche en plein vol avant de la jeter par terre.

Le jeune garde écarquilla les yeux et s'enfuit à toutes jambes.

Rashed ne le suivit pas. En revanche, il poursuivit sa route vers Le Lion de Mer, détacha d'un coup de pied quelques planches à la base du bâtiment et plongea la tête de la torche au milieu. Le bois de la taverne, vieux et sec, s'embrasa immédiatement. Il répéta vite l'opération de chaque côté de la bâtisse, gardant l'arrière pour la fin, après quoi il jeta son flambeau à travers une fenêtre qu'il savait être celle de la chasseuse. Ensuite, il repartit à l'avant pour y attendre Magirie. Elle était à l'intérieur. Après autant de combats au corps à corps, il pouvait sentir sa présence. Il observa la porte et les fenêtres, en quête de son apparition.

Il ne vit d'abord rien. Puis il y eut un mouvement vif derrière la petite fenêtre à gauche de l'entrée. Il planta son regard entre la porte et la fenêtre principale de la salle commune, où l'un des volets avait été arraché et gisait au sol.

Magirie se présenta ouvertement derrière la plus grande vitre.

Rashed ne fut pas étonné de son apparition soudaine, mais plutôt par son expression. Les cheveux tirés en arrière et l'armure propre, elle avait le visage calme. Elle paraissait fraîche et reposée, pas comme quelqu'un qui viendrait de passer plusieurs nuits à se battre. Le feu se répandait et dévorait toute la taverne, mais ni cela ni la bataille qui faisait rage dans les rues ne l'affectait. Pourquoi ne fuyait-elle pas ?

Ils restèrent ainsi à se dévisager mutuellement. Magirie tenait son fauchon dans une main et gardait l'autre derrière elle.

Sans un mot, elle sortit sa main cachée. L'espace d'un instant, Rashed ne vit pas ce qu'elle tenait, à cause du feu éblouissant et de l'obscurité de la taverne. Une forme nette pendait à des mèches de cheveux châtains qu'elle serrait dans son poing.

La tête de Tisha.

LE CORPS DE Lihsil ne répondait plus à ses ordres et il se mit à transpirer le désespoir en une sueur qui lui glaça la peau au contact de l'air froid de la nuit. Il s'était frayé un chemin au milieu de l'agitation en essayant de repousser les bêtes qui attaquaient les gens dans la rue; il se trouvait à présent près de la plage, entre les quais au nord et la taverne au sud. Tout s'était désagrégé et mué en confusion. Il entendit alors Karlin lui crier quelque chose.

Le Lion de Mer était en feu.

Deux corps à la gorge déchirée gisaient entre Lihsil et la taverne en flammes. Dans son état actuel, il ne pourrait pas aider Magirie à se battre, en considérant qu'il puisse seulement la rejoindre. Il lui était de plus en plus difficile de rester debout à chaque seconde qui passait.

Le demi-elfe regarda de tous les côtés, mais il ne vit personne à qui il pourrait demander de l'aide pour éteindre le feu. Parmi les rares personnes encore debout, la plupart fuyaient ou se battaient pour échapper à la mort. Devait-il essayer d'organiser un semblant de retraite ? Si oui, comment ?

Chap surgit depuis l'autre côté de la taverne, fendant l'air, les jambes ployant sous l'effort fourni par ses épaules et ses hanches pour courir le plus vite possible. Il serrait du tissu entre ses dents et traînait quelque chose au sol, loin du feu.

Si Chap sortait de la taverne, Magirie devait encore être à l'intérieur. Pourquoi le chien n'était-il pas en train de l'aider ?

— Chap ! appela Lihsil. Ici, mon garçon.

Lihsil lâcha son arbalète vide et s'appuya aux bâtiments tout en avançant avec peine.

À une maison et demie de la taverne, Chap le vit, s'arrêta et lâcha son fardeau. Le chien se mit alors à courir d'avant en arrière et autour de ce qu'il venait de traîner, en aboyant fort et décidé à ne pas l'abandonner. Quand Lihsil arriva à côté de l'animal, il comprit pourquoi.

La forme à demi inconsciente de Rose gisait au sol. Voilà pourquoi Chap avait abandonné Magirie.

— Tout va bien, dit Lihsil.

Il s'accroupit et retint sa chute en posant une main au sol. Rose leva la tête et Lihsil vit son visage zébré de larmes.

— Lihsil ! s'écria-t-elle en tendant les bras.

C'était bon signe. Si elle pouvait toujours parler et bouger, quoi qu'il soit arrivé, cela ne semblait pas lui avoir causé de blessure grave. Il ne pensait pas pouvoir rejoindre Magirie et son aide ne serait maintenant plus utile aux Miiskans. En revanche, il pouvait encore sauver Rose.

Le chien gémit et lui lécha le visage. Rose se hissa sur ses pieds et s'accrocha au cou de Lihsil en le serrant fort. Malgré sa légèreté, le demi-elfe eut mal aux côtes et au dos.

— Peux-tu marcher ? haleta-t-il. Je ne peux pas te porter.

Elle eut l'air troublée, puis elle hocha la tête avec compréhension.

— Oui.

— Conduis-moi à l'écurie auprès des autres enfants, demanda-t-il.

En dépit de son jeune âge et de sa terreur, la petite saisit immédiatement ce qu'il entendait. Elle le prit par la main et l'entraîna rapidement vers l'écurie, plus vite qu'il n'en était capable et essayant de le tirer en avant. Chap courait à côté d'eux et dressait les oreilles dès qu'il voyait ou entendait des gens combattre les loups dans les rues transversales. La nuit était de plus en plus noire à mesure qu'ils s'éloignaient de la taverne ardente. Lihsil ne prêtait attention à rien d'autre qu'à la nécessité de continuer à avancer. Quand ils arrivèrent à la porte de l'écurie, il parvint à l'ouvrir d'un grand coup. Là, il se figea.

Deux énormes loups, l'un noir cendré et l'autre gris, bondissaient à l'intérieur en reniflant et en piétinant la paille étalée au sol, à la recherche d'un passage pour atteindre ce qu'ils sentaient au-dessous. Les enfants. Ils levèrent tous les deux la tête et deux paires d'yeux jaunes se fixèrent sur les nouveaux arrivants.

Le loup noir grogna et Chap chargea. Les deux corps touffus se percutèrent.

— Rose, grimpe sur le foin ! cria Lihsil en cherchant n'importe quoi autour de lui qui pourrait lui servir d'arme.

Toutes les fourches et les pelles avaient été ramassées par les habitants plus tôt dans la journée.

Rose grimpa aussi haut que possible sur les piles de foin éparpillées autour de deux meules. Chap et le loup noir roulèrent sur le plancher comme des serpents lovés l'un dans l'autre.

Lihsil vit les crocs acérés du loup gris et ses muscles tendus quand celui-ci fit deux pas vers lui et l'attaqua. La peur et les réflexes prirent le dessus et guidèrent les gestes de l'homme.

L'un de ses bras se leva pour protéger sa tête et sa gorge et l'autre s'abattit violemment sur le côté dans un mouvement rapide. La sangle qui retenait son stylet se détacha, son manche tombant dans la main du demi-elfe. Les dents du loup claquèrent près de son bras levé.

Quand les pattes avant de l'animal frappèrent son buste, Lihsil sentit ses côtes cassées s'enfoncer plus profondément dans son corps et lui couper le souffle. Il laissa le poids du loup les entraîner tous deux à terre.

L'impact lui envoya une nouvelle décharge de douleur.

Du même mouvement fluide qui lui avait un jour permis de plaquer Brendèn au sol de la taverne, il roula avec le poids du loup en poussant sa gueule vers le haut avec son bras pour coincer sa tête contre le plancher. Grâce à la force d'inertie de leur roulade, il planta son stylet dans l'œil de l'animal.

Il y eut un craquement quand la lame brisa un os et pénétra le crâne. Le corps poilu eut un spasme, puis il s'immobilisa. Lihsil reprit pied et essaya de remplir ses poumons d'oxygène.

Chap fit claquer ses mâchoires et frappa l'autre loup à coups de patte, encore et encore. Les deux animaux tournaient et se tordaient l'un autour de l'autre. Lihsil essaya de bouger, mais rien ne se produisit. Son souffle ne venait que par petits hoquets qui lui faisaient si mal qu'il souhaita arrêter complètement de respirer.

Sous ses pieds, les enfants ne faisaient aucun bruit. Qu'ils soient aveuglés par la peur ou que ce soit par bon sens, ils n'avaient pas dévoilé leur position.

Chap saisit la patte avant de son adversaire et mordit dedans. Un craquement sonore et un cri annoncèrent la fin du combat. L'espace d'un instant Lihsil, ressentit une certaine fierté : son vaillant Chap avait chassé des morts-vivants ; un combat contre un simple loup n'était que l'affaire de quelques instants.

L'animal blessé sortit de l'écurie en claudiquant sur trois pattes, aussi vite qu'il en était capable. Chap le laissa partir et rejoignit Lihsil à peu près en même temps que Rose descendait du foin.

— Descends, murmura Lihsil. Il faut que tu te caches avec les autres.

Rose ne bougea pas. Elle ne voulait pas le quitter.

— Écoute-moi… siffla-t-il sévèrement.

Il n'eut pas le temps de finir sa phrase avant que les ténèbres n'emplissent sa tête et il s'écroula mollement, inconscient.

Quand Magirie leva la tête de Tisha, elle s'attendait à voir la rage et la soif de vengeance colorer le visage de Rashed. Avec les flammes qui s'élevaient de plus en plus entre eux, elle se préparait à avoir la satisfaction de provoquer une réaction sauvage chez lui.

Tout d'abord, les yeux cristallins de Rashed n'exprimèrent qu'une incompréhension absolue, puis un sentiment d'horreur et, enfin, quelque chose situé entre la peur et la tristesse.

— Tisha ? articula-t-il d'un air interrogateur, bien que Magirie ne puisse pas entendre sa voix à travers le bruit de l'incendie.

Magirie ressentit une culpabilité inattendue et intempestive, mais elle la ravala.

— Je suis là, lança-t-elle, bien décidée à en finir avec ce qu'il avait lui-même commencé. Pourquoi ne viens-tu pas prendre ma tête ?

Il ne pouvait pas l'entendre non plus, mais il répondit à ces mots par des hurlements incohérents et vint traverser les carreaux ainsi que le mur qui soutenait la fenêtre qui ne résista pas à son attaque. Des planches en flammes tombèrent autour de lui et il serra sa longue épée comme si c'était la seule chose qui importait.

Magirie ne ressentit rien de ce à quoi elle s'était attendue. Les cris de Rashed avaient des accents de chagrin, et non de rage.

— Lâche ! parvint-il à hurler avant de balancer son épée si violemment que Magirie lâcha la tête de Tisha et sauta en arrière au lieu de parer.

Il attaquait maintenant avec la puissance et la colère qu'elle attendait tant.

Avec Tisha, elle avait contrôlé cette fureur et la façon dont elle affectait ses gestes, et elle pensait pouvoir en faire autant à présent. Cependant, elle n'en avait pas envie et elle la laissa s'emparer d'elle et déferler en elle. Elle accueillit volontiers les pointes coupantes dans sa bouche qui ne la déstabilisèrent plus. Pour détruire Rashed, elle deviendrait Rashed : un membre de son espèce.

La salle commune lui avait toujours semblé grande et dégagée, mais là, debout au milieu des flammes grandissantes et obligée de reculer loin de Rashed, Magirie se sentit soudain prise au piège dans un espace trop restreint. Le vampire lui semblait physiquement trop proche.

Rashed se posta entre elle et le mur ouvert, les pieds ancrés au sol, et il attendit. Magirie le haïssait pour le monstre meurtrier qu'il était, mais elle admirait sa stratégie malgré le brouillard de folie qui l'aveuglait. Il ne la laisserait pas sortir. Qu'il la tue avec son épée ou qu'il la force à brûler dans l'incendie n'avait aucune importance. Dans peu de temps, l'étage s'effondrerait.

Si cela faisait partie de son plan, qu'il essaie donc. Cette fois, elle chargea.

L'acier tinta contre l'acier et Magirie oublia la tristesse que Rashed avait eue en voyant la tête de Tisha.

Tous les gestes qu'il faisait lui étaient familiers, comme si elle percevait ses intentions avant même qu'il ne bouge. Ils brandirent tous deux leur épée, parèrent et recommencèrent. Quelque part au fond de son esprit, une voix lui murmura que, s'ils ne sortaient pas bientôt de la taverne, ils seraient tous les deux brûlés vifs. Était-ce important ? Cela ne semblait pas l'être pour lui. Non, et rien d'autre ne comptait pour Magirie que détacher la tête de Rashed de son corps.

La chaleur du brasier qui les entourait fit tousser la jeune femme et les flammes se firent plus hautes et plus brûlantes. La lame de Rashed toucha presque l'épaule de Magirie quand elle hoqueta dans l'air caniculaire. Il élança son épée au-dessus de lui et fut complètement à découvert alors qu'il essayait de lui ouvrir le crâne. Au lieu d'opter pour la sagesse d'un geste défensif, elle se jeta en avant en visant son ventre.

— Bande d'idiots ! hurla une voix.

Ce cri inattendu les surprit tous les deux et ils manquèrent leurs coups respectifs. Malgré la fumée et le feu, Magirie distingua clairement un visage horrible qui altéra sa soif de sang.

Au-dessus de Tisha, flottait le fantôme d'un homme presque sans tête dont les longs cheveux jaunes pendaient de son crâne incliné. Magirie avait cru que rien ne pourrait plus la choquer, mais même sa fureur n'empêcha pas les nuances lumineuses de la gorge ouverte d'attirer son attention. Les flammes dansaient à travers son corps transparent.

— Bande d'idiots ! répéta le fantôme.

De son visage émanaient toute la rage et le venin qu'elle attendait de Rashed.

— Va-t'en, Édwan, hurla Rashed au-dessus du feu. La vengeance n'est pas à ta portée.

— La vengeance ? répondit le fantôme avec incrédulité. C'est toi qui l'as assassinée. Toi et ta fierté. Aucun de vous ne voit ce qui se passe ? Avez-vous souhaité ceci ? Il descendit et s'agenouilla à côté de la tête coupée de Tisha. Il pleurait, mais il n'y avait pas de larmes sur son visage. Tu as tué ma Tisha, reprit-il.

Magirie fit un pas chancelant. Tout cela n'avait aucun sens. Elle ne trouvait rien de bon à faire. La chaleur commençait à s'apaiser en elle et, à sa place, elle sentit les flammes aveuglantes autour d'elle lui brûler la peau. Son armure de cuir se flétrissait à plusieurs endroits.

Quand elle reporta son regard sur Rashed, elle vit l'escalier de la taverne derrière lui et s'aperçut qu'ils avaient échangé leurs places. Elle tournait désormais le dos à l'ouverture du mur de devant qu'il avait démoli quelques instants plus tôt.

Magirie recula avec hésitation.

— Non ! hurla Rashed, les flammes se reflétant dans ses yeux de cristal.

Un craquement à crever les tympans résonna au-dessus de leurs têtes. Magirie leva les yeux un court instant. L'étage supérieur commençait à céder. Son instinct de survie prit le dessus.

Elle fit volte-face et plongea dans le trou du mur en se protégeant le visage avec un bras. L'air frais de la rue l'accueillit quand elle fit une roulade au sol et se redressa pour regarder dans les flammes.

Une lourde poutre, plus large que le buste de Rashed, cloua ce dernier à terre, et le vampire se débattit pour se relever au milieu du feu qui le submergeait. Ses membres gesticulants ressemblaient à des langues de feu ondulantes. Avec le rugissement du brasier, Magirie n'entendait rien et elle se demanda s'il était en train de crier.

Le personnage à demi décapité flottait dans la pièce, sortant et rentrant dans les flammes qui dévoraient Rashed. On aurait dit que le fantôme riait.

Magirie recula encore de quelques pas hésitants avant de s'écrouler au sol. Elle observa la silhouette de Rashed se tordre et brûler jusqu'à ce qu'il cesse de bouger. Puis tout l'étage s'effondra. Des étincelles volèrent comme un millier de lucioles dans le ciel nocturne.

Elle se dit que réduire un mort-vivant en cendres était une façon de le détruire aussi valable que les autres méthodes qu'elle avait apprises des contes et légendes ruraux.

Où était la jarre en terre cuite destinée à emprisonner son esprit ? Où étaient les paysans soupirant de soulagement ? Quelle bonne idée, quelle très bonne idée elle avait eu de fuir l'incendie et de regarder son ennemi se laisser emprisonner sous une poutre en flammes ! L'amulette de topaze autour de son cou émettait une lueur continue.

Une lumière plus claire que le feu flamboya à côté d'elle et l'horrible visage de l'homme décapité apparut près de son visage. Elle poussa un cri et tomba en arrière.

— Fini, fini, fini, chantait la créature en flottant au-dessus d'elle dans les airs. Sa tête tranchée était assez proche pour que Magirie puisse en voir les moindres détails. Fini, fini, fini, fini…

La lumière émanant de lui se mit à faiblir, puis il disparut, laissant Magirie seule face à la nuit et à l'incendie de la taverne. Engourdie de l'intérieur, la jeune femme s'étendit à moitié au sol en guettant le moindre signe de Rashed dans le bâtiment ardent.

Il n'y avait rien d'autre que le feu et la fumée au milieu des ténèbres.

XXI

Les émotions de Magirie se remirent à papillonner en elle quand elle vit Lihsil ouvrir les yeux. Il était allongé par terre dans la rue, juste à côté d'elle. Il y avait des empreintes de dents récentes sur son bras gauche, sous celles qu'elle lui avait faites deux nuits plus tôt. Son visage était blême, mais il ne peinait pas trop à respirer, à ce qu'elle pouvait en juger. Il cligna deux fois des yeux à la lumière de la torche plantée dans le sol.

— Est-ce le matin ? demanda-t-il d'une voix rauque.

— Presque, répondit-elle. Bientôt.

Lihsil se renfrogna, ce qui rassura encore davantage Magirie. Son humeur irritée et désagréable signifiait qu'il devait aller bien.

— Sommes-nous vivants ? s'enquit-il.

— Oui.

— Bien… on ne doit pas se sentir aussi mal quand on est mort.

Magirie soupira, libérant toute l'inquiétude et la tension qu'elle avait inconsciemment gardées en elle. Elle était assise et observait ce qui avait un jour été Le Lion de Mer. La taverne étant isolée des maisons voisines, le feu ne s'était pas répandu au-delà de la bâtisse.

Reprenant progressivement ses esprits, Lihsil leva juste assez la tête pour voir les restes fumants de leur maison et il grommela avant de lever les mains en un geste de résignation. Quand celles-ci retombèrent, son visage se tordit de douleur et il essaya de serrer son bras blessé contre lui.

— Ne bouge pas, lui recommanda-t-elle. Je t'ai sorti de l'écurie, mais ensuite j'ai préféré ne pas te bouger davantage.

Il bascula à demi sur son dos et tenta de retirer la cape en laine dont elle l'avait recouvert, mais il ne réussit qu'à la froisser d'un côté. Magirie remit le manteau en place.

Des rais de lumière s'étiraient maintenant à l'est au-dessus des arbres, teintant de doré des nuages hauts dans le ciel. Autour d'eux, les gens continuaient de soigner les blessés et à les aider à sortir des rues. La voix de Karlin s'élevait de temps en temps au-dessus du brouhaha général pour donner des conseils quant au soin d'une blessure ou indiquer qui n'avait pas encore été pris en charge. Certains membres de leur petite armée qui n'avaient pas été touchés conversaient à voix basse et se tapaient sur l'épaule.

Magirie avait ses propres plaies à panser, mais elle n'avait pas grand-chose à offrir à Lihsil à part du temps et du repos. Une fois qu'elle l'avait sorti de l'écurie, elle l'avait allongé et gardé au chaud. Karlin lui avait indiqué qu'ils se servaient de la boulangerie comme hospice. Bien que, comme Caleb, il n'ait pas une haute estime des guérisseurs miiskans actuels, il avait envoyé plusieurs personnes à leur recherche.

— Où m'as-tu trouvé ? demanda Lihsil. La dernière chose dont je me souvienne, c'est d'avoir tué un loup.

— Apparemment, les enfants t'ont traîné dans leur cachette. Quand je suis arrivée, Chap était toujours assis sur la trappe pour monter la garde. Elle réfléchit un instant. Ce sont de braves petits. Pleins de bon sens. Ces gens méritent qu'on essaie de les sauver.

— Où est Chap, maintenant ?

— Geoffroy a emmené Rose à la boulangerie. J'ai envoyé Chap avec eux.

— Est-ce que Rashed…

— Mort. Sa voix se fit neutre et vide. Je l'ai regardé brûler.

Magirie ne put manifester aucune joie, mais Lihsil ne sembla pas le remarquer. Au moment où elle avait cru qu'il pourrait se reposer et guérir, un nouvel événement s'était produit et l'avait encore frappé ; mais c'était terminé.

Cette pensée réconforta un peu Magirie. Au moins, c'en était vraiment fini de ce tourbillon de réussites et d'échecs.

— Rien ne s'est passé comme je l'avais prévu, lui confia-t-elle.

Lihsil allait répondre quand Karlin s'approcha pour l'examiner. Bien que sale et fatigué, le boulanger n'avait pas l'air blessé.

— Ah ! Vous êtes réveillé. Quel soulagement. Nous allons vous emmener dans un endroit plus confortable dès que possible.

— Et les autres ? demanda Lihsil avec un effort visible.

— Il n'y a que cinq morts, répondit Karlin. Pourtant, sa voix trahissait autant de peine que si les victimes avaient été dix fois plus nombreuses. J'essaie d'organiser dès maintenant les cérémonies d'hommage avant de les enterrer… quand les gens seront prêts pour cela.

— Le corps de Brendèn a brûlé avec la taverne, constata Lihsil. Puis il sembla ne pas vouloir poursuivre sur cette idée. Je n'avais pas prévu que nous aurions des loups à combattre.

— Personne ne l'avait imaginé. Ce n'est pas votre faute. Karlin plissa le front. Quand la taverne s'est effondrée, ils se sont tous réfugiés dans la forêt, comme si Rashed avait perdu son emprise sur eux.

— C'est le cas, confirma Magirie.

Lihsil reposa sa tête au sol et regarda le ciel.

— Bon, nous n'avons plus de maison… comme avant. Tant de combats, et nous avons perdu la chose pour laquelle nous nous sommes battus et qui était la plus importante.

— Vraiment ? s'enquit Magirie.

Karlin fronça de nouveau les sourcils et ses joues rondes frémirent légèrement.

— Guérissez et rebâtissez-la.

— Pardon ? Magirie le dévisagea avec incrédulité. Comment et avec quoi ? Nous n'avons nulle part où habiter en attendant.

Karlin s'agenouilla et désigna la taverne fumante.

— Cette parcelle de terre est toujours à vous. Et l'argent que les marchands ont essayé de vous offrir attend toujours dans ma cuisine. Il vous permettra d'acheter le nécessaire pour recommencer. Nous travaillerons le soir et en fin de semaine. Les parties en pierres de la cuisine et de la cheminée n'auront pas toutes besoin d'être remplacées. Cela prendra peut-être une ou deux lunes, mais je pense que pas mal de monde voudra nous aider.

Magirie fut incapable de lui répondre. Karlin n'avait pas l'air de se voir comme quelqu'un de désintéressé ou de stupéfiant. Sa proposition semblait si simple, si évidente à ses yeux.

— La maison de Brendèn est vide à présent, poursuivit-il. Cela pourra paraître un peu étrange au début, mais il voudrait que vous vous y installiez en attendant que nous ayons reconstruit Le Lion de Mer. Il avait déjà du blé et du bois en réserve. Vous pourrez vous procurer le reste au fur et à mesure.

Il s'exprimait comme si la situation de Lihsil et Magirie était normale et qu'un peu d'organisation et de nettoyage arrangeraient tout. La jeune femme était loin d'en être aussi sûre.

Elle baissa les yeux vers son partenaire, dont les prunelles ambrées étaient toujours rivées vers le ciel. Ses mains tremblaient doucement. Elle posa délicatement sa paume sur l'épaule de Lihsil pour attirer son attention.

— Qu'en penses-tu ? l'interrogea-t-elle.

Il opina du menton sans mot dire.

— Alors c'est décidé, décréta Karlin en se levant. Tiens ! Voilà Caleb et Darien avec une porte.

Ces mots troublèrent Magirie, qui leva les yeux pour voir Caleb et Darien, le garde, soulever un pêcheur saignant de la cuisse sur une porte qui leur servait de brancard.

— Je les enverrai chercher Lihsil au prochain tour, annonça Karlin. Il serait dommage d'abîmer encore plus ses côtes.

Le boulanger corpulent s'éloigna d'un pas décidé en distribuant des instructions sur son chemin. Magirie sentait la fumée qui se dégageait des braises mélangée au sel de l'océan. Elle baissa les yeux vers Lihsil.

— Je reviens tout de suite, annonça-t-elle en se levant.

Magirie laissa son compagnon et se dirigea vers les ruines du Lion de Mer. Elle fit quelques pas dans ses cendres noires et légèrement fumantes, et ses bottes se réchauffèrent, sans toutefois brûler. Après avoir dégainé son fauchon, elle s'en servit pour creuser au milieu des débris jusqu'à ce qu'il se heurte à quelque chose. Elle balaya des cendres et découvrit l'épée longue de Rashed qu'elle souleva avec sa propre lame afin de la voir de plus près.

D'un petit coup, la jeune femme fit sauter l'épée sur le sol dégagé et fit un pas vers elle. Elle s'aperçut qu'elle n'était toujours pas en mesure de se sentir victorieuse. Les cendres de Rashed et de Tisha s'étaient mêlées à celles de sa maison.

La mer rejeta un souffle de vent froid. Comme celui-ci emplissait ses poumons d'air frais, elle le regarda tourbillonner et emporter les traces de cendre sur son passage. Cet endroit, cette ville, c'était désormais son foyer. Elle pouvait peut-être au moins être sûre de cela. Et Lihsil était vivant et partagerait cette vie avec elle. Dans quelques jours, les mortels nettoieraient tout et reconstruiraient la taverne sur les tombes de Rashed et de Tisha.

Magirie jeta un coup d'œil en arrière vers le demi-elfe dont la tête roula sur le côté pour la regarder attentivement.

— Garde l'épée, dit-il. Tu l'accrocheras au-dessus de la nouvelle cheminée.

— Comme un trophée ? demanda-t-elle.

— Comme une preuve de rédemption. Nous avons quelque chose de bien ici… quelque chose de vrai. Tu le sais, n'est-ce pas ?

Quand Lihsil avait-il acquis cette sagesse ?

— Je ne pourrai pas être très utile pour la reconstruction. J'ai à peine réussi à faire semblant de gérer une taverne, déclara-t-elle. Que vais-je faire pendant la prochaine lune ?

Les yeux bridés de Lihsil se plissèrent.

— Eh bien, tu joueras les infirmières avec moi, évidemment ! Pas mal, comme travail.

— Oh, tais-toi !

Elle se détourna comme pour continuer à examiner les cendres et cacha le demi-sourire qu'elle essayait de réprimer. Non, ce ne serait pas mal du tout, comme travail.

ÉPILOGUE

TARD DANS LA nuit qui suivit, à l'entrée de la longue route côtière menant vers Bélaski située au nord de Miiska, Welstil Massing chevauchait son hongre bai dans la nuit. Le cheval tremblait et bronchait à son contact, mais il obéissait. L'homme lança un dernier regard par-dessus son épaule en direction de la ville endormie. Tout ce dont il avait besoin se trouvait dans ses sacoches de selle.

Il ne regrettait aucunement son départ, n'ayant pas de liens à rompre en ce lieu. Sa mission était terminée. Ici, Magirie était allée aussi loin qu'il avait pu la pousser sur le chemin qu'il lui avait tracé. Il avait facilement pu s'organiser dès que son banquier l'avait informé que Magirie désirait acheter une taverne. Il avait eu tout le temps de rencontrer le propriétaire du Lion de Mer, Danction, de l'éliminer et d'aider discrètement la jeune femme, depuis les coulisses, à procéder à cet achat. Le banquier avait apprécié sa commission et la facilité de la transaction.

Monter Rashed et Magirie l'un contre l'autre avait été tout aussi simple. *Dhampir* contre vampire : d'après tout ce qu'il avait appris au fil des années, ils étaient faits pour s'arracher mutuellement la gorge. Tout ce qu'il avait eu à faire, c'était d'ouvrir les yeux de la jeune femme sur sa vraie nature, prudemment, petit à petit.

Miiska était désormais propre et la conscience de soi de Magirie était éveillée. Cet endroit n'avait plus aucun intérêt. Il devait à présent réfléchir à la prochaine étape du développement de la jeune femme, et il restait encore un long chemin avant qu'elle ne lui soit vraiment utile.

— À notre prochaine rencontre, Magirie, murmura-t-il.

D'un coup de rênes, il fit pivoter son cheval et commença son voyage sur la route obscure.

À suivre dans le tome II de la série des Nobles Morts :

Voleur de Vies

Disponible chez Eclipse

DRUIDE

OLIVER PERU

Récit complet

1123 après le Pacte. Au Nord vivent les hommes du froid et de l'acier, au Sud errent les tribus nomades et au centre du monde règnent les druides. Leur immense forêt millénaire est un royaume d'ombres et de mystères. Nul ne le pénètre et tous le respectent au nom du Pacte ancien. Les druides, seigneurs de la forêt, aident et conseillent les hommes avec sagesse depuis la nuit des temps. Mais un crime impensable va bouleverser cet équilibre : dans la plus imprenable citadelle du Nord, quarante-neuf soldats sont sauvagement assassinés sans que personne ne les entende seulement crier. Certains voient là l'œuvre monstrueuse d'un mal ancien, d'autres usent du drame comme d'un prétexte pour relancer le conflit qui oppose les deux principales familles régnantes. Un druide, Obrigan, a pour mission de retrouver les assassins avant qu'une nouvelle guerre n'éclate. Mais pour la première fois, Obrigan se sent impuissant face à l'énigme sanglante qu'il doit élucider... Chaque nouvel indice soulève des questions auxquelles même les druides n'ont pas de réponses. Une seule chose lui apparaît certaine : la mort de ces quarante-neuf innocents est liée aux secrets les plus noirs de la forêt...

ECLIPSE FANTASY

GUERRIÈRE

MARIE BRENNAN

Tome I du diptyque Les Deux Sœurs

Quand une sorcière naît, un double d'elle-même naît. Pour que la sorcière ait l'intégralité de ses pouvoirs, son double doit périr. Mais que se passe-t-il lorsque le double survit ?

Mirage est une chasseuse de primes. Elle survit grâce à son intelligence et ses talents au combat : elle ne rate jamais sa cible. Sa nouvelle mission l'amène dans l'univers ténébreux des sorcières, là où sa force ne lui est d'aucune utilité face à la magie.

Miryo est une apprentie sorcière ayant échoué à son rite d'initiation. Désormais elle sait qu'il existe en ce monde un être qui lui ressemble comme une sœur : Mirage.

Pour maîtriser ses pouvoirs et devenir une sorcière, Miryo n'a plus qu'une solution : traquer son double et le détruire.

ECLIPSE Bit-Lit

À TRAVERS LE VOILE

KAT RICHARDSON

Harper Blaine, tome I

Harper Blaine, détective privée à la petite semaine, mène sa barque tant bien que mal quand un petit truand l'attaque sauvagement et la laisse pour morte… pendant deux minutes, pour être exact.

Quand Harper se retrouve à l'hôpital, elle commence à se sentir quelque peu… étrange. Elle voit des choses plus que bizarres, des silhouettes qui se dessinent dans un brouillard gris et confus, des créatures rugissantes, toutes dents dehors.

Pourtant Harper n'est pas folle. Sa «mort» a fait d'elle une «Arpenteuse», un être qui a la capacité de passer de notre monde à une mystérieuse zone intermédiaire où le surnaturel existe bel et bien. Ce nouveau don ou plutôt sa malédiction, va l'entraîner dans ce monde de vampires et de fantômes, de magie et de sorcellerie, de nécromanciens et de sinistres reliques…

Que ça lui plaise ou non.

JANE YELLOWROCK, TUEUSE DE VAMPIRES

FAITH HUNTER

Jane Yellowrock, tome I

L'année dernière, Jane a frôlé la mort en anéantissant une famille de vampires sanguinaires qui semaient la terreur parmi la population locale sans défense. Aujourd'hui, après des mois de convalescence, la voilà de retour, prête à se battre à nouveau. Sauf que cette fois-ci, elle a été engagée par ceux qu'elle a l'habitude de tuer : des vampires.

Jane Yellowrock est la dernière de son espèce : une skinwalker de descendance Cherokee qui peut prendre l'apparence de n'importe quelle créature et qui chasse les morts-vivants pour gagner sa vie. Néanmoins, cette fois elle est engagée par Katherine Fonteneau, l'une des vampires les plus âgées de toute la Nouvelle Orléans, et mère maquerelle du Katie's Ladies, pour chasser un vampire paria qui s'attaque à d'autres vampires.

Entre la maison close, pleine de véritables « filles de la nuit », et un motard cajun sexy, qui porte une panthère tatouée sur l'épaule, et qui réveille son désir charnel, Jane doit rester concentrée et remplir sa mission… ou la prochaine peau qu'elle devra sauver pourrait bien être la sienne.

Bienvenue à la Nouvelle-Orléans !

ECLIPSE
STEAMPUNK

BONESHAKER

CHERIE PRIEST

La Trilogie Le Siècle Mécanique, tome I

Nous sommes en 1880. La Guerre Civile américaine fait rage depuis deux décennies, poussant les avancées technologiques dans d'étranges directions. Des dirigeables de combat sillonnent le ciel et des véhicules blindés rampent dans les tranchées. Les scientifiques détournent les lois de la nature, et échangent leur âme contre des armes surnaturelles alimentées par le feu, la vapeur et le sang. Dans les Territoires de l'Ouest, les villes baignent dans des gaz mortels, alors que la terre est vidée de ses ressources. Sur la frontière entre le Nord et le Sud, les espions fomentent leurs complots et les trafiquants font plus d'argent que leur gouvernement.

Ceci est le Siècle Mécanique.

Un siècle sombre et terrifiant.

C'est dans ce monde que vivent Briar Wilkes et son fils. Elle est la veuve de l'infâme Dr. Blue, créateur du Boneshaker, la machine qui détruisit Seattle, perçant accidentellement une poche de gaz qui transforma les vivants en non-morts.

Mais quand son fils décide de franchir le mur qui cerne Seattle en ruine dans l'espoir de réécrire l'histoire, elle doit le retrouver au plus vite avant qu'il ne lui arrive malheur. Sa quête la conduira dans une ville grouillant de morts-vivants affamés, de pirates de l'air, de seigneurs criminels et de réfugiés armés jusqu'aux dents.

Seule Briar peut le ramener vivant

ECLIPSE SCIENCE-FICTION

LES ORPHELINS

ROBERT BUETTNER

Tome I de la série L'Orphelin

Le premier contact de l'humanité avec une force extraterrestre sème la désolation sur Terre : des projectiles venus de Ganymède, l'une des lunes de Jupiter, réduisent des villes entières à néant. Face à cet état de siège, le monde misse sur une contre-attaque désespérée. Dans un vaisseau spatial rafistolé et armé de reliques datant de la guerre du Vietnam, des fantassins semblables à Jason Wander, tout juste âgé de dix-huit ans, des orphelins qui ne manqueront à personne, doivent embarquer pour le premier voyage interplanétaire de l'humanité afin d'envahir Ganymède. Pour mener l'offensive, ils ne disposent que d'un seul vaisseau et d'une seule chance.

S'ils échouent, nous disparaîtrons.

ECLIPSE
2 rue des Francs Bourgeois
75003 Paris, France.

courrier@eclipse.fr
www.eclipse.fr

Imprimé en France par CPI Bussière
Dépôt légal : octobre 2010
ISBN 13 : 9-782362-700064
N° d'impression : 102881/4